Claire Douglas

# Missing

Niemand sagt die ganze Wahrheit

Aus dem Englischen
von Ivana Marinovic

PENGUIN VERLAG

Die englische Originalausgabe erschien 2016 unter dem Titel
»Local Girl Missing« bei Michael Joseph, London.



MIX
Papier aus verantwortungsvollen Quellen
FSC® C083411

Verlagsgruppe Random House FSC® N001967

PENGUIN VERLAG



7. Auflage 2018

Umschlag: www.buerosued.de
Umschlagmotiv: © Elisabeth Ansley / Trevillion Images und Bürosüd
Redaktion: Sabine Thiele
Satz: Buch-Werkstatt GmbH, Bad Aibling
Druck und Bindung: CPI books GmbH, Leck
Printed in Germany
ISBN 978-3-328-10169-7
www.penguin-verlag.de

Dieses Buch ist auch als E-Book erhältlich.

*Für meinen Mann, Ty*

# DONNERSTAG

# 1

## Frankie

*Februar 2016*

An einem tristen Nachmittag, kurz nach dem Mittagessen, erfahre ich endlich, dass du tot bist.

Mein Handy vibriert und zeigt eine unbekannte Nummer an. Abgelenkt von dem Berg Papierkram, in den ich vertieft bin, nehme ich den Anruf an.

»Ist dort Francesca Howe?« Eine männliche Stimme brennt ein Loch in meine Erinnerung. Ihr warmer, ländlicher Tonfall gehört nicht in mein Büro im obersten Geschoss des Hotels meiner Eltern mit seiner minimalistischen Einrichtung und der Aussicht auf den Gherkin-Wolkenkratzer mit seiner charakteristischen gurkenartigen Form, die ihm seinen Namen verliehen hat. Sie gehört in die Vergangenheit – zu unserer Heimatstadt in Somerset, wo Möwen in der Morgendämmerung kreischen, Wellen gegen den Pier branden und die Luft durchdrungen ist vom Geruch nach frittiertem Fisch und Pommes frites.

»Daniel?«, bringe ich krächzend hervor und klammere mich mit der freien Hand an den Rand des Schreibtischs, wie um mich in diesem Raum zu verankern, in der Gegenwart, damit ich nicht kopfüber in die Vergangenheit zurückgeschleudert werde.

Es kann nur einen Grund geben, warum er mich jetzt, nach all diesen Jahren, anruft.

Es bedeutet, dass es Neuigkeiten gibt. Über dich.

»Es ist lange her«, sagt er unbeholfen.

Wie hat er meine Nummer herausgefunden? Meine Beine sind schwach wie die eines neugeborenen Fohlens, als ich aufstehe und zu dem regenbespritzten Fenster schwanke, das den Blick über die Londoner City eröffnet.

Ich kann spüren, wie die Luft in meine Lungen dringt, ich höre meinen abgehackten Atem.

»Geht es um Sophie?«

»Ja. Man hat sie gefunden.«

Mein Mund füllt sich mit Speichel. »Ist ... ist sie am Leben?«

Kurz herrscht Stille. »Nein. Sie haben etwas gefunden ...«

Seine Stimme bricht, und ich versuche, mir vorzustellen, wie er jetzt aussieht, dein älterer Bruder. Damals war er groß und dünn, immer schwarz gekleidet, mit ebenso schwarzem Haar und einem länglichen, bleichen Gesicht. Ein ungesunder Anblick, wie ein Vampir in einem Teenagerfilm. Ich kann hören, wie er darum ringt, die Fassung zu bewahren. Ich denke nicht, dass ich ihn jemals habe weinen sehen – nicht ganz zu Anfang, als du vermisst gemeldet wurdest; nicht einmal, als die Polizei entschied, die Suche aufzugeben, nachdem sie mehrere Tage das Unterholz durchforstet und mit Booten das Meer abgesucht hatten; und auch nicht, als die Öffentlichkeit das Interesse verlor, nachdem einer deiner dunkelblauen Adidas-Turnschuhe am Rand des verlassenen Piers gefunden wurde und man zu dem Schluss kam, dass du in den Bristolkanal gefallen und von den Gezeiten fortgezogen worden sein musstest. Als alle außer uns anfingen, dich allmählich zu vergessen. Dich, Sophie Rose Collier, das manchmal etwas schüchterne, meistens lustige einundzwanzigjährige Mädchen aus Oldcliffe-on-Sea, das eines Nachts aus einem Klub verschwand. Das Mädchen, das bei den alten Werbespots der British Telecommunication im Fernsehen weinen musste, das auf Jarvis Cocker stand, das keine Kekspackung öffnen konnte, ohne sie alle auf einmal zu verschlingen.

Daniel räuspert sich. »Man hat sterbliche Überreste gefunden. Sie wurden in Brean an Land gespült. Ein Teil davon …« Er hält inne. »Nun, es scheint zu passen. Sie ist es, Frankie, ich weiß einfach, dass sie es ist.« Es fühlt sich seltsam an, ihn mich Frankie nennen zu hören. Du hast mich auch immer so genannt. Ich bin seit Jahren nicht mehr »Frankie«, für niemanden.

Ich gebe mir Mühe, mir nicht vorzustellen, welchen Teil von dir sie unter den Überresten am Strand von Brean Sands gefunden haben. Ich möchte nicht auf diese Weise an dich denken.

Du bist tot. Es ist eine Tatsache. Du bist nicht mehr länger nur verschollen. Ich kann mir nicht länger etwas vormachen und mich dem Glauben hingeben, dass du dein Gedächtnis verloren hast und es dir irgendwo anders gut gehen lässt, vielleicht in Australien oder, eher noch, in Thailand. Wir wollten immer die Welt sehen. Erinnerst du dich an unsere Pläne, mit dem Rucksack durch Südostasien zu reisen? Du hast die kalten Wintermonate immer gehasst. Wir konnten stundenlang davon träumen, diesem beißenden Wind zu entkommen, der ständig durch die Straßen der Stadt pfiff, an den kahlen Ästen der Bäume rüttelte und Sand auf unsere Wege schleuderte, sodass er zwischen unseren Zähnen knirschte. Außerhalb der Saison – ohne die Touristen, die das dringend ersehnte Leben in die Stadt brachten – war Oldcliffe grau und deprimierend.

Ich lockere den Kragen meiner Bluse. Ich bekomme keine Luft. Durch den Spalt meiner halb geöffneten Bürotür kann ich Nell sehen, die auf die Tastatur ihres Computers einhackt, das rote Haar zu einem komplizierten Knoten aufgetürmt. Ich gehe zu meinem Schreibtisch zurück und lasse mich auf den Drehstuhl fallen, das Telefon an meinem Ohr fühlt sich heiß an. »Es tut mir so leid«, sage ich, fast wie zu mir selbst.

»Schon okay, Frankie.« Ich kann das Pfeifen des Windes im Hintergrund hören, das Geräusch von Reifen, die durch Pfützen rauschen, das undeutliche Geplapper von Passanten. »Im Grunde haben wir es doch alle erwartet. Uns innerlich darauf vorbereitet.« Aus welcher Stadt oder aus welchem Ort ruft er mich an? Wohin hat es deinen großen Bruder verschlagen? »Ihre sterblichen Überreste müssen offiziell identifiziert werden. Die Sache gestaltet sich schwierig, weil es so lange …«, er atmet hörbar ein, »… weil sie so lange im Wasser war. Aber sie hoffen, dass sie bis Mitte nächster Woche so weit sind.«

»Weiß die Polizei …?« Ich schlucke den bitteren Geschmack in meinem Hals hinunter. »Können sie schon sagen, wie sie gestorben ist?«

»Frankie, zum jetzigen Zeitpunkt ist es noch nicht möglich, irgendwas zu sagen, und da es bisher keine Leiche gab, gab es auch keine Untersuchung. Alle gingen einfach davon aus, dass sie betrunken war und ins Meer gefallen ist, dass sie nichts auf diesem Pier zu suchen hatte. Du kennst ja den Stand der Dinge.« Ärger schwingt in seiner Stimme mit. »Aber ich glaube das nicht. Ich glaube, dass irgendjemand mehr über jene Nacht weiß, Frankie. Ich glaube, es gibt jemanden, der weiß, was meiner Schwester zugestoßen ist.«

Ich verspüre den nervösen Drang, an meinen Haaren zu ziehen. Doch stattdessen schiebe ich einen Briefbeschwerer auf meinem Schreibtisch hin und her, rücke ein gerahmtes Foto zurecht – ich auf einem Pony, neben mir mein stolzer Vater mit einem breiten, einnehmenden Grinsen im Gesicht. Für ihn war ich immer nur Francesca. »Wie kommst du darauf?«

»In der Nacht, als sie verschwand, hatte sie Angst. Sie sagte, jemand habe es auf sie abgesehen.«

Das Blut rauscht in meinen Ohren. Meine Finger krallen sich um das Handy. »Was? Das hast du nie zuvor erwähnt.«

»Ich habe es der Polizei damals erzählt, aber sie haben es nicht weiter beachtet. Sie wirkte nervös, paranoid. Ich nahm an, dass sie einen schlechten Trip erwischt hatte. Du weißt ja, wie viele Drogen zu der Zeit im Umlauf waren. Aber Sophie hätte niemals Drogen genommen. Ich weiß das. Tief in mir drin wusste ich das schon immer. Sie war ein braves, gutes Mädchen. Sie war die Beste.« Seine Stimme versagt.

Er weiß nichts von dem einen Mal, als wir auf dem Ashton Court Festival beide Speed genommen haben, stimmt's, Soph? Du hast mir das Versprechen abgenommen, es ihm nicht zu erzählen, als wir dasaßen, uns das Konzert von Dodgy anhörten, wie ein Wasserfall vor uns hin quasselten und mit jeder Minute paranoider wurden.

Ich schließe die Augen und rufe mir jene letzte Nacht in Erinnerung. Du standest in der Ecke vom *Basement* und sahst zu, wie alle anderen zu »Born Slippy« auf und ab hüpften. Das Datum hat sich für immer in mein Gedächtnis eingeprägt: Samstag, 6. September 1997. Ich befand mich auf der anderen Seite der Tanzfläche und unterhielt mich mit dem DJ, aber als ich mich wieder umdrehte und durch die Rauchwolke blickte, die beständig in der Luft hing, warst du nicht mehr da, spurlos in der Menschenmenge verschwunden. Du hattest nicht verängstigt gewirkt, auch nicht sonderlich besorgt. Wenn es ein Problem gegeben hätte, hättest du dich mir anvertraut. Das hättest du doch, oder nicht?

Ich war deine beste Freundin. Wir haben einander alles erzählt.

»Wirst du mir helfen, Frankie?«, fragt Daniel und klingt plötzlich drängend. »Ich muss herausfinden, was ihr zugestoßen ist. Jemand weiß mehr, als er vorgibt. Der Pier …«

»Der Pier war marode, gefährlich, für die Öffentlichkeit gesperrt …«

»Ich weiß, aber das hat keinen von uns davon abgehalten,

ihn zu betreten, oder? Ich kann mir einfach nicht vorstellen, dass sie alleine hingegangen ist. Es muss in der Nacht jemand mit ihr unterwegs gewesen sein …«

Ich kann die Verzweiflung in seiner Stimme hören, und es tut mir so leid für ihn. Es war schwierig für mich, im Lauf der Jahre nicht immer wieder diese Nacht zu durchleben. Aber für deinen Bruder muss es bisweilen unerträglich gewesen sein. All diese unbeantworteten Fragen, die in seinem Kopf herumschwirrten, ihn nachts wach hielten und es ihm nicht erlaubten, darüber hinwegzukommen, sein Leben zu leben.

»Die Leute wollen nicht mit mir darüber reden. Aber du, Franks … du könntest sie zum Reden bringen.«

Natürlich wird er das für dich tun. Ganz der beschützende große Bruder. Ich würde es nicht anders von ihm erwarten.

»Ich weiß nicht. Ich war nicht mehr dort, seit wir damals nach London gezogen sind …« Allein der Gedanke erfüllt mich mit Grauen. Meine ganze Jugend sehnte ich mich danach, der klaustrophobischen Enge der kleinen Küstenstadt zu entfliehen, in der wir aufgewachsen sind und in der allzu oft bereits die dritte Generation ein und derselben Familie wohnte und man als Sonderling betrachtet wurde, wenn man den Wunsch äußerte fortzugehen.

Der Stadt, in der ein dunkles, lang vergangenes Geheimnis niemals in Vergessenheit gerät.

Oder Vergebung findet.

»Bitte, Frankie, um der alten Zeiten willen. Sie war doch deine beste Freundin? Ihr habt dieselben Leute gekannt, hingt mit derselben Clique herum. Willst du denn nicht auch wissen, was ihr zugestoßen ist?«

»Natürlich will ich das«, erwidere ich. Kann ich nach über achtzehn Jahren wirklich noch einmal zurückkehren? Ich hatte mir geschworen, nie wieder einen Fuß in diese Stadt zu setzen. Aber welche Wahl habe ich? Ich unterdrücke ein resigniertes Seufzen. »Wann soll ich kommen?«

Ich werfe mir meinen roten Wollmantel über und informiere Nell knapp und möglichst bestimmt, dass ich mich nicht wohlfühle und nach Hause muss. Sie starrt mich verblüfft und mit weit aufgerissenen Augen an, da ich für gewöhnlich niemals krank bin, doch ich ignoriere ihre besorgte Miene, verlasse das Büro und haste, so schnell es mir meine viel zu hohen Absätze und mein enger Bleistiftrock erlauben, durch den Regen, um ein Taxi anzuhalten. Als ich mich auf den Rücksitz sinken lasse, dreht sich mir der Kopf immer noch, das Leder schmiegt sich kühl an meine Waden, während wir Richtung Islington fahren.

Unvermittelt trifft mich die Endgültigkeit deines Todes.

Es ist vorbei.

Doch dann rufe ich mir das Telefonat mit Daniel in Erinnerung – sein ruhiges Beharren darauf, dass ich nach Oldcliffe zurückkehre, um ihm dabei zu helfen, die Vergangenheit wieder auszugraben – und unterdrücke ein Schaudern.

Es wird niemals vorbei sein.

Ich erinnere mich daran, wie ich dich das erste Mal sah, Soph. Es war im September 1983, wir waren sieben. Es war dein erster Tag an unserer Grundschule, du standest mit unserer Lehrerin Mrs. Draper vor der Klasse und sahst so schrecklich verloren aus mit deinem schlaffen, dünnen Haar und dem blauen Kassengestell auf der Nase. Deine nicht ganz so weißen Strümpfe rutschten an deinen dürren Beinchen hinab, sodass sie sich in Falten um deine Knöchel legten. Auf einem deiner Knubbelknie klebte ein schmuddeliges Pflaster, und der Saum deines grünen Schuluniformrocks löste sich. Als Mrs. Draper fragte, wer sich um die neue Klassenkameradin kümmern wolle, schoss mein Arm in die Höhe. Du sahst aus wie jemand, der eine Freundin gebrauchen konnte.

Als ich durch die Tür trete, kommt mir das Haus ungewöhnlich riesig und aufgeräumt vor, als würde ich es mit anderen Augen sehen, mit deinen Augen. Was würdest du jetzt wohl denken? Würdest du dir mein dreistöckiges Townhouse anschauen und sagen, dass ich alles richtig gemacht habe? Oder würdest du mich auf die Art und Weise aufziehen, wie du es immer getan hast, mit diesem spöttischen Grinsen, das dem von Daniel so sehr ähnelte, und mir sagen, dass ich immer noch Papas kleine Prinzessin bin?

Ich bleibe vor dem Flurspiegel stehen, aus dem mir eine elegante neununddreißigjährige Geschäftsfrau entgegenblickt. Mein Haar ist immer noch dunkel und glänzend und dank meines Friseurs ohne eine Spur von Grau darin. Ich habe einige wenige, kaum sichtbare Falten um meine grünen Augen. Würdest du finden, dass ich alt aussehe? Wahrscheinlich schon. Älter werden ist etwas, um das du dir niemals wirst Sorgen machen müssen. Du wirst, unberührt von der Zeit, für immer jung und rosig bleiben. Für immer einundzwanzig.

Ich wende mich von meinem Spiegelbild ab, ich muss meine Sachen packen. Ich eile nach oben in mein Schlafzimmer. Daniel hat bereits eine Unterkunft für mich organisiert. Ein Freund von ihm besitzt ein Ferienapartment, und da es Februar und keine Saison ist, bekomme ich es zu einem vergünstigten Preis. Morgen früh werde ich mich auf den Weg machen.

Bis dahin muss ich etwas Produktives tun. Ich ziehe meine Louis-Vuitton-Reisetasche aus dem obersten Fach meines Kleiderschranks, öffne sie und stelle sie aufs Bett. Fragen rasen durch meinen Kopf wie galoppierende Rennpferde. Für wie viele Tage soll ich packen? Wie lange wird die ganze Angelegenheit dauern? Dann trifft mich ein anderer Gedanke: Wie soll ich das alles Mike erklären?

Ich stehe in der Souterrainküche und schäle und hacke gerade hektisch Gemüse, als ich Mike ein Hallo rufen höre. Er hat mir letztes Jahr aus einer Gefälligkeit heraus diese Küche eingebaut, das war, bevor wir zusammenkamen. Ich hatte ihn bei den Renovierungsarbeiten für das neue Hotel kennengelernt – solide und kräftig, mit rotblondem Haar und markantem Kinn. Ich fühlte mich sofort zu ihm hingezogen, obwohl wir keinerlei Gemeinsamkeiten hatten. Heute erinnert mich der Anblick der weiß glänzenden Einbaugeräte und der massiven Corian-Arbeitsflächen an unsere Beziehung: von außen so sauber und neu, doch innen sind die Scharniere locker, und in einem der Schränke befindet sich ein Riss.

Das Radio ist laut aufgedreht, und ich lasse mich von Rachmaninow berieseln, um meine angegriffenen Nerven zu beruhigen. Ein großes Glas Merlot hilft ebenfalls dabei. Ich habe schon zwei Ladungen Wäsche gewaschen, für morgen gepackt und mit dem Eintopf für das Abendessen begonnen. Mike wirkt verblüfft, nicht nur weil er mich um diese Uhrzeit zu Hause antrifft – ich bin für gewöhnlich bis spät abends im Büro –, sondern auch weil ich koche.

»Ist alles in Ordnung, Fran?«

Fran. So viel erwachsener als »Frankie« oder »Franks«. Es beschwört das Bild einer eleganten, kultivierten Frau herauf, eines reifen Menschen, von jemandem, der weit entfernt ist von der Frankie meiner Vergangenheit.

»Weinst du?«

»Das sind nur die Zwiebeln«, lüge ich, während ich mir die Hände an der Schürze abwische und zu ihm gehe. Ich lege die Arme um seine Schultern, küsse ihn auf seine immer noch gebräunte Wange und genieße dabei das raue Kratzen der Bartstoppeln an seinem Kinn. Er riecht staubig, nach Ziegelstein und Beton.

Er schiebt mich sanft von sich. »Ich bin schmutzig, ich brauche erst eine Dusche.« Er geht an mir vorbei und verlässt den Raum. Wenige Minuten später höre ich das Wasser im Stockwerk über mir rauschen.

Beim Abendessen erzähle ich ihm von dir.

»Du hast sie nie zuvor erwähnt«, sagt er, den Mund voller Rindfleisch-Karotten-Eintopf. Es ist wahr, dass ich niemals jemandem von dir erzählt habe, Soph. Weder Mike noch meinen Arbeitskollegen noch den wenigen Freunden, die ich mir zugestehe, nicht einmal meinem Exmann. Wir waren – wir *sind* – so wesenhaft miteinander verbunden, dass von dir zu erzählen, bedeuten würde, mich zu meinem alten Ich zu bekennen. Ich musste ganz neu anfangen, reinen Tisch machen. Es war für mich die einzige Möglichkeit, mit dem Geschehenen klarzukommen.

Ich nehme einen großen Schluck Wein. »Sie war meine beste Jugendfreundin«, sage ich und stelle das Glas mit unsicherer Hand auf den Tisch zurück. Ich nehme meine Gabel und stochere in einer Kartoffel herum, sodass sie weiter in der Soße versinkt. »Wir waren unzertrennlich, siamesische Zwillinge, wie meine Mutter zu sagen pflegte. Aber dann, vor beinahe neunzehn Jahren, verschwand Sophie von einem Tag auf den anderen. Und heute habe ich erfahren, dass ihre Leiche – oder besser gesagt, ihre *Überreste* – gefunden worden sind.« Ich lege meine Gabel nieder. Ich habe keinen Appetit.

»Nach all der Zeit? Was für eine Riesenscheiße.« Er schüttelt den Kopf, als würde er ernsthaft darüber nachdenken, wie riesig diese »Scheiße« ist, und mir ist nicht ganz klar, was sich hinter diesen blassen Augen abspielt. Ich glaube, nein, ich *hoffe*, dass er mich nach dir fragen wird – wie wir uns getroffen haben, wie lange wir uns kannten, wie du so warst –, aber er tut es nicht. Er wird niemals erfahren, dass wir uns, als wir neun waren, eine Tanznummer zu

Madonnas »True Blue« ausgedacht haben; dass du als Erste erfahren hast, dass ich mit dreizehn Simon Parker hinter dem Fahrradschuppen geküsst hatte; dass du mir dein Herz ausgeschüttet hast, weil du deinen Vater, an den du dich kaum noch erinnern konntest, vermisst hast; dass ich dich einmal so zum Lachen gebracht habe, als du auf meinen Schultern saßt, dass du mir in den Nacken gepinkelt hast. Stattdessen schlucke ich all diese kleinen Wahrheiten unserer Freundschaft mit meinem Rotwein herunter, während Mike weiterisst, systematisch auf seinem Rind herumkaut, es von einer Backe in die andere schiebt wie ein Zementmischer.

Ich verspüre den überwältigenden Drang, ihm mein Glas ins Gesicht zu schütten, nur um eine Reaktion zu provozieren. Meine Freundin Polly sagt immer, Mike sei so locker und lässig, dass er kaum noch aufrecht gehen könne. Womöglich nur ein alberner Spruch, aber er ist wahr. Ich glaube nicht, dass Mike gefühllos ist, aber es mangelt ihm offenbar an emotionalen Kapazitäten, um mit mir zurechtzukommen – oder vielmehr mit meinen Problemen.

Ich frage mich, ob auch ihm der Gedanke gekommen ist, dass unsere Beziehung nicht funktioniert. Ich bereue es, ihm angeboten zu haben, bei mir einzuziehen, aber er hat mich in einem schwachen Moment erwischt. Er tat mir wohl leid, weil er in diesem heruntergekommenen Haus in Holloway leben musste, mit Studenten, die nur halb so alt waren wie er. Doch dann, vor drei Wochen, gerade als ich mit ihm darüber reden wollte, erhielt ich den Anruf von Mum, dass Dad einen Schlaganfall erlitten hatte. Ich hätte mich an Dads Ratschlag halten sollen. Er hat mich immer davor gewarnt, zu früh mit einem Kerl zusammenzuziehen: Es sei schwierig, die Typen wieder loszuwerden, wenn man sie erst einmal dazu eingeladen hatte, Heim und Leben miteinander zu teilen, man würde sich unweigerlich miteinander verstricken, sowohl finanziell als auch emotional, wie zwei Fäden in einem Knoten. Ich habe im Moment nicht die Kraft, mich aus dieser Beziehung zu lösen, den Knoten zu entwirren. Ich erhebe mich vom Tisch und schabe die Essensreste von meinem Teller in den Abfalleimer.

Als wir uns bettfertig machen, erzähle ich Mike von meinen Plänen.

»Sophies Bruder, Daniel, hat mir eine Unterkunft organisiert. Eine Ferienwohnung«, sage ich, während ich mich aus meinem Rock schäle und ihn über die Stuhllehne werfe.

Mike sitzt aufrecht im Bett, seine muskulöse, beinahe unbehaarte Brust ist nackt. Ich stehe immer noch auf ihn, und ich mag ihn nach wie vor. Mir ist nur einfach klar, dass diese Beziehung zu nichts führt.

»So kurzfristig?« Er hebt seine buschige Augenbraue und sieht mir zu, als ich meine Bluse aufknöpfe.

Ich zucke die Achseln. »Es ist außerhalb der Saison, und du weißt ja, wie ich zu Hotels stehe.« Nachdem ich den Großteil meiner Zeit damit verbringe, in einem zu arbeiten, sind Hotels oder Pensionen die letzten Orte, an denen ich nächtigen möchte. Für mich muss es eine abgeschlossene Unterkunft mit Selbstverpflegung sein, abseits von anderen Menschen.

»Warum jetzt? Du hast selbst gesagt, dass sie achtzehn Jahre lang vermisst wurde. Warum habt ihr bis jetzt gewartet, um herauszufinden, was passiert ist?«

Ein zorniges Kribbeln kriecht mein Rückgrat empor. Warum begreift er nicht, dass sich durch den Fund deiner sterblichen Überreste das Blatt gewendet hat? »Weil wir jetzt definitiv wissen, dass sie tot ist!«, blaffe ich ihn an.

Er wirkt verdutzt. »Ich war noch nie in Oldcliffe-on-Sea«, sinniert er und pult an einem nicht existenten Pickel an seinem Oberarm. Falls er darauf anspielt, dass er mich begleiten könnte, so ignoriere ich es.

»Da hast du nicht viel verpasst.« Ich ziehe mir ein Seidentop über den Kopf. Es ist ausgeschlossen, dass er mit mir kommt. Ich brauche Raum zum Atmen.

»Es muss toll gewesen sein, am Meer aufzuwachsen.«

Ich lächle steif und gebe mir Mühe, nicht zu schaudern bei der Erinnerung an meine Jugend in diesem schweinchenrosa Monstrum mit Meerblick. Gott sei Dank hatte Dad den richtigen Riecher und das nötige Kleingeld, um alles zu verkaufen und vor dem Immobilienboom etwas Neues in London zu erwerben. Ich schlage die Decke zurück und lasse mich neben Mike ins Bett gleiten.

»Wie lange wirst du fort sein?« Er zieht mich an sich und schmiegt seine Nase in meinen Nacken.

»Nicht lange«, sage ich und schalte die Nachttischlampe aus. »Ich hoffe, nur ein paar Tage. Ich kann die Hotels nicht allzu lang allein lassen. Nicht jetzt, da Dad …« Ich schlucke. Ich bringe es immer noch nicht über mich, die Worte auszusprechen. Mein Vater, der immer so stark, so fähig, so kompetent war ... und jetzt zu einem Schatten seiner selbst verkümmert ist, in seinem Krankenhausbett liegt, Tag um Tag, unfähig zu sprechen, kaum in der Lage, sich zu bewegen. Das alles fühlt sich noch zu frisch an, zu roh. Ich rücke ein Stück ab, schütze Müdigkeit vor und kehre ihm den Rücken zu.

Ich liege still, warte, bis ich sein rhythmisches Schnarchen höre, seine Gliedmaßen schwer gegen meine gedrückt, erst dann steige ich aus dem Bett, schnappe mir den Bademantel, der an der Tür hängt, und schleiche auf Zehenspitzen die Treppe hinunter, um mich im Dunkeln an den Küchentisch zu setzen. Ich gieße mir ein weiteres Glas Rotwein ein. Der Geruch nach Rindereintopf hängt noch in der Luft. Das kleine rote Licht der Geschirrspülmaschine blinkt auf und piept, um mich wissen zu lassen, dass sie ihren Arbeitsgang beendet hat. Das Geräusch klingt seltsam fremd in dem dunklen, leeren Raum.

Ich habe mich die letzten Jahre so sehr darum bemüht, mein Leben in Ordnung zu halten, erfolgreich zu sein, vorwärtszukommen, nicht jeden Tag an dich zu denken. Es ist, als wäre ich in ein Wollknäuel eingesponnen gewesen, aber jetzt haben die Fäden angefangen, sich zu entwirren, und wenn sie sich erst aufgelöst haben, werde ich nackt und entblößt vor den Augen der Welt daliegen.

*Jason.* Sein Name kommt mir ungebeten in den Sinn.

Ich nehme einen großen Schluck Wein, doch es reicht nicht, um das heftige Klopfen meines Herzens zu beruhigen. Denn die Wahrheit droht herauszukommen, Soph, und mit ihr das dunkle Geheimnis, das wir damals gehütet haben – die eine Sache, die wir nie jemandem erzählen durften. Niemals.

# 2

## Sophie

*Donnerstag, 26. Juni 1997*

Es ist spät, als ich das hier schreibe. Ich bezweifle, dass es viel Sinn ergeben wird, weil ich nämlich ein kleines bisschen betrunken bin. Aber ich muss es noch schnell loswerden, damit ich es morgen nicht vergesse.

Frankie ist zurück!

Ich habe sie heute Abend gesehen. Sie stand an der Theke im *Mojo's*, flankiert von zwei Typen, die ich nicht kannte (der eine von ihnen war übrigens echt heiß!). Sie hatte mir den Rücken zugewandt, doch ich wusste sofort, dass sie es war. Dieses Haar würde ich immer und überall erkennen. Es fiel ihr noch immer in dieser perfekten dunkel glänzenden Bahn über die Schultern. Puppenhaar, daran musste ich immer denken. Das dichte, volle Haar einer Porzellanpuppe. Sie trug einen kamelhaarfarbenen Kunstpelzmantel (zumindest hoffe ich, dass er künstlich war) und hohe schwarze Stiefel bis zum Knie, und als ich sie so durch das Gedränge hindurch betrachtete, verspürte ich tief in mir drin diesen altbekannten Stachel der Eifersucht, weil sie, verdammt nochmal, noch viel schöner war, als ich sie in Erinnerung hatte. Sofort fühlte ich mich schäbig und schlampig gekleidet in meiner Jeans und den Adidas-Turnschuhen (obwohl sie neu sind, die dunkelblauen Gazelles, die ich mir schon seit Ewigkeiten gewünscht habe!).

Dann drehte sie sich um, ihr Blick begegnete meinem, und ihr Mund verzog sich zu einem megabreiten Grinsen. Sie entschuldigte sich bei den zwei süßen Typen, mit denen sie unterwegs war, und teilte die Menschenmenge auf dem Weg zu mir wie ein glamouröser 60er-Jahre-Filmstar. Francesca Howe. Frankie. Meine beste Freundin. Sofort schienen alle anderen Leute in einen schwarz-weißen Hintergrund zu rücken, während sie als Einzige in Farbe erstrahlte.

»Sophie! O mein Gott, ich kann's nicht glauben! Wie geht es dir?«, kreischte sie, wobei sie wie wild auf und ab hüpfte und aufgeregt mit den Armen wedelte. Ich glaube, sie hatte schon gut einen sitzen, obwohl es gerade erst halb neun war. Sie hat noch nie viel vertragen. Sie zog mich fest in ihre Arme und hüllte mich in eine berauschende Wolke aus YSL Paris, ihrem unverkennbaren Duft, schon zu Schulzeiten. Meine Nase hing im Pelz ihres Vintage-Mantels. Er roch muffig, nach Mottenkugeln und Secondhandläden.

Sie schob mich auf Armeslänge von sich weg, sodass sie mich mustern konnte. »Wow, du siehst so anders aus. Echt hammermäßig«, sagte sie, und ich wusste, sie registrierte jede Einzelheit: meine Strähnchen, meine mit Wachsstift nachgezogenen Augenbrauen, meine Kontaktlinsen. »Und schau, wie groß du bist! Ich fühle mich wie ein Zwerg!« Sie lachte. Ich wollte ihr gegenüber nicht zugeben, dass ich mich plump fühlte neben ihrer grazilen Gestalt. Sie ist winzig, wie Kylie Minogue, aber mit großen Brüsten. Schon in der Schule war ich neidisch auf ihren Busen. Ich bin immer noch flach wie ein Bügelbrett.

»Wie lange ist es her?« Sie hob eine perfekt gezupfte Augenbraue, während sie darüber nachdachte, wie viele Jahre vergangen sein mussten, seit sie von unserer Schule abgegangen war. Ich erinnere mich genau. Es war 1993, vor vier Jahren. »So lange?«, erwiderte sie, als ich es ihr sagte.

Sie ging am Ende des vorletzten Schuljahrs. Ihre Eltern nahmen sie aus unserer leistungsschwachen Oberstufe und schickten sie in ein nobles Internat nach Bristol, damit sie dort ihren Abschluss machen konnte. Wir hatten einander versprochen, in Kontakt zu bleiben, und eine Weile klappte es auch, aber dann wurden ihre Besuche zu Hause immer weniger. Gegen Ende befürchtete ich, dass meine Briefe langweilig, provinziell und nichtig rüberkamen, verglichen mit dem aufregenden Leben, das sie mit den Millicents und Jemimas dieser Welt in einer fernen großen Stadt wie Bristol lebte. Wie konnte die schäbige Siedlung, in der ich mit Mum und Daniel wohnen blieb (und wieder wohne, jetzt, wo ich von der Uni zurück bin), da mithalten? Irgendwann verebbte unser Briefverkehr schließlich ganz, und ich sah sie nicht mehr, bis wir mit der Schule fertig waren. Wir trafen uns den Sommer über ein paarmal und hingen miteinander ab, aber die Stimmung zwischen uns war etwas angespannt, als ich an der University of Warwick angenommen wurde und Frankie ins Nachrückverfahren kam. Sie sagte es natürlich nicht, aber ich wusste, dass sie dachte, aufgrund ihrer Privatschulausbildung müsse es eigentlich andersherum sein. Wohingegen ich in unserer Familie die Erste überhaupt war, die eine Hochschule besuchen würde.

Ich erwartete, Frankie in den Semesterferien zu treffen, aber sie kam nur selten nach Hause. Ich begegnete einmal zufällig ihrer Mum im Safeway-Supermarkt, und sie erzählte mir, dass Frankie und einige ihrer »wohlhabenden Kommilitonen« zusammen ein Haus gemietet hatten, wo sie das ganze Jahr über wohnen konnten, nicht nur während des Semesters. Maria schien etwas verärgert darüber und ließ durchblicken, dass es die Idee von Frankies Vater gewesen war, weil er sie wie immer zu sehr verwöhnte. Ich habe es Frankie nie wirklich übel genommen, dass sie nicht vorbeikam. Wenn ich die Möglichkeit gehabt hätte, in den Ferien woanders hinzufahren, wäre ich ebenfalls nicht hergekommen.

Manchmal fragte ich mich auch, ob sie wegblieb, weil die Rückkehr nach Oldcliffe zu schmerzhaft war. Der Ort erinnerte sie – *ich* erinnerte sie – daran, was mit Jason passiert war, als wir sechzehn waren. Nach jenem Sommer war unsere Freundschaft nie wieder dieselbe. Wir hatten immer über alles reden können, doch auf einmal waren wir nicht mehr in der Lage, über ihn zu sprechen, denn allein die Erwähnung seines Namens ließ die schreckliche Sache aufleben, die wir getan hatten.

»Und? Wie war es auf der Warwick?«, fragte sie weiter. »Du warst doch immer die Kluge von uns beiden. Du hast Englische Literatur studiert, nicht wahr? So wie du es immer wolltest.«

Ich nickte. Allmählich machte mich ihre Aufmerksamkeit ganz verlegen. Das war das Besondere an Frankie. Sie hatte immer schon dieses angeborene Talent, einem das Gefühl zu geben, man sei der wichtigste Mensch auf der Welt. »Was ist mit dir?«

Sie winkte ab. Ihre Nägel waren in einem blassblauen Farbton lackiert wie bei einer Leiche. »Am Ende habe ich einen Platz an der Cardiff bekommen und Betriebswirtschaft studiert.« Sie zuckte die Achseln. »Mein Dad wollte es so.«

»Das ist doch super«, sagte ich, dachte mir aber: *wie langweilig*. »Bleibst du den Sommer über hier?«

Sie hakte sich bei mir unter. »Ja. Mein Vater will, dass ich Karriere im Hotelmanagement mache.« Sie warf ihren Kopf in den Nacken und lachte. »Na klar doch. Was hast du vor?« Ihre Stimme klang vornehmer als früher, abgehackter und glatter, als ob sie ihr im Internat all die rauen südwestenglischen »R«s abgefeilt hätten.

»Ich weiß noch nicht. Ich bin gerade dabei, mich zu bewerben. Ich würde gerne ins Verlagswesen gehen.« Ich wollte ihr nichts von den Zweifeln erzählen, die spätnachts an mir nagten: dass ich niemals einen anständigen Job finden, dass ich wie meine Mutter und mein Bruder für den Rest meines Lebens in Oldcliffe festsitzen würde und mit dem perversen Stan in dessen schmieriger Imbissbude am Strand arbeiten müsste, ungeachtet meines »klugen Köpfchens«.

Das würde Frankie nicht passieren. Ja, ich hätte besser in meinen Prüfungen abschneiden, hätte es auf eine noch angesehenere Universität schaffen können, aber das bedeutete gar nichts. Nicht wenn man reiche Eltern hatte, die einem das Geld hinterherwarfen, so wie es Frankies Eltern getan hatten. Diese drei Jahre in Warwickshire waren womöglich meine einzige Chance, um aus diesem Kaff herauszukommen.

»Ach, ich habe dich vermisst, Soph«, sagte sie plötzlich ernst, während sie mich liebevoll musterte. »Es war einfach nicht dasselbe … Schule ohne dich.«

Ich stimmte ihr zu. Ihre lange Abwesenheit lastete schwerer auf mir, als ich zugeben wollte. Sie war schließlich meine erste beste Freundin. Meine einzige beste Freundin.

Sie bugsierte mich zur Bar, zauberte ein Bündel Geldscheine hervor und bestellte zwei Diamond-White-Cider. Dann verbrachten wir die nächste Stunde damit, uns auf den neuesten Stand zu bringen und die fehlenden Jahre nachzuholen; wir redeten über die Musik, die wir mochten, die Bands, auf die wir standen. Normalerweise haben wir denselben Geschmack. Die letzten drei Jahre schmolzen dahin, und es fühlte sich an, als ob ich sie erst gestern gesehen hätte. Sie erzählte mir von diesem neuen Klub namens *The Basement*, der in der Hauptstraße eröffnet hatte und in dem Indie und Alternative liefen, und versprach mir, dass wir zusammen dort hingehen würden, und bevor ich michs versah, wurde die letzte Runde ausgerufen. Ich schaute mich nach Helen um, die Freundin, mit der ich gekommen war, aber sie war schon längst gegangen. Frankie bestellte noch zwei Diamond-White-Cider, und als wir klirrend die Flaschen aneinanderstießen, sagte sie: »Prost,

Soph! Auf einen letzten Sommer voller Spaß. Ein letzter Sommer, bevor wir in die echte Welt rausmüssen, bevor wir Erwachsene sein müssen, mit Jobs und Verantwortung und dem ganzen Kram.«

Wir gingen nicht sofort nach Hause. Wir schlenderten im Zickzack zum Strand hinunter, die Arme untergehakt, kichernd, beschwipst und überströmend von Diamond Whites. Wir hockten uns auf die Ufermauer und sahen zu, wie das Wasser über unsere Füße schwappte. Die Luft war noch immer feucht nach einem heißen Tag. Wir konnten gar nicht aufhören zu reden.

Ich kam erst nach Mitternacht nach Hause, und jetzt kann ich nicht schlafen, weil ich viel zu aufgeregt bin.

Sie ist zurück. Meine beste Freundin ist zurück. Ich habe sie so sehr vermisst. Ja, ich hatte Spaß an der Uni und habe einige tolle Freunde gefunden. Aber niemand kam je gegen Frankie an.

Sie hat ihren festen Platz in einigen meiner liebsten, wertvollsten Kindheitserinnerungen: wie sie mir das Rollschuhlaufen beibringt; unsere Pyjamapartys in ihrem gemütlichen Dachzimmer des Hotels ihrer Eltern; Brunch in ihrem offiziellen Esszimmer mit Meerblick (ganz im Gegensatz zu mir, Mum und Daniel, die wir unser Abendessen auf dem Sofa vor dem Fernseher zu uns nahmen); wie wir Dosenbier auf dem Pier trinken; uns Tänze zu Madonna und Five Star in meinem (viel kleineren) Zimmer ausdenken; uns in der letzten Reihe kichernd über Mr. Marrows Toupet lustig machen.

Aber auch in einigen meiner schlimmsten. Das ist die

Schattenseite daran, wenn man jemanden so lange kennt wie ich Frankie. Aber davon lasse ich mir die Laune nicht verderben, ich bin immer noch ganz hibbelig.

Das wird der beste Sommer aller Zeiten!

# FREITAG

# 3

# Frankie

Der Himmel ist grau und bedrückend, als ich durch das Zentrum von Oldcliffe-on-Sea fahre, die Wolken hängen so tief, als könnte ich die Hände nach ihnen ausstrecken und sie berühren. Der Sand zu meiner Linken ist schlammig braun, das Meer hat die Farbe von schmutzigem Spülwasser und ist so weit entfernt, dass ich die Augen zukneifen muss, um zu erkennen, wo die Küste endet und die Wellen beginnen. Ein paar vereinzelte Spaziergänger in Gummistiefeln verteilen sich auf dem Strand. Die Jacken vom Wind fest gegen ihre Rücken gepresst, werfen sie Stöckchen für ihre hageren, nassen Hunde.

Ich komme an dem Abschnitt vorbei, wo einst das Strandbad war und wo wir als Kinder den Großteil des Sommers verbrachten. Es ist der Ort, an dem mein Vater uns das Schwimmen beigebracht hat. Jetzt ist es mit Brettern vernagelt und verlassen – ein jämmerlicher Anblick wie ein sitzen gelassener Liebhaber. Der Grand Pier, etwas weiter die Küste entlang, hat sich kaum verändert mit seiner opulenten Art-déco-Fassade und den knallroten Buchstaben über dem Eingang.

Auf der anderen Straßenseite, dem Meer zugewandt, erheben sich die Terrassen der viktorianischen Hotels und Gästehäuser. Ich komme an dem Gebäude vorbei, das einstmals unser Hotel beherbergte – das, in dem ich aufgewachsen bin – und dessen bonbonrosa Mauern nun in einem etwas niveauvolleren Taubenblau gehalten sind.

Das Zentrum wurde ein wenig durchgentrifiziert – ein paar gehobenere Cafés und elegante Restaurants sind zwischen den Discountern und schmierigen Imbissläden aus dem Boden geschossen –, doch der Großteil der Innenstadt ist unverändert, als wäre die Zeit irgendwann Mitte der 50er-Jahre stehen geblieben. Unglücklicherweise sind auch die Spielhallen noch immer da, mit ihrer lauten, nervenden Musik und den grellen, blinkenden Lichtern. Als Kinder haben wir sie geliebt. Wir gaben all unser Taschengeld an den Zehnpenceautomaten aus.

Ich kann mir vorstellen, dass die Stadt im Sommer nur so vor Leben und Touristen wimmelt, genauso wie früher: Pärchen, die am Ufer entlangschlendern, Kinder, die Sandburgen bauen, Rentner, die, auf die Holzbänke gequetscht und mit Thermoskannen und selbst gemachten Sandwiches bepackt, den Seeblick genießen, verliebte Teenager, die im Riesenrad ihre Hände umklammern. Heute wirkt sie wie eine Geisterstadt. Heute bringt sie jede unerwünschte Erinnerung an die Vergangenheit zurück, die ich jemals hatte.

Ich verlasse das Zentrum und folge der Küstenstraße, die in einem großen Bogen nach links verläuft. Und da sehe ich es. Das viktorianische Relikt erhebt sich aus dem trüben Meer wie ein verfaulendes Monstrum mit stählernen Beinen, die aussehen, als würden sie jeden Moment unter seinem Gewicht zusammenbrechen. Der alte Pier. Der Ort, an dem du verschwunden bist. Du mochtest diesen Pier, doch ich hasste ihn. Und heute hasse ich ihn noch mehr. Als ich näher komme, ist es offensichtlich, dass er seit meinem Wegzug noch baufälliger, noch heruntergekommener geworden ist. Würde ich noch ein Stück weiterfahren, würde ich die ausgedehnte Wohnsiedlung erreichen, in der du und Daniel aufgewachsen seid. Es ist mir alles immer noch so vertraut, als wäre eine Landkarte dieses Ortes in mein Gehirn tätowiert.

Ich lenke meinen Range Rover in eine Parkbucht und schalte den Motor aus. Dann sitze ich da und starre auf den Pier, lasse die Erinnerungen über mich hinwegspülen, an all die Male, die wir hier waren – als Teenager mit Jason, aber auch später mit Daniel und seinen Freunden. Der Pier wurde 1989 für die Öffentlichkeit gesperrt, aber das hielt uns nie davon ab. Es war ein toller Ort, um abseits der Innenstadt herumzuhängen, ein Ort, wo wir in Ruhe herumsitzen, unser Red-Stripe-Bier trinken und auf meinem tragbaren CD-Player Blur und Oasis hören konnten. Wir achteten darauf, uns nie zu weit auf den langen Landungssteg hinauszuwagen, und erst recht nicht bis zu dem verlassenen Pavillon am anderen Ende. Wir hatten genug Geistergeschichten gehört, die man sich in den Pubs erzählte: der Erbauer, der vom Pavillon fiel und jetzt des Nachts darin herumirrte; die Frau in dem viktorianischen Nachthemd, die sich und ihr neugeborenes Kind in die Fluten stürzte, nachdem ihr Ehemann sie verlassen hatte. Wir bezweifelten, dass irgendetwas an diesen Geschichten stimmte, trotzdem liebten wir es, uns damit gegenseitig Angst einzujagen.

Jetzt ist der Pier abgesperrt und menschenleer. Am Eingang hängt ein großes rotes Schild: ACHTUNG! BETRETEN VERBOTEN, auch wenn es immer noch ein Leichtes wäre, durch die behelfsmäßige Abzäunung zu klettern. Hätte es sie zu unserer Zeit gegeben, ich bin mir sicher, wir hätten es getan.

Ich bleibe noch eine Weile sitzen und lausche dem Regen, der auf das Dach und die Windschutzscheibe trommelt, schaue den Wellen zu, die sich in Rage peitschen wie tollwütige Hunde mit schäumenden Lefzen. Auf dem Weg hierher habe ich an der Tankstelle am Stadtrand gehalten. Es ist keine Elf-Station mehr wie zu unserer Zeit, Soph – jetzt ist es eine Shell-Tankstelle. Vor dem Eingang reihten sich die Zeitungen. MENSCHLICHE ÜBERRESTE AN STRAND GESPÜLT, prangte auf dem lokalen Käseblatt. Irgendwie erschien es mir so unpersönlich, so falsch, auf diese Art und Weise über dich zu sprechen.

Ich werde niemals diese erste Zeit nach deinem Verschwinden vergessen. Am nächsten Tag, nachdem sie gemerkt hatte, dass du nicht nach Hause gekommen warst, schlug deine Mutter Alarm. Anfangs dachte sie, du hättest bei mir oder Helen übernachtet, also wartete sie und wartete, doch nachdem sie alle deine Freunde vergeblich angerufen hatte, wandte sie sich an die Polizei. Bis zu diesem Zeitpunkt waren beinahe 24 Stunden verstrichen, seit dich jemand zum letzten Mal gesehen hatte. Die Polizei verhörte uns alle, die Küstenwache suchte einige Tage lang alles nach dir ab, aber du warst wie vom Erdboden verschwunden. Niemand konnte es verstehen. Sie fanden nur deinen Turnschuh am Rand des alten Piers. Danach flauten die Ermittlungen ab. Die Polizei glaubte offenbar, dass du vom alten Pier gefallen und ertrunken warst. Es gab keinen offiziellen Abschluss. Deine Familie beantragte keine gerichtliche Untersuchung, also galtest du weiterhin als vermisst.

Und jetzt … die Zeitungsschlagzeile blitzt vor meinem inneren Auge auf, und ich blinzle angestrengt, um sie zu vertreiben.

Ich muss los. Es ist beinahe fünfzehn Uhr, und ich kann das Treffen mit Daniel nicht länger hinausschieben. Widerstrebend lasse ich den Motor an und will gerade losfahren, als mir etwas auf dem Pier ins Auge fällt. Eine Gestalt lehnt sich so weit über die Brüstung, dass es aussieht, als ob sie jeden Moment in die raue See stürzen könnte. Es ist nur eine dunkle Silhouette, aber mit dem langen Haar, das wild um das herzförmige Gesicht peitscht, sieht sie aus wie ein Mädchen. Sie sieht aus wie du. Mir wird flau im Magen. Du kannst es nicht sein. Der Pier ist abgesperrt, die Planken sind morsch und voller Löcher. Niemand könnte jetzt noch über diesen Steg gehen, ohne durch die Bretter zu brechen.

Plötzlich reißt die tief stehende Sonne die Wolken auseinander, ergießt sich über den Pier und blendet mich beinahe. Sie zwingt mich, die Augen zu schließen, und schwarze kleine Pünktchen tanzen hinter meinen Lidern. Als ich sie wieder öffne, hat sich der Himmel erneut in sein trostloses Grau gehüllt, und der Steg ist wieder leer. Das Licht hat mir einen Streich gespielt.

Das Ferienapartment liegt weit oben auf den Klippen mit Blick auf den alten Pier. Als ich nach rechts abbiege, ist mein Mund trocken. Ich bin nicht länger auf der Küstenstraße, sondern fahre die steile Hill Street hinauf, wobei mein Wagen die Schlaglöcher mit Leichtigkeit nimmt. Schließlich wird die Straße flacher, und ich rolle langsam am Bürgersteig entlang, bis ich Beaufort Villas erblicke, ein zitronengelb und weiß gestrichenes viktorianisches Wohnhaus mit großen Erkerfenstern und kunstvoll verzierten spitzen Dachgiebeln. Es steht in einer Reihe weiterer, beinahe identischer eiscremefarbener Gebäude, allesamt der Bucht von Oldcliffe zugewandt und auf den alten Pier hinabblickend wie ein Haufen missbilligender alter Tanten in ihrem Sonntagsstaat. Dieser Teil des Ortes war schon immer etwas angesehener, mit seinen herrschaftlichen Häusern und den privaten Parkanlagen, ungeachtet des heruntergekommenen Piers.

Ich biege in die Einfahrt, die Reifen rollen knirschend über den Kies, und parke neben einem goldenen Vauxhall. Ein Mann sitzt auf einer niedrigen Mauer neben der Eingangstür, ein Bein über das andere Knie gelegt, und kritzelt etwas in ein Notizbuch. Ich weiß, dass es Daniel ist, selbst nach all diesen Jahren: der Schwung seines Kinns, die Linie seiner langen Nase und der Wirbel auf seinem Kopf, weswegen sein dunkles Haar niemals ordentlich saß, sondern ihm immer über die Stirn fiel, sodass er es sich ständig aus den Augen streichen musste. Beim Geräusch meiner Reifen blickt er erwartungsvoll auf und steckt den Stift hinter sein Ohr. Meine Hand zittert leicht, als ich die Handbremse anziehe. Warum macht es mich so nervös, hierher zurückzukommen? Meetings abhalten, schwierige Kunden beschwichtigen, mich um desillusionierte Mitarbeiter kümmern ... das ist alles ein Kinderspiel verglichen mit dem, wie ich mich in diesem Moment fühle. Ich steige in meiner Skinny-Jeans und den Stiefeln mit den spitzen Absätzen aus dem Wagen und gebe mir Mühe, dabei elegant auszusehen. Die kalte Luft, die mir entgegenweht, ist wie ein Schlag ins Gesicht.

»Frankie?« Er springt von der Mauer auf und kommt lässig auf mich zu, immer noch rank und schlank und extrem groß. Er trägt eine schwarze Jeans, einen langen dunklen Mantel und einen gestreiften Schal, den er bis zum Kinn hochgezogen hat. Er lässt das Notizbuch in die Brusttasche seines Mantels gleiten. Aus einiger Entfernung sieht er immer noch aus wie der dreiundzwanzigjährige Junge, der er war, als ich ihn das letzte Mal gesehen habe, aber als er näher kommt, kann ich sehen, dass das Alter seinen einstmals kantigen Gesichtszügen etwas Weiches, Volleres verliehen hat und sein beinahe schwarzes Haar mit vereinzelten silbrig-blitzenden Strähnen durchzogen ist. Seine Haut wirkt rauer, weniger durchscheinend. Meine früheste Erinnerung an Daniel ist, wie er auf seinem BMX-Rad durch die Straßen der Wohnsiedlung flitzt, in dem Versuch, uns mit seinen Kunststücken zu imponieren. Er war neun. Jetzt ist er einundvierzig und ein richtiger Mann. Bei dem Gedanken werde ich rot.

Wir umarmen uns unbeholfen. Dann mustert er mich mit einem schiefen Lächeln, und ich frage mich unwillkürlich, ob er enttäuscht ist, dass ich nicht so bin wie in seiner Erinnerung. »Du hast dich kein bisschen verändert, Frankie Howe«, sagt er charmant wie eh und je. »Du siehst immer noch aus wie eine echte Lady.« Und da bin ich wieder, in deinem Jugendzimmer, mit Daniel, der auf deinem Bett herumlümmelt und uns mit spöttisch gehobener Braue und einem Funkeln in den grauen Augen neckt und ärgert.

Ich muss lachen. »Ich hatte ganz vergessen, dass du mich immer Lady Frankie genannt hast.«

»Na ja, du warst eben eine feine Dame.« Er streicht sich das Haar aus den Augen, und die Geste ist mir so vertraut, so liebenswert, dass mir beinahe die Tränen kommen. Verärgert über mich selbst, blinzle ich sie zurück. Ich war nie eine Heulsuse, das war mehr dein Ding. Ich habe dich früher immer damit aufgezogen, dass du zu nahe am Wasser gebaut hättest.

»Ich war keine feine Dame«, entgegne ich, und meine Verlegenheit lässt mich harscher klingen als beabsichtigt, aber ich weiß, dass mein Einwand auf taube Ohren stoßen wird. So wie schon immer. Ich war das Mädchen aus dem großen, tollen Hotel, wohingegen du und Daniel die Kinder aus der Arbeitersiedlung wart, mit den 60er-Jahre-Reihenhäusern und den schäbigen Garagen.

Er holt einen Schlüssel aus seiner Hosentasche. »Na, dann herein mit dir, Lady Frankie«, neckt er mich. »Lass mich dir dein Schloss zeigen.«

Ich folge ihm durch den langen Hausflur. Die Decken sind hoch und aufwendig mit Stuck verziert, die Treppenstufen mit einem blassbraunen Wollteppich ausgelegt. Zu beiden Seiten der Treppe befindet sich jeweils eine Tür mit einer Nummer darauf. »Deins ist im Obergeschoss«, sagt er, als er bemerkt, dass ich vor dem linken Apartment stehen bleibe. Ich folge ihm die Stufen hinauf zu einem weitläufigen quadratischen Flur. Hier befinden sich zwei weitere gegenüberliegende Türen mit einem kleinen bogenförmigen Fenster dazwischen.

Ich gehe zu dem Fenster und blicke über die Bucht hinaus. »Wow, eine sagenhafte Aussicht«, sage ich, obwohl mir schwer ums Herz wird. Ich will nicht jeden Tag auf den Pier schauen müssen und an den Ort erinnert werden, an dem du verschwunden bist. *Den Ort, an dem du gestorben bist,* korrigiere ich mich.

Ich spüre ihn, wie er näher kommt und sich hinter mich stellt. Er legt eine Hand auf meine Schulter. »Es tut mir leid, dass man den Pier von hier aus sehen kann«, sagt er, als könne er meine Gedanken lesen. »Aber ich habe mir gedacht, dass du kein Hotelzimmer im Zentrum willst, und diese Apartments sind fantastisch, wie geschaffen für Lady Frankie«, witzelt er, um die Stimmung aufzuhellen. Ich drehe mich zu ihm um, unsere Nasenspitzen sind nur wenige Fingerbreit voneinander entfernt.

»Ist schon okay«, lüge ich. »Du hast das Richtige getan, und ich bin ja nicht allzu lange hier …« Meine Stimme verklingt, als unsere Blicke sich begegnen. Die Luft zwischen uns verändert sich, dicht und schwer von all den Dingen, die in den letzten achtzehn Jahren ungesagt geblieben sind.

Er bricht als Erster den Blickkontakt und dreht sich zur Tür zu seiner Linken. Eine chromglänzende Vier prangt auf dem weiß lackierten Holz. Leise schiebt er den Schlüssel in das Schloss und öffnet sie. Die Luft ist abgestanden, als sei sie zu lange eingesperrt gewesen.

Ich bleibe hinter ihm, während er mich in der Wohnung herumführt. Sie ist hübsch und freundlich, mit großen, luftigen Räumen und dezent gestrichenen Wänden. Das Schlafzimmer verfügt über ein Doppelbett und geht auf den Hinterhof hinaus, mit Blick auf die Mülltonnen. Nebenan befindet sich eine moderne kleine Einbauküche. Die großen Erkerfenster des Wohnzimmers eröffnen den Blick auf die raue graue See. Die Böden sind aus Mahagoni und knarren unter meinen Stiefeln. Das Apartment ist stylish und dem blassgrauen Samtsofa und dem gläsernen Beistelltisch nach zu urteilen offensichtlich eher für Pärchen als für Familien mit kleinen Kindern gedacht. In einer Ecke steht ein Flachbildfernseher, und gegenüber vom Sofa befindet sich ein gusseiserner Kaminofen mit einem Stapel Holz daneben. Es ist eine luxuriöse Unterkunft, aber sie hat eine unbelebte Aura an sich, einen muffigen Geruch, der nach wochenlangem Leerstand riecht. »Es ist nur eine Zweizimmerwohnung, aber mein Kumpel sagt, du kannst bis nächsten Freitag bleiben. Danach ist sie leider schon reserviert, irgendwer, der für ein verlängertes Wochenende herkommt. Ansonsten hättest du auch länger bleiben können.«

Ich versuche, mir nichts anmerken zu lassen, aber allein der Gedanke, hier ein paar Tage bleiben zu müssen, erfüllt mich mit Grauen, ganz zu schweigen von einer ganzen Woche. »Ich bin mir nicht sicher, wie lange ich bleiben kann,

Daniel. Ich muss mich um das Hotel kümmern, jetzt, da mein Dad …«

Ich spüre, wie Daniel sich neben mir versteift. »Ich habe das mit deinem Vater gelesen«, erwidert er und dreht sich um, um mich anzusehen. »Das muss ein großer Schock gewesen sein, für euch alle.«

Ich blicke ihn überrascht an. Es war nur ein kleiner Artikel in der überregionalen Presse, irgendwo zwischen die Wirtschaftsseiten gequetscht. Ich hatte gehofft, dass niemand ihn entdecken würde, und am allerwenigsten die Bewohner von Oldcliffe, die sich an uns erinnern. Dad hatte immer schon seinen Stolz, selbst jetzt noch.

»Ja, das war es. Es war ein ziemlich ernster Schlaganfall …« Ich schlucke den Kloß in meiner Kehle hinunter.

Seine Finger streifen meinen Arm, dann zieht er seine Hand weg und schiebt sie in die Tasche, als würde er sich selbst nicht trauen.

Ich sage ihm nicht, dass ich denke, dass mein Vater sterben wird. Dass die Verantwortung, die Leitung zweier Hotels zu übernehmen und ein drittes zu eröffnen, schwer auf meinen Schultern lastet. Dass ich eigentlich nicht die Zeit habe, um für ein sinnloses Unterfangen herzukommen, und dass ich es nur für ihn tue, um der alten Zeiten willen. Und für dich. *Für uns.*

»Wie viele Apartments befinden sich in dem Gebäude?«, frage ich und gehe zum Fenster. Draußen ist es beinahe dunkel. Daniel folgt mir.

»Zwei im Obergeschoss und zwei unten. Es ist außerhalb der Saison, und ich glaube, dass nur eine der Wohnungen unten belegt ist.« Er zieht eine Grimasse. »Du kommst doch klar, oder? So ganz allein in diesem großen, gruseligen Haus?« Er lacht, und es fühlt sich an wie ein Schlag in den Magen. Sein Lachen ist mir so vertraut. Es ist deinem so ähnlich.

»Ich glaube nicht an Geister«, erwidere ich mit einem abschätzigen Schnauben.

»Nicht einmal an Greta, die laut ihr Neugeborenes beklagt, um ihren untreuen Ehemann zu bestrafen?«

»Ach, hör doch auf!«, antworte ich lachend und boxe ihn spielerisch in den Oberarm. »Du hast dich überhaupt nicht verändert, was? Du benimmst dich immer noch ganz wie der nervige große Bruder, der versucht, mich zu verarschen.«

Er zuckt die Achseln, aber ich kann sehen, dass er sich freut. Und dann wird es mir klar. Er muss diese Rolle vermisst haben, seitdem du verschwunden bist. Vielleicht erinnert ihn meine Anwesenheit hier an dich, an unsere Kindheit. Braucht er wirklich meine Hilfe, um nach all dieser Zeit die Wahrheit über dein Verschwinden aufzudecken? Oder will er mich hier haben, weil ich ihn an all das erinnere, was wir hatten?

Und was wir verloren haben.

Während Daniel meine Tasche aus dem Wagen holt, mache ich mich daran, die Vorhänge im Wohnzimmer zuzuziehen. Der Pier zeichnet sich als schwarze Silhouette vor dem dämmrigen Himmel ab, die beiden altmodischen Laternenpfosten nahe des Eingangs beleuchten einen Teil der zerbrochenen Planken und verfaulenden Streben wie das Rampenlicht auf einer Bühne. Die Kuppel des Pavillons ragt undeutlich in der Ferne auf, ein Tintenfleck am Horizont. Ein Schauder läuft mir über den Rücken, und ich ziehe die Vorhänge zu.

Ich gehe in die Küche, um uns Tee zu machen, und registriere gerührt, dass entweder Daniel oder der Besitzer einige Dinge wie frisches Brot, Milch und Teebeutel für mich besorgt hat.

»Ich kann mich nicht mehr erinnern, ob du Zucker nimmst«, sage ich, als ich mit zwei Bechern in der Hand ins Wohnzimmer zurückkehre. Er sitzt gemütlich auf dem Sofa, mit meiner Reisetasche zu seinen Füßen. Das Feuer im Kaminofen brennt.

»Nein, ich bin so schon süß genug«, erwidert er grinsend und nimmt mir einen Becher ab. »Danke«.

»Hast du die Milch und die Teebeutel gekauft?«

Er zuckt die Achseln. »Ich dachte, es kann nicht schaden. Aber was hast du in dieser Reisetasche? Die wiegt ja eine Tonne.«

»Das würdest du gerne wissen, was?«, gebe ich neckisch zurück und setze mich neben ihn. »Danke, für die Milch und die Teebeutel …« Ich berühre seinen Arm, doch er versteift sich, also nehme ich meine Hand wieder weg, der Rest meiner Worte erstirbt auf meinen Lippen.

Seine langen Finger umschließen den Becher, und er bläst hinein, bevor er daran nippt.

»Was hast du all die Jahre getrieben?«, frage ich und versuche, meine Stimme heiter klingen zu lassen.

Sein Blick verfinstert sich, und er umfasst den Becher fester. Ich bemerke einen schlichten Silberring an seiner rechten Hand und frage mich, von wem er ihn hat. Zunächst antwortet er nicht, und ich befürchte, dass ich ihn irgendwie gekränkt haben könnte. Eigentlich verfüge ich über eine gute Intuition, wenn es um die Stimmungen und Gefühle meiner Mitmenschen geht, ich weiß, wann ich die richtige Frage stellen muss oder wann ein Kompliment nötig ist, um das Eis zu brechen. Tatsächlich bin ich stolz darauf; in meiner Branche ist es eine Fähigkeit von unschätzbarem Wert. Aber ich bin mir nicht sicher, was die richtige Umgangsform für eine Situation wie diese ist. Was sagst du zum Bruder deiner besten Freundin am Tag, nachdem ihr erfahren habt, dass ihre sterblichen Überreste gefunden wurden? Was ist die angemessene Konversation in so einem Moment?

Er blickt über den Rand seiner Tasse hinweg zu mir. »Na ja, ich bin eine Weile ziemlich von der Bahn abgekommen.« Er zuckt die Achseln, sieht aber beschämt drein. »Du weißt ja, wie es manchmal ist.«

Ich nicke und erinnere mich daran, wie du dir Sorgen um ihn gemacht hast. Seine missglückte Mittlere Reife und seine halbherzigen Versuche, einen Job zu finden. Deine Bedenken, er könne für immer in Oldcliffe-on-Sea hängen bleiben.

»Und dann beschloss ich, dass ich meinem alten Traum folgen sollte – der Musik.«

Ich verspüre einen Anflug von Enttäuschung. »Spielst du immer noch in der Band?« Ich erinnere mich an die Band –

vor allem weil sie so unglaublich schlecht war. Das hielt die Jungs jedoch nicht davon ab, fast jedes Wochenende nach Bristol zu pilgern, um in irgendwelchen Spelunken aufzutreten. Daniel war eigentlich gar kein schlechter Gitarrist; das Problem war eher, dass der Sänger Sid keinen Ton traf, aber niemand brachte es übers Herz, ihm das zu sagen.

Er kichert. »Ganz sicher nicht. Ich merkte, dass ich besser darin war, über Musik zu schreiben, als selbst welche zu machen. Also bin ich ans College gegangen, habe Journalismus studiert und bin Musikjournalist geworden.«

»Wow! Du hast es hier raus geschafft?«

Er stößt ein ironisches Lachen aus. »Jetzt kling nicht so überrascht. Was hast du denn gedacht, was aus mir geworden ist? Dass ich bei McDonald's gelandet bin? Oder mich aufs Heroinspritzen verlegt habe?«

»Nein«, erwidere ich wenig überzeugend.

»Wie auch immer, ich war einige Jahre als Musikjournalist tätig, habe für den *Melody Maker* gearbeitet, dann für Q. Ich habe in London gelebt und hatte dort eine tolle Zeit.« Er lächelt, als würde er sich an einige persönliche Dinge erinnern. »Tja, und jetzt bin ich Redakteur der hiesigen Zeitung.«

»Du bist hierher zurückgezogen?« Ich kann den Spott in meiner Stimme nicht unterdrücken.

Er funkelt mich wütend an, und ich bemerke die Feindseligkeit in seinem Blick. »Ja, natürlich, erst kürzlich. Oldcliffe ist meine Heimat, außerdem fühle ich mich hier Sophie näher. Ich kann nicht für immer wegrennen. Genauso wenig du.«

Beschämt lasse ich den Kopf sinken. »Ich konnte nicht bleiben«, sage ich, den Blick auf meinen Schoß geheftet. »Als meine Eltern das Hotel in London kauften, schien es mir das Beste, mit ihnen zu gehen. Ein Neuanfang. Denk bitte nicht schlecht von mir, Dan.«

»Ich denke nicht schlecht von dir«, erwidert er barsch. »Du bist jetzt hier, oder nicht? Wenn es darauf ankommt.«

Ich hebe den Blick, und Daniel sieht mich an, so wie er es immer getan hat. Als könne er geradewegs in mich hineinsehen. Du hast immer gewitzelt, dass er in mich verliebt sei, und es gab Zeiten, da dachte ich das ebenfalls. Ich habe nie auch nur in Erwägung gezogen, dass zwischen uns etwas laufen könnte. Oh ja, ich habe mit ihm geflirtet, natürlich. Und es gab eine Zeit, eine sehr kurze Zeit, in der ich mit dem Gedanken spielte, mich von ihm küssen zu lassen. Doch das war der Sommer, in dem wir Jason kennenlernten.

Ich nehme einen Schluck von meinem Tee. Meine Wangen glühen.

Schließlich bricht Daniel das Schweigen. »Und was war mit dir? Welch behütetes Dasein hast du geführt?« Er grinst mich an, aber es fällt mir schwer, sein Lächeln zu erwidern. Behütetes Dasein. Ich nehme an, das ist es, was jeder denken würde, der einen Blick auf mein Leben wirft. Ich habe Geld, ein hübsches Heim, einen guten Job als Direktorin einer Hotelkette. Und dennoch, ein Teil von mir starb in der Nacht deines Verschwindens.

Daniel sieht mich erwartungsvoll an, also erzähle ich die übliche Geschichte: von meiner Heirat mit einem Hedgefonds-Manager, den ich vergötterte, von unserem Kinderwunsch, von meiner Unfähigkeit, ein Kind auszutragen, von seiner mehr als klischeehaften Affäre mit seiner Kollegin und von unserer anschließenden Scheidung. Ich vergesse zu erwähnen, dass die Unterhaltszahlungen, die ich erhielt, dabei halfen, das neue Hotel zu kaufen, und ich lasse ebenfalls weg, dass es mir heute schwerfällt, Männern zu vertrauen – selbst so soliden, zuverlässigen Männern wie Mike.

Während ich erzähle, nippt Daniel an seinem Tee und nickt ermunternd. »Es tut mir leid, das zu hören, Franks«, sagt er, als ich fertig bin. »Ich war niemals verheiratet. Mir ist die Richtige einfach noch nicht über den Weg gelaufen.« Mein Blick huscht wieder zu seinem rechten Ringfinger. Es muss jemand Besonderen in seinem Leben gegeben haben. Er lächelt traurig, und mein Herz flattert aufgeregt auf. Was hat er nur an sich? Es ist, als hätten seine Trauer und seine Liebe für dich ihn zu einem Mann mit tiefer emotionaler Intelligenz reifen lassen, die ihm noch abging, als wir jung waren. Er mochte damals wie ein gequälter Künstler ausgesehen haben, mit seinen schwarzen Klamotten und seiner Deprimusik, aber das stand im krassen Widerspruch zu seinem leichtlebigen, unbekümmerten Auftreten. Nicht so wie dein Ex Leon, der immerzu so grüblerisch und ernst war, vor allem wenn er seine von Angst beherrschten Gedichte rezitierte.

»Ich habe einen Plan«, sagt Daniel plötzlich. »Wir müssen mit allen reden, die in der Nacht da waren. Ich weiß, es ist ziemlich aussichtslos, aber vielleicht kann sich jemand noch an etwas erinnern, egal wie wenig es auch sein mag. Du hast nur eine Woche Zeit, also sollten wir besser unverzüglich damit anfangen.«

Ich öffne den Mund, um zu sagen, dass ich weniger als eine Woche Zeit habe, dass ich sobald wie möglich nach London zurückkehren muss. Aber etwas in seinem Ausdruck lässt mich schweigen.

»Irgendwelche Einwände?« Sein Blick bohrt sich in meinen, und es fühlt sich an, als könne er meine verborgensten Gedanken lesen. Ich habe eine Menge Einwände – ich habe so viel zu tun, ich kann mir keinen freien Tag leisten, geschweige denn eine ganze Woche. Aber wie kann ich das sagen, ohne herzlos zu klingen? Ohne zu klingen, als wärst du mir egal?

Also stürze ich meinen Tee hinunter, schüttle den Kopf und sage ihm, dass ich, nein, keine Bedenken habe.

»Gut«, erwidert er, »denn ich habe heute Vormittag einen Anruf von der Polizei erhalten. Sie haben mittlerweile mehr Informationen zu dem Fund.«

Meine Handflächen fangen sofort an zu schwitzen. »Und?«

»Nach all den Jahren im Meer hätte Sophies Leichnam sich komplett auflösen müssen, Franks. Aber sie haben einen Fuß gefunden. Aufgrund der Größe glauben sie, dass er zu einer Frau gehört. Er steckt immer noch in seinem Sportschuh. Adidas. Anscheinend können umhertreibende Füße jahrzehntelang in Schuhen mit Gummisohlen überstehen, weil die Fische nicht an sie herankommen.«

»O Gott.«

Sein Gesicht ist noch bleicher als gewöhnlich. »Ich habe ihnen eine DNA-Probe gegeben, und sie haben mich gebeten, Mittwochmorgen wegen der Resultate aufs Revier zu kommen. Außerdem müssen sie natürlich sehen, ob der Schuh zu dem passt, den sie damals nach Sophies Verschwinden auf dem Pier gefunden haben. Er befindet sich noch immer in der Asservatenkammer. Wirst du mit mir mitkommen? Ich … ich glaube nicht, dass ich es alleine schaffe.«

Er sieht so verletzlich aus, und trotz aller Umstände gefällt es mir, dass Daniel mich braucht, dass er möchte, dass ich ihn begleite. »Natürlich komme ich mit dir.« Ich denke an die Turnschuhe, die du in der Nacht getragen hast. Du hast diese Adidas Gazelles geliebt.

Er erhebt sich vom Sofa. »Ich sollte langsam los. Aber ich komme morgen wieder, in aller Herrgottsfrühe.« Seine Stimme klingt unnatürlich heiter. »Sollen wir 9.30 Uhr sagen? Ich finde ja, unsere erste Station sollte Leon sein. Du nicht auch?«

Vor Schreck spucke ich beinahe meinen Tee aus. Leon? Daniel muss sich irren. Leon hat Oldcliffe nur wenige Wochen nach deinem Verschwinden verlassen. »Eigentlich nicht«, sage ich mit gespieltem Bedauern und stehe ebenfalls auf. »Das Letzte, was ich gehört habe, ist, dass Leon irgendwo im Ausland arbeitet. Aber egal, wer ist der Nächste auf deiner Liste?«

Daniel hebt fragend eine Augenbraue. »Also, ich habe gehört, dass er wieder in der Stadt ist. Ich dachte, du wüsstest das?«

Meine Kopfhaut kribbelt vor Entsetzen, und ich sinke auf das Sofa zurück. Wenn ich gewusst hätte, dass ich gezwungen wäre, Leon wiederzusehen, hätte ich mich niemals darauf eingelassen, hierher zurückzukehren.

# 4

## Sophie

*Freitag, 4. Juli 1997*

Der süße Typ, mit dem Frankie letzte Woche unterwegs war, heißt Leon McNamara. Er ist halb Ire, so wie ich, aber mit schokoladenbraunem Haar und den unglaublichsten blauen Augen, die ich je gesehen habe. Sie haben exakt dieselbe Farbe wie meine indigoblaue Levi's 501.

*Leon.* Ich liebe es, wie das klingt. So ungewöhnlich. So viel cooler als Daniel, Jason oder Simon oder irgendein anderer langweiliger Jungsname, der mir einfällt. Und es ist nicht nur der Name, der cool ist. Er steht auf Indie, aber es steckt noch viel mehr in ihm als sein Musikgeschmack. (Der sich übrigens nicht nur auf Oasis beschränkt. Er mag Bands, von denen ich noch nie auch nur gehört habe, Bands mit Tiernamen: Buffalo Springfield und The Byrds. Und sogar The Animals!) Er ist ruhig und ernst. Und er liest. Nicht den *Playboy* oder den *NME*, so wie Daniel, sondern echte Bücher, klassische Romane wie *Der große Gatsby* und *Überredung*. Ich meine, der Typ hat ernsthaft Jane Austen gelesen! Aber er ist deswegen kein bisschen angeberisch, er verzapft nicht irgendeinen Mist, nur weil er glaubt, dass es gut ankommt – so wie manche Leute von meiner Uni, die ich an dieser Stelle erwähnen könnte. Er ist klug und gebildet, ohne dass es ihm jemand beigebracht hat. Er ist in einer

Arbeitersiedlung aufgewachsen, nicht viel anders als meine hier, aber in Brean. Er ist voller Widersprüche – er macht eine weiterführende Ausbildung für ein Higher National Certificate in Informatik, trotzdem schreibt er gleichzeitig Gedichte und liest Jane Austen.

Außerdem ist er total heiß!

Da gibt es nur einen Haken. Ich werde es erklären.

Es war gestern Abend im *Basement*, als Frankie mich ihm vorgestellt hat. Seit ich sie wiedergetroffen habe, haben wir uns fast jeden Tag gesehen. Es ist wie in den guten alten Zeiten, als hätte es die drei Jahre der Trennung nie gegeben. Vielleicht ist das so, wenn man jemanden so lange gekannt hat wie ich sie? Und wenn man sich wiederbegegnet, ist es, als hätte man sich erst gestern gesehen.

Frankie arbeitet von zehn bis vierzehn Uhr im Hotel ihrer Eltern, sie bezieht die Betten neu und reinigt die Zimmer für die neu eintreffenden Gäste. Sie wird auch gut dafür bezahlt, viel besser als ich in dieser Imbissbude in der Stadt, wo ich labbrigen Fisch und fettige Pommes an Touristen verkaufe. Ich nehme an, das ist der Vorteil, wenn man für seine Eltern arbeitet. Ich mache um fünfzehn Uhr Feierabend, so haben wir den Rest des Tages für uns. Wenn ich mit Frankie unterwegs bin, fühle ich mich wieder wie ein Teenager. Wir machen all die Dinge, die wir auch früher getan haben: auf dem Grand Pier spazieren gehen, in der Spielhalle zocken, mit Zuckerwatte in der Hand den Strand entlangschlendern und über das Leben und die Zukunft quatschen. Abends gehen wir oft ins Pub, für gewöhnlich ins *Seagull*, weil das Bier da billiger ist, auch wenn der Laden nach nassem Hund mieft. Aber gegen Ende dieser Woche, als uns langsam das Geld ausging, packten wir einen Vorrat an Dosenbier ein und gingen mit Daniel und seinen Kumpels, Sid und Ade aus seiner Band, zum alten Pier. Dort saßen wir stundenlang herum, erzählten uns gegenseitig Geistergeschichten, insbesondere die von Greta mit ihrem toten Baby. Am Ende hatte ich solche Angst, dass ich froh um Daniel war, der mit mir nach Hause ging.

Egal, ich schweife ab. Zurück zu heute Nacht. Zu Leon.

Das *Basement* war ziemlich beeindruckend, und weil es Donnerstag war, kamen wir billiger rein. Ich kann immer noch nicht glauben, dass Oldcliffe, während ich an der Uni war, so trendy geworden ist, dass sie einen derart coolen Klub haben. Er befindet sich (wie der Name vermuten lässt) im Keller eines großen Restaurants, mit eigenem Eingang im Souterrain, und es läuft die ganze Musik, die ich liebe. Der Raum war klein und verraucht, und Frankie schien jeden zu kennen – ich habe keine Ahnung, wie sie das macht, aber sie ist beliebt wie eh und je. Vor allem bei den Jungs. Und dann stellte sie mich Leon vor.

Er stand an der Bar und nippte an seinem Bier. Er trug ein hellbraunes Ledersakko, eine dunkle Jeans und Desert-Boots, und als er zu mir sah, mit diesen strahlenden Augen, war es, als hätte man mir alle Luft aus den Lungen gepresst. Doch er registrierte mich kaum. Er nuschelte lediglich etwas wie ein Hallo in sein Glas. Frankie schlang sich mehr oder weniger komplett um ihn herum und bestellte uns Diamond Whites. Dann fing sie an, mit einem anderen Typen zu reden, und ließ Leon und mich in betretenem Schweigen stehen.

»Kommst du öfter her?«, fragte ich schließlich, bevor mir klar wurde, dass das wie eine plumpe Anmache rüberkam. Es war mir schrecklich peinlich, und meine Wangen glühten. Für einen Moment sah er überrumpelt aus, doch dann entspannten sich seine Züge wieder, und seine Augen funkelten. Wir prusteten beide gleichzeitig los, was das Eis zwischen uns brach.

»Sorry, ich bin echt dämlich«, murmelte ich und kaute an meinem Fingernagel. »Das war nicht so gemeint.« Ich war noch nie gut darin, mit Jungs zu reden, die ich attraktiv finde.

»Schon okay.« Dann schaute er mich an, als wäre es das erste Mal. »Ich habe dich hier noch nie gesehen.«

»Ich wohne seit meinem siebten Lebensjahr hier in Oldcliffe. Aber ich war eine Weile fort, an der Uni.«

»Das würde es erklären«, sagt er und reichte mir das Diamond White, das Frankie in seine Richtung geschoben hatte, wobei seine Hand die meine streifte und einen elektrischen Schlag durch mich hindurchjagte.

Hinter seiner Schulter konnte ich Frankie sehen, die Knutschgesichter in meine Richtung machte, woraufhin ich rot anlief.

»Ich wohne erst seit ein paar Jahren in der Gegend«, fuhr er fort, hoffentlich ohne die peinliche Situation zu bemerken. Dann erzählte er mir von seiner Kindheit in Irland und von seinem Umzug nach Brean, als er acht war. »Ich bin erst letztes Jahr nach Oldcliffe gezogen. Ich wohne bei meinem Bruder und seiner Frau im Dove Way.« Ich musste mich stark zusammenreißen, um vor Aufregung nicht loszuquietschen (das ist einfach nicht cool!), weil er nur zwei Straßen von mir entfernt wohnt. »Eigentlich gefällt es mir, mit Lorcan zusammenzuleben. Es ist ganz witzig, sie lassen mich einfach mein Ding machen.« Er erklärte mir, dass er beinahe seine weiterführende Ausbildung zum Informatiker beendet hat, dass er einmal die Woche in Bristol aufs College geht und den Rest der Woche in der IT-Abteilung einer Versicherung arbeitet. Ich konnte den schwachen irischen Akzent in seinem südwestenglischen Näseln heraushören. Ich erzählte ihm, dass meine Mutter ursprünglich ebenfalls aus Irland kam.

Ich nippte an meinem Cider und hörte zu, während er sprach. Und dann gestand ich ihm meinen Traum, in der Buchbranche zu arbeiten.

»Heißt das, du willst Schriftstellerin werden?«

Ich strich mir das Haar aus dem Gesicht und versuchte, lässig zu klingen. »Ach, solange ich den ganzen Tag von Büchern und Wörtern umgeben bin, ist mir alles egal.«

»Hast du schon etwas in Aussicht, jetzt, wo du mit der Uni fertig bist?«

»Ich bewerbe mich gerade. Ich habe letzten Sommer ein Praktikum gemacht, also habe ich wenigstens ein bisschen Erfahrung vorzuweisen für meinen Lebenslauf, außerdem habe ich demnächst ein Bewerbungsgespräch bei einem kleinen Verlag am Stadtrand von London.«

Ich konnte an seinem Ausdruck erkennen, dass ich ihn beeindruckt hatte.

»Das klingt toll. Was für ein Job wäre das?«

»Lektoratsassistentin. Irgendwann möchte ich als Lektorin eigene Projekte betreuen und Lizenzen einkaufen, aber die Konkurrenz ist so groß.« Ich konnte mich nicht überwinden, ihm von den anderen Bewerbungsgesprächen in zwei Verlagen zu erzählen, die mich nicht genommen hatten, ganz zu schweigen von den zahllosen Initiativbewerbungen, die ich jede Woche losschickte.

»Ich wäre gerne Dichter, aber meine Eltern wollten, dass ich ›was Richtiges‹ lerne.« Er machte mit seinen Fingern Gänsefüßchen in die Luft. »Sie sehen keinen Sinn in Colleges oder der Universität.«

»Aber es stört sie nicht, dass du eine HNC-Fortbildung zum Informatiker machst?«

Er zuckte mit den Schultern. »Das stört sie nicht, weil ich bezahlt werde. Obwohl ich davor schon einen anderen Job hatte. Aber mit Informatik hat man ihrer Meinung nach eine Perspektive. Computer sind die Zukunft, weißt du das denn nicht?«, sagte er mit einer Stimme, die wohl seine Eltern imitieren sollte. Doch trotz seines spaßigen Tonfalls huschte ein Schatten über sein Gesicht, sodass er trauriger aussah, weiser, älter. Ich hatte das plötzliche Bedürfnis, ihn zu umarmen.

»Sollen wir uns setzen?« Er deutete in Richtung eines kleinen Tischs in der Ecke, der gerade frei geworden war. Ich nickte, froh darüber, von Frankie wegzukommen, die immer noch hinter ihm stand und mit einer Gruppe von Leuten sprach, mich jedoch immer wieder über Leons Schulter hinweg vielsagend angrinste und anzügliche Grimassen schnitt.

»Also schreibst du Gedichte?«, fragte ich, als wir uns am Tisch niederließen. Wir saßen zusammengequetscht in der Ecke, sodass unsere Oberarme aneinandergepresst waren, und ich konnte sein Aftershave riechen – CK One von Calvin Klein. Ich hatte schon immer eine feine Nase.

Er nickte und nahm einen weiteren Schluck von seinem Bier. »Gedichte, Songtexte. Obwohl ich leider kein Instrument spielen kann.«

»Kennst du meinen Bruder, Daniel Collier? Er spielt Gitarre, aber er hat es sich selbst beigebracht. Er hat eine Band.«

Bei dem Namen runzelte er die Stirn. »Ich habe von ihm gehört«, sagte er, was etwas merkwürdig klang, aber die meisten Leute in Oldcliffe haben von meinem Bruder gehört, genauso wie die meisten Frankie zu kennen scheinen. Beide sind gesellige Menschen, und im Unterschied zu mir fällt es ihnen leicht, Freunde zu finden.

Dann unterhielten wir uns über Musik und zählten abwechselnd die Bands auf, die wir mochten. Als ich ihm sagte, dass ich nie was von Buffalo Springfield gehört hatte, versprach er, mir ein Album von ihnen zu leihen.

»Ich muss schon sagen, Jez ist wirklich ein Idiot, aber er versteht etwas von Musik«, bemerkte er, als der DJ einen Bluetones-Song auflegte.

Ich lachte. »Warum ist er ein Idiot?«

Leon zuckte mit den Schultern. »Schau ihn dir doch an.« Jez stand über sein Pult gebeugt, die Kopfhörer um den Hals gelegt und flirtete ganz offensichtlich mit einer hübschen Blondine in extrem kurzem Minirock und Plateaustiefeln. »Irgendein Mädchen hängt immer bei ihm herum, nur weil er der DJ ist.«

»Du klingst eifersüchtig«, meinte ich lachend.

Er schnaubte und nippte an seinem Bier. »Nicht wenn ich hier mit dem bestaussehenden Mädchen im ganzen Laden sitze.«

»Du Charmeur.« Ich gab ihm einen spielerischen Klaps auf die Schulter, doch er drehte sich mit ernstem, durchdringendem Blick zu mir. Ich hielt den Atem an, während er seine Augen fest auf mich gerichtet hielt und sein Gesicht näher kam.

»Da seid ihr ja!« Frankie baute sich in herrischer Pose vor uns auf, die Hände in die Hüften gestemmt, und zerstörte den Augenblick. »Ihr labert schon eine Ewigkeit. Komm schon, Sophie, wir müssen tanzen! Du liebst diesen Song.«

»Babies« von Pulp. Es war mir nicht einmal aufgefallen. Bevor ich widersprechen konnte, zerrte sie mich weg von dem Tisch, weg von Leon. Ich warf einen Blick zurück zu ihm. Lachend zuckte er mit den Schultern und nahm einen Schluck von seinem Bier. Doch ich wollte Frankie am liebsten erwürgen.

»Warum musstest du uns unterbrechen?«, zischte ich, als wir auf der Tanzfläche standen. »Es lief gerade gut zwischen uns.«

Ihre grünen Augen blickten plötzlich ernst. »Der Typ bedeutet nur Ärger, Soph. Er ist nichts für dich.«

Wut stieg in mir auf. »Woher willst du wissen, wer der Richtige für mich ist und wer nicht?« Ich hörte auf zu tanzen, um zu zeigen, dass es mir ernst war.

Sie winkte ab und hielt immer noch ihre Flasche Diamond White umklammert. »Er ist nur ein bisschen psycho, das ist alles. Ziemlich extrem und aufdringlich. Er akzeptiert kein Nein als Antwort, wenn du verstehst, was ich meine.«

Ein Schock durchfuhr mich. »Was?«

»Oh, das meine ich nicht, er hat nichts versucht oder so«, erwiderte sie, als sie meine entsetzte Miene bemerkte.

»Was meinst du dann? Ist er ein Ex von dir?«

Sie schüttelte ihre dunkle Mähne und nahm einen Schluck aus ihrer Flasche. »Das hätte er wohl gerne«, erwiderte sie lachend und machte mich damit noch wütender. Als sie sah, dass ich nicht mit einstimmte, verschwand das Lächeln von ihrem Gesicht. Sie hörte auf zu tanzen. »Er ist nur ...« Sie zögerte. »Hör mal ... als ich ihn das erste Mal gesehen habe, fand ich ihn ziemlich scharf. Wir haben ein bisschen rumgeknutscht, vor ungefähr einem Monat oder so, und danach war er einfach ein bisschen zu aufdringlich, das ist alles.«

»Er wollte was von dir?«

»Na klar. Er schaut ja auch gut aus, aber er ist nicht mein Typ. Er hat keine Perspektiven, keinen Ehrgeiz.« Ich öffnete den Mund, um zu widersprechen, um für ihn einzutreten, aber sie überging mich einfach. »Er hat mich quasi belästigt. Am Ende musste ich ihm klipp und klar sagen, dass ich kein Interesse habe. Ich musste ziemlich deutlich werden, aber er hat die Message verstanden. Irgendwann.«

Bei ihren Worten wurde mir schwer ums Herz.

»Aber jetzt seid ihr Freunde?«, fragte ich, weil mir einfiel, dass sie letzte Woche, als wir uns wiedergetroffen hatten, mit ihm im *Mojo's* gewesen war.

Ihre Lippen verzogen sich zu einem schiefen Lächeln, beinahe so, als würde sie ein Geheimnis verbergen. »Na ja, es war bestimmt nicht seine erste Wahl, aber ich schätze, man kann schon sagen, dass wir jetzt Freunde sind.« Dann, mit allem Selbstvertrauen dieser Welt, schloss sie die Augen und tanzte entrückt weiter.

Am liebsten wäre ich wütend davongestürmt, auch wenn ich nicht sicher war, warum. Es war nicht Frankies Schuld, dass Leon auf sie stand. Während wir tanzten, ließ ich meinen Blick über sie gleiten, in ihrem knappen schwarz-weißen Kleid und ihren hohen schwarzen Stiefeln. Wie eine 60er-Jahre-Sexbombe. Natürlich fand Leon sie heiß. Ich hatte keine Chance.

Ich versuchte, ihn durch die rauchgeschwängerte Luft im Klub auszumachen, doch obwohl ich in der Menge nach ihm Ausschau hielt, sah ich Leon nicht wieder. Kurz nach ein Uhr machten wir uns auf den Heimweg, und Frankie redete die ganze Zeit über von Jez, der sie (natürlich!) auf ein Date eingeladen hatte.

Erst heute Morgen fand ich die Notiz in meiner Jackentasche. Ein zusammengefaltetes Garderobenticket, auf dessen Vorderseite eine Nummer und auf dessen Rückseite eine kurze handschriftliche Nachricht stand. Er musste einen der Garderobenmitarbeiter bestochen haben, es in meine Tasche zu schmuggeln. In winzigen Blockbuchstaben stand da: KOMM ZUM ALTEN PIER. FREITAG, 19 UHR. L.

# 5

# Frankie

Das erste Mal seit meiner Ankunft bin ich allein in der Wohnung, und obwohl ich ihn beinahe achtzehn Jahre nicht gesehen habe, fehlt mir Daniels beruhigende Gegenwart, seine Neckereien. Er ist das Einzige, weswegen es sich lohnt, an diesen gottverlassenen Ort zurückzukehren.

Dunkle Schatten schieben sich über die hohe Wohnzimmerdecke, und mich fröstelt mit den kühlen Dielen unter meinen Füßen. Ich werfe noch ein paar Holzscheite in das Feuer und kauere mich daneben, als die Flammen höher und höher zucken und am Schornstein emporzüngeln. Ich atme den rauchigen Duft des brennenden Holzes ein und kann ihn in meiner Kehle schmecken.

Daniels Abschiedsworte hallen immer noch in mir nach. Leon ist zurück, und, noch schlimmer, morgen werde ich ihm wieder gegenübertreten müssen. Ich gehe all die Entschuldigungen durch, mit denen ich Daniel erklären könnte, warum ich unbedingt nach London habe zurückfahren müssen: Es gibt Probleme mit einem der Hotels; mein Vater braucht mich; Mike hat das Haus niedergebrannt. Doch noch während mir diese Gedanken durch den Kopf schwirren, weiß ich, dass ich Daniel morgen begleiten muss, schon alleine, um zu verhindern, dass Leon Dinge enthüllt, die ich lieber weiterhin verborgen halten will.

Dinge aus der Vergangenheit. Und das kann ich nicht riskieren.

Ich hoffe nur, dass du unser Geheimnis bewahrt hast, so wie du es versprochen hast. Dass du nicht so närrisch warst, Leon dein Herz auszuschütten.

Ein Lufthauch streift meinen Nacken. Warum habe ich dieses Gefühl, dass ich beobachtet werde? Ein plötzlicher Windstoß rüttelt an den Fensterrahmen, jagt heulend durch den Schornstein und drückt das Feuer nieder. Erschrocken springe ich zurück. Es klingt, als würde ein Geist versuchen einzubrechen. Ich gebe mir Mühe, nicht an die Aussicht hinter den schweren cremefarbenen Vorhängen zu denken. Die dunklen, ungeschlachten Umrisse des verfallenden Piers, die Erinnerungen an das, was sich vor all diesen Jahren dort zugetragen hat. Der Regen peitscht auf die Scheibe ein wie ein Wahnsinniger mit einem Messer.

Ich brauche dringend ein Glas Wein.

Aus der Küche hole ich eine der Rotweinflaschen, die neben der Mikrowelle stehen. Ich habe geahnt, dass mir ein paar stressige Tage bevorstehen, also habe ich mich mit einem Weinvorrat eingedeckt. Ich mache es mir vor dem Fernseher bequem, aber das stürmische Wetter lässt das Bild flackern und rauschen, und frustriert schalte ich ihn wieder aus. Hier eine Nacht zu verbringen, wird mich noch in den Wahnsinn treiben. Warum habe ich mich darauf eingelassen? Aber ich kenne die Antwort.

Vielleicht hätte ich mir doch ein Hotelzimmer im Zentrum nehmen sollen, mit Blick auf den kitschigen Grand Pier, die Promenade und den Strand. So wie das, in dem ich aufgewachsen bin. Die Apartments hier mögen vielleicht schicker sein als die Gästehäuser und Pensionen in der Innenstadt, aber im Winter hoch oben auf den Klippen zu übernachten, ist nichts für Zartbesaitete, vor allem in Anbetracht meiner Vergangenheit. Ich fühle mich abgeschnitten von der Welt. Warum spielen sich, wenn ich alleine bin, all die Horrorfilme und -serien, die ich je gesehen habe, in meinem Kopf ab, als liefe ein DVD-Player in Dauerschleife in meinem Hirn?

Sehnsüchtig denke ich an mein Haus in Islington. Es ist nicht so, als sei ich die Einsamkeit nicht gewohnt. Abgesehen von meiner kurzen Ehe und einigen sporadischen WG-Erfahrungen habe ich immer alleine gelebt. Doch in London trösten mich die vertrauten Klänge der Stadt – das beinahe konstante Rauschen des Verkehrs, das Hupen in den Straßen, das Jaulen der Polizeisirenen, das Rufen und Lachen von Teenagern, das entfernte Dröhnen eines Flugzeugs. Das alles versichert mir, dass ich niemals allzu weit weg bin von Menschen, von der Zivilisation. London ist nie ruhig, nicht einmal mitten in der Nacht. Ich hatte vergessen, wie ohrenbetäubend Stille sein kann.

Ich muss an Mike denken, in seinen staubigen Arbeitshosen und schlammigen Stiefeln, wie er ein Chaos in der Küche anrichtet und Dreck mit seinen Schuhen in den Flur trägt. Und die Vorstellung von ihm allein in meinem Haus ärgert mich plötzlich.

Als hätte er meine Gedanken gelesen, klingelt mein Handy, und sein Name leuchtet auf dem Display auf.

»Mike?« Die Verbindung ist dürftig, aber ich kann die

Geräusche im Hintergrund hören, das Klirren von Gläsern und gedämpfte Musik, die mich vermuten lassen, dass er in einer Bar ist.

»Wollte nur mal hören, ob du auch gut angekommen bist«, meldet er sich. Es ist eine nette Geste, aber sie steht für all das, was in unserer Beziehung schiefläuft. Mike möchte Dinge von mir, die ich ihm niemals geben kann. Verbindlichkeit, Kinder. Wir haben nie über Liebe gesprochen, aber ich weiß, dass er sie empfindet; sie schwingt in seinen Küssen mit, den heimlichen Blicken, wenn er denkt, dass ich es nicht bemerke, in der Art und Weise, wie er zärtlich meine Haarsträhnen um seine Finger wickelt, während wir dasitzen und Musik hören oder fernsehen. Doch ich kann seine Gefühle niemals erwidern. Wie soll ich zugeben, dass ich mich zu ihm hingezogen fühle, doch dass ich zu mehr nicht in der Lage bin? Zumindest nicht mit ihm. Tief in mir drin weiß ich, dass er nicht der richtige Mann ist für mich. Die Wahrheit ist, Soph, dass er mir leidtat, als ich ihn zum ersten Mal traf. Du weißt ja, wie ich bin – einer verlorenen Seele konnte ich noch nie widerstehen.

Ich sage ihm, dass ich sicher angekommen bin, und beginne damit, ihm zu beschreiben, wie abgelegen das Apartment ist, aber er unterbricht mich aufgeregt. »Weißt du was, ich habe mir überlegt, dass ich ebenfalls für ein paar Tage runterfahren und dir Gesellschaft leisten könnte. Mir gefällt der Gedanke nicht, dass du ganz allein an diesem Ort bist. Es klingt einsam. Wir verbringen nie wirklich Zeit miteinander, du arbeitest bis spät abends, aber momentan habe ich nicht viel zu tun und …«

Der Gedanke, dass er herkommen könnte, erfüllt mich mit Schrecken. »Herrgott, Mike, ich bin hierher zurückgekehrt, um Daniel zu helfen. Ich bin nicht in Oldcliffe, um einen romantischen Kurztrip mit dir einzulegen.« Die Worte klingen harscher als beabsichtigt.

»Fran …« Die Verbindung wird schlechter, und ich gehe zum Fenster, um besseren Empfang zu bekommen, aber ich kann nur Wortfetzen verstehen: »… stößt mich weg … willst du nicht mit mir zusammen sein? … sag es mir ehrlich … manchmal so kalt zu mir …«

»Das Netz hier ist schlecht, ich kann dich nicht hören!«, rufe ich, dann bricht die Verbindung ab. Ich lasse mich auf das Sofa fallen und halte noch immer das Handy umklammert, während draußen der Wind weiterheult. Dann gieße ich mir ein weiteres Glas Wein ein, und aus irgendeinem Grund muss ich an Jason denken.

Erinnerst du dich noch, wie wir Jason das erste Mal trafen? Meine Mutter stellte ihn ein, um ihr in der Hotelküche dabei zu helfen, Speck, Blutwurst und gebackene Bohnen zuzubereiten. Er wollte Koch werden. Er war siebzehn, ein Jahr älter als wir, und der bestaussehende Typ, den wir mit unseren sechzehn Jahren im echten Leben gesehen hatten. Er hatte dunkles, welliges Haar und sonnengebräunte Haut. Es war ein außergewöhnlich heißer Juni, und wir kamen direkt vom Strand. Wir hatten noch immer Sand in unseren hochgekrempelten Jeansshorts und Meersalz in unserem Haar. Wir rochen nach Zuckerwatte und Sonnencreme, schleiften unsere Handtücher und Strandtaschen durch den Speiseraum und quatschten gerade über Jungs. Er saß an einem der Esstische aus Kiefernholz, wo er von meiner Mutter befragt wurde. Er blickte ernst drein, in dem (wie er uns später gestand) Versuch, erwachsen und verantwortungsbewusst zu wirken, da er diesen Ferienjob unbedingt wollte. Ich kann mich immer noch ganz genau daran erinnern, was er trug, als ich ihn zum ersten Mal sah: ein kakifarbenes T-Shirt mit einer Sonne auf der Brust und eine Baggy-Jeans – außerdem hatte er diese Erkennungsmarken um den Hals hängen, wie die Soldaten in den amerikanischen Filmen. Er liebte diese Dinger, stimmt's, Soph? Er trug sie in der Nacht, in der er starb.

Ein Baby weint, seine Schreie sind schrill und anhaltend. Der Klang lässt mich aus dem Schlaf schrecken. Ich muss auf dem Sofa eingedöst sein, den Nacken in einem schmerzhaften Winkel auf dem lila Kissen verrenkt. Ich setze mich auf, reibe meine Schulter und strecke mich. Eine leere Flasche Wein steht auf dem Glastisch vor mir. Ich schaue auf meine Uhr. Es ist zwei Uhr morgens. Das Feuer ist erloschen, und in der Wohnung ist es eiskalt. Ich frage mich, woher die Schreie des Babys kommen. Es klingt, als sei es irgendwo innerhalb des Gebäudes, obwohl Daniel behauptet hat, dass die Wohnungen leer seien, bis auf die eine direkt unter mir.

Mühsam erhebe ich mich vom Sofa; meine Glieder sind steif, meine Füße taub vor Kälte. Die Vorhänge vor den Erkerfenstern sind weit geöffnet und umrahmen den Pier wie eine Bühnenkulisse. Ein feiner Nebel wirbelt im bernsteinfarbenen Licht der zwei viktorianischen Laternenpfosten, die immer noch stolz an seinem Eingang stehen. Ich runzle verwirrt die Stirn. Ich kann mich nicht daran erinnern, die Vorhänge offen gelassen zu haben. Tatsächlich bin ich mir beinahe sicher, dass ich sie zugezogen habe. Ich gehe zum Fenster und schaue hinaus auf den Pier und die raue See darunter. Ich will gerade die Vorhänge zuzerren, als ich, durch den ätherischen Nebel hindurch, dich sehe. Du stehst auf den hölzernen Planken des Stegs, von den Lichtern beschienen, in einem langen Kleid, das Haar vom Wind gepeitscht. Ich blinzle einige Male. Eine Täuschung … natürlich eine Täuschung. Ich habe zu viel getrunken, ich bin noch im Halbschlaf. Als ich wieder hinschaue, ist der Pier leer – wie ich mir schon dachte.

All diese Geistergeschichten, die wir uns als Kinder und Jugendliche erzählt haben, ich habe keine davon geglaubt. Doch ungeachtet meiner rationalen Überlegungen, fährt mir ein Schauer über den Rücken, und hastig schließe ich die Vorhänge zum Pier. Und zu dir.

Um mich auf andere Gedanken zu bringen, packe ich meinen Laptop aus, lege ihn auf meinen Knien ab und versuche, ein wenig Arbeit nachzuholen. Beim Eröffnen eines Hotels gibt es so viel zu tun und zu beachten: Renovierungen beaufsichtigen, Personal anheuern. Zum Glück hat mein Dad darauf geachtet, einen sehr fleißigen, verlässlichen Manager einzustellen, Stuart; doch schon vor seinem Schlaganfall hatte ich mehr Verantwortung übernommen, sodass meine Eltern mit der Arbeit kürzertreten konnten. Meine Mutter ist nicht in der Lage zu helfen, weil sie den Großteil ihrer Zeit damit verbringt, am Bett meines Vaters zu sitzen. Eine Welle der Schuld überfällt mich, weil ich nicht an ihrer Seite bin.

Bevor ich nach Oldcliffe fuhr, hatte ich einen kleinen Umweg eingelegt, um Dad zu besuchen.

In seinem Zimmer war es unnatürlich warm, und es stank nach verkochtem Gemüse und dem unterschwelligen Geruch von Desinfektionsmittel. Ihn in diesem Krankenhausbett liegen zu sehen – kaum dazu in der Lage, sich zu bewegen, einen Tropf an seinem Arm –, trieb mir die Tränen in die Augen. Mein starker, fähiger Vater, den ich bewundert und zu dem ich aufgeschaut habe, schien nunmehr geschrumpft, runzlig, alt. Drei Wochen waren seit seinem Schlaganfall vergangen, und sein Zustand hatte sich nicht wesentlich verbessert.

Mum blickte kaum auf, als ich hereinkam, und bekundete nicht einmal ihre Verwunderung wegen meines frühen Erscheinens; normalerweise besuche ich Dad nach der Arbeit. Sie fuhr damit fort, an ihm herumzunesteln, ihm die Stirn abzuwischen, sein graues Haar zurückzustreichen und einen nassen Schwamm an seine Lippen zu legen. Ihre starren Schultern und der zu einem missbilligenden Strich verkniffene Mund verrieten mir, dass ich ihrer Meinung nach nicht oft genug zu Besuch kam. Ich wollte sie anschreien; ihr sagen, dass ich mich um die Geschäfte kümmern musste und dass sie, wenn ich dann vorbeikam – was alle paar Tage der Fall war –, mir das Gefühl gab, nicht erwünscht zu sein. Doch ich schluckte meinen Ärger hinunter und sagte mir, dass ich wegen meines Vaters hier war, nicht wegen ihr. Ich zog einen Stuhl näher zum Bett heran; die Plastikbeine quietschten über den Boden, woraufhin meine Mutter zusammenzuckte.

»Musstest du ihn denn schleifen, Francesca?«, tadelte sie mich mit gequälter Miene.

Ich beachtete sie nicht weiter und nahm die Hand meines Vaters – sie fühlte sich schwer und kalt an. »Dad«, sagte ich mit leiser Stimme. Ich wusste, dass er mich hören konnte, denn er schlug die Augen auf. »Wie geht es dir heute? Liegst du bequem?« Er blinzelte mich zweimal an, was »Ja« bedeutete. Einmal blinzeln hieß »Nein«. Der Doktor hatte uns einige Tage zuvor mitgeteilt, dass sie eine leichte Verbesserung auf der linken Seite festgestellt hatten, aber niemand kann sagen, ob der Genesungsprozess weiter voranschreiten wird. Und wenn dem so wäre, was dann?

Ich lächelte ihn an und drückte sanft seine Hand, nicht sicher, ob er es überhaupt fühlen konnte. »Das freut mich.« Er versuchte, mein Lächeln zu erwidern, aber seine Lippen verzerrten sich nur, sodass es mehr einer Grimasse glich. »Ich nehme mir ein paar Tage frei. Ich fahre nach Oldcliffe. Kannst du dir das vorstellen? Es ist beinahe achtzehn Jahre her. Aber weißt du, Dad, man hat Sophies sterbliche Überreste gefunden. Ihr Bruder … erinnerst du dich an ihn? Daniel. Er will, dass ich komme und ihm dabei helfe, herauszufinden …«

Ich wurde unterbrochen von einem kehligen Laut aus dem Hals meines Vaters. Er blinzelte heftig, und ich begriff, dass er zu sprechen versuchte.

Meine Mutter eilte zu uns, warf dabei beinahe den Stuhl um und zwang mich damit aufzustehen. »Ist schon gut, Alistair, Liebling, alles wird gut.«

Ich war den Tränen nahe. »Mach dir keine Sorgen, Dad«, versuchte ich, ihn über die Schulter meiner Mutter hinweg zu beschwichtigen. »Ich bin nur ein paar Tage weg, das Hotel ist bei Stuart in fähigen Händen. Du weißt doch, wie gut er sich um alles kümmert.«

Dad gab weiterhin dieses grauenvolle Geräusch von sich, das durch den Raum hallte und mir ein Kribbeln über den Nacken jagte.

»Ich denke, du solltest besser gehen«, sagte Mum, ohne mich eines Blickes zu würdigen. »Du regst deinen Vater auf.«

Doch jetzt, alleine in diesem Apartment, überkommt mich das erschreckende Gefühl, dass mein Dad, der seit jeher mein Beschützer war, sich nicht um die Hotels gesorgt hat. Er hat vielmehr versucht, mich davor zu warnen, hierher zurückzukehren.

Die Erinnerung an die Verzweiflung in seinen Augen macht mir Angst, und um mich abzulenken, versuche ich, eine Verbindung zum Internet herzustellen. Doch wie befürchtet, gibt es hier kein Wi-Fi. Beklommen wird mir klar, dass ich nicht werde online gehen können. Doch immerhin habe ich 4G auf meinem Smartphone. Ich taste in meiner Handtasche danach, aber ich habe kein Netz. Ich bin mir nicht sicher, ob es wegen des schlechten Wetters oder der Örtlichkeit ist. Frustriert werfe ich den Laptop und das Handy aufs Sofa.

Ich versuche, nicht darüber nachzudenken, dass ich keinen Empfang und keinen Internetzugang habe, dass ich komplett von der Außenwelt abgeschnitten bin, von London, von meinem alten Leben. Auf seltsame Art und Weise empfinde ich das Schreien des Babys aus dem Erdgeschoss als beinahe tröstlich. Zu wissen, dass ich nicht die Einzige bin, die während dieses Sturms wach ist, unfähig zu schlafen, gibt mir zumindest ein wenig das Gefühl, normal zu sein. Selbst nach all diesen Jahren habe ich die Hoffnung nicht aufgegeben, dass es eines Tages mein Baby sein wird, das im Zimmer nebenan schreit. Tief in mir drin weiß ich, dass es unmöglich ist, aber ich darf doch wohl noch träumen.

Da ich nichts anderes zu tun habe, ziehe ich mein Nachthemd an und falle ins Bett, in Gedanken bei Leon, Jason und dir. Den Geistern meiner Vergangenheit. Das Baby weint immer noch, und seine Schreie werden immer schriller. Als ich endlich einschlafe, träume ich von dir: Du stehst am Rand des Piers, ein Fuß nackt, der andere in einem Turnschuh; du trägst ein fließendes weißes Kleid, das deine Knöchel umspielt – was keinen Sinn ergibt, da du in jener letzten Nacht eine Jeans anhattest. Als ich zögernd auf dich zugehe, drehst du dich zu mir um und stößt ein ohrenbetäubendes Kreischen aus, sodass ich kerzengerade aus dem Schlaf schrecke. Ich sitze im Bett, am ganzen Körper zitternd, mein Nachthemd schweißgetränkt.

Das Baby im Erdgeschoss heult weiter, als würde es ihm das Herz zerreißen.

Am nächsten Morgen ist mir flau im Magen, und das

Dauerhupen eines Autos trägt nicht dazu bei, meinen Kopfschmerz zu lindern. Genervt reiße ich die Wohnzimmervorhänge auf und erblicke überrascht Daniels Rostlaube, die die Einfahrt blockiert. Er schaut auf, bemerkt meine an die Fensterscheibe gepresste Nase und winkt mir herunterzukommen. Vor dem Spiegel über dem Kaminofen glätte ich mein Haar und ziehe den Lippenstift nach, bevor ich mir meine Handtasche schnappe und aus dem Apartment eile. Im Flur ist es still, das Baby ist offensichtlich doch noch eingeschlafen, nachdem es mich beinahe die ganze Nacht wach gehalten hat. Es muss eine Familie in der Nummer eins wohnen, die sich einen Kurzurlaub außerhalb der Saison gönnt – obgleich es sich letzte Nacht nicht gerade nach Erholung angehört hat.

Am Fuß der Treppe höre ich, wie die Tür der Erdgeschosswohnung zufällt, und ich wünschte, ich wäre ein paar Sekunden schneller gewesen und hätte meine Nachbarn noch erwischt, um mich bei ihnen vorzustellen. Das Wissen, dass da eine Familie unter mir wohnt, gibt mir das Gefühl, weniger allein zu sein, auch wenn ich sie nicht kenne.

Ich will gerade die Haustür öffnen, als ich einen braunen A4-Umschlag auf der Fußmatte bemerke. Er ist zerknittert und ein bisschen klamm. Der Name auf der Vorderseite springt mir ins Auge. Er wurde fein säuberlich auf das Kuvert gedruckt: FRANCESCA HOWE. Verdutzt hebe ich ihn auf. Er ist nicht frankiert. Wer könnte mir hierher schreiben?

Ich reiße den Brief auf und entnehme ihm gespannt einen einzelnen Bogen Papier. Während ich ihn betrachte, überkommt mich das kalte Grauen. Sechs Wörter wurden in fetten Lettern auf das Papier gedruckt. Der Briefumschlag und das Blatt entgleiten meinem Griff und segeln zu Boden … mit der Schriftseite nach oben, sodass diese unheilvollen Worte mir weiterhin entgegenstarren.

**ICH WEISS, WAS DU GETAN HAST.**

# SAMSTAG

# 6

# Frankie

Ich stehe im Flur und starre auf den Brief hinab. Die Buchstaben verschwimmen vor meinen Augen. Woher sollte irgendjemand wissen, dass ich hier bin? Ich bin erst gestern Nachmittag angekommen, und schon hat sich jemand die Mühe gemacht, diese geschmacklose Nachricht zu tippen und sie mir persönlich zuzustellen. Sie war noch nicht da, als Daniel sich gestern Abend gegen achtzehn Uhr auf den Heimweg gemacht hat, denn ich habe ihn nach unten begleitet und in der offenen Tür gewartet, als er zu seinem Wagen rannte, während der Regen auf den Rücken seines Wollmantels niederprasselte. War etwa jemand dort draußen – im Dunkeln, im Gewitter – und hat mich beobachtet? Der Gedanke lässt mich erschaudern.

Die Worte können nur eins bedeuten: Jemand weiß Bescheid. Wir haben einander versprochen, niemals darüber zu reden, Soph. Aber irgendwer muss wissen, was in der Nacht von Jasons Tod geschehen ist.

Ein plötzliches Klopfen an der Haustür lässt mich zusammenzucken. Ich hebe rasch Brief und Umschlag auf und stopfe sie in meine Tasche, bevor ich öffne. Daniel steht auf der Schwelle, im selben dunklen Mantel wie gestern, das Kinn hinter dem gestreiften Schal verborgen, und blickt mich entnervt an. »Lass dir ruhig Zeit, Franks«, brummt er mürrisch. »Ich sitze schon eine Ewigkeit im Auto. Wieso brauchst du so lange?«

Ich zögere und wäge ab, ob ich ihm den Brief zeigen soll oder nicht. Aber er ist der Einzige, der weiß, dass ich in Oldcliffe bin, oder nicht? Was, wenn er letzte Nacht zurückgekommen ist, um den Brief einzuwerfen? Oder wenn er ihn erst heute früh eingeworfen hat und dann ins Auto zurückgeeilt ist, um so zu tun, als wäre er gerade erst aufgekreuzt? Obwohl mir meine Logik sagt, dass Daniel so etwas niemals tun würde, da er auf meiner Seite ist – schon immer auf meiner Seite war –, beschließe ich, es vorerst für mich zu behalten. Stattdessen murmle ich eine Entschuldigung, folge ihm über die Einfahrt zu seinem Wagen, den er am Straßenrand geparkt hat, und quetsche mich auf den Beifahrersitz. Es ist schlimm genug, dass ich nach all den Jahren Leon wieder gegenübertreten muss, auch ohne diese zusätzliche Belastung. Mein Schädel pocht, ich fühle mich müde und überreizt.

»Weißt du …«, setzt Daniel an, während er, ohne von meinen Sorgen zu ahnen, den Wagen über den regennassen Asphalt zur Küstenstraße manövriert, »… ich konnte Leon noch nie wirklich leiden.« Ich gebe mir alle Mühe, mich zusammenzureißen und die Gedanken an den Brief und an Jason zu verscheuchen. Daniel starrt auf die Straße vor ihm, seine Hände halten das Lenkrad so fest, dass ich die blauen Adern sehen kann, die unter seiner blassen Haut hervortreten. »Die Mädchen haben ständig von ihm geschwärmt. Ich habe Sophie einmal gefragt, warum sie ihn so sehr mag, und sie hat gesagt, weil er so tiefgründig sei.« Er prustet vor Lachen. »Tiefgründig, so ein Quatsch! Das ist nur eine nette Umschreibung für launisch. Oder schweigsam. Oder schräg.«

Bei seinen Worten muss ich lächeln. »Du weißt ja, wie sie war. Ziemlich verträumt. Eine Romantikerin. Sie sagte, Leon wäre ein bisschen wie die Helden in ihren Lieblingsromanen, grüblerisch und mürrisch. Ein Heathcliff oder ein Mr. Darcy.« Ich habe nie wirklich verstanden, was du damit meintest. Ich hatte kein Interesse an Büchern, vor allem nicht an den Klassikern, die du und mein Vater verschlungen habt. Du hattest deine Nase immer in einem Buch. Wenn ich früher bei dir übernachtet habe, hat es mich immer geärgert, wenn du lieber gelesen hast, als dich mit mir zu unterhalten.

Du hast endlos davon geschwärmt, was für ein Künstlertyp Leon doch sei – mit seinem ausgewählten Büchergeschmack, gar nicht zu reden von seinen düsteren Gedichten, die es dir so angetan hatten. Einmal habe ich eins gelesen. Ich habe es auf deinem Nachttisch gefunden, irgendwo zwischen den Seiten von *Anna Karenina*, es konnte aber auch *Jane Eyre* gewesen sein. Nicht dass ich herumgeschnüffelt hätte oder so, aber als du im Bad warst, konnte ich nicht widerstehen, einen Blick zu riskieren. Es war dramatisch, düster und meiner Meinung nach ein bisschen gestört. All das Gerede von wegen, dass ihr bis zum Tod zusammenbleibt. Davon wurde mir ganz anders.

Ich werfe einen Blick auf Daniel. Dein Bruder hat definitiv nichts Tiefgründiges an sich. Er war immer offen und freundlich und trug seine Gefühle wie eine Reklametafel für jeden sichtbar vor sich her.

Es kann nicht dein Bruder gewesen sein, oder, Soph? Er hätte niemals einen anonymen Brief geschrieben – das ist was für Feiglinge. Daniel ist einer der mutigsten und ehrlichsten Menschen, die ich kenne. Ich erinnere mich daran, dass du mir einmal erzählt hast, wie er im Alter von acht Jahren einen Schlag in den Magen auf sich genommen hat, als er versuchte, deine Mutter vor eurem tyrannischen Vater zu beschützen. Wie er, trotz deiner Sorgen, weil er sich in der Schule nicht genug anstrengte und nicht wusste, was er im Leben wollte, niemals schwänzte, abhaute oder eure Mutter anlog, weil er es euren Vater viel zu oft hatte tun sehen.

Ich schließe meine Augen und kneife mir in den Nasenrücken. Daniel redet noch immer über Leon.

»Er war so aufbrausend, so besitzergreifend. In der Nacht, als sie starb, haben sie sich gestritten. Sie hatten sich getrennt. Und dann, nur wenige Wochen nach ihrem Verschwinden, verpisste er sich einfach zum Arbeiten ins Ausland. Wie auch immer, ich bin mir sicher, dass er mit dir reden wird.«

Da wäre ich mir nicht so sicher, möchte ich beinahe entgegnen, aber ich lasse es. Dann kommt mir plötzlich ein anderer Gedanke: Ist es möglich, dass Leon mir den Brief geschrieben hat?

Mein Telefon klingelt. Ich wühle in der Tasche zu meinen Füßen. Es ist eine Nachricht von Mike. Ich öffne sie und zucke bei den Worten zusammen. *Ich bin froh zu wis-*

*sen, was für ein herzloses Miststück du in Wirklichkeit bist, Fran. Danke für die Vorwarnung.* Die Feindseligkeit, die von meinem Handy ausgeht, ist ein solcher Schock, dass ich scharf die Luft ausstoße.

Daniel dreht sich mit einem Stirnrunzeln zu mir. »Alles in Ordnung mit dir?«

»Ach, nur eine Nachricht von meinem Ex«, sage ich und versuche, mir nichts anmerken zu lassen, als ich das Handy in die Tasche zurückwerfe. Ich lehne mich auf dem Sitz zurück, schließe die Augen und massiere meine Schläfen. Ich stöhne innerlich auf, als mir wieder einfällt, was genau ich letzte Nacht getan habe: der betrunkene Anruf und dann, als Mike nicht ranging, die wütende Nachricht, die ich auf seiner Mailbox hinterließ und in der ich ihn darüber informierte, dass es mit unserer Beziehung vorbei sei und er bis zu meiner Rückkehr aus meinem Haus zu verschwinden habe. Ich dachte überhaupt nicht, dass er die Nachricht bekommen würde – der Empfang letzte Nacht war so schlecht –, aber dem Tonfall seiner SMS nach zu urteilen, hat er sie offenbar doch erhalten. Es stimmt, ich wollte unsere Beziehung schon eine ganze Weile beenden, aber nach der ganzen Sache mit Dad hatte ich nicht die emotionale Kraft dazu. Es war egoistisch von mir, ihn hinzuhalten, wo mir doch klar war, dass die Beziehung keine Zukunft hatte. Du hättest mir schon vor Monaten geraten, die Sache mit ihm zu beenden, Soph. Meine Rückkehr hierher hat mir die perfekte Gelegenheit gegeben, einen Schlussstrich zu ziehen. Aber dennoch, es betrunken und via Mailbox zu tun, ist unentschuldbar.

»Ich habe gestern Nacht mit meinem Freund am Telefon Schluss gemacht«, sage ich mit noch immer geschlossenen Augen. »Ich war betrunken, es war unüberlegt. Er hat es nicht gut aufgenommen.«

»Ah«, meint Daniel wissend, fügt aber nichts weiter hinzu.

»Die Sache zwischen uns stand schon eine ganze Weile auf der Kippe.« Mich ärgert der wertende Tonfall, den ich aus seiner Antwort heraushöre, und ich verspüre das Bedürfnis, mich zu erklären. Ich fahre damit fort, meine Schläfen zu massieren. »Aber ich hätte es nicht am Telefon tun sollen, und auch nicht angetrunken. Ich habe es nicht besonders gut angestellt.«

Ich öffne meine Augen gerade rechtzeitig, um Daniels Schmunzeln zu sehen.

Ich setze mich aufrecht hin. »Was?«

Er kichert in sich hinein. »Du hast dich kein bisschen verändert, oder, Lady Frankie? Gebrochene Herzen, wo auch immer du einen Fuß hinsetzt.«

»Ich habe nicht … Es war nicht meine Absicht …«

»Nein, Absicht war es nie«, sagt er ironisch. Ich mustere sein Profil, das kantige Kinn, die lange Nase, sein dichtes dunkles Haar, das mit seiner bleichen Haut kontrastiert. Habe ich vor all diesen Jahren auch sein Herz gebrochen? »Wie auch immer, Leon weiß nicht, dass wir kommen, also …«

»Was?« Meine Schläfen pochen wie verrückt. »Was meinst du damit, er weiß nicht, dass wir kommen? Ich dachte, du hättest alles arrangiert?«

Er wirkt betreten. »Ich weiß, aber ich habe ihn seit Jahren nicht mehr gesehen, Franks. Wir sind nicht unbedingt gute Freunde. Erinnerst du dich nicht, was damals zwischen uns vorgefallen ist?« Ich blicke ihn ratlos an. »Wir sind in diese Prügelei geraten, und ich habe ihm ein blaues Auge verpasst.« Er klingt, als sei er stolz auf sich.

Ich erinnere mich an die Prügelei. Es war kurz nach deinem Verschwinden, aber ich habe nie herausgefunden, worum es eigentlich ging. Die Stimmung war angespannt, vor allem mit diesem Detective, der überall herumschnüffelte. Alle machten sich schreckliche Sorgen um dich. Einige Tage später meldeten sich ein paar Teenager. Sie waren auf einer Strandparty am Grand Pier gewesen und behaupteten, dich allein die Promenade entlanglaufen gesehen zu haben. Dann fand man deinen Turnschuh auf dem alten Pier, direkt neben einem zerbrochenen Teil der Brüstung, und die Polizei kam zu dem Schluss, dass du zu viel getrunken hattest und auf dem Nachhauseweg über das Geländer gestürzt bist.

»Wenn ich mich recht entsinne, hat er dir eine blutende Lippe verpasst.«

Daniel lässt ein »Ich hab's dir doch gesagt«-Lächeln in meine Richtung aufblitzen. »Genau. Hang zur Gewalttätigkeit.«

Genervt schüttle ich den Kopf. »Woher willst du wissen, dass er wirklich zurück ist? Vielleicht irrst du dich?«

»Nein. Sein Bruder Lorcan hat es Sid gegenüber erwähnt. Anscheinend ist er vor ein paar Tagen angekommen. Und natürlich habe ich einige Nachforschungen angestellt. Er wohnt bei Lorcan in dem alten Haus, kannst du dir das vorstellen?«

»Mir gefällt die Idee nicht, einfach so dort aufzutauchen. Ich meine, es ist Jahre her.« Ich erinnere mich an das letzte Mal, als ich Leon gesehen habe. Es war in dem Sommer, nachdem du verschwunden warst, und wir waren gerade nach London gezogen. Daniel und deine Mutter hatten in der Zwischenzeit Oldcliffe verlassen. Ein Neuanfang, wie sie sagten. Weg von den traurigen Erinnerungen. Ich konnte es ihnen nicht verübeln. Für die Leute waren sie nicht mehr nur Daniel und Anne. Sie waren zu den gramgebeugten Angehörigen der »armen Sophie Collier« geworden. Überall wo sie hingingen, begegnete man ihnen entweder mit Mitleid oder mit Furcht – schließlich soll Unglück ansteckend sein. Die Leute wechselten die Straßenseite, weil sie nicht wussten, was sie zu ihnen sagen sollten. In den Läden und dem örtlichen Pub wurde über sie getratscht. Ich weiß, wie sie sich fühlten, denn mir ging es genauso. »Da geht sie, Sophie Colliers beste Freundin.« Versteh mich nicht falsch, Soph, es war nicht so, als hätte ich es nicht gemocht, in einem Zug mit dir genannt zu werden – ich liebte es, deine beste Freundin zu sein –, es war nur einfach so, dass Oldcliffe ohne dich nicht mehr dasselbe war. Wir alle begriffen, dass wir nicht an dem Ort bleiben konnten, an dem du einst so lebendig, so lebhaft gewesen warst. Wir konnten nicht so tun, als ob alles wäre wie davor, denn dein Tod hatte unsere Welt verändert.

Leon musste genauso empfunden haben, denn nur wenige Wochen nach deinem Verschwinden ging er fort. Es gab Gerüchte, dass er auf Reisen gegangen war. Neun Monate später lief ich ihm in einer Bar in Soho über den Weg, und wir sprachen über dich. Es ging nur um dich, Soph, das schwöre ich dir. Wir hatten nicht vor, miteinander zu schlafen – wir waren betrunken und deprimiert, schwelgten in Erinnerungen an die Vergangenheit. Am nächsten Morgen konnte er mein Bett nicht schnell genug verlassen. Er hinterließ mir lediglich eine kurze Notiz auf dem Nachttisch, in der stand, dass es ein Fehler gewesen war und dass es ihm leidtue. Seitdem habe ich ihn nicht mehr gesehen.

Es tut mir leid, Soph. Es fühlte sich an wie der schrecklichste Verrat überhaupt.

Daniel versteht rein gar nichts. Vor allem, was Leon betrifft. Doch wie soll ich ihm alles erklären, ohne dass es so furchtbar … *schäbig* klingt. So falsch.

Ich starre aus dem Fenster, um das Gespräch mit ihm zu vermeiden. Der alte Pier liegt in Nebel gehüllt da, sodass nur seine schwachen Umrisse zu sehen sind. Das Meer in der Bucht ist grauer als etwas weiter die Küste entlang. Die viktorianischen Häuser verschwinden allmählich und weichen modernen Doppelhaushälften. Und dann liegt sie vor uns, die Birds-Siedlung. Wir biegen in den Starling Way mit seiner Ladenzeile an der Ecke – ein Friseur, ein Zoofachgeschäft und ein kleiner Co-op in einem hässlichen grauen Betonblock. Eine Gruppe Jugendlicher hängt bei den Mülltonnen herum. Lediglich die Klamotten unterscheiden sie von der Jugend unserer Zeit.

Ich runzle die Stirn. Die Siedlung ist sogar noch schlimmer, als ich sie in Erinnerung hatte. Oder vielleicht ist sie über die Jahre einfach nur noch mehr verkommen. Trotz allem habe ich mir etwas Besseres für Leon gewünscht. Plötzlich kommt mir ein Gedanke. »Du lebst aber nicht mehr hier, oder, Dan?«

Er wendet sich zu mir, und die Verachtung steht ihm ins Gesicht geschrieben. »Nein, tatsächlich nicht. Aber selbst wenn, was dann? Sei nicht so ein Snob, Frankie.«

Bei seinen Worten schießt mir die Hitze in die Wangen. Bin ich das? Ein Snob?

Daniel biegt nach links in den Dove Way. Ich kann mich gut daran erinnern, er liegt nur wenige Straßen von dem Haus entfernt, in dem du aufgewachsen bist.

Er hält vor der Nummer neunundfünfzig, das letzte Haus in einer Reihe von dreien.

Neben der Garage ist ein rostiger grüner Renault auf Ziegelsteinen aufgebockt. Ich bemerke die fehlenden Räder. Zu unseren Zeiten war es ein klappriger Ford Cortina. Wie du ihn hasstest.

»Hoffen wir, dass Leon noch immer hier ist«, sagt Daniel. Er will schon die Autotür öffnen, doch in einem Anfall von Panik packe ich ihn am Ärmel.

»Daniel … es gibt da etwas, was du wissen solltest …«

Er hält inne, seine Finger am Türgriff. »Was sollte ich wissen, Franks?« Seine Stimme ist sanft, und ich sehne mich in diesem Moment danach, ihm alles zu erzählen. Aber ich könnte es nicht ertragen, die Illusionen, die er von mir hat, zu zerschlagen, wenn er erst die Wahrheit erfährt. Er bemerkt mein Zögern und nimmt seine Hand vom Griff. »Du weißt doch, dass du mir alles sagen kannst, ja? Ich würde es verstehen.«

Ich beiße mir auf die Lippe. Ich bin noch nicht so weit, es ihm zu erzählen. Ich kann nur hoffen, dass Leon Stillschweigen bewahren wird.

»Frankie?«

»Ach, ist nicht so wichtig, das kann warten.« Ein Anflug von Enttäuschung huscht über sein Gesicht, bevor er wortlos aus dem Astra steigt. Es bleibt mir nichts anderes übrig, als ebenfalls den Wagen zu verlassen, auch wenn alles in mir danach schreit, zu bleiben, wo ich bin.

Ich stehe auf dem Bürgersteig vor dem Haus. Ein leichter Sprühregen hat eingesetzt. Der rote Lack blättert vom Garagentor ab und enthüllt die darunterliegende zinnfarbene Beschichtung. Es ist alles viel grauer, kahler und kleiner als in meinen Erinnerungen, als ob alles um mich herum geschrumpft wäre.

Die Reihenhaussiedlung ist so angelegt, dass man an der Garage vorbei und durch den Garten dahinter gehen muss, um ins Haus zu gelangen. Ich folge Daniel durch ein großes hölzernes Tor, und während ich zögerlich den Garten durchquere, habe ich das Gefühl, ein verbotenes Grundstück zu betreten, als würde ich beobachtet. Eine Kinderschaukel liegt vor sich hin rostend und verlassen im wuchernden Gras, direkt neben einem ausrangierten Fahrradreifen. Auf der einen Seite bildet eine dichte Zypressenhecke die Grenze zum Nachbargrundstück, auf der anderen Seite verläuft ein Zaun zur Straße hin. Eine niedrige

Mauer trennt die briefmarkengroße Terrasse von dem verwilderten Rasen. Ich folge Daniel über den Betonweg und halte mich dicht hinter ihm, als er gegen die Glasscheibe der Hintertür klopft. Ich merke, wie ich den Atem anhalte.

Ich zähle. Eins, zwei, drei, vier … Die Tür wird aufgerissen.

Und da steht er. Sein Haar ist immer noch dunkel und gewellt, jedoch von einigen grauen Strähnen durchzogen, sein Gesicht gebräunt. Würdest du ihn immer noch attraktiv finden, wenn du ihn jetzt sehen könntest? Ich denke schon.

All die Jahre, die ich in London lebte, hatte ich Affären und Beziehungen mit Bankern und Rechtsanwälten, Ärzten und Managern, aalglatten metrosexuellen Männern. Bis Mike kam. Ich mochte ihn, denn er strahlte denselben rauen Sexappeal aus wie Leon und Daniel. Er fällt ihnen ganz natürlich zu, sie müssen nicht stundenlang im Bad stehen, sich wachsen und rasieren, sich stutzen und gelen.

Seine hochgewachsene Gestalt füllt den gesamten Türrahmen, und er mustert Daniel aus diesen wohlbekannten stechend blauen Augen. »Was willst du?«, fragt er schließlich.

»Reden.«

Leon wendet sich mir zu, und da ist eine kurze Stille, während wir beide die subtilen und weniger subtilen Veränderungen in uns aufnehmen, die die Jahre an uns hinterlassen haben. Dann, mit einem Ruck, scheint er sich wieder zu fassen. »Frankie. Ich habe schon gehört, dass du wieder da bist.«

Er wusste es also bereits. Mein Magen verkrampft sich. Könnte der Brief tatsächlich von ihm sein? Du hättest ihm doch bestimmt nie erzählt, was wir getan haben, oder, Soph?

»Hallo, Leon.« Ich versuche zu lächeln, aber es ist, als seien meine Muskeln erstarrt, es kostet mich enorme Mühe, meine Mundwinkel ein Stück nach oben zu ziehen.

»Ihr solltet besser reinkommen«, sagt er und tritt zur Seite, um uns durch die Tür zu lassen.

»Wie lange bist du schon zurück?«, frage ich, während wir drei betreten in der Küche herumstehen. Sie ist altmodisch eingerichtet, mit Holzelementen im Landhausstil und perlweißen Raufasertapeten. Am Kühlschrank hängt eine mit einem Magneten der Fährgesellschaft Stena Line befestigte Kinderzeichnung von einer Katze. Die Küche riecht nach muffigen Geschirrtüchern und Bleiche.

Er schaltet den Wasserkocher ein. »Nur ein paar Tage. Und ich bleibe nicht lang. Lorcan und Steph haben kaum Platz für mich.« Er verzieht das Gesicht. »Fünf Kinder und ein Enkelkind.«

Ich will ihn fragen, warum er zurück ist, was er getrieben hat, seit ich ihn das letzte Mal gesehen habe, aber ich schaffe es nicht, die Worte zu finden.

Als hätte er meine Gedanken gelesen, spricht Daniel es für mich aus. »Was machst du überhaupt hier?« Seine Stimme ist barsch, missmutig.

Leon zuckt die Achseln. »Mein Vertrag ist ausgelaufen. Also dachte ich, ich komme mal zu Hause vorbei, organisiere mich ein bisschen und schaue, was die Zukunft so bringt.« Organisieren. Der Leon, den ich kannte, hätte dieses Wort niemals benutzt. Es ist zu businessmäßig, zu nüchtern. Seine Worte haben etwas Einstudiertes an sich, als hätte er gewusst, dass wir kommen. »Geht schon mal ins Wohnzimmer, ich bringe euch den Tee.« Er wedelt mit seiner Hand Richtung Flur. Ich verharre kurz, in der Hoffnung, unter vier Augen mit ihm reden zu können, aber er dreht mir den Rücken zu, und mir bleibt nichts anderes übrig, als Daniel zu folgen.

Es ist ein Wohnzimmer mit Essecke, recht ähnlich wie das in deinem alten Haus, mit einem gemauerten Kamin und einem Flachbildfernseher an der Wand darüber. Die blumenbedruckten Vorhänge, an die ich mich aus den Neunzigern erinnere, wurden durch Holzjalousien ersetzt.

Ich muss Daniel von mir und Leon erzählen. Was wenn Leon es ausplaudert? Fände Daniel es schlimm, dass ich es ihm nie gesagt habe? Würde er mir nicht mehr vertrauen? Ja, womöglich würde er mich mit anderen Augen sehen, aber wenn er es von Leon erfahren müsste, würde er mich für eine Lügnerin halten. »Daniel«, flüstere ich gedämpft, als wir uns auf das beige Sofa setzen, »es gibt da etwas, das du wissen solltest … über Leon und mich.«

Er blickt mich an, und zum ersten Mal bemerke ich die dunklen Schatten um seine Augen. »Was sollte ich wissen?«

Ich öffne schon den Mund, aber da kommt Leon mit dem Tee.

»Bedient euch. Milch und Zucker stehen auf dem Tablett«, sagt er mit einem Wink seiner Hand. Dann setzt er sich auf einen Sessel uns gegenüber, lehnt sich zurück und legt seinen Knöchel auf dem anderen Knie ab.

Es ist eine Haltung, an die ich mich noch sehr gut erinnern kann, von eigenartiger Eleganz. Ich nehme einen Schuss Milch und nippe an meinem Tee.

»Sophies Überreste wurden gefunden«, eröffnet Daniel ohne Umschweife. Ich habe nicht erwartet, dass er so schonungslos sein kann.

Leon beugt sich vor und greift nach seiner Tasse. Mir fällt auf, dass seine Hände voller Falten und Schwielen sind. Du hast oft gesagt, er habe die Hände eines Künstlers, glatt und filigran. »Ihre Überreste?«, wiederholt er. »Was meinst du damit?«

Wieder klingen seine Worte einstudiert, als wisse er es bereits. Oldcliffe ist eine Kleinstadt; ich bin mir sicher, dass die Neuigkeit sich in Windeseile verbreitet hat. Immerhin ziert die Schlagzeile das Titelblatt der Lokalzeitung. Also, wozu dieses Theater?

Daniel verdreht die Augen. »Was denkst du denn, dass ich damit meine? Sie ist tot, verdammt noch mal.«

Leon blickt von Daniel zu mir, sein Gesicht ist bleich, seine Augen müde. Die Atmosphäre im Raum ist aufgeladen mit unausgesprochenen Worten, wie eine prall gefüllte Wolke vor dem erlösenden Regenschauer. Er fährt sich mit der Hand übers Gesicht. Das einzige hörbare Geräusch ist das Ticken der Uhr auf dem Kaminsims. Er legt den Kopf in die Hände, und für einen schrecklichen Moment denke ich, dass er zusammenbrechen, dass er die Kontrolle verlieren wird. Ich schiebe mich nach vorne, um meine Tasse auf dem Tablett abzustellen, und gehe dann vor ihm in die Hocke. Ich lege meine Hand auf sein Knie.

»Du musst doch vermutet haben, dass sie tot ist?«

Er hebt den Kopf, seine Augen blicken starr in meine. Seine Miene ist undurchdringlich. »Ich habe die Hoffnung niemals aufgegeben.« Ein Schatten zieht über sein Gesicht, und er schüttelt meine Hand von seinem Knie ab, als würde ihn meine Berührung beleidigen. Als ich mich wieder setze, fange ich Daniels Blick auf. Er wirkt wütend.

»Das ist ja alles sehr rührend, Leon«, bemerkt er sarkastisch, »aber ich verlange jetzt von dir, dass du mir alles erzählst, was in jener Nacht passiert ist.«

»Warum? Warum wollt ihr das alles noch einmal durchgehen?«

»Ich glaube, Sophie wurde ermordet.«

»Und die Polizei?«

»Die Ermittler gingen immer davon aus, dass sie ins Meer gefallen und ertrunken ist«, melde ich mich zu Wort. »Der Pier war nicht sicher. Er hätte schon damals abgesperrt werden müssen, so wie er es heute ist.«

Leon räuspert sich. Er ignoriert Daniel und sieht stattdessen mich an. »Vielleicht ist sie ja tatsächlich auch nur hineingefallen.«

Daniel schnaubt höhnisch. »Das hättest du wohl gerne, dass wir das glauben, was?«

Leon erhebt sich, die geballten Fäuste an seine Seiten gepresst. »Was soll das heißen? Wenn du etwas zu sagen hast, dann raus damit, Danny-Boy!«

Daniel steht ebenfalls auf, sodass sie sich über den Sofatisch hinweg gegenüberstehen. Die kleine Pattsituation zwischen den beiden hat beinahe etwas Theatralisches.

»Hört auf, sofort!«, fahre ich sie an. Unter anderen Umständen fände ich es amüsant, wie unbedingt sie sich miteinander anlegen wollen. Glaubt Daniel wirklich, dass Leon dir vor all den Jahren etwas getan hat? Oder geht die Sache viel tiefer? Rührt Daniels Hass auf Leon von Eifersucht her? Denkt er, ich müsse nur einen Blick auf Leon werfen und würde schon Hals über Kopf mit ihm in den Sonnenuntergang davonlaufen wie in so einer kitschigen Liebesschnulze? Nur weil du ihn mochtest, Soph, heißt das noch lange nicht, dass es alle taten.

Daniel verfügt über den Anstand, beschämt dreinzuschauen, als er sich wieder auf das Sofa setzt. Er hält immer noch seine Teetasse in der Hand. Auf der Vorderseite prangt I-Aah, der Esel aus *Pu der Bär*. Es wirkt so lächerlich, dass ich beinahe kichern muss. Stattdessen werfe ich Leon einen warnenden Blick zu, und auch er kehrt auf seinen Platz zurück.

»Bitte, Leon«, sage ich. »Erzähl uns einfach, was passiert ist, dann gehen wir wieder.«

»Ich habe sowohl ihm als auch der Polizei seinerzeit alles gesagt«, erwidert er eingeschnappt.

»Aber es gab nie eine richtige Untersuchung. Ich weiß, dass es lange her ist. Wir versuchen nur herauszufinden, was mit ihr passiert ist. Warum ist sie zu dem Pier gegangen? Hat sie sich dort mit jemandem getroffen? Und wenn ja, mit wem? Interessiert es dich denn überhaupt nicht?«, fragt Daniel.

Leon seufzt. »Natürlich interessiert es mich, aber ich weiß nichts. Ich dachte, wir würden einander lieben, bis …«

Er fixiert mich mit einem unnachgiebigen Blick, und ich winde mich innerlich. Ich weiß, was dieser Blick bedeutet. Es bedeutet, dass er Bescheid weiß, nicht wahr, Soph? Er hat herausgefunden, was wir Jason angetan haben, und er konnte es dir nicht verzeihen.

»Bis …?«, hakt Daniel nach.

»Bis es zu einem großen Streit kam und wir Schluss machten.«

»Worum ging es in dem Streit?«, bohrt Daniel weiter.

Leon zuckt mit den Schultern, den Blick immer noch auf mich gerichtet, seine dunklen Locken fallen ihm ins Gesicht. »Ich denke, du weißt es, Frankie. Nicht wahr?«

# 7

## Sophie

*Samstag, 5. Juli 1997*

Ich habe etwas Furchtbares herausgefunden. Über Leon. Etwas, von dem ich mir wünschte, ich hätte es nie erfahren.

Alles lief so gut. Gestern Abend haben wir uns, wie von ihm vorgeschlagen, um neunzehn Uhr am alten Pier getroffen. Wir saßen mit einem Cider-Sixpack am Strand, unterhielten uns über Musik, darüber, wie wir aufgewachsen sind, über unsere Hoffnungen und Träume und unseren Wunsch, eines Tages Oldcliffe hinter uns zu lassen. Dann fragte er mich auch nach meinem Dad. Obwohl mir klar war, dass diese Frage irgendwann aufkommen würde, verspürte ich dennoch diesen heftigen, plötzlichen Schmerz unter meinen Rippen – das Grauen, als ich mich daran erinnerte, wie er drohend über meiner Mutter aufragte und brüllend auf sie einschlug; die Erleichterung, als er aus dem Haus stürmte und die Tür hinter sich zuknallte; und die Furcht, als Daniel und ich zusehen mussten, wie das Blut aus dem geschwollenen Gesicht unserer Mutter sickerte und auf den graubraunen Teppich tropfte. Ich war damals sechs und Daniel acht Jahre alt. Mein Vater hatte meine Mutter einmal zu viel verprügelt – wir flohen noch in derselben Nacht. Wir packten unsere dürftigen Habseligkeiten zusammen und fuhren die knapp über dreihundert Meilen von Durham zu dem Frauenhaus außerhalb der Stadt. Wir änderten unseren Nachnamen zu Collier (Christopher Reeves Nachname in *Ein tödlicher Traum*, Mums Lieblingsfilm), doch soweit wir wissen, hat mein Vater nie versucht, uns ausfindig zu machen.

Ich spürte Leons Blick auf mir, während er auf eine Antwort wartete. »Meine Eltern haben sich getrennt, als ich noch klein war. Ich habe ihn seitdem nicht gesehen«, erwiderte ich schließlich.

Er musste gespürt haben, dass ich nicht darüber reden wollte, denn er drückte sanft meine Hand, als würde er es verstehen, als bedürfe es keiner weiteren Worte. Danach spazierten wir auf den alten Pier hinaus und küssten uns, während die Sonne langsam im Meer versank. Ich habe mich seit Jahren niemandem mehr so nahe gefühlt. Es fühlte sich so richtig an.

Doch jetzt, nach dem, was Frankie mir heute erzählt hat, erscheint es mir so falsch.

Nach der Arbeit machte ich mich auf den Weg zu ihr. Ich weiß, es ist lächerlich, aber ich war nervös, weil ich ihr von mir und Leon erzählen wollte. Wir hatten ausgemacht, uns nach meiner Schicht bei ihr im Hotel zu treffen. Es war ein weiterer schwülheißer Tag, und die Rentner und Touristen waren in Heerscharen unterwegs, weswegen ich etwas spät dran war. Als ich beim Hotel ankam, ging es bereits auf sechzehn Uhr zu.

Das *Grand View Hotel* soll einst ein eleganter Bau gewesen sein, aber irgendjemand – vermutlich irgendwann in den Fünfzigern – hatte die geniale Idee, es in dem zuckersüßen Pink eines Kaubonbons zu streichen, sodass es unübersehbar zwischen all den anderen Hotels hervorstach, die die Hauptstraße säumten … und das auf keine schöne Art und Weise.

Frankies Dad, Alistair, öffnete mir die Tür. Ich hatte ihn drei Jahre nicht gesehen, aber ich habe ihn immer gemocht. Als ich noch ein Kind war, hat er mir immer das Gefühl gegeben, bei ihnen willkommen zu sein. Ich glaube, er hat es vor allem getan, weil Frankie ein Einzelkind war und er wollte, dass sie Gesellschaft hatte. Und da ich selbst keinen Vater mehr hatte, blickte ich bewundernd zu ihm auf. Er war – nein, *ist* – attraktiv und clever, hat einen trockenen Humor und einen guten Klamottengeschmack (für einen Dad!). Ich muss zugeben, dass ich als Teenager ein kleines bisschen verknallt in ihn war.

»Sophie Rose Collier!«, rief er überschwänglich aus, als er mich erblickte. »Die Weltenbummlerin kehrt zurück. Und dann auch noch so erwachsen.«

Als er mich das letzte Mal gesehen hatte, kurz bevor ich an die Uni ging, war ich eine ungelenke, schüchterne Achtzehnjährige mit Brille und Knubbelknien gewesen. Er scheuchte mich in den Flur, während er mich mit Fragen zur Uni löcherte: wie mein Studium war, welche Bücher ich für meinen Abschluss in Englischer Literatur hatte lesen müssen, was für einen Notenschnitt ich hatte, wie meine Zukunftspläne aussahen. Und es erinnerte mich daran, wie viel Interesse er schon immer an meiner Ausbildung gezeigt hatte.

Wieder mit Alistair in diesem Hotel zu sein, versetzte

mich im Nu in meine Kindheit zurück. Es hat sich kein bisschen verändert: Da ist immer noch der rote Teppich mit dem schnörkeligen Goldmuster, der den Flur und das Treppenhaus bedeckt; die cremefarbenen Wände, die schweren Holzmöbel in der Lounge, die großen gläsernen Kronleuchter, die von den hohen Decken hängen, der Geruch nach Rotwein und Bienenwachspolitur.

Alistair ließ mich in der Lounge in einem Sessel am Fenster Platz nehmen, sodass ich auf den Strand blicken konnte, an dem sich die Badenden tummelten. Die Spitzengardinen bauschten sich in den offenen Fenstern, die die Kakofonie (das ist für heute mein neuestes Wort!) von Stimmen, Verkehrslärm und gedämpfter Spielhallenmusik hereinließen. Die Lounge war leer – die Gäste mussten wohl allesamt draußen am Strand sein oder auf der Hauptstraße. Obwohl ich gerne bleiben und mich weiter mit ihm unterhalten wollte, drängte es einen Teil von mir, mit Frankie zu sprechen, da ich wusste, dass ich ihr etwas erzählen musste, wovon sie nicht begeistert sein würde.

»Zu früh für ein Glas Wein?«, fragte er zu meiner Überraschung, als er zu der geschwungenen Bar am anderen Ende des Raumes ging. Obwohl ich einundzwanzig bin, bietet mir meine Mutter nie Alkohol an, da sie selbst Abstinenzlerin ist. Das ist das Tolle an Alistair, er behandelt mich stets wie eine Erwachsene und mit Respekt. Selbst als ich noch ein Kind war, hörte er sich an, was ich zu sagen hatte, ganz so, als würde meine Meinung zählen. Meine Mum hat mir schon zugehört – sie ist wirklich großartig –, aber sie hat immer so hart gearbeitet. Da sie allein zwei Kinder großziehen musste, war Zeit immer ein Luxus für sie gewesen, den sie sich nie erlauben konnte.

Ich wollte gerade antworten, als Frankie in den Raum schwebte und ihn ablenkte. Wie üblich sah sie atemberaubend aus, in einem kurzen geblümten Sommerkleid, das ihre Schenkel umschmeichelte, und mit ihrem dichten Haar, das ihr in einem geflochtenen Zopf über den Rücken fiel. Ihre Haut war dank ihres italienischen Erbes (ihre Mutter kommt ursprünglich aus Neapel) bereits tief gebräunt. Im Vergleich zu ihr fühlte ich mich bleich und schlaksig. Alistair hatte mich früher immer die Englische Rose genannt, während Frankie seine Glutäugige Schöne war. Dabei wollte ich immer die Glutäugige Schöne sein.

Ich stand auf, um sie zu begrüßen. Sie hüpfte zu mir herüber, die Augen vor Aufregung weit aufgerissen, und ich fragte mich, was sie mir so Dringendes zu erzählen hatte, denn sie sah aus, als müsse sie jeden Moment platzen. Ich wollte nicht diejenige sein, die ihrer Stimmung einen Dämpfer verpasste.

»Ich lasse euch Mädchen mal lieber allein«, sagte Alistair, doch ich bemerkte, wie er sich ein Glas Wein einschenkte. Als er Richtung Tür ging, drehte er sich noch einmal um, lehnte sich in cooler Pose gegen den Rahmen und musterte mich prüfend. Oh ja, Alistair liebte es definitiv, cool zu sein. »Du hast nicht zufällig Lust auf einen neuen Job, Sophie? Wir könnten gut noch ein Paar Hände gebrauchen. Bald gehen die Schulferien los, und das Hotel ist die nächsten zwei Monate komplett ausgebucht.«

Mein Herz flatterte vor Aufregung. Ich wusste, wie viel Frankie verdiente. »Was müsste ich denn tun?«

Er winkte lässig ab. »Ach, Betten beziehen, saubere Teetassen auf die Zimmer stellen, ein bisschen staubsaugen, solches Zeug.«

Frankie warf ihre Arme um mich. »Wir könnten zusammenarbeiten, das wird total witzig, Soph!«

Alistair bedachte sie mit einem gutmütigen Lächeln, und in diesem Moment beneidete ich die beiden um ihre Beziehung zueinander – darum, dass Frankie einen Vater hatte, der mit einem Fingerschnippen alle Träume wahr machen konnte. Der seiner Tochter den Tag versüßen konnte.

»Großartig. Kannst du gleich morgen anfangen?«

Ich dachte kurz an die Imbissbude und an meinen notgeilen Boss Stan, der praktisch nur aus seinem fetten Bauch und seiner Knollennase bestand und der mir, wie auch allen anderen Mädchen in Oldcliffe, anzügliche Blicke über seinen Schellfisch hinweg zuwarf, und ich sagte mit Freuden zu.

Alistair verabschiedete sich mit einem breiten Lächeln, und Frankie hakte sich bei mir unter, während wir Richtung Strand schlenderten. Ich hörte nur halb zu, als sie losplapperte, dass Jez sich noch nicht bei ihr gemeldet hatte, da ich in Gedanken bei Leon war und der Frage, wie ich das Thema Frankie gegenüber am besten ansprechen könnte.

»Und schau mal, was mein Dad mir gekauft hat!«, quietschte sie. Sie blieb abrupt mitten auf dem Gehweg stehen, woraufhin eine Frau mit Kinderwagen hinter uns ärgerlich schnaubte. Frankie bemerkte es nicht einmal. Sie war zu sehr damit beschäftigt, in ihrer Strohstrandtasche zu kramen. Sie zog ein Nokia-Handy hervor, und ich verspürte einen Anflug von Neid. »Ein Handy! Ich habe endlich mein eigenes Telefon. Ich habe Dad ewig angebettelt. Bin ich nicht ein Glückspilz?« Sie reichte mir das Handy, und ich inspizierte es von allen Seiten, als sei es eine außerirdische Lebensform. »Es ist mit Prepaidkarte. Dad hat es mit einem Zehner aufgeladen, damit ich gleich lostelefonieren kann.«

Ich finde es bemerkenswert, dass sie immer nur ihren Vater als denjenigen erwähnt, der ihr die Sachen kauft, viel öfter als ihre Eltern zusammen, so als hätte es gar nichts zu bedeuten, dass ihre Mutter tagtäglich wie eine Irre durch das Hotel rennt und putzt und kocht und aufräumt. Sosehr ich Alistair auch mag und bewundere, er ist derjenige, den man normalerweise dabei sieht, wie er mit einem Drink in der Hand mit der Kundschaft plaudert, während seine Frau in der Küche schuftet. Er trägt oft einen verblüfften Ausdruck zur Schau, als ob er rein zufällig in sein eigenes Hotel hereinspaziert wäre und nun etwas verwirrt sei wegen der Ansammlung von Menschen. Nichtsdestotrotz schafft er es mühelos, sich unter das Volk zu mischen und Konversation zu betreiben. Es ist beinahe so, als würde er immerzu denken, dass sein Leben nicht ganz so verlaufen ist, wie er es sich erhofft hat. Frankie hat mir einmal gestanden, dass das Hotel ihren Großeltern mütterlicherseits gehörte, doch als sie in Rente gingen und nach Italien zogen, übergaben sie es an Frankies Mutter, ihrem einzigen Kind. Als sie sich kennenlernten, war Alistair Dozent für Englisch. Ich frage mich, ob er es bereut, seinen Beruf aufgegeben zu haben, um das Hotel zu führen – trotz der offensichtlichen finanziellen Vorteile, die es mit sich bringt.

Schon als ich ein Kind war, wusste er, wie gerne ich Bücher las. Und da Frankie kein besonderes Interesse daran zeigte, gab er alle seine Klassiker an mich weiter und schien aufrichtig begeistert, wenn er sie mir in die Hand drücken konnte. Seine Ausgaben von *1984* und *Große Erwartungen* stehen immer noch in meinem Bücherregal. Es war einer der Höhepunkt meiner Woche, einen Roman von Alistair zu bekommen, und ich vertiefte mich stundenlang in jedes einzelne Buch und versuchte, im Vorhinein zu erraten, über welche Punkte wir diskutieren würden, sobald ich es zu Ende gelesen hatte. Ich fand es immer schade, dass er seinen Lehrberuf aufgegeben hatte.

Ich gab ihr das Handy zurück. »Es sieht toll aus, aber wen kennst du noch mit Handy? Wen willst du damit anrufen?«

»Ich weiß noch nicht, aber die Leute können mich doch vom Festnetz aus anrufen, oder?«

»Mich musst du nicht fragen, ich habe keine Ahnung, wie die Dinger funktionieren«, erwiderte ich lachend. Sie ließ das Gerät in die Tasche zurückfallen, hakte sich wieder bei mir unter, und wir schlenderten weiter.

Wir erreichten die Ufermauer und setzten uns so hin, dass wir den Strand überblickten. Die Stadt erschien mir furchtbar laut: das Geschrei der Kinder, die im Wasser herumplanschten, das Kreischen der Möwen, die in Schwärmen nach Nahrung Ausschau hielten, das Plärren der Musik aus den Spielhallen hinter uns, das Rauschen der Wellen, die über den Sand schwappten, das unverständliche Geplapper der Leute, das Klimpern und Klingeln des Riesenrads weiter oben am Strand, das extra für den Sommer aufgestellt worden war. Es reichte, um einem Kopfweh zu bereiten. Manchmal sehnte ich mich nach den friedlichen grünen Wiesen und Feldern von Warwickshire zurück. Es bestärkte mich noch mehr in meinem Entschluss, diesen Ort für immer hinter mich zu lassen.

»Wie gefällt dir mein neuer Nagellack?«, fragte mich Frankie.

Sie hatte ihre Flipflops ausgezogen und streckte ihre Zehen von sich, die in einem satten Lila lackiert waren. »Er heißt Dolly Mixture. Total cool, oder?«

Ich musste es ihr erzählen, jetzt und hier.

»Ich hatte letzte Nacht was mit Leon«, platzte es aus mir heraus. Ich spürte, wie sie sich neben mir versteifte, selbst ihre Zehen schienen halb ausgestreckt zu erstarren.

Sie wandte sich mit geblähten Nasenflügeln zu mir um, die Katzenaugen zu Schlitzen verengt. »Du hattest was mit Leon? Wann? Wie?«

Also erklärte ich es ihr. Ich erzählte ihr von der Notiz, die ich in meiner Jackentasche gefunden hatte, und von unserem Treffen auf dem alten Pier. »Er wohnt nur zwei Straßen von mir entfernt, ist das nicht unglaublich?«

Sie verzog das Gesicht. »Eigentlich nicht, das hier ist ein kleiner Ort.«

»Ja, schon, ich weiß, aber …«

»Du weißt nicht, wie er ist«, unterbrach sie mich mit kalter Stimme. Sie wickelte eine Haarsträhne um ihren Finger und zog fest daran. Es war eine Gewohnheit, die ich ganz vergessen hatte. Wenn sie früher in der Schule unter Stress stand, zog sie immer an ihren Haaren.

Ihre sofortige Ablehnung ärgerte mich. »Doch, ich denke, das tue ich.«

»Warum? Weil du letzte Nacht ein paar Stunden mit ihm verbracht hast?«

Ja, genau darum, wollte ich erwidern, aber ich tat es nicht. Stattdessen sagte ich: »Er scheint ein netter Kerl zu sein.«

»Hast du mit ihm gevögelt?«

»Das geht dich nichts an«, antwortete ich widerstrebend. Natürlich hatte ich nicht mit ihm geschlafen – hallo, beim ersten Date? –, aber das wollte ich ihr nicht sagen.

Sie riss die Augen auf. »Früher haben wir uns immer alles gesagt.« Ihre Stimme klang quengelnd, zickig. »Erinnerst du dich, wie du deine Jungfräulichkeit verloren hast, mit James Forrester? Ich war die Erste, der du es erzählt hast.«

Ich öffnete den Mund, um ihr zu erklären, dass drei Jahre vergangen waren, seit wir uns das letzte Mal etwas über unser Sexleben anvertraut hatten; dass ich nicht länger das Strebermädchen mit Brille, Zahnspange und hässlicher Frisur war, das an ihren Lippen hing; dass ich jetzt ein eigenständiger Mensch war, dass ich aus ihrem Schatten herausgetreten und zum Studieren weggezogen war, dass ich mir ein Leben ohne sie aufgebaut hatte. Aber sie sah so niedergeschlagen aus, dass ich meinen Mund wieder schloss. Und außerdem, belog ich mich nicht selbst? Das ganze letzte Jahr in der Oberstufe und die gesamten drei Jahre an der

Uni hatte ich mich gefühlt, als ob ein Teil von mir fehlen würde. Ich hasse es, es zugeben zu müssen, aber mit Frankie an meiner Seite fühle ich mich selbstbewusster, so als könnte ich alles schaffen. Ich weiß, dass wenn sie mit mir an der Uni gewesen wäre, ich wesentlich mehr Spaß gehabt, mich Dinge getraut hätte, die ich allein nicht zu tun wagte.

»Ich wollte dir doch nur erzählen, dass …«

»Also kümmert es dich gar nicht, was mir mit ihm passiert ist?«

»Aber was ist dir denn passiert?«, erwiderte ich entnervt. »Es ist ja nicht so, als ob er übergriffig geworden wäre, oder? Er stand auf dich, du hast ihm einen Korb gegeben, er war ein wenig aufdringlich, na und?« Ich hasse es, mich zu streiten, vor allem mit Frankie.

»Na und?«, äffte sie mich nach. Sie drehte sich zum Boulevard herum, sprang von der Mauer, stieß ihre Füße in die Flipflops und zerrte ihre Strandtasche hoch, sodass sie an ihrer Armbeuge baumelte. »Na schön, wenn du glaubst, das ist okay, dann ist ja gut. Aber denk dran, ich habe dich gewarnt.«

Ich drehte mich zu ihr und schwang die Beine über die Mauer. »Danke, aber ich bin schon groß. Ich kann auf mich selbst aufpassen«, sagte ich und versuchte, meiner Stimme einen festen Klang zu verleihen.

Frankie und ich haben uns in unserem Leben schon oft gezofft, immerhin kennen wir uns, seitdem wir sieben sind, aber seit unserem Wiedersehen haben wir uns von unserer besten Seite gezeigt, wie Liebende im anfänglichen Rausch einer Beziehung.

Sie schwieg einen Moment und musterte mein Gesicht, als würde sie abwägen, ob sie ganz ehrlich zu mir sein sollte. Dann legte sie die Stirn in Falten. »Wirst du dich weiterhin mit ihm treffen?«

Ich zuckte mit den Schultern. »Ich mag ihn wirklich, Franks. Und er mag mich.«

»Dann ist da noch etwas, das du über ihn wissen solltest. Über Leon.«

Ich seufzte in der Erwartung weiterer dramatischer Enthüllungen darüber, wie er ihr nachgelaufen war. »Und das wäre?« Ich verschränkte die Arme vor der Brust, als müsse ich mich vor ihren Worten schützen. Doch ich war nicht auf das vorbereitet, was sie als Nächstes sagte.

»Er ist Jasons Cousin.«

# 8

# Frankie

Daniel schweigt auf der Heimfahrt. Der Sprühregen hat nicht aufgehört, und der Himmel ist eine einzige weiße dicke Wolkenmasse, die das hintere Ende des alten Piers verschlungen hat.

Er hält vor der Villa und starrt vor sich hin, der Motor schnurrt im Leerlauf. Das Haus liegt im Dunkeln, die dichten Hecken trennen es schwarz und stachelig von seinen Nachbarn.

In der Ferne bemerke ich eine Frau in einem Regenmantel, sie trägt einen Schirm und läuft in unsere Richtung. Ich drehe mich zu Daniel. Sein Ausdruck ist ungewöhnlich finster, und im Geist gehe ich noch einmal das Gespräch in Leons Haus durch. Habe ich etwas Falsches gesagt oder getan? Und was hat Leon gemeint, als er sagte, dass ich wüsste, warum ihr euch getrennt habt? War das eine Anspielung auf Jason? Hast du es ihm erzählt, Soph?

Ich kann es verstehen, falls du es getan hast. Unter Leons elektrisierendem Blick schien jeglicher Sauerstoff aus dem Raum zu weichen. Du hast einmal gesagt, er habe Augen, die direkt auf den Grund deiner Seele blicken können, und in dem Moment wusste ich genau, was du damit meintest.

Wer weiß, was ich gesagt hätte, wenn mein Handy nicht geklingelt hätte. Erleichtert zog ich es aus meiner Tasche, und als Stuarts Name auf dem Display aufleuchtete, murmelte ich eine Entschuldigung von wegen, es handele sich um einen wichtigen geschäftlichen Anruf, und beeilte mich, aus dem Haus zu kommen.

Mit kalten Füßen stand ich in meinen unpraktischen Stiefeln im Garten. Stuart war untröstlich, dass er mich am Wochenende stören musste, aber eine wichtige Bestellung war durcheinandergeraten, was womöglich zur Folge hatte, dass sich die Eröffnung des neuen Hotels um Wochen verzögern würde. Ich ging mit ihm unsere Optionen durch und versuchte, Ruhe zu bewahren, ungeachtet der Tatsache, dass Leon und Daniel im Haus auf meine Rückkehr warteten. Es fühlte sich seltsam an, in Oldcliffe ein geschäftliches Telefonat zu führen, als ob sich meine beiden sorgsam getrennten Welten miteinander vermischen würden, und das irritierte mich. Ich musste dich, Daniel und Leon unbedingt verdrängen und mich darauf konzentrieren, was Stuart sagte, während wir alles besprachen. Ich weiß nicht, wie lange ich telefonierte, aber irgendwann spürte ich, dass jemand hinter mir stand. Ich drehte mich um und sah Daniel, der mit seiner Stiefelspitze im Gras herumstocherte und sichtlich bemüht war, sich nicht anmerken zu lassen, dass er lauschte. »Ich rufe dich später zurück«, sagte ich zu Stuart. »Aber vergiss nicht, den Lieferanten anzurufen. Im Zweifelsfall kannst du dich auf deine Unwissenheit berufen. Und gib Paul eine Verwarnung, das ist nicht der erste Fehler, den er macht.« Ich ließ das Handy in meine Tasche fallen. Daniels Gegenwart riss mich aus meiner vertrauten Arbeitswelt nach Oldcliffe zurück.

»Komm, lass uns hier verschwinden«, sagte er. Sein Gesicht war ernst, als er mit großen Schritten den Garten durchquerte, und mir blieb nichts anderes übrig, als hinterherzujoggen, um ihn einzuholen.

Seitdem hat er kein Wort mehr mit mir gesprochen.

»Ist alles in Ordnung?«, frage ich ihn jetzt, und meine Stimme klingt viel zu laut in der Stille des Wagens.

»Was hat er damit gemeint?«, entgegnet Daniel. »Leon. Als er sagte, du wüsstest, warum er mit meiner Schwester Schluss gemacht hat.«

Er schaut mich immer noch nicht an, und ich weiß, dass ich ihm die Wahrheit sagen muss.

Aber wie sollte ich das? Vielleicht hat Leon ja gar nicht auf Jason angespielt, womöglich hat er von etwas ganz anderem gesprochen.

»Warum fahren wir nicht irgendwohin und essen was zu Mittag?«, sage ich. »Und reden in Ruhe darüber?«

Endlich dreht er sich zu mir, und seine Miene wird sanfter. »Ich weiß nicht, Franks … ich sollte heute noch irgendwann in der Redaktion vorbeischauen … und …«

»Ach, komm schon. Schließlich müssen wir auch essen.«

»Wirklich? Nun, wenn das so ist, wie sollte ich da Nein sagen?« Er lacht, aber es klingt gezwungen.

»Was bedrückt dich, Dan?«

Er lässt die Schultern sinken, und es sieht aus, als wäre alle Luft aus ihm gewichen. »Ich weiß nicht, Franks. Ich befürchte einfach nur, dass all das …«, er macht eine ausladende Geste, »… ganz umsonst ist. Dass ich niemals herausfinden werde, was meiner Schwester zugestoßen ist.«

»Daniel …« Ich halte inne. »Womöglich werden wir nie erfahren, was mit Sophie passiert ist«, sage ich sanft. Ich strecke die Hand aus und berühre seinen Arm.

Sein Blick verfinstert sich, und er schüttelt meine Hand ab. »Nein, ich kann diesen Gedanken nicht ertragen. Ich muss es wissen, Frankie.« Sein Gesichtsausdruck ist gequält, und plötzlich habe ich das Bedürfnis, seinen Kummer wegzuküssen.

Und dann fällt mir etwas ganz anderes ein. »Wie ist es deiner Mutter ergangen?« Ich habe dieses Bild von Anne im Kopf, obwohl es im Laufe der Zeit immer verschwommener wurde, wie eine Fotografie, die mit den Jahren zusehends verblasst. Ich erinnere mich an eine Frau in einem blauen Krankenschwesternkittel mit vorzeitigen Falten im Gesicht und blondiertem Haar, das immer etwas zu grell für ihren Teint war. Eine hart arbeitende alleinerziehende Mutter, die einen schweren Verlust erleiden musste.

»Ihr geht es gut, in Anbetracht der Umstände. Nach Sophies Verschwinden ist sie nach Irland zurückgezogen, um bei ihrer Schwester auf deren Bauernhof zu leben. Dann hat sie Tim kennengelernt. Er ist ein guter Kerl. Sie sind jetzt verheiratet. Ich besuche sie regelmäßig, aber sie hat keinerlei Interesse, jemals hierher zurückzukehren. Wie auch immer, sie glaubt, dass es ein tragischer Unfall war, dass Sophie ausgerutscht und ins Meer gefallen ist. Genauso wie die Polizei.« Er klingt traurig, erschöpft.

»Vielleicht ist es die Wahrheit«, sage ich ruhig. »Vielleicht war es einfach ein tragischer Unfall.«

»Da steckt mehr dahinter.«

»Woher willst du das wissen?«

»Weil ich meine Schwester kenne – *kannte*. Wir standen uns sehr nahe, Frankie. Ich *kannte* sie. Und sie war nicht sie selbst in der Zeit, bevor sie starb, etwas hat sie belastet. Irgendetwas stimmte nicht mit ihr. Und ich wünschte …«, er schüttelt traurig den Kopf, »… ich wünschte, ich hätte damals mehr auf sie geachtet. Doch das habe ich nicht, ich war viel zu sehr mit meinem eigenen Leben beschäftigt. Aber rückblickend, im Nachhinein betrachtet, war da definitiv etwas faul.«

»Zurückzublicken ist eine wunderbare Sache. Aber du warst im Grunde selbst noch ein Kind, gerade mal dreiundzwanzig Jahre alt. Und was ist mit mir? Ich war ihre beste Freundin, und ich habe nicht gemerkt, dass etwas nicht mit ihr stimmte.«

Was nicht ganz die Wahrheit ist.

Er seufzt. »Was hat Leon gemeint? Worüber haben sie sich gestritten?«, fragt er noch einmal.

Ich rutsche unbehaglich auf meinem Sitz hin und her. Ich kann die Wahrheit unmöglich verraten. Aber irgendwas muss ich ihm sagen. »Ich habe Sophie vor Leon gewarnt. Ich habe ihr gesagt, dass er nicht gut für sie sei …« Ich zögere, mir ist schlecht.

»Warum?« Sein Blick ist unnachgiebig.

»Weil … weil er etwas von mir wollte, und als ich ihm einen Korb gegeben habe, begann er mich zu belästigen, mich sogar zu stalken. Er hat mir wirklich Angst gemacht, Dan.«

Seine Miene verfinstert sich.

»Da ist noch mehr.« Ich muss die Worte aus mir herauszwingen, ich schäme mich so sehr. »Ich habe mit ihm geschlafen. Kein Jahr nachdem Sophie verschwand. Es war nur das einziges Mal. Wir sind uns in London über den Weg gelaufen. Wir haben viel geredet … über sie, über die Vergangenheit, und da war plötzlich diese Verbindung. Ich war betrunken, und …«

»… er hat es ausgenutzt.«

Ich seufze. »Ich weiß nicht. Wir haben uns wahrscheinlich gegenseitig benutzt.«

Daniel wendet sich wieder von mir ab. Wir betrachten die Frau mit dem Regenschirm, die näher kommt. Sie hat strohiges graues Haar und trägt eine Brille. Sie läuft vor dem Wagen vorbei auf Beaufort Villas zu und kämpft mit ihrem Schirm, als ob sie mit jemand Unsichtbarem Tauziehen würde. Sie bleibt vor der Haustür stehen und kramt in ihrer Handtasche. Wäre es möglich, dass sie die anonyme Briefschreiberin ist? Sie zieht einen Schlüssel hervor und öffnet die Eingangstür. Sie muss einer der Gäste aus dem Erdgeschoss sein, vielleicht die Großmutter des Kindes, das ich letzte Nacht habe schreien hören. Ihr Blick zuckt kurz zu uns herüber, als sie den Regenschirm ausschüttelt und ihn auf der Treppe ablegt, dann schließt sie die Tür. Kurz darauf geht das Licht in der Wohnung im Erdgeschoss an.

»Lass uns ins Pub gehen«, sage ich. »Dort können wir

uns unsere nächsten Schritte überlegen. Du weißt doch, ich habe nur ein paar Tage Zeit. Ich kann nicht länger bleiben.«

Er verzieht die Lippen zu einem Lächeln, und es verändert sein Gesicht so, dass er wieder der freche, fröhliche Daniel aus meiner Erinnerung ist. »O.k., du hast mich wie immer überzeugt, Lady Frankie.«

Er legt den ersten Gang ein, und ich schnalle mich an, erleichtert, dass ich ein paar Stunden totschlagen kann, bevor ich wieder alleine in dieses Haus zurückmuss. Als Daniel wendet, springt mir etwas im Erkerfenster meines Apartments ins Auge. Ich blicke erschrocken hoch. Ein Gesicht ist gegen das Glas gepresst und starrt zu uns herunter. Das Blut gefriert mir in den Adern. Bist du das? Ich recke den Hals, um einen besseren Blick zu erhaschen, aber es ist zu spät. Daniel fährt Richtung Küstenstraße los, und wir lassen das Haus hinter uns.

Das *Seagull* hat sich in den zwei Jahrzehnten kaum verändert. Die altmodische Tapete mit dem Paisleymuster, die rotgesichtigen alten Männer, die an der Theke langsam ihr Bier trinken, jeder mit einem übel riechenden Hund im Schlepptau, der Geruch nach Pommes und Essig mit einem leichten muffigen Unterton von feuchtem Pelz in der Luft – alles ist genau so, wie ich es in Erinnerung habe. Selbst die künstlichen Vögel, die von der Decke hängen, und die ausgestopfte Seemöwe auf der Fensterbank sind noch an ihrem Platz. Es ist, als würde man eine Zeitkapsel betreten.

Das Pub ist am Ortsrand gelegen, mit Blick auf die stürmische See und den Streifen Strand, der sich immer weiter verjüngt, je länger man der Küste folgt, bis er, wenn man beim alten Pier angelangt ist, gänzlich verschwunden ist. Ein Mann mittleren Alters sitzt alleine am Tisch in der Ecke, liest in einer Boulevardzeitung und trinkt sein Bier. Sein dunkles Haar ist dünner, sein Bauch dicker geworden, aber ich erkenne ihn auf Anhieb. Es ist Leons Bruder, Lorcan.

Daniel nickt den Männern an der Theke und der Frau, die ihnen Bier ausschenkt, zu. Sie ist vollbusig, älter als ich, und ihre mausbraunen Korkenzieherlocken stehen links und rechts von ihrem Scheitel ab. Ich halte mich dicht hinter ihm, in der Hoffnung, dass Lorcan mich nicht bemerkt.

»Naaa, Daniel, mein Schatz«, flötet die Frau mit einem starken West-Country-Akzent. »Hast dich ganz schön lange nicht mehr blicken lassen, die Zeitung hält dich gut auf Trab, was?«

Daniel grinst. »Du weißt doch, wie es ist, Helen. Nichts als Arbeit und kein Vergnügen.«

Sie kichert, und erst da bemerkt sie mich. Unsere Blicke begegnen sich, und mit einem Mal fällt mir wieder ein, wer sie ist.

Helen Turner. Deine Freundin aus der Wohnsiedlung.

Ihr fröhlicher Gesichtsausdruck fällt in sich zusammen. »Frankie? Na, da schau einer an«, sagt sie mit spöttischem Unterton und schüttelt ungläubig den Kopf. »Dann sind die Gerüchte also wahr, dass du zurück bist.«

Ich weiß, es sollte mich nicht überraschen, dass der Tratsch über meine Rückkehr sich bereits durch Oldcliffe ausbreitet wie eine La-Ola-Welle, aber das tut es trotzdem. Ich hatte vergessen, wie es ist, in einer Kleinstadt zu leben. Und dann trifft mich die Erkenntnis ... plötzlich ist mir schrecklich heiß in dem stickigen Pub. Jeder aus meiner Vergangenheit, der noch hier lebt, hätte mir den Brief schicken können. Offensichtlich wissen sie alle, dass ich zurück bin.

Helen funkelt mich über ein Bierglas hinweg, das sie gerade abtrocknet, finster an und erinnert mich daran, wie sehr sie mich in der Schule gehasst hat. Ich hatte immer den Verdacht, dass sie deine beste Freundin sein wollte und eifersüchtig auf mich war. Sie muss überglücklich gewesen sein, als ich damals die Oberstufe verließ, um aufs Internat zu gehen. Ich erinnere mich noch, wie mürrisch sie schien, als ich dich damals in dieser Bar wiedertraf und wir, wie schon zuvor, unzertrennlich wurden. Ich weiß, dass sie dir leidtat, also nahmen wir sie mit, wenn wir samstagabends ins *Basement* gingen, aber die meiste Zeit über war Helen ein Anhängsel, eine kleine Nebenrolle in deinem Leben.

Sie ist noch nie besonders attraktiv gewesen, aber die Jahre haben es nicht gut mit ihr gemeint: Die Seeluft hat ihren Tribut von ihrer einstmals glatten Haut gefordert, ihre Poren sind groß und grob, die Nase gerötet. »Helen, wie geht es dir?«, frage ich, und meine akzentfreie Aussprache klingt plötzlich unpassend in diesem verschlafenen Lokal.

»Ach, jetzt red doch nicht so vornehm daher«, kichert sie, und die Männer an der Theke schließen sich ihr mit lautem Gelächter an. »Schau dich einer an, in deinen schicken Klamotten.« Ich fühle mich plötzlich overdressed in meiner schwarzen Stoffhose, dem roten Wollmantel und Seidenschal. »Was führt dich nach Oldcliffe zurück?«

Zu meinem Ärger spüre ich, wie mir die Hitze in die Wangen steigt. »Ich, ähm, na ja …«

»Spuck's schon aus, Schätzchen«, sagt einer der Männer, ein kleiner untersetzter Kerl mit Glatze und Brille. Er sieht aus wie eine Figur aus diesem Spiel, das wir als Kinder immer gespielt haben – *Wer ist es?*

»Sie besucht mich«, kommt Daniel mir zu Hilfe.

Helens Miene verdüstert sich. »Ach, echt? Ich wusste gar nicht, dass ihr zwei noch so dicke seid.« Sie zuckt die Achseln, wie um ihre eigene Frage zu beantworten. »Tja, es gibt nichts, was es nicht gibt. Setzt euch doch, ich bringe euch was zu trinken. Was kann ich dir anbieten, Frankie?«

»Einen Weißwein, bitte«, sage ich. »Gerne den Hauswein«, füge ich rasch hinzu, bevor sie eine weitere bissige Bemerkung abgeben oder mich fragen kann, ob ich lieber Champagner möchte.

»Und ich nehme ein Bier. Danke, Helen.« Daniel führt mich am Ellbogen von der Bar weg und flüstert mir ins Ohr: »Sie könnte nützlich sein, um an Informationen zu gelangen. Sie war recht gut befreundet mit Sophie, oder?«

»Eigentlich nicht«, erwidere ich steif und ärgere mich immer noch über Helens Benehmen, ihre abfälligen Bemerkungen zu meiner Kleidung und meinem Akzent, ihre ganze edelprollige Art.

Es bleibt uns nichts anderes übrig, als an Lorcans Tisch vorbeizugehen. Als er den Kopf hebt, begegnen sich unsere Blicke. Er legt die Zeitung nieder und wischt sich mit dem Handrücken über den Mund. »Ich dachte mir schon, dass du es bist«, sagt er, und seine laute Stimme lässt Daniel innehalten und sich umdrehen. »Frankie Howe.«

»Es heißt Francesca Bloom«, möchte ich schreien; doch dann stelle ich mir die schnippischen Kommentare von Helen und den Kerlen an der Theke vor, und die Worte ersterben in meiner Kehle. Ich schaue ihn an, wie er dasitzt, in seinem farbverschmierten Overall. Obwohl er Leons Bruder und Jasons Cousin ist, hat er nichts von ihrem guten Aussehen. Stattdessen scheint es so, als hätten ihm seine Eltern all ihre schlechtesten Züge weitergegeben, während Leon nur das Beste abbekam. Mit Mitte zwanzig war er halbwegs attraktiv. Außerdem verfügte er über diesen dreisten irischen Charme, auf den angeblich so viele Frauen stehen. Doch seine Augen – auch wenn sie das gleiche strahlende Blau haben wie die von Leon – stehen zu nahe beieinander, seine Nase ist zu krumm, seine Kinnpartie zu groß, um als gut aussehend durchzugehen.

Und da fällt es mir wieder ein. Wir alle im *Basement* – er, wie er dir in den Hintern kneift, du, wie du ihn gutmütig wegschubst. Oder war es gar nicht gutmütig? Habe ich es falsch in Erinnerung? Wir waren betrunken, es ist achtzehn Jahre her, aber jetzt verwandelt sich meine Erinnerung an dein Gesicht in etwas anderes: Deine spöttische Miene wird ernster, deine lachenden Augen panisch. Und dann Leon, der zu uns kommt, ihn wegzerrt, fliegende Fäuste und Lorcan, der sich in die rauchverhangene Menschenmenge davonschleicht.

Lorcan war scharf auf dich. Ich kann nicht glauben, dass ich das vergessen hatte. Er stand auf dich und hat dich angemacht – die Freundin seines Bruders.

»Alles okay, Franks?« Daniels besorgte Stimme reißt mich aus meinen Gedanken. Lorcan starrt mich an, ein rätselhaftes Lächeln umspielt seine Lippen.

»Ich habe schon gehört, dass du zurück bist«, sagt er und entblößt dabei eine Zahnlücke.

»Hat dir Leon das erzählt?«

Aber er grinst nur und tippt sich mit dem Finger an die Nase. »Das ist ein kleiner Ort. Hier spricht sich alles rum.« Als ob ich das nicht wüsste. Er faltet seine Zeitung zusammen und klemmt sie sich unter den Arm. »Na ja, ich gehe mal lieber. Ich kann nicht den ganzen Tag hier herumstehen und mit deinesgleichen plaudern. Ich habe Arbeit zu erledigen, irgendwer muss die Häuser ja auch streichen.« Er steht auf, und ich erschrecke aufgrund seiner Größe … ich habe vergessen, was für ein Hüne er ist. Er ist noch größer als Daniel, breit und strotzt vor Kraft. Ich trete zur Seite, um ihn vorbeizulassen, und wir schauen zu, wie er aus dem Pub stapft.

»Ich beneide denjenigen echt nicht, dessen Haus er streicht«, bemerkt Daniel trocken und starrt ihm hinterher. »Der hat doch schon einen sitzen.«

Ich lache, erleichtert, dass Lorcan fort ist. Wir setzen uns an den frei gewordenen Tisch; Helen bringt uns unsere Getränke und nimmt die Essensbestellung auf. Als sie wieder weg ist, lehne ich mich zu Daniel hinüber und murmle: »Mir ist wieder etwas eingefallen. Zu Lorcan.«

Daniel nimmt einen großen Schluck von seinem Bier. »Gott, das habe ich gebraucht! Was ist dir eingefallen?«

»Er stand auf Sophie. Er hat sich im *Basement* einmal an sie rangemacht. Er war besoffen. Leon hat ihn verprügelt.«

»War er damals nicht schon verheiratet?«

»Ja, aber davon hat er sich nicht abhalten lassen. Ich kann mich daran erinnern, dass Leon mal erzählt hat, dass sein Bruder ein ziemlicher Aufreißer ist.«

Er mustert mich prüfend über sein Bierglas hinweg. »Was willst du damit sagen? Dass Lorcan etwas mit Sophies Tod zu tun hat?«

»Ich weiß es nicht. Schau, du hast es doch selbst gesagt – sie hatte vor irgendjemandem Angst. Könnte es vielleicht er gewesen sein?«

Ein Schatten legt sich über sein Gesicht. »Vielleicht war er von ihr besessen und ist ihr gefolgt, als sie das *Basement* verlassen hat? War er in jener Nacht dort?«

Ich durchforste mein Gedächtnis. »Ich weiß nicht … ich kann mich nicht erinnern. Ich dachte immer …«

»Was?«

»Na ja, dass sie sich mit jemandem am Pier treffen wollte. Jemandem, der nicht im *Basement* war.« Er runzelt die Stirn, also füge ich hinzu: »Warum hat sie den Klub verlassen und ist dorthin gegangen, ohne uns etwas zu sagen? Das ist doch seltsam, denkst du nicht auch?«

»Ja, das denke ich«, erwidert er, die Verbitterung in seiner Stimme ist offensichtlich. »Das ist auch der Grund, warum ich mit dieser ganzen verdammten Sache hier angefangen habe, Franks. Es war nicht Sophies Art, einfach so allein abzuhauen.«

Er nimmt einen weiteren Schluck von seinem Bier. Wir verfallen in Schweigen, jeder in seine eigenen Gedanken versunken. Helen kommt mit unseren Ofenkartoffeln angewackelt. Mir fällt auf, dass sie meinen Teller mit viel mehr Schwung auf den Tisch knallt als Daniels, sodass ein Teil meiner Salatbeilage herunterrutscht und auf der Tischplatte landet. Ich hebe das Salatblatt auf und lege es demonstrativ auf meinen Teller zurück, doch Helen scheint es nicht zu bemerken und wendet sich wieder ab.

»Weißt du was?«, sagt Daniel mit vollem Mund und nickt Richtung Helen. »Wir sollten uns mit ihr unterhalten.« Helen summt vor sich hin, während sie die Tische abwischt. »Sie war in dieser letzten Nacht im *Basement*. Ich weiß es, weil Sid mit ihr rumgemacht hat.«

»Sid?«

»Weißt du nicht mehr? Großer Kerl, ein paar Jahre älter als ich. Er war mit mir in der Band. Mieser Sänger. Jedenfalls ist sie jetzt mit ihm verheiratet. Ihnen gehört dieses Pub.«

»Ich erinnere mich. Wer könnte seinen Gesang vergessen?« Ich stochere mit meiner Gabel in der Kartoffel herum. »Ich wundere mich nur, dass sie in der Nacht was mit ihm angefangen hat … und ihn dann auch noch geheiratet hat.« Er hatte nicht nur eine schreckliche Stimme, sondern auch ein Gesicht, von dem wir immer sagten, dass nur seine eigene Mutter es lieben könnte.

»Ach, Sid ist in Ordnung. Jedenfalls könnte Helen sich womöglich an etwas Nützliches erinnern. Einen Versuch ist es wert.«

Ist es möglich, dass Helen mehr darüber wusste, was in deinem Leben vor sich ging, als ich?

»Es ist zum Haare raufen«, sagt Daniel mit einem hörbaren Flüstern, als wir das Pub verlassen.

Es hat wieder angefangen zu regnen. Das Meer ist stürmisch, die Wellen krachen gegen die schleimigen, von Algen bedeckten Felsen. Er schreitet voraus zu seinem Astra, und ich stakse ihm mit meinen hochhackigen Stiefeln hinterher. Am Wagen angekommen, bleibt er stehen. »Warum habe ich das Gefühl, dass die Leute mehr wissen, als sie durchblicken lassen?« Er muss schreien, damit ich ihn über den Wind hinweg verstehe. »Leon, Lorcan, selbst Helen. Ich merke doch, dass sie etwas vor mir verbergen.« Ich kann förmlich seine Frustration spüren, die von ihm abstrahlt wie heißer Dampf. Doch warum habe ich langsam das Gefühl, dass er wütend auf mich ist? Es ist nicht meine Schuld, dass Helen nicht mit uns reden wollte.

Als wir Helen auf die Nacht ansprachen, beharrte sie darauf, dass sie sich an nichts erinnern könne; dann setzte sie eine verschlossene Miene auf, und ich wusste, dass wir vorerst nichts mehr von ihr erfahren würden. Aber da war etwas in ihrem Gesicht, in der Art, wie sie herumzappelte und unserem Blick auswich, das in mir die Vermutung weckte, dass sie mehr wusste, als sie preisgab. Ich habe ihr noch nie vertraut, sie hat mich schon in der Schule schikaniert, und es scheint, als habe sie sich nicht verändert.

»Werd jetzt nicht paranoid«, ermahne ich ihn. »Das Ganze ist lange her.« Wie kann ich ihm bloß erklären, dass du für manche Menschen einfach nur dieses Mädchen bist, das vor vielen Jahren verschwunden ist? Uns bedeutest du so viel mehr.

»Ich denke, wir sollten Lorcan morgen einen Besuch abstatten. Ich will mehr über ihn herausfinden.«

Ich erbleiche. »Daniel, morgen ist Sonntag. Lorcan wird bei seiner Familie sein und ...«

»Jemand hat mir meine Familie genommen. Und er könnte derjenige sein. Ich brauche Gewissheit.«

Er bedeutet mir, in den Wagen zu steigen, aber ich schüttle den Kopf. »Ich werde zu Fuß gehen, ich brauche ein bisschen frische Luft«, sage ich. Es ist noch nicht einmal fünfzehn Uhr, es ist zu früh, um zurückzukehren.

»Bist du verrückt? Es regnet in Strömen, und es wird schon dunkel.«

Wie kann ich ihm erklären, dass ich lieber etliche Meilen durch den Regen laufen würde, als in dieses einsame Apartment zurückzukehren? Er würde mich doch nur undankbar finden. Es ist eine hübsche Wohnung – sie ist einfach nur etwas zu abgeschieden für meinen Geschmack, von der unheimlichen Aussicht ganz zu schweigen.

»Mir wird schon nichts passieren«, beharre ich.

»Ich rufe dich später an«, sagt er, als er sich hinter das Lenkrad setzt. Er schlägt die Tür zu und kurbelt das Fenster herunter. Dann runzelt er die Stirn, sein Gesicht und sein Haar sind nass vom Regen. »Bist du dir sicher, dass es okay ist?«

»Ich bin schon groß, Daniel«, erwidere ich lachend, und mir fällt ein, dass du einmal genau dieselben Worte zu mir gesagt hast, als ich meine Sorgen bezüglich Leon äußerte. Hättest du doch nur auf mich gehört.

Er lächelt warm, seine Augen funkeln. »Du warst schon immer ein Trotzkopf, Lady Frankie.« Er lacht, und mein Herz zieht sich zusammen. In Wahrheit wünsche ich mir, dass er mit mir zum Apartment zurückkehrt und mir Gesellschaft leistet, aber ich traue mich nicht, es ihm vorzuschlagen. Er hat zwar gesagt, dass er nicht verheiratet ist, aber das heißt nicht, dass er auch Single ist. Dieser Ring an seinem Finger sagt mir, dass es jemand Besonderen in seinem Leben gibt. Ein Bild davon, wie er mich küsst, wie er mich auszieht, blitzt vor meinem inneren Auge auf, doch ich schüttle rasch den Kopf, um es zu vertreiben, und fühle mich schuldig, weil ich deinem Bruder gegenüber solche Gedanken hege.

»Ich hole dich morgen gegen halb elf ab«, ruft er mir zu, als er vom Bordstein rollt und losfährt.

Die Straßen sind menschenleer, und die Luft riecht nach frischem Regen und Seegras. Das spöttische Kreischen der über mir kreisenden Möwen lässt mich zusammenzucken, ich hatte ganz vergessen, wie sehr ich diese verdammten Viecher hasse; Ratten des Meeres, wie mein Dad zu sagen pflegte. Sein Bild von gestern schießt mir in den Kopf – ausgestreckt im Krankenhausbett, dieses grauenvolle Geräusch, das sich seiner Kehle entringt. Ich werde das Gefühl nicht los, dass er versuchte, mir etwas zu sagen.

Als ich den Bürgersteig entlanggehe, kämpfe ich die ganze Zeit mit meinem Regenschirm, damit er vom Wind nicht umgestülpt wird. Zu guter Letzt gebe ich auf, stopfe den nassen Schirm in meine Tasche und lasse den Regen in mein Gesicht prasseln und mein Haar durchnässen. Es liegt eine seltsame Freiheit darin, denke ich, als ich tief Luft hole und ausatme und zulasse, dass sich all der Stress der letzten Monate im Regen auflöst.

Wann wurde das Leben so kompliziert?

Ich bleibe vor dem *Grand View* stehen, unserem alten Hotel. Du würdest es heute nicht mehr wiedererkennen – selbst mir fällt es schwer. Die Spitzengardinen, an die ich mich aus meiner Kindheit erinnere, sind verschwunden und wurden durch weiße Holzfensterläden ersetzt. Das sanfte Blau des Gebäudes ist eine enorme Verbesserung gegenüber dem Quietschrosa. Dennoch, wenn ich die Augen zusammenkneife, kann ich beinahe meinen Dad stolz neben der Eingangstür stehen sehen, wie er die Straße überblickt und den Passanten zunickt; lässig in Chinos und ein Leinenhemd gekleidet, jugendlich und attraktiv. *Oh, Dad.* Ich schultere meine Tasche und gehe schnell weiter, an den benachbarten Hotels und Gästehäusern vorbei, bis ich die grellen, blitzenden Lichter der Spielhalle erreiche. Ich stelle mich ein paar Minuten im Eingang unter und beobachte eine Gruppe Teenager, die sich um einen pickligen Jungen auf einem dieser Motorradspiele drängelt und ihm unisono Anweisungen zubrüllt, als er zuerst nach rechts und dann nach links schwenkt.

Dann kehre ich in den strömenden Regen zurück; der schwere Beat der Dance-Musik und die Schreie der Jugendlichen folgen mir, als ich die Straße zum Ufer hin überquere.

Der Sand wirbelt über den Weg, während ich die verlassene Promenade entlanglaufe – am Uhrenturm mit seiner vergoldeten Dachspitze und an dem verbarrikadierten Strandbad vorbei. Der Strandabschnitt, auf dem in den Sommermonaten die Trampoline, das Riesenrad und die große Schlangenturmrutsche stehen, ist jetzt leer. Meine Absätze klappern auf dem Gehweg, als ich um die Kurve biege und die massigen dunklen Umrisse des alten Piers vor mir auftauchen. Dieser Teil der Stadt ist ruhiger, ohne Läden und Cafés, sodass nur einige größere Hotels übrig bleiben, bevor sich der Weg den Hügel zu meinem Apartment hinaufschlängelt. Ich beschließe, die Straße noch nicht zu überqueren. Stattdessen bleibe ich auf der Promenade stehen, auf der vereinzelt metallene Sitzbänke verteilt sind, und blicke zu dem alten Pier, das drohend in einiger Entfernung aus dem Wasser ragt. Der Regen durchnässt mich bis auf die Knochen, aber es kümmert mich nicht.

Mein Handy vibriert in meiner Tasche – nicht dass ich das Klingeln über das Grollen der See und das Prasseln des Regens hinweg hören könnte. Mikes Name leuchtet auf dem Display auf. Mit bangem Herzen nehme ich den Anruf an. Er verdient mehr als eine betrunkene Nachricht auf seiner Mailbox.

»Hi«, melde ich mich mit etwas schwankender Stimme.

»Fran? Ich bin's, Mike«, sagt er unnötigerweise. Der Empfang ist schlecht, ich wende mich vom Meer ab, den Finger in mein anderes Ohr gedrückt, um die Geräusche um mich herum auszublenden. »Geht es dir gut?«

Trotz seiner Wut bin ich ihm immer noch so wichtig, dass er sich um mein Wohlbefinden sorgt. »Es tut mir leid«, sage ich ins Telefon und versuche, die Tränen zurückzuhalten. »Es tut mir leid wegen dieser schrecklichen Nachricht, die ich dir auf die Mailbox gesprochen habe. Du hast recht, ich bin ein Feigling.«

»Du hast in letzter Zeit viel durchgemacht«, erwidert er, und ich wappne mich für seine Bitten, es mir noch einmal zu überlegen, ihm noch eine Chance zu geben. Stattdessen sagt er: »Ich verstehe das. Ich wollte nur fragen, ob es okay für dich wäre, wenn ich den Rest der Woche noch in deinem Haus wohnen bleibe. Solange du weg bist.«

Ich zögere und schlucke meine Enttäuschung hinunter. Ich will ihn nicht, aber mein Stolz ist verletzt, weil er nicht mehr um mich kämpft. Am liebsten wäre es mir, wenn er sofort ausziehen würde, aber wie soll ich ihm das sagen, ohne vollkommen herzlos zu klingen? Du fandest schon immer, dass ich meine Freunde schlecht behandle, nicht wahr, Soph? Aber das war nur, weil ich nicht den Richtigen gefunden hatte. Sieht man einmal davon ab, dass ich geglaubt hatte, ich hätte ihn gefunden … aber er mich nicht wollte.

»Ich denke, dass ich schon bald zurück bin«, entgegne ich schwach.

»Mein Kumpel hat ein Zimmer, wo ich einziehen kann, aber nicht vor dem nächsten Wochenende.« Der Empfang wird schlechter. Ich schreie noch ins Handy, dass es in Ordnung ist und er bis zum Wochenende bleiben kann, dann bricht die Verbindung ab. Ich stehe da und starre eine Weile mein Handy an, während der Regen auf das Display prasselt. Dann schiebe ich es wieder in meine Tasche.

Es ist endgültig vorbei, und trotz seiner anfänglichen Wut weiß Mike es tief in seinem Inneren auch. Ich schwanke zwischen Erleichterung und Enttäuschung.

Ich gehe weiter, die Einsamkeit der verlassenen Straßen passt zu meiner Stimmung. Es kann kaum später als sechzehn Uhr sein, aber der sintflutartige Regen hat die Dämmerung früher einbrechen lassen. Erst jetzt wird mir bewusst, dass außer mir niemand sonst unterwegs ist. In der Ferne kann ich die zwei Laternenmasten sehen, die den Eingang zum Pier flankieren – ihre weichen, bernsteinfarbenen Lichter hängen wie Heiligenscheine in dem kohlrabenschwarzen Himmel und erleuchten den Regen. Plötzlich höre ich Schritte hinter mir und beschleunige unwillkürlich mein Tempo, wobei ich mich zwinge, nicht in Panik zu geraten. Es mag zwar dunkel sein, aber es ist noch nicht spät, und in London laufe ich ständig alleine herum. Was hat es nur mit diesem Ort auf sich, dass er solche Furcht in mir weckt?

Ich blicke über meine Schulter, aber ich kann nur eine einzelne Gestalt mit Kapuze durch den Regenschleier hindurch erkennen: Sie trägt einen dunklen Regenmantel, eine Hose und klobige Wanderschuhe. Sie könnte sowohl männlich als auch weiblich sein, obwohl die Größe und die schlanke Figur mich eher auf eine Frau schließen lassen. Ich weiß nicht, was mich so ängstigt – vielleicht ist es die angriffslustige Körperhaltung oder die unfreundliche Aura, die Art und Weise, wie sie zielstrebig auf mich zusteuert. Instinktiv laufe ich los. Ich haste über die Straße und den steilen Hang hinauf in Richtung Beaufort Villas. Die Schritte hinter mir werden ebenfalls schneller, und mein Herz klopft wie wild. Werde ich verfolgt?

Ich fange an zu rennen, doch meine hohen Absätze bremsen mich, da sie immer wieder in den Schlaglöchern hängen bleiben und mich straucheln lassen. Das Geräusch von Schritten trommelt über den Gehweg hinter mir. Ich meine zu hören, wie jemand meinen Namen ruft, aber es könnte auch nur das Heulen des Windes sein. Keuchend und schwitzend erreiche ich die Hügelkuppe, aber ich halte nicht inne, um Luft zu holen. Die Schritte kommen immer näher. Ich muss weiter. Meine Beine fühlen sich schwach an, als ich die Straße entlangstolpere, aber ich höre nicht auf zu rennen und schaue auch nicht zurück, bis ich die Eingangstür erreicht habe. Meine Hände zittern, als ich in meiner Tasche nach dem Schlüssel wühle und mir die eisigen Finger vorstelle, die meine Schultern packen. Ich stochere im Schloss herum und muss einen Schrei unterdrücken, doch dann, endlich, öffnet sich die Tür, und ich stürze erleichtert in den Flur.

Als ich sie schließen will, sehe ich die Gestalt am Ende der Einfahrt stehen – teilweise verdeckt durch mein Auto, die Kapuze des Anoraks fest über den Kopf gezogen, die Hände in die Taschen gesteckt. Und obwohl ich ihre Gesichtszüge nicht richtig ausmachen kann, bin ich mir sicher, eine Strähne blonden Haars zu erkennen, die über das herzförmige Gesicht peitscht.

# 9

## Sophie

*Samstag, 5. Juli 1997*

Leon ist Jasons Cousin. Ich bin am Boden zerstört. Ich kann es immer noch nicht glauben.

Vielleicht fühle ich mich unbewusst zu Leon hingezogen, weil er mich an Jason erinnert. Sie haben dieselben dunklen Haare und blauen Augen, dieses irische Aussehen, das ich schon immer unwiderstehlich fand, dieselbe Ausstrahlung. Es gab eine Zeit, nach seinem Tod, in der ich jeden Tag an Jason denken musste. Die Schuld nagte an mir, bis ich mich nur noch wie die Hülle meines einstigen Selbst fühlte. Und dann zog ich fort, ging an die Uni und versuchte, Jason aus meinen Gedanken wegzusperren, ganz so, als wäre er ein ehemaliges Lieblingsspielzeug, das ich zerbrochen hatte und dennoch nicht übers Herz brachte wegzuwerfen, weshalb ich es in das hinterste Eck meines Kleiderschranks stopfte. Ich wusste, dass es immer noch da war, auch wenn ich mir Mühe gab, nicht daran zu denken.

Aber seit ich zurück bin, schießen die Erinnerungen an ihn unablässig und unerbittlich durch meinen Kopf, immer dann, wenn ich sie am wenigsten erwarte. Wenn ich vor dem Fernseher sitze und mir ganz unschuldig *Nachbarn* anschaue oder wenn ich mein Haar föhne. Wenn ich in Gedanken von dem Buch abschweife, das ich gerade lese.

Welch schreckliche Ironie, dass ich Leon zum ersten Mal an genau der Stelle geküsst habe, an der sein Cousin den Tod fand.

Natürlich habe ich Frankie mit Fragen gelöchert. »Woher weißt du das? Bist du sicher, dass du dich nicht irrst? Hat er selbst gesagt, dass er Jasons Cousin ist?« Und, am allerwichtigsten: »Weiß er, was wir getan haben?«

Sie wurde sauer auf mich – noch mehr, als sie es ohnehin schon war. »Natürlich weiß er es nicht«, zischte sie. »Denkst du, ich bin so bescheuert und erzähle es ihm?« Sie packte meinen Arm und zerrte mich die Promenade entlang und vom Stadtzentrum weg, während sie mir ins Ohr raunte, dass sie es von ihrer Mum erfahren hatte, dass sie sich ganz sicher nicht irrte und dass ich mich unbedingt von Leon fernhalten musste, wenn ich unser Geheimnis bewahren wollte.

Doch ich denke nicht, dass ich mich von ihm fernhalten kann. Aber kann ich mit ihm zusammen sein und ihm nicht verraten, was wir getan haben? Wir waren damals sechzehn, zwei Kinder, mehr nicht. Wir waren jung, wir waren dumm. Wir liebten Jason, und beide buhlten wir unablässig um seine Aufmerksamkeit. Wie hätten wir wissen können, was passieren würde?

Und warum habe ich diese bange Vorahnung? Als wüsste ich bereits, dass meine Vergangenheit meine Zukunft zerstören wird?

Denn es ist unsere Schuld, dass er nicht mehr am Leben ist.

Wir haben dieses Geheimnis all die Jahre gehütet.

Frankie und ich haben Jason getötet.

# 10

## Frankie

Während ich alle Lichter in der Wohnung einschalte, ermahne ich mich, mich zu beruhigen und aufzuhören, so albern zu sein. Aber ich bin mit den Nerven am Ende. Ich kann mich kaum dazu überwinden, die Worte in meinem Kopf zu formulieren: *Du warst es, die mir gefolgt ist.* Rein logisch weiß ich, dass du es nicht sein kannst. Du bist tot. Und ich glaube nicht an Geister. Ich *weigere* mich, an Geister zu glauben.

Dennoch, sobald ich das Wohnzimmer betrete und meine Tasche auf den Boden fallen lasse, weiß ich, dass jemand in meiner Abwesenheit hier war. Es ist schwer zu beschreiben, aber die Luft fühlt sich anders an, *riecht* anders. Blumiger. Die Vorhänge, die ich heute früh geöffnet habe, sind zugezogen, und das Buch, das ich gelesen und auf dem Sofa offen habe liegen lassen, ist zugeklappt und liegt im rechten Winkel zur Kante auf dem Glastisch. Mein Herz beginnt zu rasen. Als ich vorhin in Daniels Auto saß, glaubte ich, ich hätte ein Gesicht am Fenster gesehen. Ich glaubte, ich hätte *dein* Gesicht gesehen. Ich habe versucht, mir einzureden, dass es nur das Kondenswasser sei, das Schlieren auf der Scheibe bildete und mein Gehirn dazu brachte, mir Streiche zu spielen.

Ein Schauer läuft mir über den Rücken. Ich habe nie

Anzeichen von Geisteskrankheiten gezeigt, obwohl ich die schweren Depressionen miterlebt habe, die meine Mutter durchleiden musste, insbesondere als ich noch jünger war. Sie waren als ihre »Phasen« bekannt – jedenfalls nannte mein Dad sie so. Ich habe dir niemals von ihnen erzählt, Soph. Ich habe versucht, sie zu verdrängen. Manchmal zog Mum sich tagelang in ihr Schlafzimmer zurück, weder in der Lage aufzustehen noch mich zu sehen, bis Dad sie wieder zwang, zum Hausarzt zu gehen, um entweder ihre Medikation zu erhöhen oder sie gegen ein anderes Mittel zu tauschen. Ein paarmal musste sie wegfahren, um sich zu erholen. Dad verriet mir nie, wohin, weil er mich beschützen wollte, aber ich vermute, dass sie in eine Psychiatrie oder ein Krankenhaus ging. Wenn sie dann zurückkehrte, ging es ihr gut – bis zum nächsten Mal. Sie behandelte jede Phase, als ob sie nie stattgefunden hätte, und weigerte sich, sie zur Kenntnis zu nehmen oder mit mir darüber zu reden. Vielleicht fanden sie in ihrem Kopf auch gar nicht statt. Im Laufe der Jahre wurde ihre Krankheit zu einer unüberbrückbaren Kluft zwischen uns, und ich entwickelte eine engere Beziehung zu meinem Dad. Seine Gefühle mir gegenüber waren beständig. Im Unterschied zu den extrem schwankenden Emotionen, die meine Mutter mir gegenüber an den Tag legte – entweder überschüttete sie mich mit ihrer Liebe, so sehr, dass es erdrückend wurde, oder sie begegnete mir mit völligem Desinteresse. Letzten Endes setzte sich das Desinteresse durch. Doch es blieb immer eine tief sitzende Furcht in mir bestehen, dass ich nach ihr schlagen könnte. Dass ich – eines Tages – selbst »Phasen« würde durchmachen müssen.

Ich ziehe mein Handy aus der Tasche und rufe Daniel an, erreiche jedoch nur seine Mailbox.

In einem Anfall von Wut schleudere ich das Telefon aufs Sofa. Ich ermahne mich, tief durchzuatmen. Mich zu konzentrieren. Ich bin niemand, der schnell hysterisch wird oder voreilige Schlüsse zieht. Es muss eine vernünftige Erklärung geben. Es gibt immer eine Erklärung. Diese Frau, die ich gesehen habe, ist mir wahrscheinlich gar nicht gefolgt – es war nur ein Zufall, dass sie dir ähnlich sah. Sie hat mich erschreckt, und ich bin in Panik verfallen.

Vielleicht habe ich heute Morgen vergessen, die Vorhänge zu öffnen. Ich war müde, und mir war schwindelig vom mangelnden Schlaf. Ich habe wahrscheinlich das Buch auf den Tisch gelegt. Vielleicht hat der Besitzer des Apartments eine Reinigungskraft bestellt – obwohl ich diesen Gedanken sofort wieder verwerfe. Reinigungskräfte richten die Apartments normalerweise, bevor die neuen Gäste ankommen, nicht während ihres Aufenthalts.

Während der folgenden Stunden tue ich mein Bestes, um mich abzulenken. Ich esse zwei Scheiben Toast und schaue mir eine hirnverbrannte Talkshow im Fernsehen an, obwohl das Bild immer wieder gestört wird. Ich habe beinahe eine ganze Flasche Wein geleert, aber ich kann mich immer noch nicht beruhigen.

Ich werde das Gefühl nicht los, beobachtet zu werden. Jemand hat mich vorhin verfolgt, das kann kein Zufall sein.

Die Frau stand am anderen Ende der Einfahrt und hat mich beobachtet, als ich durch die Haustür gestürmt bin. Mein Londoner Ich hätte sie zur Rede gestellt und verlangt zu erfahren, was sie da trieb, aber seit ich nach Oldcliffe zurückgekehrt bin, verwandle ich mich zurück. Ich will nicht wieder zu der unsicheren Frankie von früher werden. Ich bin jetzt Fran, selbstbewusst, sicher, erfolgreich. Eine Erwachsene.

Dieser Ort ist nicht gut für mich. Zu viele Erinnerungen, zu viele Geister.

Als ich am nächsten Morgen aufwache, fühle ich mich wie in einer surrealen Version von *Und täglich grüßt das Murmeltier*. Das Baby fing wieder mitten in der Nacht an zu weinen, und jeder seiner Schreie war wie ein Messerstich in mein Herz. Ich habe jahrelang so verzweifelt Kinder gewollt, dass dieser Wunsch überwältigend wurde, eine Obsession, ein so großes Verlangen, dass ich beinahe alles getan hätte, um ihn wahr werden zu lassen. Aber ich hatte eine Fehlgeburt nach der anderen, bis ich gar nicht mehr schwanger wurde. Wir versuchten es mit einer Fruchtbarkeitsbehandlung, und als ich endlich, nach dem dritten Versuch, schwanger wurde, war ich außer mir. Bis ich einige Wochen später, wenige Tage vor meinem Ersttrimester-Screening, dann doch eine weitere Fehlgeburt erlitt. Ich werde niemals den verheerenden Schmerz vergessen – sowohl emotional als auch physisch –, als ich dieses letzte Baby verlor. Als das Blut und die Klumpen gewaltsam meinen Körper verließen, entwichen mit ihnen auch die letzten Überreste von Hoffnung. Das war meine Strafe für Jason. Ich verdiente es nicht, glücklich zu sein.

Danach schien es, als lauere hinter jeder Ecke eine fruchtbare Frau mit einer ganzen Brut an Kindern, nur um mich daran zu erinnern, was ich niemals haben würde. Sechs Monate später verließ Christopher mich wegen einer Arbeitskollegin. Ich habe mich oft gefragt, was du von ihm gehalten hättest – Christopher, meine ich. Mir gefällt der Gedanke, dass du ihn gehasst, dass du ihn einen arroganten Mistkerl genannt hättest oder einen Idioten, weil er mich betrogen hatte. Als ich ihn zur Rede stellte, schwor er mir, die Affäre mit ihr zu beenden, ein besserer Ehemann zu werden. Aber es war zu spät, ich konnte ihm nicht mehr vergeben; also sagte ich ihm, dass er ausziehen solle, und reichte die Scheidung ein. Seitdem habe ich niemanden mehr so nahe an mich herangelassen, dass er mich verletzen könnte. Selbst Mike nicht. Aber das ist jetzt drei Jahre her, Soph, und ich möchte mich so gern wieder verlieben.

Das passiert, wenn man mitten in der Nacht wach liegt. Man hat zu viel Zeit, um nachzudenken, um sich in Selbstmitleid zu suhlen. Um die Schreie des Babys und die Erinnerungen zu ertränken, nahm ich zwei Schlaftabletten, stürzte ein Glas Wein hinunter und fiel auf dem Sofa in einen tiefen, drogeninduzierten Schlaf. Und jetzt habe ich dröhnende Kopfschmerzen.

Ich dusche, ziehe einen Pulli und Jeans an und wünsche mir, ich hätte ein anderes Paar Schuhe als diese unpraktischen Stiefel mit Stilettoabsätzen eingepackt, die ich nun schon wieder anziehen muss. Der Anblick der drei leeren Weinflaschen, die sich auf dem Küchentresen reihen, erinnert mich daran, dass ich heute noch einkaufen gehen muss.

Ich bin gerade dabei, eine Schüssel Haferbrei in der Mikrowelle aufzuwärmen, als ein Klopfen an der Tür mich aufschrecken lässt. Es kann niemand von draußen sein, weil ich dazu die Eingangstür über die Gegensprechanlage öffnen müsste. Auf Zehenspitzen schleiche ich durch die Diele, wobei ich mir Mühe gebe, mit meinen Absätzen kein Geräusch zu machen, und spähe durch den Spion. Es ist Daniel, sein Gesicht verzerrt durch das gewölbte Glas.

Ich ziehe die Tür auf. »Wie bist du hier hochgekommen? Ich habe dich nicht reingelassen.«

Er zuckt unbekümmert mit den Schultern. »Die alte Dame von unten hat mich reingelassen. Sie wollte gerade gehen und hat mich vor der Tür stehen sehen. Warum schaust du mich so komisch an?«

»Es gefällt mir nicht, dass sie einfach so irgendwelche Leute ins Haus lässt, ohne vorher zu fragen. Woher will sie wissen, dass du ein Freund von mir bist? Du hättest sonst wer sein können.«

»Meine Güte, Franks. Sind wir heute ein bisschen paranoid?«

Wie kann ich es nur anstellen, ihm von dem Brief und der Frau zu erzählen, die mich gestern verfolgt hat, ohne dabei weitere Informationen über Jason und die Vergangenheit zu enthüllen? Plötzlich fühle ich mich sehr einsam.

»Komm besser rein«, sage ich und öffne die Tür weiter.

»Ich frühstücke noch.« Er folgt mir durch die schmale Diele in die Küche. »Willst du auch etwas Porridge?«

Er schüttelt den Kopf, und die dunklen Strähnen über seiner Stirn wippen mit. »Nein, danke, ich habe schon gefrühstückt.«

Ich stehe am Küchentresen und schaufle den Haferschleim in mich hinein, doch unter Daniels Blicken fühle ich mich gehemmt. Nach ein paar Löffeln stelle ich die halb volle Schüssel in der Spüle ab.

»Lass dich von mir nicht von deinem Frühstück abhalten.« Der Raum zwischen uns fühlt sich eng an in der kleinen Küche, fast schon klaustrophobisch. Dann fällt sein Blick auf die leeren Weinflaschen. »Wow, Franks, du hast aber ganz schön was weggekippt, seit du hier bist.«

»Ich bin jetzt seit zwei Nächten hier, zwei sehr einsamen Nächten, in denen ich nichts zu tun hatte, als mich langsam und gemütlich zu betrinken. Gestern Abend habe ich versucht, dich anzurufen. Aber es ging sofort die Mailbox ran.«

Er sieht mich einen Moment betroffen an. »Ich habe keine verpassten Anrufe auf meinem Handy gesehen, aber der Empfang hier ist manchmal ziemlich mies.« Sein Gesicht entspannt sich wieder. »Es tut mir leid.« Er tritt auf mich zu und nimmt meine Hand. »Schließlich bin ich es, der dich gebeten hat herzukommen …«, er zögert und mustert mein Gesicht, »… und du bist gekommen. Ich bin dir dafür so dankbar. Es tut mir leid, dass ich kein besserer Freund bin. Ich hätte die Abende mit dir verbringen sollen, aber es ist gerade etwas schwierig, weißt du. Die Sache ist die …«, er räuspert sich, sein Gesicht wird rot, »… ich lebe mit jemandem zusammen, einer Frau. Es ist noch ganz frisch …« Er verstummt.

Er hat also eine Freundin. Ich schlucke meine Enttäuschung hinunter, aber sie bleibt mir in der Kehle stecken und stößt bitter auf. »Verstehe.« Ich kann ihm nicht in die Augen blicken, aus Sorge, dass er sieht, was in meinem Kopf vor sich geht.

Als er die nächsten Worte spricht, ist seine Stimme leise und heiser. »Sie weiß, was ich für dich empfunden habe.«

Ich hebe den Kopf, und mein Blick bleibt an seinem hängen. Er hat mir nie gestanden, was für Gefühle er für mich hatte, obwohl ich es schon immer wusste. Du hast mich früher ständig damit aufgezogen, und auch wenn ich seine Gefühle nicht erwidert habe, gefiel es mir, dass er auf mich stand. Wäre alles anders gekommen, wenn ich mir dieselben Gefühle erlaubt hätte? Tief in mir weiß ich, dass ich ihn damals niemals auf diese Weise angesehen hätte. Er war einfach nur dein nerviger großer Bruder. Ich schäme mich, es zuzugeben, Soph, aber als wir jünger waren, war er mir nicht gut genug. Er war weder ehrgeizig noch dynamisch, er zog es lieber vor, tagsüber in der Gegend herumzulungern und nachts den Rockstar zu spielen. Jetzt wird mir klar, was mir all die Jahre gefehlt hat: jemand, der mich zum Lachen bringt, der nett ist und treu, jemand, der ein echter Freund ist. Ich weiß, was du sagen wirst – dass Mike all das ist. Und es stimmt, das ist er. Aber er weckt in mir nicht dieselben Gefühle wie Daniel.

Ich trete näher und berühre seine Wange. Sie fühlt sich kalt und rau an unter meinen Fingern. »Daniel ...«, murmele ich. Unsere Blicke sind noch immer ineinander verschränkt, und langsam bewege ich mein Gesicht auf seines zu. Ich will, ich muss seine Lippen auf meinen spüren. Gerade als mein Mund den seinen leicht berührt, weicht er abrupt zurück, als hätte ich ihn verbrannt.

»Frankie ... ich kann nicht, es tut mir leid.« Er dreht sich von mir weg und fährt sich mit der Hand durchs Haar. »Du bist nicht ... Ich bin nicht ... Scheiße.« Er tritt mit der Stiefelspitze gegen den Küchenschrank. Ich stehe hilflos daneben und muss zusehen, während er mit sich ringt.

»Daniel ... es ist okay, ich weiß, dass du mit jemandem zusammen bist, ich hätte nicht versuchen dürfen, dich zu küssen. Es tut mir leid.«

Er wirbelt herum und sieht mich vorwurfsvoll an. »Ich habe dich wirklich geliebt«, sagt er und schüttelt traurig den Kopf. »Ich gehe jetzt und warte im Wagen.«

Als die Tür hinter ihm ins Schloss fällt, zucke ich zusammen.

Die nächsten zehn Minuten verbringe ich damit, mich zu sammeln, Make-up aufzutragen und die Küche aufzuräumen. Dann bin ich fertig. Mir graut davor, nach unten zu gehen, halb in der Erwartung, dass ein weiterer Brief auf die Fußmatte geflattert ist. Als ich den Fuß der Treppe erreiche, ist die Matte leer, doch wie eine Zunge aus einem halb geöffneten Maul ragt ein weiterer brauner Briefumschlag aus dem Briefschlitz. Ich wappne mich innerlich, entreiße ihn dem metallenen Griff des Briefkastens und bin nicht sonderlich überrascht, dass er an mich adressiert ist. Mit einem Knoten im Magen reiße ich ihn auf. Dieses Mal ist nur ein einziges Wort mitten auf die Seite getippt, in schwarzen, fetten Buchstaben:

**MÖRDERIN**

# SONNTAG

# 11

## Sophie

*Sonntag, 13. Juli 1997*

Seit Frankies Enthüllung habe ich Leon dreimal gesehen, und nie konnte ich mich dazu überwinden, mit ihm Schluss zu machen.

Gestern Abend, bei unserem vierten Date, hatte ich vor, die Sache zu beenden. Wie könnte ich nur so weitermachen, nach dem, was wir getan haben?

Ich habe noch immer Albträume deswegen. Erinnerungsfetzen jener heißen Augustnacht. Wir waren Kinder, gerade einmal sechzehn Jahre alt. Ich war sturzbesoffen, das erste Mal in meinem Leben betrunken, dank Frankie, die den Alkohol aus der Bar ihres Vaters gestohlen hatte. Wir waren zu dritt zum alten Pier gegangen, wo uns niemand erwischen würde, um uns volllaufen zu lassen und Musik zu hören. Beide waren wir jeweils davon überzeugt, dass Jason in uns verliebt war. Wenn ich jetzt daran zurückdenke, winde ich mich innerlich angesichts der peinlichen Art und Weise, wie ich mich aufführte und an ihn ranschmiss. Als ob er je auf mich gestanden hätte. Jetzt weiß ich, wie lächerlich es von uns beiden war, auf eine romantische Liebesbeziehung mit Jason zu hoffen. Wenn ich mich nicht derart hineingesteigert hätte, wäre es vielleicht nie dazu gekommen. Vielleicht wäre er immer noch am Leben.

Ich weiß jetzt schon, dass ich nie in der Lage sein werde, es Leon zu sagen.

Schuld. Sie macht einen zur Lügnerin.

Wie auch immer, ich schweife ab. Zurück zu gestern Abend.

Ich war mit Leon am alten Pier verabredet. Als wir dort saßen, auf den morschen, von der Sonne ausgebleichten, aufgeheizten Holzplanken, konnte ich nur daran denken, dass dies der Ort war, an dem Jason zum letzten Mal lebend gesehen worden war. Schließlich, nach ein paar Dosen Red-Stripe-Bier, fühlte ich mich mutig genug, das Thema anzuschneiden.

Leon starrte mich an, als ich ihn nach Jason fragte. »Kanntest du ihn?«, fragte er, und seine Stirn legte sich in Falten. Er hörte aufmerksam zu, sein durchdringender Blick bohrte sich in mich, als ich erklärte, dass Jason einen Ferienjob im Hotel von Frankies Eltern gehabt hatte und dass wir drei befreundet gewesen waren.

Während ich erzählte, nahm er meine Hand und rieb mit seinem Daumen über meine Handinnenseite. »Sein Tod war für uns alle ein großer Schock«, sagte er, als ich geendet hatte. Er schaute mich nicht an, als er sprach, stattdessen konzentrierte er sich auf ein abgesplittertes Stück Holz neben seinem Knie. »Wir sind zusammen aufgewachsen und standen uns sehr nahe, er war nur sechs Monate älter als ich. Er war nicht nur mein Cousin, er war mein Freund. Man hat ihn im Meer gefunden. Er war ertrunken. Dem toxikologischen Bericht zufolge hatte er eine Menge Alkohol im Blut, was zu seinem Tod beigetragen hat. Aber ich habe mich oft gefragt, ob er es mit Absicht getan hat, weißt du? Ob er sich selbst das Leben genommen hat.«

Ich war entsetzt und spuckte in diesem Moment beinahe die ganze hässliche Wahrheit aus; die Schuld drängte sie meine Kehle hoch. Ich musste mir auf die Lippe beißen, um die Worte zurückzuhalten.

»Warum …?« Mein Mund war so trocken, dass ich kaum sprechen konnte. Ich schluckte und setzte noch einmal an. »Warum dachtest du, er hätte sich umgebracht?«

»Jason hat schon immer viel getrunken. Und er nahm zu viele Drogen. Seine Mutter, die Schwester von meinem Dad, war Alkoholikerin. Sie warf ihn aus dem Haus, als er siebzehn war, deshalb kam er hierher. Ein Neuanfang, so schien es zumindest. Aber er hatte einen Haufen Probleme, Sophie.«

Ich erinnerte mich, dass Jason mir von seinen Eltern erzählt hatte, vor allem von seinem Vater, den er als »Nichtsnutz« bezeichnete. Wir hatten eine Menge Gemeinsamkeiten, das war wahrscheinlich der Grund, weswegen ich ihn so mochte. Er war meine erste Liebe. Frankie empfand dasselbe, und das war das Problem.

Ich war mir immer sicher, dass er Frankie mochte. Ja, wir hatten eine Menge Gemeinsamkeiten, da wir aus ähnlichen Verhältnissen kamen. Wir saßen oft beieinander und redeten – an einem ruhigen Plätzchen am Strand oder am alten Pier. Manchmal hatte ich das Gefühl, dass Frankie sich ausgeschlossen fühlte, wenn wir mit unseren philosophischen Debatten begannen. Ich merkte es daran, wie sie versuchte, uns abzulenken, wann immer sie uns in ein Gespräch vertieft vorfand. (Obwohl sie es niemals zugab, das ist nicht ihr Stil. Frankie konnte es noch nie leiden, ihre Schwächen einzugestehen!) Aber mir war immer klar, dass Jason mich als gute Freundin betrachtete, nicht mehr.

»Was ist mit seiner kleinen Schwester?«, fragte ich. »Er hat immer so liebevoll von ihr gesprochen.« Ich habe sie nur einmal gesehen, bei Jasons Beerdigung, wo sie einsam und verloren neben einer älteren Frau stand. Sie muss etwa zwölf gewesen sein, hübsch, mit großen blauen Augen, wie die von Jason.

Leon hob den Kopf, um mich anzusehen, sein Blick wurde weicher. »Sie hat eine Weile bei uns gelebt. Es geht ihr gut, sie ist glücklich. Mittlerweile ist sie sechzehn. Meine Eltern lieben sie abgöttisch, sie ist die Tochter, die sie nie hatten.« Sein Lächeln verblasste. »Hey, warum so traurig?«

Ich blinzelte meine Tränen zurück. »Es ist nur … es ist so tragisch, was Jason widerfahren ist.«

Er drückte meine Hand und zog mich auf seinen Schoß. Ich fühlte mich sicher und geborgen in seinen starken Armen. »Er hatte seine Probleme, es war nicht einfach für ihn«, murmelte er an meinem Hals. »Er war ein Teenager, der mit seiner Sexualität zu kämpfen hatte. Der versucht hat, sich selbst zu verstehen.«

Ich richtete mich auf und wich ein Stück vor ihm zurück, sodass ich sein Gesicht sehen konnte, meine Arme immer noch um seinen Hals geschlungen. »Wie meinst du das?«

»Er war schwul. Wusstest du das nicht?«

Der Schock stand mir offensichtlich ins Gesicht geschrieben. »Schwul? Aber er stand doch auf Frankie. Ich war mir ganz sicher … ich …«

Leon schüttelte den Kopf, sein welliges Haar fiel ihm ins Gesicht. »Nein, tat er nicht. Er war mit vielen Mädchen befreundet, aber er war nicht auf diese Art an ihnen interessiert. Er hat sich mir anvertraut, als er vierzehn war. Er meinte, er habe es schon immer gewusst.«

Ich hatte ja keine Ahnung. All diese Male, in denen wir zusammen dasaßen und über Gott und die Welt diskutierten. Ich wünschte, er hätte sich mir anvertrauen können.

Heute bei der Arbeit (ich habe meinen Job bei Stan aufgegeben und arbeite jetzt bis auf dienstags jeden Vormittag im Hotel!) erzählte ich Frankie, was Leon mir gesagt hatte. Ich half ihr gerade dabei, die Betten in einem der Doppelzimmer neu zu beziehen, und sie erstarrte mit einem Laken in den Händen, während ihr sämtliche Farbe aus dem Gesicht wich. Es war äußerst sonderbar. Für einen Moment befürchtete ich, sie müsse sich übergeben. Sie brauchte eine Weile, um sich wieder zu fassen, und ich hatte Mitleid mit ihr. Es war offensichtlich, dass sie dasselbe geglaubt hatte wie ich – dass Jason in sie verliebt gewesen war. Vielleicht hatte ihr dieser Gedanke geholfen weiterzumachen, die Schuldgefühle zu lindern. Und ich hatte ihr das genommen. Als sie sich erholt hatte, fuhr sie mich an, dass ich Leon besser niemals erzählen sollte, was wir getan hatten. Dann rauschte sie aus dem Zimmer und ließ mich allein die Betten machen.

Den Rest des Tages sprach sie nicht mit mir, als ob es meine Schuld wäre, dass Jason schwul war. Entweder das, oder sie war sauer, weil ich nicht mit Leon Schluss gemacht habe, so wie sie gehofft hatte. Ich weiß nicht, wie lange meine Beziehung mit Leon andauern wird. Ich weiß, es kann nicht für immer sein – nicht mit diesem großen Geheimnis, das zwischen uns steht.

# 12

# Frankie

Die Hand, die den Brief hält, beginnt unkontrolliert zu zittern, und ich beobachte sie entsetzt, als hätte sie ein Eigenleben entwickelt. Ich fühle mich, als sei ich in eine Falle geraten – schutzlos, mit keiner anderen Möglichkeit, als die nächste Bewegung meines Jägers abzuwarten.

Soph, ich habe versucht, die Erinnerungen an Jason und das, was wir getan haben, zu begraben. Ich habe mir große Mühe gegeben, meinem Leben eine andere Richtung zu geben, mich selbst neu zu erfinden: ein Neuanfang in London, die Expansion unserer Hotels, die mehr auf mich zurückzuführen war als auf meine Eltern. Meine Mutter war immer die treibende Kraft hinter dem Geschäft gewesen – Dad bevorzugte die gesellschaftliche Seite –, aber seit ihrem teilweisen Rückzug aus dem Arbeitsleben habe ich schwer gearbeitet und dafür gesorgt, dass die Geschäfte erfolgreich laufen. Und meine Rechnung ist aufgegangen: Wir stehen nur wenige Monate vor der Eröffnung unseres dritten Hotels. Keine kitschigen, schäbigen Absteigen wie die unserer Jugend – es handelt sich vielmehr um Boutique-Hotels mit opulenter Einrichtung und Wi-Fi, mit weißen flauschigen Bademänteln in den geschmackvollen Zimmern und hochwertigen Toilettenartikeln im Bad. Die Art von Hotels, die vierundzwanzig Stunden am Tag besetzt sind, mit anspruchsvollen Gästen und einer hohen Fluktuation von Personal, das ständig beschäftigt ist – nicht so wie das Etablissement meiner Eltern, das nur im Sommer vollständig ausgebucht schien.

Ich bin vor meiner Vergangenheit davongerannt. Jetzt hat sie mich eingeholt, und ich fühle mich, als hätte ich die falsche Spur erwischt, als hätte ich die Kontrolle verloren.

Ich habe damals versucht, dich davon zu überzeugen, dass es ein Fehler war, Leon – *Jasons Cousin* – zu daten. Ich hatte Angst, dass du nicht in der Lage wärst, das Geheimnis vor ihm zu bewahren. Du warst immer so nett, so loyal, eine leichte Beute. Du hast den Menschen immer mehr vertraut als ich; du glaubtest an sie und gingst davon aus, dass sie deine Erwartungen erfüllen würden. Und was, wenn du es Leon erzählt hast? Weiß er, dass wir am Tod seines Cousins beteiligt waren, und sinnt nun auf Rache?

Ich atme tief ein und öffne die Haustür. Ich haste durch den Regen und schlüpfe auf den Beifahrersitz von Daniels Auto, den Brief immer noch fest umklammert. Ich kann nicht aufhören zu zittern.

Sein Mund ist zu einer dünnen Linie gepresst. Wäre ich nicht so besorgt wegen des Briefes, wäre mir mein Beinahe-Kuss womöglich schrecklich peinlich. »Es tut mir leid«, sagt er, ohne mich anzuschauen. »Aber dich wiederzusehen, hat …« Er errötet.

Als ich nichts erwidere, wendet er sich zu mir. Sein Blick sinkt zu dem Blatt Papier in meiner Hand. »Was ist das?«

Wortlos reiche ich ihm den Brief, und er überfliegt ihn rasch. »Woher hast du das?«

Ich erzähle ihm alles, von den Briefen, von der Frau, die mich gestern Abend verfolgt hat.

»Warum hast du das nicht früher erwähnt?«

»Ich wusste nicht, was ich sagen sollte oder ob ich dir vertrauen konnte.« Ich suche in meiner Tasche nach einem Taschentuch.

Sein Blick verhärtet sich. »Mir vertrauen? Du kennst mich, seit du sieben bist. Was? Hast du gedacht, ich hätte dir das geschickt?«

Ich schüttle den Kopf. »Nein, natürlich nicht … aber …« Ich starre ihn an, suche nach Anzeichen, dass er etwas damit zu tun haben könnte. Sein rechtes Augenlid zuckt.

»Was?«

»Du warst heute Morgen hier«, erwidere ich. »Ist dir da der Umschlag in dem Briefkasten aufgefallen?«

Seine Augenbrauen ziehen sich konzentriert zusammen. »Ich glaube nicht.«

»Also hat ihn offensichtlich jemand eingeworfen, als du bei mir in der Wohnung warst.«

Er fährt sich mit der Hand übers Kinn. »Vielleicht. Ich weiß nicht. Schon möglich, dass er im Briefkasten war, aber um ehrlich zu sein, bezweifle ich, dass es mir aufgefallen wäre …«

Ich seufze. »Jemand weiß Bescheid, Daniel. Jemand weiß, was Sophie und ich getan haben …«

Als ich realisiere, was ich gesagt habe, herrscht fassungsloses Schweigen. Die einzigen Geräusche sind das Trommeln des Regens auf dem Autodach und das Quietschen der Scheibenwischer. Daniel stellt den Motor aus und dreht sich zu mir um.

»Was habt ihr getan, Frankie?«

In diesem Moment weiß ich, dass ich ihm vertrauen kann. Wenn ich ihm erzähle, was passiert ist, ist es recht unwahrscheinlich, dass er zur Polizei geht – es betrifft schließlich auch dich, und er würde nicht wollen, dass dein Name in den Schmutz gezogen wird.

»Es war unsere Schuld«, wispere ich und zerfetze das Taschentuch in meinem Schoß. »Die Nacht, in der Jason starb. Es stimmt, es war ein Unfall, aber wir waren da. Sophie und ich waren bei ihm.«

Und behutsam erzähle ich ihm das, wovon ich glaube, dass er es wissen muss.

Als wir Jason an jenem Tag im Speiseraum meiner Eltern trafen, waren wir sofort bis über beide Ohren in ihn verknallt – wenngleich ich Daniel diesen Teil vorenthalte. Ich glaube, ich habe nicht einmal dir gegenüber zugegeben, wie sehr ich Jason mochte, obwohl du es dir wahrscheinlich denken konntest, so wie ich mit ihm flirtete, wenn wir zusammen waren. Er war der Grund, weshalb ich in diesem Sommer Daniels Annäherungsversuche abblitzen ließ. Woher hätte ich wissen sollen, dass er schwul war? Er hat es uns niemals erzählt, und mein sechzehnjähriges Ich war nicht aufgeklärt und erfahren genug, um von selbst darauf zu kommen.

Im Laufe der folgenden Wochen wurden wir drei

Freunde und hingen ständig zusammen herum. Es schien ihm nichts auszumachen, mit zwei kichernden, gackernden Mädchen gesehen zu werden. Es war ihm lieber, als mit Daniel und dessen Kumpels abzuhängen. Ich wusste, dass er eine schwierige Kindheit und Jugend gehabt hatte – doch er zog es vor, dir das meiste davon zu erzählen. Ich glaube, er sah dich als eine Art verwandte Seele, jemand, der aus ähnlichen Verhältnissen kam wie er. Ich ging nie davon aus, dass er auf dich stand; nimm es mir nicht übel, Soph, aber du warst damals noch das hässliche Entlein, das sich erst viel später in einen Schwan verwandelt hat. Doch du hattest diese ausgeprägte Intelligenz, dieses analytische Denken, das es dir ermöglichte, mit ihm über alles Mögliche zu diskutieren – philosophische Dinge, die mich kein bisschen interessierten. Du warst in vielerlei Hinsicht naiv, doch in manchen Dingen deinem Alter auch um Jahre voraus. Du und dein Bruder, ihr wart die meiste Zeit auf euch allein gestellt, musstet für euch selbst sorgen, während eure Mutter die ganze Zeit arbeiten musste. Nicht dass es ihre Schuld gewesen wäre; sie hatte genug Probleme, sowohl finanziell als auch emotional. Du sprachst nur selten von deinem Vater, und wenn, dann nur, um zu sagen, dass er ein gewalttätiger Tyrann war. Deine Mutter gab ihr Bestes, um euch dreien ein gutes Leben zu ermöglichen – weit weg von ihm.

Es war ein schwüler Abend Ende August, als wir drei den Plan fassten, uns am alten Pier zu treffen, um uns heillos zu betrinken. Wir waren minderjährig, und der Nachteil des Lebens in einer Kleinstadt war, dass jeder unser Alter kannte und uns keinen Alkohol ausschenken oder verkaufen würde. Jason trank immer sehr gerne und viel, und rückblickend frage ich mich, ob er ein Alkoholproblem hatte. Also stahl ich, teils, um ihn zu beeindrucken, ein paar Flaschen Schnaps von meinen Eltern – Wodka und Rum.

Du warst sofort betrunken, was vermutlich daran lag, dass du so eine Bohnenstange warst. Der Alkohol verlieh dir das Selbstbewusstsein, dich auf eine Art und Weise zu benehmen, die vollkommen untypisch für dich war. Ich war ziemlich schockiert darüber, wie du auf einmal richtig peinlich mit Jason geflirtet, dich auf seinen Schoß gesetzt und deine Arme um ihn geschlungen hast. Es schien ihn nicht zu stören, tatsächlich kam es mir vor, als würde ihm deine Aufmerksamkeit gefallen. Ich verspürte sogar einen Stich der Eifersucht, als ich euch so sah. Wir mischten den Schnaps mit Cola, aber das war nicht genug, um die Wirkung abzuschwächen. Im Lauf des Abends wurden wir immer betrunkener.

Ich kann mich nicht mehr richtig daran erinnern, wer mit dem Streit anfing – ob ich es war, weil Jason dir zu viel Aufmerksamkeit schenkte, oder andersherum. Ich nehme an, wir befanden uns in einer Art Konkurrenzkampf, so wie das bei Freundinnen eben manchmal ist. Nur dass in Sachen Jungs normalerweise ich die Gewinnerin war. Und ich mochte es zu gewinnen. Immerhin hast du mich schon in der Schule überflügelt. Es war nur fair, dass ich auch mal bei etwas die Nummer eins war.

Jetzt zwirble ich das Taschentuch in meinen Händen. »Wir haben uns gestritten«, sage ich. »Sophie und ich. Jason hat versucht, uns auseinanderzubringen. Sophie hat ihn weggeschubst – nicht fest, es war keine Absicht –, aber es reichte, damit er das Gleichgewicht verlor. Er war so schrecklich betrunken. Er brach durch das morsche Geländer und stürzte fast acht Meter in das Meer unter uns. Wir sahen erschrocken zu, wie er im Wasser um sich schlug. Er konnte schwimmen, das wussten wir, weil wir oft mit ihm im Meer gewesen waren. Vielleicht war es wegen der Strömung oder dem Alkohol in seinem Blut, aber er schaffte es nicht, sich über Wasser zu halten, und wir konnten nichts tun … er sank einfach immer tiefer …« Ich zögere, die Erinnerung daran ist noch immer so lebendig. »Wir konnten nur entsetzt zusehen, wie er vom Meer verschluckt wurde.« Ich hole tief Luft. »Versteh doch, Dan, wir konnten ihn nicht retten. Wir waren total betrunken, und keine von uns hatte damals ein Handy. Ich habe mich oft gefragt, ob ich Hilfe holen, ob ich einen der Nachbarn aus den nahe gelegenen Häusern hätte alarmieren sollen. Aber wir taten nichts. Wir waren vor Furcht wie gelähmt, hatten Angst, Ärger zu bekommen. Und so sahen wir dabei zu, wie ein junger Mann, der sein ganzes Leben noch vor sich hatte, ertrank.«

Im Wagen herrscht Stille. Sie lastet so schwer, dass ich das Gefühl habe, von ihr erdrückt zu werden. Es ist, als hätte ich einen Vorschlaghammer genommen und damit jenes hübsche, adrette Bild zerschmettert, das er immer von mir hatte.

Schließlich fragt er: »Hat Sophie das Leon jemals erzählt?« Seine Stimme klingt heiser in dem beengten Wageninneren, als ob er seit Jahren nicht gesprochen hätte.

Ich schüttle den Kopf. »Ich weiß es wirklich nicht. Ich denke, sie war versucht, es zu tun. Sie hasste es, ihn anlügen zu müssen. Aber sie hatte Angst. Warum? Denkst du, dass er mir diese Nachrichten schreibt?«

Er zuckt mit den Schultern, wendet sich von mir ab und starrt wieder durch die Windschutzscheibe. Die Fenster beschlagen allmählich, daher lässt er den Motor an, und das einlullende Geräusch der Scheibenwischer und der melodische Klang des Regens beruhigen mich. »Wer weiß, Frankie. Was ist danach passiert … nachdem er starb?«

Ich schließe die Augen und erinnere mich an den Schock, an das Grauen der ganzen Situation – du, wie du über das Geländer des Piers kotzt und unkontrolliert schreist, sodass ich dir eine Ohrfeige verpassen muss; ich, wie ich deinen Arm packe und dich mit mir fortzerre, beide schlagartig nüchtern, als wir, so schnell wir nur können, zum Hotel zurückrennen. Dad war noch wach und saß im Wohnzimmer, las ein Buch und trank Scotch. Zum Glück waren alle Gäste im Bett. Ich kann mich noch an sein angstverzerrtes Gesicht erinnern, als er uns erblickte – verdreckt und weinend, dein Kleid voll von Erbrochenem –, an die Worte *»Was ist passiert?«*, die wie in Zeitlupe von seinen Lippen glitten.

Ich atme aus und öffne die Augen. »Mein Dad. Wir sind zum Hotel zurückgerannt und haben ihm alles erzählt. Er war es, der darauf bestand, dass wir kein Wort über das Geschehene verloren. Er wollte nicht, dass die Polizei eingeschaltet wurde. Es war ein Unfall, versicherte er uns. Ein tragischer Unfall. Er hat es nicht einmal Mum erzählt.«

»Dein Vater ist gut darin, Geheimnisse zu bewahren«, sagt er, und ich werfe ihm einen wütenden Blick zu.

»Mein Dad hat uns den Arsch gerettet!«

»Du hast selbst gesagt, dass es ein Unfall war. Verdammte Scheiße, Frankie, du hättest ehrlich sein sollen! Du hättest damals alles erzählen sollen, und vielleicht wäre nichts von alldem passiert. Womöglich wäre Sophie dann noch am Leben!« Seine Stimme wird mit jedem Wort lauter, Speichel sammelt sich in seinen Mundwinkeln. Ich glaube nicht, dass ich ihn jemals so wütend gesehen habe.

Tränen sickern aus meinen Augen, doch ich mache mir nicht die Mühe, sie wegzuwischen. »Heute ist mir das klar. Aber Dad hat nur getan, wovon er glaubte, dass es das Richtige sei. Wir hätten Riesenärger bekommen, weil wir den Alkohol von ihm gestohlen hatten. Es wäre in die Zeitung gekommen, wie du selbst nur zu gut weißt. Dad hätte seine Konzession verlieren können.« Ich blicke ihn finster an, als wäre er es, der diesen nie geschriebenen Artikel zu verantworten hätte, auch wenn er damals gerade mal achtzehn war. »Und er hätte sein Hotel verloren.«

»Ich kann nicht glauben, dass du das vor mir verheimlicht hast«, sagt er jetzt mit etwas ruhigerer, weniger wütender Stimme. Doch er schaut mich immer noch nicht an.

»Wir haben es vor jedem verheimlicht.«

Bei seinen nächsten Worten wird mir eiskalt. »Nun, nicht vor jedem. Irgendwer weiß es, Frankie, und es scheint, als sei derjenige auf Rache aus.«

# 13

## Sophie

*Sonntag, 20. Juli 1997*

Ich dachte, es würde Spaß machen, mit Frankie zu arbeiten, aber seit letzter Woche hat sie kaum mehr mit mir gesprochen. Ich weiß, dass es daran liegt, dass ich nicht das getan habe, was sie wollte – mit Leon Schluss machen. Ich hatte vergessen, wie stur sie sein kann, dass alles immer nach ihrer Nase gehen muss. In den Jahren, in denen wir getrennt waren, habe ich unsere Freundschaft romantisiert. Ich habe so gut wie keine Erinnerung aus meiner Kindheit, in der sie nicht vorkommt, genauso wie Daniel. Und doch gab es auch Zeiten, in denen sie mir auf die Nerven ging. Selbst als Kind schon war sie herrschsüchtig und hat mich mit Schweigen gestraft, wenn ich nicht tat, was sie wollte. Einmal, als wir neun waren und ich nicht mit ihr rausgehen und spielen wollte, weil ich mich lieber mit meinem neuen *Dolly*-Buch ins Bett kuscheln wollte, sprach sie eine geschlagene Woche nicht mit mir.

Gestern, am späten Nachmittag, ging ich mit Helen zum Strand und erwischte mich dabei, wie ich ihr mein Herz ausschüttete: über Frankies Unmut, weil ich mit Leon zusammen war; die kalte Schulter, die sie mir zeigte; wie unangenehm es war, so mit ihr zusammenzuarbeiten – natürlich sorgsam darauf bedacht, alles auszusparen, was mit Jason zu tun hatte.

Mich plagte das schlechte Gewissen, weil ich Helen fallen gelassen hatte, kaum dass Frankie zurück war. Nachdem Frankie weggezogen war, war Helen in der Schule mein rettender Anker gewesen. Außerdem blieben wir in Kontakt, als ich an die Uni ging und sie am örtlichen College blieb, und trafen uns, wann immer ich in den Semesterferien nach Oldcliffe kam. Sie konnte gelegentlich ein bisschen mürrisch sein – sie war nicht quirlig wie Frankie –, aber ich mochte ihre direkte, schnörkellose Art. Der einzige Haken an unserer Freundschaft war, dass sie Frankie auf den Tod nicht ausstehen konnte. Einmal, in der siebten Klasse, hatten die beiden einen Riesenstreit. Frankie war mit blauer Farbe im Haar und Flecken im Gesicht ins Klassenzimmer gestürmt und hatte Helen wütend vorgeworfen, sie im Wandschrank mit dem Mal- und Zeichenbedarf eingesperrt zu haben. Alle in der Klasse wussten, wie klaustrophobisch Frankie war. Helen hat es immer abgestritten, aber Frankie war überzeugt, dass sie es war, weil sie die einzigen Menschen im Kunstraum gewesen waren, bevor es passierte. Also rannte Frankie herum und erzählte allen, was für eine fiese Tyrannin Helen war. Sie waren davor schon nicht besonders gut miteinander ausgekommen, aber danach konnte man ihr Verhalten kaum noch höflich nennen. Helen hat es immer abgestritten, aber ich bin immer noch nicht gänzlich überzeugt, dass sie es nicht getan hat. Helen kann wirklich nachtragend sein!

Wir lagen auf unseren Badetüchern im Schatten der großen Schlangenturmrutsche am Strand. Es war ein drückender, stickiger Tag, es herrschte Ebbe, und die See war ruhig. Zu meiner Rechten, ein ganzes Stück weiter die Küste entlang, war der alte Pier in der Ferne zu erkennen, am Rande des Geschehens, wie ein schüchternes Mauerblümchen auf einer Party.

Helen rutschte auf ihrem Badetuch herum, sie trug Shorts und ein Bikinioberteil, und ihr Dekolleté war schon tiefrosa von der Sonne, obwohl wir keine fünfzehn Minuten hier gesessen hatten. Der Strand war gerammelt voll mit Menschen: Familien, die sich in der Sonne aalten, herumplanschende Kinder, Teenager, die einen Frisbee herumwarfen.

»Also denkst du, Frankie ist komisch zu dir, weil du was mit Leon angefangen hast?«, fragte sie, als ich geendet hatte, und bedeckte blinzelnd ihr Gesicht. Die Sonne stand groß und rund am wolkenlosen Himmel.

Ich zuckte mit den Schultern. »Ja, sie will, dass ich mich nicht mehr mit ihm treffe. Sie hat mir erzählt, dass er sich vor zwei Monaten an sie rangeschmissen hat und etwas aufdringlich geworden ist, als sie Nein sagte.«

Sie hob eine Augenbraue. »Wirklich? Und das glaubst du?«

»Warum sollte sie lügen?«

»Das Problem ist doch, dass Frankie es gewohnt ist, ständig alle Aufmerksamkeit zu bekommen. Es gefällt ihr eben nicht, dass du jetzt aufgeblüht bist. Außerdem war sie schon immer ziemlich besitzergreifend, wenn es um dich ging.«

»Meinst du?«

Sie schnaubte. »Natürlich. In der Schule durfte niemand auch nur in deine Nähe kommen.«

»In der Schule standen die Jungs auch nicht auf mich«, entgegnete ich und dachte daran zurück, wie ich mit meiner Zahnspange und meinem billigen Kassengestell ausgesehen hatte.

»Ich meine nicht die Jungs. Du konntest auch keine anderen Freundinnen finden. Sie hat dich für sich in Beschlag genommen, ab dem Moment, in dem du zu uns in die Grundschule gekommen bist. Du warst ihre beste Freundin, und damit hatte es sich. Sie hat dich bisher noch nie mit jemandem teilen müssen. Und jetzt ist Leon da, und das gefällt ihr eben nicht.«

Ich verspürte einen Anflug von schlechtem Gewissen, weil wir so über Frankie redeten. Vor allem in Anbetracht der Tatsache, dass Helen nicht alle Fakten kannte.

Doch sie war voll in Fahrt und fuhr unbarmherzig fort. »Es war das Beste, was dir passieren konnte, als sie fortging. Du hattest endlich die Möglichkeit, aus ihrem Schatten herauszutreten. Aber jetzt erwartet sie, genau da weitermachen zu können, wo sie aufgehört hat. Du hast dich verändert. Es sind vier Jahre vergangen.«

Ich setzte mich auf, griff mit den Händen in den heißen Sand und ließ die feinen Körner zwischen meinen Fingern hindurchrieseln. Ich wusste, dass es stimmte, was Helen da sagte. Selbst wenn Leon nicht Jasons Cousin gewesen wäre, glaube ich nicht, dass es Frankie gefallen würde, wenn ich mit ihm oder irgendwem sonst zusammen wäre. Sie war es gewohnt, mich ganz für sich allein zu haben.

Helen setzte sich ebenfalls auf und drehte sich auf dem Badetuch zu mir um, sodass sie mich ansehen konnte. »Soph, du kannst dich nicht länger von ihr herumschubsen lassen.«

Ich fühlte mich unbehaglich. »Sie schubst mich nicht herum …«

»Du bist zu nett, und sie nutzt das aus. Sie macht dir ein schlechtes Gewissen, dass du sie verärgert haben könntest, nur damit du machst, was sie will. Das hat sie schon so getan, als ihr klein wart, und sie tut es immer noch.«

Ich harkte weiter mit den Fingern durch den Sand. »In einer Freundschaft ist man doch nie ganz gleich, oder?«, sinnierte ich. »Es gibt immer einen, der dominanter ist, rechthaberischer und bestimmender. So ist es nun mal.«

Helen runzelte die Stirn. »In einer Freundschaft sollte es darum gehen, zu geben und zu nehmen. Man sollte gleichberechtigt sein und …«

»Findest du das nicht ein bisschen naiv?«, warf ich ein. »Wir sind alle so verschieden, also muss auch jede Freundschaft verschieden sein. Jeder unserer Freunde bringt eine andere Seite unserer Persönlichkeit zum Vorschein. Ja, Frankie war die Dominantere von uns beiden, also falle ich mit ihr zusammen wohl wieder in die Rolle zurück, die wir als Kinder innehatten.«

Sie kramte in ihrer Tasche nach ihrer Flasche Hawaiian Tropic (das wir liebten, weil wir damit sofort sonnengebräunt aussahen und wie Malibu rochen) und verrieb es auf ihrer sonnenverbrannten Brust. »Was ist mit uns? Wie sehen die Machtverhältnisse in unserer Freundschaft aus?«

»Ich weiß nicht … wir sind ziemlich gleichberechtigt, oder?« Obwohl ich, schon als ich es sagte, wusste, dass ich nicht vollkommen ehrlich war. Helens hitziges Temperament und ihr Jähzorn flößten mir seit jeher Respekt ein.

»Ganz genau«, erwiderte sie triumphierend und widmete sich nun ihren Beinen, wo sich das Öl mit den Sandkörnern mischte, sodass ihre Schienbeine glitzerten. Ihre Miene war konzentriert. »Nimm's mir nicht übel, Sophie, aber früher warst du keine wirkliche Konkurrenz. In Bezug auf Männer, meine ich. Aber jetzt, schau dich doch mal an!«

Ich spürte, wie ich rot wurde, und starrte auf meine halb im Sand vergrabenen Hände. »Wohl kaum, Hel.«

»Nein, ich mein's ehrlich.«

»Frankie sieht toll aus.«

»Du auch.«

Ihre Komplimente waren mir unangenehm – egal wie oft jemand das Gegenteil behauptet, ich werde mich immer wie dieses dürre, schlaksige Mädchen mit Zahnspange und pickeliger Haut fühlen. Also wechselte ich das Thema, und wir redeten über das *Basement* und um wie viel Uhr wir uns heute Abend dort treffen würden.

Wir blieben noch eine Stunde am Strand, dann schlenderten wir in Shorts und Flipflops durch die Stadt, Badetücher und Sonnenöl in unseren Strandtaschen verstaut. Wir blieben am Eingang zum Grand Pier stehen, um uns ein Eis zu kaufen, und spazierten dann den Hauptsteg entlang, während die leisen Klänge von Fünfzigerjahre-Musik über unseren Köpfen verwehten.

Da erblickte ich Frankie, die sich ihren Weg durch die

Menschenhorden bahnte und in Jeans-Hotpants und einem schwarzen Bikinioberteil, das ihre üppigen Brüste betonte, auf uns zumarschierte. Mein Bruder folgte ihr mit diesem nervigen liebeskranken Ausdruck im Gesicht, den er in letzter Zeit ständig aufsetzt, wenn er sie sieht. Er war ganz in Schwarz gekleidet, selbst bei der Hitze, aber er hatte seinen obligatorischen Pulli und langen Mantel gegen T-Shirt und Jeans eingetauscht. Seine sonst so blassen Wangen waren gerötet, und sein dunkles Haar klebte schweißnass an seiner Stirn. Frankie hat nie wirklich Interesse an Daniel gezeigt – obwohl ihr klar sein muss, wie heftig er in sie verknallt ist. Es ist so offensichtlich, dass er sich genauso gut ein Schild mit seinem Liebesgeständnis an die Stirn kleben könnte.

Sie zusammen zu sehen, war ein kleiner Schock – normalerweise hängen sie nie allein miteinander rum.

Frankie schien aufgeregt, als sie vor uns stehen blieb, und ihr durchdringender Blick registrierte sofort Helens Arm, der bei mir untergehakt war, und das Eis in unseren Händen. Sie machte ein finsteres Gesicht.

»Wir waren also am Strand, ja?«, bemerkte sie an mich gewandt und ignorierte Helen.

»Ja, wenn das für dich okay ist«, sagte ich und ärgerte mich selbst darüber, dass ich so rechtfertigend klang, da ich wusste, dass es Helens Meinung bestätigte. Ich wollte ihr beweisen, dass sie falsch lag, und ihr zeigen, dass ich mich nicht mehr von Frankie herumschubsen ließ.

Frankies Züge wurden weicher, und ihre Schultern sackten herab. Sie hatte etwas Verletzliches an sich, wie sie da vor uns stand, so klein und zierlich, mit Daniel, der hinter ihr aufragte. »Hör zu, Soph, es tut mir leid, dass ich die letzten Tage so eine Zicke war. Ich hatte viel um die Ohren. Kommst du heute Abend ins *Basement*?«

Helen versteifte sich neben mir und löste ihren Arm aus meinem.

»Ja. Helen kommt auch«, erwiderte ich. Ich konnte sie nicht einfach außen vor lassen, nur weil Frankie gerade mit ihren perfekt manikürten Fingern geschnipst hatte und wieder beste Freundin sein wollte. Es wäre nicht fair gewesen.

»Super«, sagte sie, schaute jedoch immer noch nicht zu Helen. Dann beugte sie sich vor und umarmte mich. »Bis später also.«

Wir sahen ihr alle drei nach, als sie davonstolzierte, wobei Daniel praktisch vor sich hin sabberte.

»Und? Was habt ihr beide so getrieben?«, fragte ich Daniel, als wir durch die Stadt zurückspazierten. Die Hitze war drückend, und die Touristen, die sich durch die Straßen schoben, als hätten sie alle Zeit der Welt, machten es nicht gerade besser.

»Sie hat mich angerufen, wollte ein bisschen mit mir abhängen.« Daniel zuckte lässig mit den Schultern, aber ich konnte ihm ansehen, dass er insgeheim beglückt war, dass sie ihn um seine Gesellschaft gebeten hatte.

»Hast du mit ihr geknutscht?«, wollte Helen wissen. Inzwischen hatten wir das Dickicht der Touris hinter uns gelassen und waren beinahe am alten Pier angekommen.

»Das geht dich nichts an.« Er wurde rot.

»O mein Gott, du hast mit ihr geknutscht!«, rief ich. »Ich sehe es doch ganz genau an deinem hoffnungslos verliebten Hundeblick.«

»Durftest du sie ein bisschen befummeln?«, zog Helen ihn auf. »Seit wie vielen Jahren wolltest du mal an diese Titten ran?«

Bei seinem entsetzten Gesichtsausdruck bekamen wir beide einen Kicheranfall.

»Ach, verpisst euch doch, alle beide.« Er stolzierte davon und ließ uns stehen, während wir uns aneinanderklammerten und vor Lachen fast zusammenbrachen.

Doch nun mache ich mir Sorgen um ihn.

Daniel ist seit Jahren in Frankie verliebt, aber sie hat seine Gefühle nie erwidert. Vermutlich wollte sie nur ein bisschen Aufmerksamkeit.

Und falls sie meinen Bruder geküsst hat, dann nur, um mir eins auszuwischen.

Ich bin mir nicht mehr sicher, zu was sie in der Lage ist.

# 14

# Frankie

Wir halten vor Lorcans Haus, und plötzlich bin ich bis ins Mark erschöpft, mein Körper fühlt sich an wie aus Stein.

Tatsächlich kann ich mir nicht vorstellen, dieses Haus noch einmal zu betreten. Ich ertrage den Gedanken nicht, Leon oder seinen brutalen Bruder zu sehen. Wozu das alles? Was erhofft sich Daniel, hier zu erreichen? Sollte einer von den beiden etwas darüber wissen, was dir widerfahren ist, werden sie es uns wohl kaum sagen. Alles, was ich möchte, ist, nach Hause zu gehen, in mein Londoner Leben zurückzukehren; selbst Mike erscheint mir momentan als einladende Perspektive. Ich hätte mich niemals darauf einlassen dürfen, nach Oldcliffe zurückzukehren. Aber noch im selben Moment weiß ich, dass ich nicht ehrlich zu mir bin. Wie hätte ich der Gelegenheit widerstehen können zurückzukommen? Der Möglichkeit, Daniel dabei zu helfen, deinen Leichnam zu identifizieren – *deine sterblichen Überreste* –, damit ich dich endgültig zur Ruhe betten kann.

»Komm schon, worauf wartest du?« Daniels Stimme ist scharf und insistierend. Es ist offensichtlich, dass er mir noch nicht vergeben hat – und mir vielleicht nie vergeben wird –, was ich ihm soeben über Jason erzählt habe. Er wird mich niemals wieder auf dieselbe Weise ansehen. Ich bin nicht mehr länger der Mensch, für den er mich hielt.

Du hast das alles jetzt hinter dir, Soph, nicht wahr? Du bist fort, doch ich bin hier, um allein mit der ganzen Sache fertigzuwerden. Um die Last zu tragen. Es war immer ich – ich war die Starke, die Anführerin, diejenige, die uns aus dem Schlamassel herausholte, diejenige, die alles regelte in der Nacht, als Jason starb, diejenige, die zurückgelassen wurde, um sich jetzt allein mit alldem auseinanderzusetzen …

Ich will Daniel gerade sagen, dass ich nicht mehr in dieses deprimierende Haus zurückkehren werde, als ein hoch aufgeschossener Mann auf den Wagen zukommt und mit der Faust auf die Motorhaube schlägt. Ich zucke vor Schreck zusammen, und Daniels Gesicht wird bleich, als Lorcan uns heimtückisch durch die Windschutzscheibe anfunkelt. Er trägt denselben farbverschmierten Overall mit T-Shirt darunter und dieselben Arbeitsschuhe wie am Vortag. Spürt der Mann nicht, wie bitterkalt es ist? Wieder schlägt er auf die Motorhaube, und Daniel springt aus dem Auto.

Meine Müdigkeit verfliegt schlagartig, weicht dem Adrenalin, und ich springe ebenfalls hinaus.

»Was zum Teufel tust du da?«, brüllt Daniel. »Hör auf, auf mein Auto einzuschlagen!«

»Wär's dir lieber, wenn ich auf dich einschlage?«, knurrt Lorcan höhnisch. »Was zur Hölle wollt ihr hier? Leon hat mir gesteckt, dass ihr gestern hier wart. Wir haben euch nichts zu sagen.« Seine Wut verstärkt seinen ausgeprägten südwestenglischen Akzent. Ich beuge mich zu Daniel, drücke sanft seinen Arm und versuche, ihn mit mir fortzuziehen, doch er weicht nicht von der Stelle.

»Ich will einfach nur Bescheid wissen über die Nacht, in der meine Schwester verschwand.«

Lorcans Miene verdüstert sich. »Wir haben dir nichts zu sagen, also verpiss dich.«

Ich spüre, wie die Spannung zwischen den beiden zunimmt, und in einem letzten verzweifelten Versuch, etwas in Erfahrung zu bringen, trete ich dazwischen. »Hör zu, Lorcan«, beginne ich, »ich weiß, dass du auf Sophie scharf warst. Ich erinnere mich noch, wie du dich im *Basement* an sie rangemacht hast. Hast du sie belästigt? Du warst damals schon verheiratet … was hätte deine Frau wohl dazu gesagt?«

Er macht einen Schritt auf mich zu und schüttelt seine Faust vor meinem Gesicht. »Verpiss dich, du arrogantes Miststück. Was glaubst du eigentlich, wer du bist? Kommst nach all den Jahren hierher und denkst, du kannst dich mit mir anlegen? Du dumme Schlampe!«

»Es reicht!«, schreit Daniel und stellt sich schützend vor mich, um Lorcans Zorn entgegenzutreten. »Lass sie gefälligst in Ruhe.«

»Sie kann nicht hier in der Gegend rumrennen und Leute beschuldigen«, bellt er, und Speichel spritzt aus seinem Mund.

»Sie beschuldigt niemanden. Wir wollten einfach nur mit dir sprechen … Wir haben uns gestern mit Leon unterhalten, und er wollte uns weiterhelfen, aber …«

Lorcan schüttelt den Kopf, doch seine Züge entspannen sich, während er Daniel abschätzend mustert. »Schau, Kumpel«, sagt er mit versöhnlicher Stimme. »Tut mir leid wegen deiner Schwester, wirklich. Ich habe gehört, dass sie ihre Leiche gefunden haben. Aber ihr Tod hat nichts mit mir zu tun. Also lass mich und meine Familie ab sofort in Frieden.«

Und bevor einer von uns noch etwas erwidern kann, geht er in seinen Garten zurück, und das hölzerne Tor fällt krachend hinter ihm zu.

Eine Weile starren wir ihm hinterher. Dann dreht sich Daniel mit niedergeschlagenem Blick zu mir. »Das ist ein Albtraum. Es ist wesentlich schwieriger, als ich dachte. Niemand will mit mir reden.«

»Du bist jetzt Journalist, vielleicht ist das der Grund.«

»Das ist nicht alles …« Er seufzt. »Hör zu, Franks, ich frage mich, ob es nicht besser wäre, wenn du das machen würdest. Ohne mich.«

»Wie bitte?«

»Wie du schon sagtest, ich bin Journalist. Und ich bin Sophies Bruder. Aber du …«

»Ich bin eine Außenseiterin hier!«, rufe ich. »Man war nicht gerade freundlich zu mir, seit ich zurück bin. Du hast Lorcan doch gehört, er hält mich für eine arrogante Schlampe.«

Daniel fährt sich verzweifelt mit den Händen durchs Haar. »Ich weiß nicht, was ich sonst vorschlagen soll.«

Tief in Gedanken versunken stehen wir auf dem Gehweg, als Daniels Handy klingelt. Er zieht es aus seiner Manteltasche.

»Mia? Ja … Nein …« Er blickt mich unter seinen dunklen Wimpern hindurch an und dreht sich dann weg. »Okay, ich komme gleich.« Er beendet das Gespräch und steckt das Handy in die Tasche zurück. »Ich muss gehen«, erklärt er, ohne mich dabei anzusehen. »Ich werde benötigt … zu Hause.«

»Ihr Name ist also Mia …«, sage ich, bevor ich es mir verkneifen kann. Daniels Miene verdunkelt sich bei der Erwähnung ihres Namens, er verengt die Augen zu Schlitzen, sodass er älter aussieht, Respekt einflößender. Mir wird klar, dass er sie in nichts von alldem hier miteinbeziehen will, dass allein die Tatsache, dass ich ihren Namen ausgesprochen habe, sie gewissermaßen befleckt hat. Er war immer schon gut darin gewesen, die Dinge voneinander zu trennen, sie abzuspalten. Ich kann das gut verstehen, weil ich genauso bin. Ich weiß, dass er denkt, dass Mia nicht in diese finstere, schmutzige Welt aus Tod, Mord und Rache gehört. Sie gehört zu dem anderen Teil von ihm – zu dem Teil, der an faulen, gemütlichen Sonntagen in der Zeitung blättert, romantische Spaziergänge unternimmt, Händchen haltend und zärtliche Liebkosungen austauschend.

Ich fühle einen scharfen Stich der Eifersucht, körperlich spürbar wie Magenschmerzen.

Er geht zum Wagen und öffnet die Tür. »Komm schon.«

Plötzlich bin ich wütend auf ihn. Die Eifersucht auf Mia weckt in mir den Wunsch, ihn zu bestrafen. Also sage ich, dass ich zu Fuß zurückgehen werde. Er zuckt mit den Schultern und erwidert, dass er nicht glaube, dass es nach dem, wie Lorcan mich gerade genannt hat, eine gute Idee sei. Doch im Geist hat er mich bereits verlassen, auch wenn sein Körper noch hier ist. Er macht sich offensichtlich

Sorgen wegen Mia. Ich erinnere mich an den Moment heute früh, in der Küche, an unseren Beinahe-Kuss. Er war versucht, das konnte ich spüren. Da hat er nicht an Mia gedacht. Vielleicht ist er nicht so sehr in sie verliebt, wie er glaubt, wie er sich einzureden versucht.

Warum habe ich ihn mir vor all den Jahren nicht geschnappt?

Alles hätte ganz anders kommen können.

Ich habe mich geirrt, als ich sagte, dass niemals etwas zwischen uns geschehen sei. Ich hatte es bis zum heutigen Morgen vergessen. Dieser Moment in der Küche brachte Erinnerungen zurück, an den Sommer, als du starbst. Nur ein paar Küsse und ein wenig Gefummel hinten auf dem Grand Pier. Kein Sex, nicht einmal annähernd. Damals wusste ich nicht, was ich wollte. Ich wollte etwas, das ich nicht haben konnte – und Daniel bot es mir auf dem Tablett an. Jetzt, da ich ihn nicht haben kann, ist er begehrenswerter denn je.

»Ich schreibe dir später eine SMS. Wir müssen unseren nächsten Schritt besprechen«, sagt er eilig. Bevor ich antworten kann, sitzt er schon hinterm Steuer. Ich beobachte sprachlos, wie er mit quietschenden Reifen wegfährt.

Ich spaziere durch die Wohnsiedlung. Zum Glück ist sie heute aufgrund des Wetters menschenleer: keine Jugendlichen, die sich um das Spirituosengeschäft herumdrücken, keine Kinder, die mit ihren Rädern die Straße rauf- und runterfahren, keine Männer, die unter der Motorhaube hängen und an ihren Autos herumbasteln. Ich gehe in

Richtung Robin Road, der Straße, in der du gelebt hast. Es ist beinahe zwei Jahrzehnte her, aber ich kann mich noch immer an den Weg zu deinem Haus erinnern. Es ist nur zwei Straßen von Leons entfernt. Ich könnte genauso gut wieder einundzwanzig sein oder fünfzehn oder zwölf, voller Vorfreude, endlich bei dir anzukommen und in deinem Zimmer herumzusitzen und Musik zu hören.

Ich passiere die Unterführung, die vom Ende einer Straße zum Anfang einer anderen führt, sodass ich in der Fußgängerzone herauskomme. Die meisten Wohnsiedlungen, die in den späten Sechzigern und frühen Siebzigern aus dem Boden schossen, wurden nach einem ähnlichen Muster erbaut – mit Grünflächen vor den Häusern, damit die Kinder spielen konnten, ohne Angst, von einem Auto überfahren zu werden, und mit Garagen nach hinten raus.

Bevor ich michs versehe, stehe ich vor der Nummer einhundertdreiundzwanzig, dem mittleren von drei Reihenhäusern. Es sieht schäbiger aus, als ich es in Erinnerung habe – die weiße Farbe löst sich von der Holzverschalung. Die rote Tür wurde durch ein weißes, nach Plastik aussehendes Doppelglasmodell ersetzt. Dennoch verspüre ich noch immer ein sehnendes, nostalgisches Ziehen in meinem Bauch, so stark und überwältigend, dass ich dich beinahe aus deinem Zimmerfenster winken sehen kann: das kleine Zimmer zur Straße raus mit den Pierrot-Vorhängen und der passenden Bettwäsche, wo wir Madonna und Five Star hörten, als wir acht waren, und später zu Nirvana und Pearl Jam, dann zu Blur und Oasis wechselten.

Und da weiß ich, dass ich hier nicht länger bleiben kann.

An diesem Ort, in der Vergangenheit. Ich spüre dich derart stark, Sophie, es ist beinahe so, als ob du direkt neben oder hinter mir stehen würdest. Plötzlich wird mir kalt, und Furcht kriecht mir den Rücken hoch. Ich muss hier weg.

Ich kehre um und haste durch die Unterführung zurück, die gewundenen Straßen und Wege entlang, bis ich zur Hauptstraße gelange. Von dort aus sind es keine zehn Minuten bis zum Apartment. Ich habe einen Entschluss gefasst. Ich muss nach London zurückkehren. Ich kann es nicht ertragen, auch nur eine weitere Nacht in dieser Stadt zu verbringen, mit nichts weiter als meinen Gedanken und deinem Geist, um mir Gesellschaft zu leisten.

Daniel hat einen Schritt nach vorne getan, mit Mia. Er wird seinen Weg gehen. Er braucht mich hier nicht. Mia kann ihn begleiten, um deine Überreste zu identifizieren. Er hat in seinem Leben mit so vielen Hindernissen zu kämpfen gehabt, dass ich überrascht bin, dass er sich noch immer aufrecht hält. Und es ist ja nicht so, als ob ich jemals in der Lage sein könnte, ihm zu helfen.

Schneeregen setzt ein, matschige Flocken fallen herab und lösen sich auf dem Gehweg auf. Die See ist aufgewühlt und grau, die Wellen peitschen um die stählernen Beine des alten Piers. Ich schaudere und ziehe mir die Kapuze meines Mantels über, nicht dass sie mich sonderlich schützen würde. Die Kapuze ist eher modisch als praktisch, und sie reicht auch nicht ganz über meinen Kopf.

Ich bleibe stehen, um mein Handy aus der Tasche zu holen, halte es fest umklammert und gehe weiter. Ich bin erleichtert, dass ich hier draußen im Freien Netz habe. Als ich die Laternenpfosten am alten Pier erreiche, lehne ich mich dagegen, um rasch eine SMS an Daniel zu tippen. *Ich muss gehen, Daniel. Es tut mir leid. Ich fahre nach Hause. F x*

Als ich aufblicke, sehe ich dich durch den Graupelschleier hindurch mitten auf dem alten Pier stehen. Du trägst eine Jeans, dein helles Haar weht wirr um dein Gesicht. Ich keuche auf. Meine Augen sehen dich, doch ich weiß, dass du logisch betrachtet nicht da sein kannst.

Trotz der kalten Witterung ist mir heiß. Ich blicke blinzelnd auf das Telefon in meiner Hand hinab. Keine Antwort von Daniel. Plötzlich fällt mir ein, dass ich ein Foto von dir machen könnte, um mir zu beweisen, dass ich nicht dabei bin, wahnsinnig zu werden, aber als ich wieder aufschaue, bist du natürlich nicht mehr da. Ich bin vollkommen allein. Ich wende mich vom Pier ab, ziehe die Kapuze meines Mantels weiter über den Kopf und schleppe mich den Hügel hinauf zum Apartment, während der Graupel mein Gesicht mit seinen kalten Lippen küsst.

Warum sehe ich dich weiterhin, wenn du doch tot bist? Entweder bin ich dabei, den Verstand zu verlieren, oder all die Geistergeschichten, die man uns über den alten Pier erzählt hat, sind wahr. Ich weiß nicht, welche Vorstellung mich mehr ängstigt.

# 15

## Sophie

*Sonntag, 27. Juli 1997*

Es ist spät in der Nacht, als ich das hier schreibe. Ich kann nicht schlafen, auch wenn ich sollte, weil ich morgen arbeiten muss. Ich werde fix und fertig sein!

Es begann alles gestern Nacht im *Basement*.

Der Abend ging großartig los – Leon lud mich zu sich ein, da sein Bruder und seine Schwägerin aus waren und wir das ganze Haus für uns hatten. Ich ahnte, nein, ich wusste, was das bedeutete – dass wir endlich Sex haben könnten. Seit wir uns vor vier Wochen kennengelernt haben, habe ich ständig von Sex mit Leon fantasiert. Ich trug meine beste Unterwäsche (meinen neuen schwarzen Wonderbra und einen Spitzentanga!), doch ich fühlte mich unsicher und gehemmt, als ich zu seinem Haus ging. Er hatte eine Schwäche für Frankie mit ihren weiblichen Kurven und den großen Brüsten gehabt. Ich bin das genaue Gegenteil. Würde er mich überhaupt sexy finden?

Obwohl wir vier Wochen lang geknutscht und Händchen gehalten haben, hat Leon nicht mehr versucht. Einmal hat er seine Hand auf meine Brust gelegt, über dem T-Shirt. Aber weiter ist es zwischen uns nicht gegangen.

Und dann ist da noch die Sache mit Jason, die mich zurückhält. Dieses große Geheimnis über seinen Cousin, das ich vor Leon verberge.

Trotzdem, als er die Tür öffnete und ich die Küche betrat, staute sich die Luft vor sexueller Spannung. Wir sprachen kaum ein Wort, als er mich nach oben in sein Zimmer mit dem schmalen, an die Wand geschobenen Einzelbett führte, das mit *He-Man*-Bettwäsche bezogen war, die einst seinem Bruder gehört hatte. Er zog mich auf eben dieser Bettwäsche aus, schälte langsam und geschickt meine Jeans und mein T-Shirt von mir, bis ich, leicht zitternd, in BH und Slip vor ihm lag.

Danach, fest in seine Arme geschmiegt und an die wirbeligen Muster der Artex-Tapete an der Decke starrend, hatte ich das Gefühl, von Gewissensbissen verzehrt zu werden. Ich wusste, dass das zwischen uns nicht von Dauer sein konnte, dass der Geist von Jason und das, was wir getan hatten, immer zwischen uns stehen würde. Ich versuchte, diese negativen Gedanken zu verdrängen, mich auf den Augenblick zu konzentrieren. Ich hätte die ganze Nacht bei ihm bleiben können, doch wir wurden vom Knallen der Haustür und den erhobenen Stimmen von Steph und Lorcan unterbrochen.

»Ich habe dich verfickt noch mal gesehen, du Mistkerl«, kreischte Steph, dann hörten wir, wie etwas splitterte. Lorcan brüllte zurück, aber seine Stimme war zu tief, um die Worte zu verstehen.

Leon stöhnte, drehte sich zu mir und stützte sich auf seinen Ellbogen. »Sieht ganz so aus, als würden sie sich schon wieder zoffen.«

»Machen die das die ganze Zeit?«

»Schwangerschaftshormone. Zumindest behauptet das mein Bruder. Wir hauen hier besser ab.«

Wir zogen uns an, und die Stimmung im Zimmer wurde etwas verlegen, als ich in mein Höschen schlüpfte und an meinem BH nestelte, dann das T-Shirt über den Kopf zog und in die Jeans stieg. Leon hatte mir den Rücken zugewandt und kippte vor lauter Hast, in seine Hose zu kommen, beinahe vornüber.

Die Hintertür knallte so laut zu, dass das ganze Haus erbebte.

»Klingt, als sei er ausgegangen«, sagte Leon merklich erleichtert. Er nahm meine Hand und lächelte scheu. »Hast du Lust, ins *Basement* zu gehen?«

Ich sagte Ja, denn mir fiel ein, dass ich versprochen hatte, mich mit Frankie und Helen dort zu treffen. Wir schlichen leise die Treppe hinunter, damit Steph uns nicht bemerkte, aber durch den Spalt der offenen Wohnzimmertür sahen wir sie auf der Sofakante sitzen. Steph ist groß und dünn und hat dunkel gelocktes Haar, das sie mit einer Spange zurücksteckt; ihr Bauch sieht aus, als hätte sie sich eine Wassermelone unters T-Shirt gestopft. Sie hat auffallend dunkle Augen und eine mürrische, knallharte Miene, die die meisten Frauen in die Flucht jagen würde, dabei ist sie hübsch und jung, wahrscheinlich nicht viel älter als ich. Jetzt lagen ihre Hände auf ihrem Kugelbauch, das Kinn auf der Brust. Ich verspürte Mitleid mit ihr. Leon zögerte, dann streckte er den Kopf durch die Tür.

»Alles okay, Steph?«, fragte er und ging ins Zimmer.

Ich blieb betreten im Flur stehen.

Ich hörte, wie sie schniefte und ihm sagte, dass Lorcan ein gottverdammter Mistkerl sei. Leon murmelte beipflichtend. Ich schlich mich durch den Flur in die Küche und nach draußen in den Garten, um ihnen mehr Privatsphäre zu gewähren. Zehn Minuten später kam er ebenfalls durch die Hintertür nach draußen.

»Da bist du ja«, sagte er, als er mich auf der Mauer sitzen sah, und die Erleichterung stand ihm ins Gesicht geschrieben. »Ich dachte schon, du seist fort.«

»Ich wollte euch nur ein bisschen Raum geben. Sie sah ziemlich fertig aus.«

»Es geht schon wieder. Aber Lorcan behandelt sie meistens wirklich beschissen. Ich meine, sie ist schwanger, verdammt noch mal, und er kann es immer noch nicht lassen, anderen Frauen nachzustellen. Ich weiß nicht, was sie in ihm sieht.«

Ich habe Lorcan nur einmal getroffen, als ich Leon abholte. Er hat ein strenges Gesicht, und seine Augen – die denen von Leon so ähnlich sind, wenn auch kälter – musterten mich auf eine Art und Weise, dass ich mich beinahe nackt fühlte. Dann bedachte er mich mit einem schmierigen Zwinkern, bei dem mir ganz übel wurde. Nach dem, was Leon mir erzählt hat, sind er und Steph schon zwei Jahre verheiratet, und sie sind ein Paar, seit sie fünfzehn und er siebzehn war. Die gesamte Beziehung hindurch hat er sie betrogen, und doch vergibt sie ihm jedes Mal.

»Ich bin nicht wie mein Bruder«, sagte Leon und nahm meine Hand, während wir zum *Basement* spazierten.

»Das hoffe ich doch«, erwiderte ich lachend. »Sonst würde ich mich auch nicht mit dir treffen.«

Als wir den alten Pier erreichten, blieb er stehen und blickte mich ernst an. »Ich habe ein Gedicht geschrieben. Es ist über dich.« Er griff in seine Hosentasche, zog ein zerknittertes liniertes Blatt Papier heraus und reichte es mir mit einem verlegenen Lächeln. »Es geht um Seelenverwandtschaft. Nein … lies es nicht jetzt«, sagte er hastig, als ich es auseinanderfalten wollte. »Behalte es, bis später.«

Gerührt schob ich es in meine Hosentasche. Ich konnte es kaum erwarten, heimzukommen und es zu lesen.

Er zog mich in seine Arme. »Ich weiß, dass wir uns noch nicht lange kennen«, flüsterte er in mein Haar, »aber ich kann nicht aufhören, an dich zu denken, Sophie. Ich denke die ganze Zeit an dich.«

Ich spürte, wie ich rot wurde, und mir fiel Frankies Warnung ein … *extrem und aufdringlich.* Aber es gefiel mir. Ich mochte es, dass er ehrlich war und sagte, was er empfand.

»Mir geht es genauso«, gab ich zu und spürte einen Kloß in meiner Kehle. In diesem Moment wollte ich mich am liebsten an ihn klammern, meine Arme und Beine um in schlingen, sodass unsere Körper wieder zu einem verschmolzen, und ihn nie wieder loslassen. Aber ich wusste, dass das unmöglich war. Ich wusste, dass ich ihn gehen lassen musste. Irgendwann.

Das *Basement* bebte, als wir ankamen. Ich versuchte, Frankie oder Helen in der Menge auszumachen, aber die kleinen Kellerräume waren voller Menschen, und eine stickige Nebelwolke hing in der Luft, sodass ich niemanden erkennen konnte. Im gesamten Klub roch es nach Zigaretten und abgestandenem Schweiß.

»Sie wird bestimmt sauer auf mich sein«, sagte ich, als wir uns zur Bar hindurchschlängelten. Meine Augen, die schon immer empfindlich waren, begannen zu tränen. »Ich habe ihr versprochen, dass ich komme. Und Helen.«

Leon zuckte die Achseln. »Ach, das glaube ich nicht. So wie ich Frankie kenne, wird sie schon den einen oder anderen Verehrer gefunden haben, der ihr Gesellschaft leistet.«

Mein Magen verkrampfte sich vor Eifersucht. Es wäre der perfekte Moment gewesen, um ihn nach Frankie zu fragen, aber ich hatte Angst vor seiner Antwort. Ich glaube nicht, dass ich es ertragen könnte, wenn er sagen würde, dass er in sie verliebt gewesen war. Und was, wenn er immer noch Gefühle für sie hatte? Sosehr ich Frankie liebte, ich wollte nicht mehr die zweite Geige spielen. Es war okay gewesen, als wir noch an der Schule waren, selbst mit Jason. Aber nicht jetzt. Leon ist mir zu wichtig, auch wenn er nie wirklich mein sein kann.

Wir standen ewig an der Bar an und drängelten uns mit allen anderen nach vorne, um bedient zu werden. Und da, wie aus dem Nichts, tauchte Frankie auf.

»Da seid ihr beiden ja«, sagte sie, stellte sich auf Zehenspitzen zwischen uns und schlang die Arme um unsere Hälse. Ihr Atem roch süß, nach Alcopops. »Ich suche euch schon Ewigkeiten. Du hast gesagt, du kommst um zehn, Soph.« Ich konnte ihr Gesicht nur von der Seite sehen, aber sie klang, als würde sie schmollen. Doch das konnte meine Stimmung nicht trüben. Leon und ich hatten Sex gehabt. Er hatte sich in mich verknallt. In mich, nicht in Frankie.

Leon sagte, er müsse aufs Klo und entschuldigte sich, während ich mich von Frankie auf die Tanzfläche ziehen ließ.

»Wo warst du?« Sie musste gegen die Chemical Brothers anbrüllen.

»Bei Leon zu Hause …«

»Du warst mit ihm in der Kiste, oder? Trotz allem, was ich dir über ihn gesagt habe. Wie konntest du nur?«

»Frankie …«

Sie hörte auf zu tanzen, um mich anzuschauen, die Hände in die Hüften gestemmt. »Das ist falsch, Sophie. Und du weißt es.«

Ich biss mir auf die Lippe. Ich wollte weinen, denn sie hatte recht.

Dann spürte ich seine Hände um meine Taille, seine Hüften rieben sich im Rhythmus der Musik an meinem Po. Es war mir peinlich, dass er seine Zuneigung so öffentlich vor Frankie zur Schau stellte. »Leon … was tust du da? Lass mich los!« Dann bemerkte ich den Geruch. Es war nicht das CK One, das Leon immer trug, sondern etwas Beißendes, Scharfes, das mir in die Nase stieg, etwas Widerliches. Ich drehte den Kopf und war schockiert, als ich Lorcans Grinsen sah.

Ich stieß ihn von mir, plötzlich war ich stinkwütend. Was zum Teufel sollte das?

»Na, was hast du mit meinem Bruder getrieben, hm? Wart ihr grad am Bumsen, als wir reingekommen sind …?« Sein Atem roch nach Fusel, und er lallte. Trotz seiner vulgären Worte, bemerkte ich, wie Frankie schockiert die Augen aufriss. »Hast nen ganz netten Arsch«, sagte er und tätschelte meinen Hintern. »Aber keine Titten. Nicht so wie deine kleine Freundin hier.«

Frankie packte meinen Arm und zog mich zu sich. »Lorcan, sei nicht so ein Idiot und lass uns in Ruhe.«

»Warum?«, fragte er mit einem unschuldigen Grinsen. »Ich mache doch nichts Falsches.«

Es passierte schnell. Im einen Augenblick war Lorcan noch vor uns, anzüglich grinsend, im nächsten schlug Leon auf ihn ein und brüllte ihn an, er solle sich verpissen. Lorcan ist ein Riesenkerl, aber er versuchte gar nicht erst, sich zu verteidigen oder zurückzuschlagen. Stattdessen warf er uns einen verwundeten Blick zu, als wären wir die fiesen Kids auf dem Spielplatz, und verschwand schwankend in der Menge.

»Bist du okay?«, fragte Leon mich, ohne auf Frankie zu achten. »Mein Bruder kann ein richtiges Arschloch sein, wenn er betrunken ist.«

»Er hat ihren Hintern betatscht und so«, sagte Frankie. Leons Miene verdüsterte sich, und seine Kiefermuskeln zuckten. Ich war wütend auf Frankie, dass sie alles noch schlimmer machte.

»Darum kann ich mich selbst kümmern.« Es ärgerte mich, dass sie mich beide behandelten, als wäre ich aus Glas. Außerdem schmerzte Lorcans Kommentar zu meinem flachen Busen immer noch. Ich hoffte nur, dass Leon es nicht gehört hatte.

»Ich könnte ihn umbringen! Wie kann er es wagen, so etwas mit meiner Freundin zu machen«, sagte er zu niemand Bestimmtem, als wäre ich sein Besitz. Wir hatten miteinander geschlafen – dachte er jetzt, ich würde ihm gehören? Er zog mich in einer Umarmung an sich und küsste mich, als hätte er mich vor einer herannahenden Katastrophe gerettet, nicht vor einem Trottel mit etwas überaktiven Händen. Über seine Schulter hinweg konnte ich sehen, wie Frankie die Augen verdrehte und mich mit ihrem »Hab ich's dir doch gesagt«-Blick bedachte.

Kurz danach brachen wir auf. Leon begleitete mich nach Hause, aber wir schwiegen die meiste Zeit, während wir uns durch die Hauptstraße schlängelten, dann an den Hotels und Bed & Breakfasts vorbei, über die Straße und zum Ufer. Eine Teenagerclique lungerte am Strand herum, die lachte und Alkohol trank. Vor uns ertönte schrilles Frauenkreischen, als ein Junggesellinnenabschied in rosa Tutus aus dem *Odyssey* platzte, die schlanke Braut trug einen Schleier. Der Klub war als Abschleppschuppen verrufen.

Leon hatte den Arm um meine Schultern gelegt, ich meinen um seine Taille geschlungen, die Hand in der Gesäßtasche seiner Jeans, aber wir grübelten beide in Gedanken versunken vor uns hin. Frankies Worte hallten in meinen Ohren nach: *extrem, aufdringlich, ein Stalker*. Aber Leon hatte mich beschützt, oder nicht? Er benahm sich nicht einfach nur wie ein eifersüchtiger Freund. Sein Bruder war wirklich ein Arschloch.

Als wir vor meinem Haus ankamen, entschuldigte Leon sich noch einmal für Lorcans Verhalten. »Ich habe einfach rotgesehen. Er hat dich angefasst, Soph. Wie kann er es nur wagen?«

»Ich weiß … aber ich kann auf mich selbst aufpassen.«

Wir standen neben der Garage und küssten uns. Ich war kurz versucht, ihn hereinzubitten – ich wusste, dass Mum Nachtschicht hatte –, aber ich wollte allein sein, um nachzudenken. Was Leon getan hatte, hatte einen schalen Nachgeschmack bei mir hinterlassen. Fliegende Fäuste, blutende Nasen … all das wühlte Erinnerungen auf, die ich lange und mühevoll versucht hatte, zu begraben.

Während ich mich bettfertig machte, fiel mir Leons Gedicht in meiner Hosentasche ein. Ich zog es hervor und strich es auf meiner Bettdecke glatt. Die Tränen brannten hinter meinen Augenlidern, als ich die Worte las, wobei mir die Intensität seiner Gefühle förmlich von der Seite entgegensprang:

*Wenn die Sonne über den Pier wirft ihren Schein,*
*das verfallende Metall verwandelnd, zerstreut sich jede Furcht in meinem Sein,*
*an all jene erinnernd, die vor uns diese morschen Bretter geschmückt,*
*Vergessene, Unbekannte und Geliebte, die nie wieder kehren zurück.*

*Durch den Nebel meiner Selbstbetrachtungen sehe ich tagklar*
*deine Schönheit*
*wie ein Leuchtfeuer für meine Seele, erlischt jede andere*
*Möglichkeit,*
*bestimmt für die tosenden Wellen in der Tiefe, zusammen bis*
*in den Tod*
*auf ewig verbunden, unter des Himmels orangem Rot.*

# 16

## Frankie

Ich schließe die schwere Eingangstür hinter mir und lehne den Kopf dagegen, in dieselbe Lethargie versunken, wie sie mich auch schon vor Lorcans Haus überkam. Halb hoffe ich, der Familie zu begegnen, die das Apartment im Erdgeschoss bewohnt, nur um zu wissen, dass ich nicht allein bin in diesem alten Gebäude mit seinen klappernden Rohren und dem unerklärbaren Knarren und Knacken des Gebälks. Aber abgesehen von der älteren Frau, die ich gestern flüchtig durch Daniels beschlagene Windschutzscheibe gesehen habe, gibt es kein Anzeichen von ihnen.

Gestern Nacht, auf dem Sofa eingerollt und darauf wartend, dass die Wirkung der Schlaftabletten einsetzte, war ich mir sicher, Schritte auf der Treppe zu hören. Der Wind pfiff und rüttelte an den Fensterscheiben, aber als er einen Moment innehielt, um Luft zu holen, meinte ich, das Ächzen der Dielen unter dem Gewicht eines Menschen zu hören. Das Baby hatte unterdessen aufgehört zu schreien, und ich lauschte angestrengt, um herauszufinden, in welche Richtung die Schritte sich bewegten. Es klang, als hätten sie direkt vor meiner Tür angehalten. Das Herz schlug mir bis zum Hals, als ich die Bettdecke unter meinen Achseln raffte und leise zur Wohnungstür ging, um durch den

Spion zu spähen. Es war zu dunkel, um klar zu sehen. Ich weiß von dem Hotel, in dem ich aufgewachsen bin, dass alte Gebäude viele Geräusche von sich geben können, also sagte ich mir, dass ich es mir nur eingebildet hatte, und schlief kurz danach ein. Aber zwei Nächte unterbrochenen Schlafs haben mich innerlich völlig zerrüttet.

Der Absatz meines Stiefels bleibt an etwas hängen, und ich blicke nach unten. Auf der Fußmatte aus Kokosfaser liegt ganz unschuldig ein mir vertrauter brauner A4-Umschlag. Ich bücke mich, um ihn aufzuheben, und hoffe, dass er nicht an mich adressiert ist, doch bin ich nicht im Mindesten überrascht, als ich meinen Namen auf der Vorderseite sehe.

Es fühlt sich nicht an wie noch ein Brief. Der Umschlag ist schwerer und enthält etwas Festes.

Ich reiße ihn auf; etwas silbrig Glänzendes schmiegt sich in den Falz. Meine Finger schließen sich um etwas Kühles, Hartes, und ein paar alte Erkennungsmarken gleiten aus dem Umschlag in meine offene Handfläche.

Ich bin im Schlafzimmer, reiße hastig meine Klamotten aus dem Kleiderschrank und packe sie in meine Reisetasche, als es klingelt. Ich gehe zum Erkerfenster im Wohnzimmer und luge hinaus. Dein Bruder steht auf der bekiesten Einfahrt vor meinem Range Rover und blickt grimmig drein. Ich weiß, dass er hier ist, um mich von meiner Abreise abzubringen. Doch dann sehe ich, wohin er so finster blickt. Meine Motorhaube wurde offenbar mit rohen Eiern beworfen, das Eigelb hebt sich leuchtend vom schwarzen metallischen Lack der Karosserie ab. Erbost wende ich mich vom Fenster ab.

Ich lasse Daniel unten herein und warte an meiner Tür auf ihn.

»Ich habe deine SMS bekommen. Du kannst nicht nach London zurückkehren«, sagt er, sobald er mich erreicht hat. Er ist außer Atem, seine blassen Wangen sind gerötet. »Ach, und es sieht ganz so aus, als ob ein paar Jugendliche deinen Wagen mit rohen Eiern bombardiert hätten.«

Ohne ein Wort zu sagen, drehe ich mich um und spüre ihn hinter mir, als ich ins Wohnzimmer gehe. Meine Füße sind kalt, ich musste mir ein Paar zusätzliche Socken überziehen. Auf dem gläsernen Beistelltisch liegt der braune Umschlag, die Erkennungsmarken obenauf. Ich zeige auf sie, während ich mich aufs Sofa setze und die Füße unter meinen Körper ziehe. »Das hier hat bei meiner Rückkehr auf mich gewartet.«

Er kommt stirnrunzelnd zu mir, hebt die Marken auf und dreht sie in der Hand. »Hundemarken? Ich verstehe nicht.«

»Jason.«

»Das sind Jasons Marken?« Seine Stimme ist ungläubig, harsch.

»Nun, ich nehme an, dass es nicht dieselben sind, die er getragen hat, als er … als er …« Ich kann mich nicht dazu überwinden, die Worte auszusprechen. »Aber sie sind ganz ähnlich. Er hat sie ständig getragen, weißt du nicht mehr?«

Daniel kneift die Augen zusammen, als versuche er, die Erinnerungen an Jason tief aus einem entlegenen Winkel seines Gedächtnisses hervorzuholen. »Ganz vage. Ich habe mir damals selbst überlegt, welche zu kaufen. Sie waren *der* letzte Schrei in den frühen Neunzigern.« Er mustert die Erkennungsmarken in seiner Hand.

Ich erhebe mich vom Sofa und nehme sie ihm wieder weg. »Jemand in dieser Stadt hat es auf mich abgesehen.« Ich lege sie auf den Tisch zurück. »Warum sonst sollte mir jemand so was schicken?«

»Ganz offensichtlich, um dir Angst einzujagen«, erwidert Daniel und geht zum Fenster. »Und so wie es aussieht, funktioniert es. Du verpisst dich nach London zurück.« Er hat mir den Rücken zugewandt; ich kann lediglich die scharfen Umrisse seiner Nase und seines Kinns sehen. Ich frage mich, ob er dich auf dem Pier sehen kann. Ich stelle mich neben ihn, fühle mich mutiger, nun, da er bei mir ist. Aber du bist verschwunden, und der Pier ist leer, der Graupelschauer geht in Regen über.

»Doch nicht deswegen.« Es ärgert mich, dass er glaubt, ich wolle aus diesem Grund nach Hause zurückkehren. »Es braucht schon etwas mehr als ein paar Briefe, um mich aus der Fassung zu bringen. Und jetzt die Eier auf meinem Wagen. Wie erbärmlich.«

»Das waren doch nur ein paar Kinder, die sich einen Streich erlaubt haben …«

»Vielleicht. Nicht jedoch die Erkennungsmarken. Das ist was Persönliches, Daniel. Das muss von jemandem kommen, der über die Sache mit Jason Bescheid weiß.«

Ich sage ihm nicht, dass es dein Anblick war, der mir eine Heidenangst eingejagt hat, Soph. Was sollte ich auch sagen, ohne zu klingen, als hätte ich einen Nervenzusammenbruch erlitten? Dass ich überzeugt bin, dass ich dich sehen kann? Dass du mir bis nach Hause gefolgt bist? Dass du versuchst, mir etwas zu sagen? Vielleicht mich zu warnen? Es klingt lächerlich. Ich glaube nicht an Geister – das war immer mehr dein Ding. Die Ironie ist mir durchaus bewusst. Du wolltest immer fort aus dieser Stadt, und dennoch bist du jetzt hier, suchst sie heim. Und mich.

Daniel lässt sich schwer aufs Sofa fallen, das Leder knarzt unter seinem Gewicht. »Wenn du nicht eingeschüchtert bist, warum willst du dann weg? Du hast bis Freitag gezahlt. Du kannst genauso gut bleiben.«

»Ich habe zu arbeiten.«

»Du hast Urlaubsanspruch.«

Ich verdrehe die Augen. »Toller Urlaub.« Ich setze mich neben ihn. Ich ziehe meinen Mantel fester um mich, und Daniel steht auf, um ein Feuer zu entfachen. Ich schaue zu, als die orangen Flammen ihren tröstlichen Tanz beginnen, während ihr warmer bernsteinfarbener Schein die grauen Schatten vertreibt und den Raum verändert, sodass er einladender erscheint, freundlicher.

Wir haben uns früher immer gefragt, wie diese Apartments wohl von innen aussehen. Du hattest eine Schwäche für diesen Teil der Stadt, diesen Pier. Du konntest hinter die maroden Holzplanken und die rostenden Metallstreben sehen, verglichst ihn mit einem alternden Filmstar – der Glamour vergangener Tage längst verblasst, und doch immer noch wunderschön. Du sahst die Nostalgie der Vergangenheit darin: die edwardianischen Herrschaften auf

Sommerfrische, die Männer mit Strohhüten, die Frauen in knöchellangen Kleidern, die rüschenbesetzten Sonnenschirme schräg über den Köpfen schwebend. Du sahst das Romantische am Pier – ich konnte nicht über seine Hässlichkeit hinwegsehen.

Daniel nimmt meine Hand und reibt sie zwischen seinen. »Du bist ja ganz durchgefroren, Franks, alles in Ordnung?«

»Mir geht's gut. Ich habe nur gerade an Sophie gedacht.«

Er drückt meine Hand und sieht mich plötzlich eindringlich an. »Geh nicht. Bitte. Bleib wenigstens noch ein paar Tage länger. Ich …« Er schluckt, als wäre es ihm unangenehm, und sein Gesicht wird rot. »Ich brauche dich.«

»Ich weiß nicht …«

»Ja, merkst du es denn nicht?«, sagt er, und seine Stimme wird lauter. »Dass derjenige, der dir diese Dinge schickt, versucht, dich loszuwerden. Weil er weiß, dass wir der Wahrheit auf der Spur sind.«

Ich lache bitter auf. »Aber das sind wir doch gar nicht. Wir wissen nichts darüber, was in jener Nacht passiert ist. Wir haben nichts in Erfahrung gebracht. Es ist zu spät. Das Ganze ist Jahre her. Ich glaube, wir sollten es einfach lassen. Mit unserem Leben weitermachen.«

Er rückt näher, sodass unsere Knie sich berühren, und unwillkürlich durchfährt mich ein Schauder des Verlangens. Er hält immer noch meine Hand, und sein Gesicht ist nur Zentimeter von meinem entfernt, sodass ich seinen frischen Atem rieche, seinen moschusartigen Duft, warm und würzig wie Glühwein. Ich möchte meine Hand an seine Wange heben, ihn küssen. Aber ich wage es nicht. Nicht nach heute Morgen.

»Allein deine Anwesenheit hier reicht, um diesen Jemand nervös zu machen, Franks. Das musst du doch auch sehen. Gib uns einfach noch ein paar Tage mehr, bitte.«

»Aber was, wenn ich in Gefahr bin, Daniel?«

Seine Stimme wird sanfter. »Hier im Apartment bist du sicher. Bei mir bist du sicher.«

»Das Haus ist praktisch menschenleer. Dieses ganze Viertel ist verlassen. Es ist einsam. *Ich* bin einsam.«

»Da ist doch noch diese Familie im Erdgeschoss.«

»Die ich noch nicht gesehen habe, bis auf die ältere Frau gestern. Obwohl ich das Baby gehört habe.«

»Wahrscheinlich sind sie viel unterwegs, so wie du auch. Wenigstens weißt du aber, dass sie hier sind. Du bist nicht ganz allein.«

»Wow, danke.« Er hat leicht reden. Er kann jederzeit zu seiner Freundin zurückkehren. Er hat jemanden, der nachts sein Bett warm hält.

Ich denke daran, nach Islington zurückzukehren, zurück zur Normalität, wo ich keine Zeit habe, über irgendetwas anderes nachzudenken als meinen stressigen Job und das neue Hotel. Dann fällt mir ein, dass ich Mike versprochen habe, dass er bis zum Wochenende in meinem Haus wohnen bleiben kann. Es würde bedeuten, mich ihm stellen zu müssen – der unangenehmen Situation, seinen Fragen. Womöglich könnte mein Vorsatz ins Wanken geraten, und wir würden in diese Beziehung zurückfallen, die zu nichts führt. Er hat recht, ich bin ein Feigling. Ich kann ihm nicht gegenübertreten. Mir bleibt nichts anderes übrig, als hierzubleiben.

Wenn ich ehrlich zu mir bin, steckt mehr dahinter. Ich weiß, dass dein Bruder eine Freundin hat, aber wenn ich jetzt ginge, würde das bedeuten, Daniel Lebewohl zu sagen, womöglich für immer.

Seine Stimme ist schmeichelnd, als er fortfährt: »Außerdem hast du gesagt, dass du am Mittwoch mit mir zum Polizeirevier kommst. Es ist derselbe Detective von damals. Erinnerst du dich noch an ihn? DI Holdsworth.«

»Der hat uns doch vernommen, als sie verschwunden ist.«

Er nickt. »Damals war er natürlich noch kein DI.«

Ich erinnere mich gut an ihn. Groß, blond, verschiedenfarbige Augen. Er vernahm uns alle der Reihe nach, löcherte uns mit bohrenden Fragen – bis dein Turnschuh auf dem Pier gefunden wurde und die Ermittlungen nachließen. Nun, die anderen Polizisten ließen nach, aber ich konnte spüren, dass DS Holdsworth ein falsches Spiel vermutete, da er immer wieder zurückkam, um noch mehr Fragen zu stellen. Einmal kam ich nach Hause, und er saß in unserer Küche und trank Tee mit meiner Mutter. Sobald er mich erblickte, strahlten seine Augen auf. Dann verhörte er mich eine Stunde lang: Wo war ich, als du verschwandst? Um wie viel Uhr hatte ich dich zuletzt gesehen? Wer hegte einen Groll gegen dich? Fragen, mit denen er mich zuvor schon unzählige Male gelöchert hatte. Ich erfuhr, dass er diese Fragen auch allen anderen in der Stadt gestellt hatte – meine Eltern eingeschlossen. Nach ein paar Wochen wurde er von dem Fall abgezogen, und das war das Ende. Bis jetzt.

»Er war wie ein Hund, der nach einem Knochen schnüffelt. Fast schon, als hätte er gehofft, dass Sophie ermordet wurde, damit er etwas Interessantes zu ermitteln hätte.«

»Aber er hatte doch recht, oder nicht?«, erwidert Daniel düster.

Ich schlucke, meine Kehle fühlt sich rau an. »Das wissen wir nicht. Hast du ihm von deinem Verdacht erzählt?«

Er schüttelt den Kopf. »Nein … noch nicht, aber allmählich denke ich, dass ich das sollte. Vor allem jetzt, da du diese Briefe bekommst. Vielleicht am Mittwoch, wenn wir aufs Revier gehen?«

Bei dem Gedanken, die Polizei einzuschalten, versteift sich mein Körper. Polizisten haben mich schon immer nervös gemacht. Und da wird mir klar, dass ich nicht gehen kann, noch nicht. Ich kann nicht zulassen, dass Daniel sich alldem alleine stellen muss. Ich bin es ihm schuldig zu bleiben. Er will, dass ich ihn begleite – nicht Mia, sondern ich. Das muss doch sicherlich was zu bedeuten haben, oder, Soph?

»Ich weiß nicht, ob wir die Polizei einschalten sollten«, erwidere ich. »Was können sie denn schon tun? Außerdem, wenn jemand mir hätte was antun wollen, hätte er es doch bestimmt schon getan.« Ich stehe auf und stelle mich vor das wärmende Feuer. Meine nächsten Worte wähle ich mit Bedacht. »Glaubst du, derjenige, der mir die Botschaften schickt …«, ich nicke zu der Kette mit den Erkennungsmarken, die zusammengerollt auf dem

Tisch liegt, »… ist auch derjenige, der weiß, was mit Sophie passiert ist?«

»Ja, das denke ich.«

»Dann muss es Leon sein, sein Cousin. Wer sonst sollte über Jason Bescheid wissen? Wen sonst sollte es überhaupt noch kümmern? Er ist ganz der Typ, der seine helle Freude an so etwas hätte.«

Seit ich dir gesagt habe, dass er nichts als Ärger bedeutet, konnte Leon mich nicht ausstehen. Und in Anbetracht seiner Haltung mir gegenüber ist klar, dass unser One-Night-Stand vor all den Jahren nichts daran geändert hat.

Daniel zuckt mit den Schultern. »Vielleicht. Ich bin mir nicht sicher. Wer weiß, wem Sophie es noch erzählt hat? Oder ob sie es überhaupt jemandem erzählt hat?«

Ich lege die Stirn in Falten. »Was ist mit Helen? In der Schule war sie wirklich gemein zu mir. Einmal haben wir uns gestritten, und sie hat mir eine blutende Nase verpasst. Sie hat mich in einen winzigen Wandschrank gesperrt, obwohl sie wusste, dass ich Platzangst habe. Vielleicht hat Sophie sich ihr anvertraut, und das ist jetzt ihre Art, mich zu bestrafen. Sie hing doch ständig mit Sophie rum, wollte ihre beste Freundin sein, hat versucht, mich zu verdrängen. Sophie war zu nett, um es zu merken, aber Helen hatte schon immer etwas Boshaftes an sich, etwas Gehässiges.«

Er blickt mich skeptisch an.

»Na ja, jemandem muss sie es gesagt haben, sonst …« Ich lasse die Schlussfolgerung in der Luft hängen. Ich habe es keiner Menschenseele erzählt.

Er zögert. »Dein Dad.«

Es ist, als hätte er mir einen Schlag in den Magen verpasst. »Wie meinst du das?«

»Hat er es womöglich jemandem erzählt?«

Ich schnaube. »Natürlich nicht. Schließlich hat er uns schwören lassen, dass wir es niemandem sagen. Niemals. Und das haben wir auch nicht. Oder zumindest habe ich es nicht. Ich kann nicht für Sophie bürgen. Daniel, sie war mit Jasons Cousin zusammen! Du weißt doch selbst, wie nett und gut Sophie war. Sie wäre gar nicht in der Lage gewesen, das Geheimnis lange vor ihm zu verbergen. Sie hätte viel zu große Gewissensbisse gehabt.«

Du warst immer die Vernünftige von uns, Soph, die Moralische. Du hast mich zu einem besseren Menschen gemacht.

Daniel legt die Stirn in Falten. »Das stimmt. Aber sie war damals noch nicht lange mit ihm zusammen. Was waren es? Sechs Wochen? Allerhöchstens zwei Monate.«

Oh, Daniel. Er hat ja keine Ahnung. Ich schon. Ich erinnere mich, wie sehr du Leon liebtest. Ihr wart vielleicht noch nicht lange zusammen, aber eure Beziehung war intensiv.

»Sie haben Schluss gemacht, nur wenige Stunden, bevor sie verschwunden ist«, sage ich und versuche, mich zu erinnern. »Aber als ich Sophie fragte, warum, weigerte sie sich, es mir zu erzählen. Sie rannte heulend aufs Klo, und Leon stürmte nach Hause.«

Daniel rutscht unbehaglich auf dem Sofa herum. »Glaubst du, sie hat ihm erzählt, was mit Jason passiert ist? Und er hat deswegen Schluss gemacht?«

»Ich weiß es nicht. Ich meine, Sophie hat immer behauptet, er würde sie lieben, aber für mich schien es mehr eine Obsession zu sein. Wer weiß schon, was in Wirklichkeit in ihrer Beziehung vor sich ging oder warum sie sich getrennt haben? Aber wenn sie mit ihm Schluss gemacht hätte, kann ich mir nicht vorstellen, dass er sie so leicht hätte ziehen lassen. Er hat gesagt, er hätte ein Alibi für die Nacht, aber …«

»… aber ein Alibi kann jeder vortäuschen. Steph? Lorcan? Womöglich schützen sie sich alle gegenseitig. Wie gut kennen wir einen Menschen, Franks? Vor allem diejenigen, die uns am nächsten stehen? Sie sind es doch, die uns am schlimmsten verletzen können.«

Ich hebe den Kopf, um ihm in die Augen zu blicken. »Das klingt wirklich zynisch. Früher warst du nie so.«

»Tja, ich habe mich verändert.« Er steht auf und geht zum Fenster.

Dein Verlust hat ihn mehr verändert, als ich dachte, Soph. Ich nehme an, das ist nicht weiter verwunderlich – ihr beide standet euch immer sehr nahe. Ich habe euch um eure Beziehung beneidet, die Leichtigkeit, mit der ihr euch unterhieltet, die Art, wie ihr aufeinander aufgepasst und euch gegenseitig beschützt habt. Es muss schwer an ihm nagen, dass er nicht in der Lage war, dich in jener Nacht zu beschützen.

Ich gehe in die Küche, um den Wasserkocher anzuschalten. Als ich zurückkomme, schaut Daniel auf sein Handy und flucht.

»Was ist?«

Er blickt mit angespannter Miene auf. »Eine SMS von

Mia. Ich habe ihr gesagt, dass ich bei der Arbeit bin. Ich weiß, ich weiß …«, seufzt er, als er meinen Ausdruck sieht. »Ich hätte sie nicht anlügen dürfen, aber sie kann manchmal etwas besitzergreifend sein, außerdem macht sie sich Sorgen, dass ich zu viel Zeit mit dir verbringe …« Er wirkt verlegen.

Ich zucke lässig mit den Schultern, obwohl ich mir einen kleinen Anflug von Triumph nicht verkneifen kann, weil Mia mich als Bedrohung wahrnimmt. »Weiß sie denn, dass du gelogen hast?«

»Muss sie wohl«, meint er und wirft sein Handy aufs Sofa. »Helen ist bei uns zu Hause vorbeigekommen, um mit mir zu reden. Anscheinend ist ihr etwas wirklich Wichtiges eingefallen, und Mia hat ihr gesagt, ich sei hier.«

Es überrascht mich kein bisschen, dass Helen »plötzlich« etwas Wichtiges eingefallen ist. Ich habe dir schon immer gesagt, dass man ihr nicht trauen kann. Ich wusste doch, dass sie mich gestern angelogen hat.

Was weiß Helen, das so wichtig ist?

# 17

## Sophie

*Sonntag, 27. Juli 1997*

Ich habe etwas so Dummes getan, etwas so Unverzeihliches. Und es gibt keine Entschuldigung dafür. Ich liebe Leon, und ich verstehe, dass er seinen Bruder gestern Abend nur geschlagen hat, weil er mich beschützen wollte. Sein Bruder hat sich aufgeführt wie ein perverses Schwein. Das bedeutet jedoch nicht, dass Leon mir wehtun würde. Es ist nur … nach allem, was mein Vater meiner Mum angetan hat, als ich noch klein war, habe ich immer gesagt, dass ich mich nie auf einen Mann einlassen würde, der in sich einen Hang zur Gewalttätigkeit trägt.

Ich schätze, ich habe Frankie schon immer darum beneidet, einen Dad wie Alistair zu haben. Einen Dad, der nett ist und fürsorglich. Nachgiebig. Meine Gefühle für ihn waren immer kompliziert. Einerseits sehe ich ihn als Vaterfigur, doch auf der anderen Seite ist er zugleich ein attraktiver älterer Typ, das Ebenbild von Kevin Costner, der erste Mann, der mir Beachtung schenkte, der sich darum sorgte, was ich mit meinem Leben anfangen wollte, der sich erkundigte, wie es mir in der Schule erging und ob ich glücklich war.

So, und jetzt kommt es … ich habe ihn geküsst. Da, ich habe es gesagt. Und ganz ehrlich, ich fühle mich schrecklich deswegen. Das bin nicht ich, das ist nicht der Mensch, der ich sein will. Ich renne eigentlich nicht herum und küsse verheiratete Männer oder die Väter meiner Freundinnen. Ich habe noch nie in meinem Leben jemanden betrogen.

Es passierte zur Mittagszeit, und seitdem fühle ich mich ganz krank vor Schuld.

Ich war gerade damit beschäftigt, das Bett in Zimmer fünf zu machen und die benutzten Tassen durch saubere zu ersetzen, als Alistair hereinkam. Er wusste nicht, dass ich da war. Er murmelte lächelnd eine Entschuldigung und wandte sich schon wieder zum Gehen, als er wohl etwas an mir bemerkte, vielleicht etwas an meinem Gesichtsausdruck. Ich war noch nie gut darin, meine Gefühle zu verbergen.

»Stimmt etwas nicht?«, fragte er, ließ die Tür zufallen und trat ins Zimmer. Er legte beruhigend die Hand auf meinen Oberarm, und seine Berührung jagte einen elektrischen Schock durch mich hindurch. In diesem Moment wünschte ich mir nichts anderes als einen Mann wie ihn. Jemand Reifes, jemand Starkes, jemanden, der fröhlich war und witzig, der immer alles von der positiven Seite sah. Nicht jemanden, der sich benahm, wie Leon es getan hatte. Ich erinnere mich noch ganz deutlich, wie Alistair uns geholfen hatte, in jener schrecklichen Nacht, als Jason starb. Wie ich mit Erbrochenem auf meinem Kleid vor seiner Tür gestanden hatte – voller Panik und so heftig zitternd, dass ich glaubte, es würde nie aufhören. Einen Schock hatte er es genannt. Er hatte mich in eine Decke gewickelt, mir Brandy eingeflößt und mir gesagt, dass alles gut werden würde. Und ich hatte dagesessen, bebend und am Brandy nippend, während seine zuversichtlichen Worte mich allmählich beruhigten. Frankie war natürlich auch da gewesen, neben mir, in ihre eigene Decke gewickelt, während die Tränen ihr übers Gesicht strömten. Aber in meiner Erinnerung an jene Nacht denke ich nicht an Frankie – ich sehe nur Alistair.

Ich erwischte mich dabei, wie ich ihm alles erzählte: darüber, dass Leon Jasons Cousin war, und über die Gewissensbisse, die mich plagten, weil ich ihm nicht sagen konnte, was in jener Nacht geschehen war; darüber, wie Leon Lorcan geschlagen hatte, und dass ich wusste, dass ich Leon verlassen sollte. Er saß neben mir, während ich ihm mein Herz ausschüttete wie ein verstörter Teenager, seinen Arm um meine Schulter gelegt. Und es fühlte sich so gut an, all das loszuwerden, es mir von der Seele zu reden. Ich konnte zu Leon nicht ehrlich sein, aber zu Alistair schon. Ich begann zu weinen und schmiegte mein Gesicht an seine Brust, sog seinen Duft in mich auf, sein Aftershave – etwas Teures, Reifes – und das Waschpulver seines Leinenhemds. Er strich mein Haar glatt und streichelte meinen Rücken. Dann hob er meinen Kopf an, sodass unsere Blicke sich begegneten, und bevor ich überhaupt darüber nachdenken konnte, waren seine Lippen auf meinen und … wir küssten uns. Für eine Weile vergaß ich, wo ich war, wer ich war, der Kuss dauerte und dauerte und … wow, er kann richtig gut küssen. Aber als seine Zunge anfing, meine zu erforschen, wich ich abrupt zurück und schämte mich plötzlich. Ich hatte mich für einen Augenblick vergessen, ich war sauer auf Leon gewesen. Doch das hätte nie zu dem hier führen dürfen. Alistair schien ebenfalls beschämt, er sprang vom Bett, fuhr sich mit den Händen durch sein dunkelblondes Haar und entschuldigte sich in einem fort. Ich sagte ihm, dass es okay sei, dass es meine Schuld war. Ich gestand ihm, dass ich als junges Mädchen in ihn verknallt gewesen war. Ich schätze, ihn zu küssen, war ganz tief in mir drin immer eine meiner heimlichen Fantasien gewesen. Aber das hätte es bleiben sollen – eine Fantasie. Er nahm mir das Versprechen ab, es niemandem zu erzählen. Noch ein Versprechen. Noch ein Geheimnis. Noch eine Sache, um mich schuldig zu fühlen.

Aber ich gab es ihm trotzdem.

Ich habe meine beste Freundin betrogen und meinen Freund. Wie kann ich mit dem Bewusstsein dessen, was ich getan habe, jemals wieder Frankie gegenübertreten? Ihrer Mutter? Und Leon?

# 18

# Frankie

Die Türklingel schrillt durch die Wohnung. Daniel, der immer noch am Fenster steht, lehnt sich vor, um zu sehen, wer vor dem Haus steht.

»Sie ist da.« Er dreht sich um, Entsetzen und Aufregung stehen ihm ins Gesicht geschrieben. Seine silbernen Augen leuchten. »Ich frage mich, was ihr eingefallen ist.«

Ich will nicht mit ansehen müssen, wie seine Hoffnung in Enttäuschung umschlägt. Ich mag es, Daniel so zu sehen – so wie er war, als du noch lebtest. Voller Optimismus, selbst wenn er fehl am Platz war. Er glaubte immer, dass das Leben es gut mit ihm meinen würde, obwohl er seinen Schulabschluss vermasselt und keinen Job gefunden hatte. Was für ein Weckruf das war. Ich will nicht, dass er sich wieder in den schweigsamen, mürrischen Daniel verwandelt.

Ich nehme die Erkennungsmarken und den Umschlag vom Glastisch und haste ins Schlafzimmer. Ich bin nicht sicher, warum, aber ich verstecke sie unter der Bettdecke. Falls Helen die Briefe geschickt hat – und es ist genau die Art Boshaftigkeit, die ich ihr zutrauen würde –, will ich nicht, dass sie weiß, wie sehr sie mich damit aus der Fassung gebracht hat. Vielleicht hast du ihr unser Geheimnis verraten? Woher soll ich es wissen? Es scheint, als ob ich dich nicht so gut kannte, wie ich dachte.

Ich gehe zur Gegensprechanlage und lasse sie herein. Daniel bleibt in der Diele stehen, während ich die Apartmenttür öffne und warte. Es kommt mir wie eine Ewigkeit vor, bis Helen das obere Ende der Treppe erklimmt, und als sie im Flur steht, schnauft sie etwas. Ein Schweißfilm glänzt über ihrer Oberlippe. Ihr schulterlanges braunes Haar kräuselt sich vom Regen. Sie trägt einen altbackenen langen Rock und Stiefel, dazu einen braunen Wollmantel, der ihrer Figur nicht gerade schmeichelt. Ihre besten Vorzüge waren immer schon ihre dunkel glänzenden Augen in der Farbe von Melasse.

»Frankie«, sagt sie monoton, als sie vor mir steht.

Ich frage sie nicht, woher sie weiß, wo ich wohne. Wahrscheinlich ist die gesamte Stadt informiert. Es gibt mir das Gefühl, ungeschützt und verletzlich zu sein – leichte Beute.

»Helen«, erwidere ich im selben Tonfall. »Was kann ich für dich tun?«

»Kann ich reinkommen?«

Ich öffne die Tür weiter und trete einen Schritt zur Seite. Als sie in die Diele spaziert, lässt sie ein langes Pfeifen entweichen. »Das ist aber schick hier, was? Nur das Beste vom Besten für unsere Lady Frankie.«

Alles in mir sträubt sich. Nur dein Bruder hat mich jemals so genannt. Wann ist Helen plötzlich auf den Zug aufgesprungen? Hat Daniel mit ihr über mich gesprochen? Es liegt mir auf der Zunge, ihr zu sagen, sie solle sich zum Teufel scheren. Ja, ich weiß, dass sie deine Freundin war, und mir ist klar, dass du viel von ihr gehalten hast, dass sie für dich da war, als ich gezwungen wurde, auf dieses spießige

Internat zu gehen – das ich übrigens gehasst habe –, aber mir gegenüber war sie immer ziemlich zickig. Doch das konntest du nie sehen. Vielleicht hast du dich auch nur geweigert.

»Daniel!«, ruft sie, als sie ihn über meine Schulter hinweg erblickt. »Es ist wirklich schwer, dich ausfindig zu machen. Ich war bei dir im Büro und zu Hause.«

»Wirklich? Und ich dachte, du weißt ganz genau, wo wir uns alle herumtreiben, Helen?« Ich bedenke sie mit einem süßlichen Lächeln, doch sie runzelt nur die Stirn.

»Wovon redest du?«

»Woher weißt du, dass ich hier wohne?«

»Stan hat es mir gesagt.«

»Stan?«

Du hast immer gesagt, Stan würde dich über seinen Fisch hinweg lüstern anstarren, mit seinen Augen, die so blass und kalt waren wie der Schellfisch, den er verkaufte.

»Jepp.«

»Wer hat es ihm gesagt?«

»Leon.«

Habe ich Leon gegenüber erwähnt, wo ich wohne? Nein, außer Daniel hat es getan. Nicht dass es eine Rolle spielt. Jeder von ihnen könnte mir die Botschaften geschickt haben, um mir Angst einzujagen. Ich werde Leon noch einen Besuch abstatten müssen. Aber Daniel werde ich nichts davon sagen. Darum muss ich mich selbst kümmern.

Helen schlendert ins Wohnzimmer und bewundert lautstark das entzückende Apartment – die polierten Holzböden und die vielen Zierkissen, den echten Kaminofen und den Blick aufs Meer. »Ich wette, die Bude kostet eine ganze Stange Geld«, bemerkt sie und geht zum Erkerfenster. »Was für ein Ausblick!«

»Sie ist nicht so teuer. Es ist keine Saison, und Daniels Kumpel lässt mich zum Freundschaftspreis hier wohnen.« Ich wünschte, sie würde endlich zum Punkt kommen.

Sie dreht sich zu mir um und schaudert. »Huch, ganz schön frostig hier drin, oder? Sogar mit dem Feuer.«

Mir ist schon aufgefallen, dass es in der Wohnung ständig kalt ist. Ist es, weil du hier bei uns bist, Soph?

Das Feuer erstirbt, als hättest du meine Frage beantwortet.

»Wie gruselig!«, sagt Helen ehrfürchtig, als sie die erloschene Glut im Kamin betrachtet. »Es ist so schnell ausgegangen, als hätte jemand mit den Fingern geschnippt.«

»Ich mache es wieder an«, meint Daniel und kehrt zum Kamin zurück. Wir schauen beide zu, wie er mit den Holzscheiten und einem Feuerzeug herumhantiert, doch trotz seiner Bemühungen weigern sich die Flammen, wieder zum Leben zu erwachen.

Er erhebt sich mit einem hilflosen Schulterzucken. »Lassen wir es eine Weile. Helen, setz dich doch.«

Ich biete an, Tee zu machen. Als ich mit drei Bechern mit PG-Tips-Teebeuteln (das war immer dein Lieblingstee, wahrscheinlich hat dein Bruder ihn deswegen gekauft) zurückkomme, sitzen Daniel und Helen nebeneinander auf dem Sofa. Ich stelle das Tablett auf dem Glastisch ab und fordere sie auf, sich bei Zucker und Milch zu bedienen. Ich nehme meinen Becher und setze mich auf den grauen

Samtsessel am Fenster. Es zieht; die hölzernen Schiebefenster sind nicht stark genug, um den Wind abzuhalten. Ich umschließe den Becher, um meine Hände an der Hitze des Tees aufzuwärmen. Ich hoffe wirklich, dass Daniel es schafft, das Feuer wieder zu entfachen. Die Heizkörper sind zwar an, aber wärmer wird es dadurch auch nicht. Der Wind heult durch den Schornstein.

»Also, Helen, warum der überraschende Besuch?«, frage ich unverblümt, als klar ist, dass Daniel es nicht vorhat.

»Na ja, mir ist da plötzlich noch was eingefallen. Also bin ich bei dir im Büro vorbei, Dan. Ich weiß ja, wie hart du arbeitest, und da dachte ich, du bist bestimmt dort, auch wenn Wochenende ist. Aber da ist niemand an die Tür gegangen. Also bin ich zu deiner Wohnung. Habe Mia getroffen. Ein süßes Mädchen, so hübsch.« Sie wirft mir einen triumphierenden Blick zu. »Jedenfalls hat sie mir gesagt, dass du bei der Arbeit seist. Als ich sagte, dass du nicht dort gewesen wärst, wirkte sie etwas überrascht und meinte dann, dass du wahrscheinlich bei Frankie bist. Also bin ich hergekommen. Obwohl es ein echt langer Weg ist, Dan.« Sie stößt ein leises Lachen aus. »Ich wünschte, ich hätte den Führerschein gemacht.«

Daniel verlagert umständlich sein Gewicht und wirkt verlegen. Er weiß, dass er Ärger bekommen wird, wenn er heimkommt. Ich mustere ihn über den Rand meines Bechers hinweg. Dein Bruder war immer so ehrlich. Vielleicht hat er sich mehr verändert, als ich dachte.

Mein Griff um den Becher wird fester. Ich reiße den Blick von Daniel los und wende mich an Helen. »Was ist dir eingefallen?«, frage ich und versuche, ruhig zu klingen, obwohl ich am liebsten brüllen möchte: »Komm verdammt noch mal endlich zum Punkt!«

Sie schürzt die Lippen, als könne sie meine Gedanken hören, und nimmt einen geräuschvollen Schluck von ihrem Tee. Ich warte und weigere mich, als Erste zu sprechen. Endlich sagt sie: »Ein paar Wochen bevor sie verschwand …«

»Bevor sie starb«, unterbricht Daniel sie.

»Ja … bevor sie starb. Nun, da hat Sophie mich um Hilfe gebeten.«

»Was für Hilfe?«, frage ich. Ich finde es wenig glaubwürdig, dass sie Helen um Hilfe gebeten haben sollte statt mich. Gibt sie vor, mehr zu wissen, als sie tatsächlich weiß, nur um sich aufzuspielen? Um ein kleines Drama zu veranstalten?

Sie räuspert sich. »Sie wollte Geld. Sie war so glücklich, die Stelle im Verlag bekommen zu haben. Weißt du noch? Auf jeden Fall wollte sie Oldcliffe, schon ein paar Wochen bevor ihr neuer Job anfing, verlassen, aber sie hatte nicht genug Geld.«

Daniel legt die Stirn in Falten. »O.k., also …«

»Da ist noch mehr. Sie sagte, dass jemand ihr das Leben zur Hölle machen würde. Ein Mann. Und dass sie unbedingt wegmüsse. Sie schien ziemliche Angst vor dem Typen zu haben.«

»Hast du nicht gefragt, wer es war?«, wollte Daniel wissen.

»Natürlich. Doch sie wollte es mir nicht verraten. Aber

ich habe mich gefragt, ob es nicht vielleicht ihr Vater war.« Sie senkt den Kopf und blickt etwas verlegen drein. »Sophie hat mir alles über ihn erzählt. Es tut mir leid, Dan. Er muss ein richtiges Arschloch gewesen sein.«

Ich bin entsetzt, dass du mit Helen über ihn geredet haben sollst. Du hast ihn mir gegenüber nur einige wenige Male erwähnt. Ich kannte nicht einmal seinen Namen.

»Wir haben weder von ihm gehört noch ihn gesehen, seit wir ihn verlassen haben – zumindest soweit ich weiß …« Daniel wendet sich an mich. »Hat sie dir gegenüber irgendwas davon erwähnt?«

Ich schüttle kläglich den Kopf. Du bist nicht zu mir gekommen. Stattdessen hast du Helen um Hilfe gebeten. »Wann war das?«, frage ich.

»Ich würde sagen, das war so gegen Ende August. Also, vielleicht nur eine Woche bevor sie verschwand …«, Helen blickt zu Daniel, »… *starb.*«

Sie beugt sich vor und stellt ihren Becher auf das Tablett zurück. Dann kramt sie in ihrer Tasche, die zu ihren Füßen steht, und zieht ein Stück rosa Klopapier heraus, um sich damit zu schnäuzen. »Ich fühle mich schrecklich, weil ich nie etwas gesagt habe. Man denkt in dem Moment einfach nicht daran, nicht wahr? Dass es was zu bedeuten haben könnte. Ich dachte sogar, dass sie Lorcan gemeint haben könnte. Das war vielleicht einer – selbst heute noch. Oh, ich höre eine Menge Dinge über ihn. In unserem Pub wird viel getratscht.«

Das kann ich mir vorstellen.

Sie betupft sich die Augen, aber ich bin sicher, dass da

keine Tränen sind. »Ich habe mich oft gefragt, ob …« Sie blickt zu Daniel, als hätte sie Zweifel, ob sie fortfahren soll.

»Erzähl weiter«, sagt er.

»Ich dachte, vielleicht … dass sie womöglich Selbstmord begangen hat.«

»Das hätte sie nie getan.« Er steht auf; seine Unruhe macht auch mich nervös. »Es gab keinen Brief, nichts, nur ihren Turnschuh, den sie eingeklemmt zwischen diesen alten, maroden Holzbrettern gefunden haben.« Er schüttelt den Kopf. »Dieser verdammte Detective Holdsworth hat damals dieselbe Frage gestellt, aber ich kann es einfach nicht glauben. Ich kann nicht …«

»Könnte es denn sein, dass sie hineingefallen ist? Dass sie mit dem Schuh hängen geblieben ist?«

Ich kann sehen, wie Daniel sich innerlich vor Ärger sträubt, obwohl er versucht, sich nichts anmerken zu lassen, während er auf und ab geht. Ich zittere und wickle meinen Mantel fester um mich. Daniel erzeugt einen Zug, und hier drin ist es ohnehin schon kalt genug.

»Sie wäre nie im Leben mitten in der Nacht allein zum Pier gegangen«, erwidert er. »Ich denke – genauso wie Frankie –, dass sie sich dort mit jemandem treffen wollte.«

Helen schnieft. »Nein, ich bin sicher, du hast recht. Ich wollte nur behilflich sein.« Sie dreht sich mit trotziger Miene zu mir. »Sophie war immer nett zu mir. Sie war eine gute Freundin.«

Ihre Bemerkung klingt spitz, als wolle sie andeuten, dass ich dir keine gute Freundin war.

Weiß sie mehr, als sie durchblicken lässt?

# 19

## Sophie

*Sonntag, 27. Juli 1997*

Leon hat angerufen. Er wollte vorbeikommen, aber ich habe ihn abgewimmelt. Ich habe so ein schlechtes Gewissen wegen dem, was heute Mittag mit Alistair passiert ist, dass ich ihm momentan nicht unter die Augen treten kann.

Ich hasse es, es zugeben zu müssen, aber Frankie hatte recht. Mit allem – aber vor allem mit Leon. Ich hätte auf sie hören sollen. Sie war schon immer die Schlauere von uns beiden. Sie schien einfach zu wissen, wie diese Dinge liefen, wie Leute tickten. Als wir noch an der Schule waren, lenkte sie mich mühelos durch die sozialen Ränge unserer Jahrgangsstufe, sodass ich, egal was für ein Tölpel und Streber ich war, nie schikaniert wurde. Weil ich die beste Freundin der beliebten Francesca Howe war.

An jenem ersten Tag an der neuen Grundschule – nur wenige Tage nachdem Mum mich, Daniel und alle unsere kümmerlichen Habseligkeiten auf den Rücksitz ihres alten Ford gepackt hatte und mit uns ans andere Ende des Landes gezogen war – stand ich vor meiner neuen Klasse, mit achtundzwanzig fremden Gesichtern, die mir ausdruckslos entgegenstarrten. Und dort saß sie, wie eine Mohnblüte in einem Feld voller Unkraut. Als unsere Klassenlehrerin fragte, wer mein Banknachbar sein wollte, war ich ganz erstaunt, dass sie sich freiwillig meldete. Ich konnte es nicht glauben: Dieses hübsche Mädchen mit den grünen Katzenaugen wollte mit mir befreundet sein. Danach klebte ich an ihr wie eine Klette. Und genauso nannten mich einige der Jungs. Nicht Brillenschlange oder Bohnenstange oder Kotzbrocken (und man darf mir glauben, über die Jahre habe ich jeden dieser Namen verpasst bekommen), sondern Klette, weil ich immer an Frankies Seite klebte.

Als ich älter wurde, fiel mir auf, dass einige der anderen Kids sich gegen sie wandten, weil sie glaubten, dass sie arrogant sei, von sich eingenommen. Aber das stimmte nicht. Unter der strahlenden, glänzenden Oberfläche war Frankie so unsicher wie jeder andere Teenager auch. Sie wollte einfach nur gemocht werden.

Sie beschützte mich. Das war alles, was sie jemals versucht hat zu tun. Manchmal fand ich es allerdings erdrückend, hatte das Gefühl, ohne ihre Zustimmung nicht atmen zu können. Dann, nach zehn Jahren Freundschaft, ging sie fort, und ich war gezwungen, auf meinen eigenen zwei Beinen zu stehen. Tja, das habe ich wohl gründlich vermasselt!

Ich weiß nicht, wie ich es schaffen soll, mit mir selbst zu leben.

# 20

## Frankie

Ich schaue vom Fenster aus zu, als Helen sich in Daniels Wagen quetscht, und denke, wie alt sie doch wirkt, ein Jahrzehnt älter, als sie wirklich ist – obwohl ihr abfälliger Gesichtsausdruck derselbe ist wie damals, als wir noch einundzwanzig waren. Daniel hat ihr angeboten, sie nach Hause zu fahren, obwohl sie über dem *Seagull* wohnt, zehn Minuten zu Fuß von hier. Ich blicke prüfend zum grauen Himmel empor. Der Regen und der Graupel haben aufgehört, aber die Wolken sehen prall aus, als könnten sie jeden Moment platzen. Ich kann mir einen Blick Richtung Pier nicht verkneifen, aber außer einer Plastiktüte, die herumgeweht wird, ist dort nichts.

Ich reiße den Blick los und sehe zu, wie Daniel aus der Einfahrt zurücksetzt. Seine Reifen wirbeln den Kies auf, und plötzlich überfällt mich die paranoide Sorge, dass die beiden über mich reden. Was hat Helen nur an sich, dass ich mich in ihrer Gegenwart so unwohl fühle? Vielleicht weil sie meinem Charme gegenüber immer so immun schien; weil, egal wie sehr ich mir an der Schule Mühe gab – mit meinen originellen Bemerkungen und meinen sarkastischen Witzen –, sie nur ihre außergewöhnlichen Augen auf mich richtete und mich mit einem kühlen Blick bedachte, als wüsste sie, dass ich hinter der ganzen perfekten Fassade eine Schwindlerin war, eine Hochstaplerin. Sie wurde nie warm mit mir; was auch immer ich versuchte, sie mochte immer nur dich. Ich dachte, es läge daran, dass ich hübsch war und meine Eltern relativ wohlhabend, wohingegen du etwas schräg aussahst, genauso wie sie. Auch wenn diese Theorie widerlegt wurde, als du nach der Uni wiederkamst und dich in einen strahlenden Schwan verwandelt hattest – Helen wollte immer noch mit dir befreundet sein.

Plötzlich bemerke ich eine Gestalt hinter meinem Wagen und schrecke aus meinen Gedanken. Ich runzle die Brauen und schiebe mich näher an die Fensterscheibe. Es ist die Frau aus dem Apartment unter mir. Was tut sie da? Es sieht aus, als würde sie im Müll wühlen. Ich sehe zu, als sie eine Zeitung und einen Umschlag – es könnte auch ein Blatt Papier sein – aus der Tonne zieht, beide etwas feucht und verknittert. Sie schiebt sie unter ihren Mantel und kehrt ins Haus zurück.

Ich wende mich vom Fenster ab. Helen und die Frau aus dem Erdgeschoss sind mir egal. Der Mensch, mit dem ich sprechen muss, ist Leon. Weil ich glaube, dass du ihm unser Geheimnis anvertraut hast. Ich werfe es dir nicht vor. Ich weiß, dass du nicht anders konntest. Es war das, worüber ich mir die ganze Zeit Sorgen gemacht hatte; der Grund, warum ich dich gedrängt hatte, deine Beziehung mit ihm zu beenden. Na gut, das ist nicht die ganze Wahrheit. Es gab auch noch andere Gründe. Aber du wolltest nicht mit ihm Schluss machen. Du warst in ihn verliebt, genauso wie ich. Wir hatten schon immer denselben Männergeschmack.

Ich kreuze durch die Wohnsiedlung wie ein junger Proll mit frisiertem Schlitten, der hofft, ein Mädchen aufzureißen. Falls Lorcan vor dem Haus herumlungert, hoffe ich, dass er meinen Wagen nicht erkennt. Aber die Einfahrt vor dem Haus ist leer, der rostige alte Renault immer noch auf den Ziegelsteinen aufgebockt. Ich parke vor der Garage. Wegen des hohen Zauns kann ich nicht ins Hausinnere sehen. Der einzige Ausblick, den ich habe, ist auf die weiße Holzfassade und die zwei rechteckigen Fenster im Obergeschoss – wie bebrillte Augen, die mich über den Zaun hinweg beobachten. Eins der Fenster muss zu einem Schlafzimmer gehören, das andere mit der Milchglasscheibe zu einem Bad. Ist es womöglich Leons Zimmer? Ich blinzle und versuche, das Muster auf den Vorhängen auszumachen. Rosa?

Ich schalte den Motor aus und warte. Glücklicherweise hat der Regen den Großteil der Eier von meiner Motorhaube abgewaschen, obwohl immer noch einige Überreste auf dem Lack kleben.

Ich spiele mit dem Gedanken, einen Wutausbruch von Lorcan zu riskieren und an die Hintertür zu klopfen. Ich muss Leon sehen. Ich muss wissen, ob er mir diese Botschaften schickt. Falls er gehofft hat, mir so Angst einzujagen, dann ist ihm das gelungen.

Nach einer Weile verflüchtigt sich die warme Luft im Wagen, die Kälte dringt durch die Lüftungsschlitze. Ich weiß nicht, wie lange ich hier so sitzen kann. Leon kommt womöglich nie raus. Warum sollte er, an einem grauen, eisigkalten Sonntagnachmittag? Wahrscheinlich hat er es sich vor dem Fernseher gemütlich gemacht.

Als ich es nicht länger aushalte, steige ich aus dem Wagen. Mit eiserner Entschlossenheit stoße ich das Tor auf und schreite durch den Garten zur Hintertür. Trotz meines Wagemuts klopft mein Herz unter dem roten Wollmantel wie verrückt. Ich wickle den Schal fester um meinen Hals, als hätte er die Macht, mich zu beschützen. Wie befürchtet, öffnet Lorcan die Tür.

»Was willst du?«, blafft er mich an. Seine riesige Gestalt blockiert den Eingang und versperrt die Sicht in die Küche.

»Ich bin nicht gekommen, um Ärger zu machen«, sage ich in meinem versöhnlichsten Tonfall. »Kann ich mit Leon sprechen?«

»Wenn's um Sophie Collier geht, dann nein«, knurrt er. »Davon hatte ich genug.« Er zieht an den Trägern seines Overalls, wie um seiner Meinung Nachdruck zu verleihen. Er spricht undeutlich und stinkt nach schalem Bier.

»Geht es nicht«, lüge ich. »Komm schon, Lorcan. Leon und ich sind alte Freunde, wir haben uns einiges zu erzählen. Ich bin alleine hier. Ohne Daniel.« Ich versuche, verführerisch zu klingen, ohne dass es wie ein Flirt rüberkommt.

Er wirft mir sein typisches schmieriges Zwinkern zu. »Ah, schon kapiert.« Er tätschelt seinen Bierbauch. »Tja, dann komm wohl besser rein.« Er macht einen Schritt zurück, und ich betrete zögerlich die Küche. »Steph? Leon?«, brüllt er, und seine Alkoholfahne wirft mich beinahe um. Ich weiche ein Stück zurück, und die Kante der Arbeitsfläche bohrt sich in mein Kreuz.

Steph kommt in die Küche. Zumindest glaube ich, dass

es Steph ist, denn das Mädchen mit dem Lockenkopf und der toughen Miene aus meiner Erinnerung ist lange verschwunden. Sie ist so auseinandergegangen, dass ich sie kaum wiedererkenne. Ihr Haar ist strohig und von grauen Strähnen durchzogen, ihr Gesicht ungeschminkt.

Steph war an unserer Schule eine Klasse über uns. Sie betrachtete mich immer von oben herab, als würde ich ganz besonders ekelhaft riechen. Sie war eines dieser Mädchen, das andere Mädchen hasste, sie als reine Konkurrenz betrachtete.

Nichtsdestotrotz lächelt sie mich jetzt herzlich an. »Frankie, meine Liebe, wie geht es dir? Es ist lange her.«

Ich lächle sie zögernd an und frage mich, ob das hier eine Art Scherz sein soll. Tut sie nur so nett, um mich in einem Gefühl der Sicherheit zu wiegen, bevor sie mir einen Arschtritt verpasst? Dann rufe ich mir in Erinnerung, dass wir keine Teenagergören mehr sind, wir sind Frauen im mittleren Alter. Sie hat erwachsene Kinder. Wir haben uns verändert.

»Ich überlasse dich Stephs fähigen Händen«, grinst Lorcan. »Ich gehe ins Pub.«

Steph ignoriert ihn, watschelt zum Wasserkocher und schaltet ihn an. Ich betrachte sie fasziniert – passiert das mit allen Frauen, die in Oldcliffe bleiben? Sie heiraten, nehmen zu und hören auf, sich die Haare zu färben? Aber dann wird mir bewusst, dass ich ungerecht bin. Steph war einst ziemlich schick – auf ihre Billige-Fetzen-von-New-Look-Art, aber heute wirkt sie glücklicher. Verschwunden sind die ständig gerunzelten Augenbrauen und die scharfe Zunge, an die ich mich noch allzu gut erinnere. Die zusätzlichen Pfunde lassen ihr Gesicht weicher wirken. Verschließt sie die Augen vor Lorcans Affären, oder kümmert es sie einfach nicht mehr?

Sie dreht sich zu mir und reicht mir einen Becher Tee. Ihre Frage, ob ich Zucker will, verneine ich.

»Komm und setz dich«, sagt sie; ich folge ihr ins Wohnzimmer und hocke mich auf die Sofakante. »Leon!«, ruft sie. »Frankie ist da.«

Ich kann mir nicht vorstellen, wie es sich für Leon anfühlen muss, nach all dieser Zeit wieder hier zu leben. Bedrückend. Und deprimierend. Ich frage mich, was er all die Jahre gemacht hat, wo er gearbeitet hat.

»Wie geht es dir?«, fragt sie und umschließt ihren Becher mit den Händen.

»Gut, danke.«

»Ich habe das von deinem Dad gehört …«

Ich kann mir schon vorstellen, wie sie sich im Pub das Maul darüber zerreißen.

»Schrecklich, für alle Beteiligten. Was für ein Schock. Wie kommt deine Mutter damit zurecht?«

»Nun ja, es ist schwierig.«

»Das kann ich mir vorstellen.«

»Und du, was hast du so gemacht?«, frage ich, um vom Thema abzulenken. Ich will nicht über meinen Vater reden. Er würde es hassen, dass man über ihn tratscht. Wir sind zwar vor Jahren aus der Gegend weggezogen, aber Erinnerungen halten sich lange. Mein Vater war nicht nur ein hiesiger Geschäftsmann, er engagierte sich auch im Stadtrat und hatte »überall seine Finger mit drin«, wie er mir gerne erzählte. »Ich gehe nur mal kurz die Welt retten«, sagte er, als ich noch klein war, tippte sich an die Nase und zwinkerte mir zu. Das erste Mal, als er das machte, war ich etwa sechs und saß mit platt gedrückter Nase den ganzen Nachmittag am Fenster und wartete auf seine Rückkehr, fest davon überzeugt, dass er wie ein strahlender Ritter zurückkommen würde. Als ich älter wurde, begriff ich, dass es nur ein Spruch war, den er benutzte, wenn er geschäftlich etwas erledigen musste. Jeder in Oldcliffe wusste, wer Alistair Howe war.

Steph kichert. »Ich war ziemlich eingespannt mit fünf Kindern. Unsere Caitlin hat kürzlich ihr erstes Baby bekommen, also bin ich jetzt Großmutter. Ist das zu glauben? Oma mit einundvierzig!«

Ich lächle höflich und erkundige mich nach Caitlin und dem Baby. Sie fragt mich, wie ich es bereits erwartet habe, ob ich Kinder habe, und ich antworte wie immer, dass ich leider nicht das Glück hatte.

Ein Schatten taucht in meinem Augenwinkel auf, ich drehe mich um und erblicke Leon, der in der Tür steht.

»Frankie. Schon wieder zurück?«

»Ich … ähm«, räuspere ich mich und fühle mich plötzlich unwohl. Vielleicht war es ein Fehler herzukommen. »Äh, ja. Ich dachte, vielleicht hättest du Zeit für einen Drink.«

Er wirkt überrascht, dann schaut er auf seine Uhr. »Es ist erst zwei.«

»Dann vielleicht ein Mittagessen? Ich bin am Verhungern.«

»Ich könnte euch eine Kleinigkeit machen«, bietet Steph an und steht schon auf.

Leon winkt ab. »Nein, mach dir keine Umstände, danke, Steph. Wir gehen aus. Wir haben viel zu bereden, stimmt's, Frankie?«

Sein Tonfall ist unbeschwert, und er hebt eine Augenbraue in meine Richtung, aber ich kann den finsteren Unterton in seinen Worten heraushören, auch wenn Steph es nicht zu bemerken scheint. Er nimmt meinen Arm und führt mich aus dem Zimmer.

»Warte da«, weist er mich an, und ich stehe betreten in dem engen Flur, während er seinen Regenmantel vom Treppengeländer nimmt. Er schlüpft hinein und bedeutet mir mit einem Nicken, ihm zu folgen, dann zerrt er mich mehr oder weniger am Arm aus der Tür.

»Autsch, du tust mir weh«, sage ich, als er mich durch das Gartentor bugsiert. »Du musst nicht so grob sein.«

»Was tust du hier?«, fragt er harsch.

»Ich wollte dich sehen.«

»Ich habe dich erst gestern gesehen. Warum bist du wieder hier?« Seine blauen Augen sind kalt und hart.

»Es ist wichtig. Aber ich kann es dir nicht hier erklären. Können wir woanders hin?«

Einen Moment lang frage ich mich, ob er mir gleich sagen wird, dass ich mich verpissen soll. Ich halte die Luft an und atme erleichtert auf, als er resigniert nickt. Ich richte den Schlüsselanhänger auf das Auto, und er öffnet die Beifahrertür und lässt sich auf den cremefarbenen Ledersitz gleiten. Ich versuche, nicht zu ihm zu blicken, als ich mich hinters Lenkrad setze und Richtung Stadt fahre.

Ich finde einen Parkplatz mit Blick auf den nassen Sand und den Grand Pier. Es herrscht Ebbe, aber der menschenleere Strand ist von kleinen Pfützen durchsetzt, wo das Meer war. Die Wolken beschließen, sich in diesem Moment zu ergießen, und der Regen stürzt schwer herab, prasselt auf das Wagendach und die Windschutzscheibe, verschleiert uns die Sicht. Die Luft im Wageninneren fühlt sich dicht und bedrückend an. Ich schalte den Motor aus.

»Was soll das alles, Frankie? Ich habe weder Zeit noch Lust, deine Spielchen zu spielen.« Er dreht sich mit finsterer Miene zu mir. Er mag mich nicht, so viel ist klar, Soph. Es ist offensichtlich: in der Anspannung seiner Schultern, der Härte in seinen Augen, dem mürrischen Blick, den er nicht einmal zu verbergen versucht. Er war gestern höflich zu mir – ich nehme an, das musste er –, aber heute ist jeglicher Anschein von Freundlichkeit wie weggeblasen.

Er hat mir nicht vergeben.

»Frankie?« Seine ungeduldige Stimme reißt mich in die Gegenwart zurück.

»Entschuldige.« Ich rutsche auf dem Sitz hin und her. Ich öffne den Mund, um zu sprechen, aber es kommen keine Worte. Was soll ich sagen? »Bist du derjenige, der mir diese anonymen Briefe schickt und versucht, mir Angst einzujagen?« Es gibt keine andere Art und Weise, es anzusprechen.

Er wirkt verdutzt. »Wovon redest du denn jetzt?«

Ich erkläre ihm, so rasch wie möglich, die Geschichte mit den Botschaften.

»Warum sollte ich so etwas tun?«

»Ich weiß es nicht«, lüge ich. Ich kann ihn nicht auf Jason ansprechen, für den Fall, dass er nichts davon weiß. Für den Fall, dass du ihm nichts erzählt hast.

Er blickt mich missmutig an. Er hat Fältchen und dunkle Schatten um die Augen. »Was ist hier los, Frankie? Gibt es etwas, das du mir zu sagen versuchst?«

Ich spüre, wie ich rot anlaufe. »Nein, natürlich nicht.«

Der Regen hört so abrupt auf, wie er angefangen hat.

Eine unangenehme Stille macht sich zwischen uns breit. Wie hatte ich nur glauben können, dass ich in ihn verliebt war? Ich war so anmaßend und naiv. Jahrelang habe ich geglaubt, dass er derjenige war, der davongekommen ist. Seit damals sind natürlich schlimmere Dinge in meinem sogenannten »glänzenden« Leben passiert. So wie das Scheitern meiner Ehe, der Befund, dass ich keine Kinder bekommen kann, deine sterblichen Überreste, die gefunden wurden.

»Ich ziehe bald wieder weiter«, sagt Leon und greift nach dem Türgriff. »Ich habe einen neuen Vertrag. Diesmal in Dubai.«

»Schön für dich«, sage ich.

Er verengt die Augen zu Schlitzen, als hätte ich es sarkastisch gemeint.

»Ich weiß nicht, wer dir diese Briefe schickt oder versucht, dich durcheinanderzubringen, Frankie. Vielleicht hat es etwas mit deinem Vater zu tun.«

»Es hat nichts mit meinem Vater zu tun.«

Er lächelt, doch seine Augen bleiben ernst, und in diesem Moment kann ich Lorcans Grausamkeit in ihm erkennen. Was habe ich nur jemals in ihm gesehen? Was hast du in ihm gesehen?

»Ich habe alles über ihn gelesen. In der Zeitung. Netter Kerl, muss ich schon sagen.«

»Er ist ein netter Kerl.« Ich bin den Tränen nahe. »Nichts davon ist wahr, rein gar nichts.«

Er zuckt die Achseln. »Wie du meinst.«

Plötzlich überkommt mich der Drang, ihn zu schlagen. Ich balle meine Fäuste. »Steig aus«, sage ich.

»Mit Vergnügen.« Er öffnet die Wagentür, aber er steigt nicht aus. Stattdessen starrt er mich an, seine Mundwinkel verziehen sich abfällig. »Du konntest den Gedanken nicht ertragen, dass ich sie liebe, nicht wahr?«

»Das war keine Liebe«, fauche ich. »Du kanntest sie kaum. Das war eine dumme, kindische Schwärmerei, nichts weiter.«

Er schüttelt bekümmert den Kopf. »Du tust mir leid. Fast vierzig Jahre alt und immer noch nicht glücklich. Du willst immer nur das, was du nicht haben kannst.«

»Das ist nicht wahr!« Aber dann fällt mir Daniel ein, seine einstige Zuneigung. Ich hätte ihn haben können. Und nun, da ich ihn will, ist es zu spät.

Er grinst höhnisch. »Glaub doch, was du glauben willst, Frankie. Das hast du schon immer getan.«

Er knallt die Tür hinter sich zu. Ich warte, bis er die Promenade entlanggelaufen ist, die Schultern hochgezogen gegen den Wind, dann breche ich wie ein Häufchen Elend über dem Lenkrad zusammen und lasse den Tränen freien Lauf.

# 21

## Sophie

*Sonntag, 3. August 1997*

Ich kann nicht schlafen. Es ist erst sechs Uhr morgens, aber ich muss das hier niederschreiben, um mir darüber klar zu werden, was in meinem wirren Kopf vor sich geht.

Leon kam Donnerstagabend vorbei, voller Sorge, dass ich sauer auf ihn sei. Ich überlegte mir, mich nicht mit ihm zu treffen; ich hatte Angst, dass man mir die Tatsache, dass ich Frankies Vater geküsst hatte, an der Nasenspitze ablesen könnte. Jedes Mal, wenn ich daran denke (und ich war nicht in der Lage, viel mehr zu tun … der Moment spielte sich in Endlosschleife in meinem Kopf ab), überkommt mich eine Welle der Scham, und mir wird speiübel. Aber ich habe Leon nicht gesehen, seit es passiert ist, und ich weiß, dass ich ihn nicht für immer vertrösten kann.

Er kam gegen sieben vorbei, und wir beschlossen, einen Spaziergang in die Stadt zu machen. Keiner von uns beiden sprach, und die Stimmung war angespannt und unangenehm. Er hielt meine Hand, doch ich spürte, dass es mehr einem Pflichtgefühl entsprang als seinem Wunsch. Ich wollte sie wegreißen, aber das wäre grob gewesen. Die Sonne stand immer noch strahlend am Himmel, und als wir uns dem Zentrum näherten, lagen die Badegäste am Strand und versuchten, die letzten schwachen Sonnenstrahlen abzubekommen. Die Bars und Pubs waren gerammelt voll, und die Menschen drängten mit ihren Biergläsern und Zigaretten auf die Hauptstraße. Das Riesenrad drehte sich mit seinen bunten, funkelnden Lichtern, und die Kinder kreischten vor Aufregung, als sie die große Schlangenturmrutsche in einem Affentempo hinuntersausten, nur um es später zu bereuen, wenn sie die Schürfwunden und blauen Flecken auf Armen und Beinen bemerkten.

Als wir den Eingang zum Grand Pier erreichten, hingen wir betreten am Eisstand herum. Ich konnte Frankies bonbonrosa Hotel auf der anderen Straßenseite sehen und stellte mir vor, was Alistair wohl gerade machte. Dachte er über mich nach? Über den Kuss? Bereute er es genauso sehr wie ich?

In meinem Kopf herrschte in dem Moment ein derartiges Chaos, dass es mir Leon gegenüber beinahe rausrutschte.

Nach jenem fatalen Kuss war es mir gelungen, Alistair den Rest der Schicht aus dem Weg zu gehen. Wir trafen uns nur einmal, auf dem Treppenabsatz, ich mit einem Wäschekorb voll schmutziger Handtücher im Arm, er mit einer Kaffeetasse in der Hand. Es war ziemlich peinlich, als ich versuchte, an ihm vorbeizugehen, wobei wir beide einen Schritt zur Seite machten und eine Entschuldigung murmelten, sodass es aussah, als würden wir einen seltsamen Tanz aufführen. Die Situation hätte witzig sein können, aber ich schämte mich viel zu sehr, um zu lachen. Dann stürzte ich davon, so schnell mich meine Beine trugen.

Und seitdem habe ich ihn nicht mehr gesehen. Frankie sagt, dass er zu seinem Vater fahren musste, aber ich glaube, dass er mir ebenfalls aus dem Weg geht.

»Du bist immer noch sauer auf mich, oder?« Leons Stimme durchschnitt meine Gedanken. Er lehnte an der Ufermauer, und seine Miene war ernst, wenn nicht sogar besorgt. »Du wolltest mich seit Samstagabend nicht mehr sehen.«

»Nein, ich bin nicht sauer.«

Er nahm meine Hand. »Es tut mir leid, dass ich überreagiert habe. Ich habe mich bei Lorcan entschuldigt, und er bei mir. Er hat zugegeben, dass er sich wie ein Idiot verhalten hat, außerdem hat er es verdient.«

»Niemand verdient eine gebrochene Nase, Leon.«

Ich hatte gehört – von Frankie natürlich –, dass Lorcan zum Röntgen ins Krankenhaus hatte gehen müssen.

»Er hat sie sich schon zweimal gebrochen, als wir Kinder waren, weil er sich geprügelt hat. Es hat nicht viel gebraucht.«

»Oh, und deswegen ist es okay?«

»Nein, natürlich nicht. Ich fühle mich echt mies deswegen. Es tut mir wirklich leid. Ich wollte dich nur beschützen. Es hat mir nicht gefallen, wie er sich an dich rangemacht hat. Ich ertrage den Gedanken nicht, dass irgendjemand das bei dir macht.«

Als er seine Arme um mich schlang, fragte ich mich unwillkürlich, ob ich jemals das Opfer seiner Fäuste werden würde. Ich hatte mal gelesen, dass die Tatsache, einen gewalttätigen Vater zu haben, die Wahrscheinlichkeit erhöhte, sich in einen gewalttätigen Partner zu verlieben – auch wenn mein Vater nie die Hand gegen mich erhoben hatte. Wenn er länger in unserer Nähe gewesen wäre, hätte er es vielleicht getan. Leon scheint hier und heute so nett, so liebevoll, so sanft, aber so müssen sie schließlich alle anfangen – charmant, hingebungsvoll … aufdringlich … besitzergreifend.

»Mein Dad war ein Arschloch. Er hat meine Mum geschlagen«, sagte ich schließlich. Ich hatte das zuvor kaum jemandem erzählt.

Leons Augen weiteten sich, als es ihm dämmerte. »Verdammte Scheiße, deswegen hast du so reagiert?«

Ich machte mich von ihm los. »Nein. Was du getan hast, war falsch.«

Er ließ den Kopf hängen, seine weichen braunen Locken fielen ihm über Stirn und Augen. »Ich weiß. Es tut mir leid.« Er trat auf mich zu und legte sanft seine Hand auf meine Taille. »Ich möchte mich nicht mit dir streiten. Ich habe seit langer Zeit nicht mehr so für jemanden empfunden.«

»Nicht einmal für Frankie?« Ich wollte die Frage nicht stellen, aber ich hoffte, er würde verstehen, worauf ich hinauswollte. Ich wappnete mich innerlich für seine Antwort.

»Frankie? Ich habe nie Gefühle für Frankie gehabt. Wovon redest du?«

Also erzählte ich es ihm. Alles. Was sie mir gesagt hatte, als wir an jenem ersten Abend im *Basement* tanzen waren, dass er ihr nachgestellt hatte und kein Nein akzeptieren wollte. Sein Ausdruck wurde bei jedem Wort, das aus meinem Mund kam, finsterer, bis er vor Wut fast zu platzen schien.

»Und das alles hat sie dir ernsthaft erzählt?«

Ich nickte.

»Was für eine miese Lügnerin!« Sein Zorn ließ mich zurückzucken.

»Stimmt es denn nicht?«

Seine Hand glitt von meiner Taille. »Es ist genau umgekehrt. Sie war hinter mir her, sie hat mich angebaggert. Ich habe sie abblitzen lassen. Daraufhin fing sie an, mir nachzustellen. Sie ist eine durchgeknallte Stalkerin, die es nicht erträgt, abgewiesen zu werden.«

Ist es wirklich möglich, dass Frankie so schreckliche Lügen verbreiten würde? Oder war es Leon, der die ganze Sache verdrehte?

Ich schlug vor, am Strand spazieren zu gehen, und zog meine Flipflops aus. Der Sand war warm und weich unter meinen Füßen, doch Leon behielt seine Turnschuhe an. Ich kannte ihn gerade mal etwas über einen Monat, Frankie hingegen seit einer Ewigkeit; aber als wir über den Strand schlenderten, die Sonne im Rücken, wurde mir bewusst, dass ich lieber ihm glauben wollte als ihr.

»Weißt du, wenn ich gewusst hätte, dass sie dich mag, wäre ich niemals mit dir ausgegangen.«

»Wirklich?« Er wirkte enttäuscht.

»Na ja, das ist doch ein ungeschriebenes Gesetz, oder nicht? Man geht nicht mit dem Typen, auf den deine Freundin steht.«

Er zuckte mit den Schultern. »Ich schätze schon. Dann bin ich aber froh, dass sie es dir nicht gesagt hat.« Er grinste mich an, all seine Wut war wie weggeblasen.

Wir beschlossen, uns an einem abgelegenen Platz neben einen schleimigen, algenbedeckten Felsen zu setzen, und der strenge Geruch nach Seetang hing in der Luft. Die Sonne ging unter, ein heller oranger Ball am Himmel. Meine Augen schmerzten vom Hinsehen.

Leon nahm meine Hand. »Ich weiß, dass wir uns erst seit sechs Wochen kennen, aber ich liebe dich, Sophie.«

Ich dachte an mein Bewerbungsgespräch bei Little Leave Publishing am Montag. Falls ich den Job bekomme und von hier wegziehe, werden wir dann noch zusammenbleiben? Und wenn ja, wie könnten wir den Rest unseres Lebens miteinander verbringen mit diesem riesigen Geheimnis zwischen uns? Ganz zu schweigen von der Tatsache, dass ich ihn betrogen habe. Jetzt schon. Und dann auch noch mit einem Mann, der mein Vater sein könnte.

Er versuchte, mich auf seinen Schoß zu ziehen, aber ich sträubte mich.

»Was ist? Empfindest du denn nicht dasselbe?«

Tränen brannten in meinen Augen. »Doch, das tue ich.«

»Was ist es dann? Irgendetwas bedrückt dich. Du kannst mir alles sagen, Sophie.«

Aber wie denn? Er rastete schon aus, wenn er glaubte, sein Bruder würde mich anmachen. Was würde er denken, wenn ich ihm von Frankies Vater erzählte?

All die Geheimnisse und Lügen standen unüberwindbar zwischen uns.

»Ich weiß nicht, ob ich im Moment etwas Ernstes will«, erwiderte ich stattdessen. »Ich ziehe von hier fort, sobald ich einen Job habe. Das weißt du.«

Er strich mir übers Haar, Erleichterung zeichnete sich auf seinem Gesicht ab. »Darüber musst du dir jetzt noch keine Gedanken machen. Wer weiß, was die Zukunft für uns bereithält. Im Augenblick bin ich nur froh, hier zu sein, mit dir.« Er küsste mich langsam, sinnlich, und ich schob die Zweifel in einen entlegenen Winkel meines Kopfes – dort, wo sie hingehörten.

# 22

## Frankie

Ich erinnere mich noch, wie ich dachte, dass Leon so schön war, so cool mit seinem ungewöhnlichen Musikgeschmack. Meistens saß er abseits an einem Tisch im Eck des *Seagull* und kritzelte Gedichte in sein Notizbuch. Mit seinen tintenbefleckten Fingern und dem wuscheligen Haar unterschied er sich von den Bier saufenden Oldcliffer Jungs, die dachten, sie wären cool, nur weil sie Oasis mochten, aber alles, was etwas avantgardistischer war, als »was für Schwuchteln« abtaten. Das erste Mal, als ich ihn im *Basement* ansprach, schienen seine Augen direkt in meine Seele zu blicken. Das muss für dich dämlich klingen. Er war schließlich in dich verliebt. Oder doch nicht? War es nur eine kleine Schwärmerei, Soph? Ihr wart beide so jung. Er hatte immer schon etwas Gefährliches an sich. Hat er immer noch. Vielleicht ist das Teil seiner Anziehungskraft.

Ich zittere am ganzen Körper. Ich kralle mich am Lenkrad fest und habe Angst, mich übergeben zu müssen. Ich nehme einige lange, tiefe Atemzüge, blicke starr durch die Windschutzscheibe und versuche, mich zu beruhigen, indem ich mich auf den Horizont konzentriere, auf die schwarze Silhouette der Flat Holm Island in der Ferne.

Ich habe damals einige Fehler gemacht. Wir beide. Ich dachte, ich könnte davor fliehen und in London ein anderer Mensch werden. Ein besserer Mensch. London ist perfekt, um ganz von vorne anzufangen – um der Mensch zu werden, der man sein will, nicht der, für den einen alle halten. Ich meine, wer will schon dafür in Erinnerung bleiben, mit sieben Jahren hinten im Klassenzimmer in die Hose gemacht oder mit achtzehn die Straßen vollgekotzt zu haben? Man konnte in Oldcliffe keine illegalen Drogen nehmen oder unter achtzehn Alkohol trinken, ohne dass es alle erfuhren. Die Stadt war voller neugieriger Schnüffler, die hinter ihren Vorhängen hervorspähten, die jede Bewegung registrierten und sich das Maul zerrissen. Ich wollte weg von alldem, Sophie. Ich wollte weg von den mitleidigen Gesichtern und den traurigen Blicken, als du verschwandst. »Da ist sie, Sophie Colliers beste Freundin. Wie schrecklich für sie.« Die Leute tratschten und glotzten permanent; du warst nicht länger einfach nur die gute, alte Sophie, stattdessen wurdest du zur »armen kleinen Sophie Collier« – das tragische Opfer. Ich wollte von vorne anfangen. Ist das denn so schlimm?

Aber die Vergangenheit lässt mir keine Ruhe, sie verfolgt mich. Du verfolgst mich.

Ich bin jetzt beinahe vierzig Jahre alt. Ich bin nicht mehr Frankie Howe. Ich bin Francesca Bloom – ja, ich trage immer noch den Namen meines Exmannes. Ich bin erfolgreich, ich habe alles im Griff. Ich habe ein perfektes, glänzendes Leben. Das ist es, was die Menschen in London sehen, und das ist es, was ich daran mag. Ich würde alles dafür tun, damit es so bleibt.

Als ich mich wieder gefasst habe, steige ich aus dem Wagen und überquere die Straße zum Tesco Express, der den alten Safeway-Supermarkt ersetzt hat. Ich weiß, dass meine Augen rot und verquollen sind, mein Gesicht bleich, meine Lippen geschwollen. Mein Haar kräuselt sich von Wind und Regen, und meine Jeans sollte dringend gewaschen werden. Ich weiche den Blicken der Angestellten aus, die die Regale einräumen, und auch dem pickeligen jungen Mann hinter der Kasse. Ich bin erleichtert, dass es keine Leute sind, die mich von früher kennen – sie müssen im Krabbelalter gewesen sein, als ich noch hier wohnte. Ich schnappe mir ein Fertiggericht aus dem Kühlregal, da ich seit dem Frühstück nichts mehr gegessen habe und es beinahe sechzehn Uhr ist. Dann nehme ich noch schnell zwei Flaschen Wein und lege sie in den Einkaufskorb.

Nachdem ich bezahlt habe, haste ich schnell zu meinem Wagen und hoffe, niemandem zu begegnen, obwohl die Straßen menschenleer sind. Die Plastiktüte baumelt an meiner Armbeuge, und die Weinflaschen schlagen beim Gehen gegen meine Hüfte. Mein Auto ist das einzige an der Promenade weit und breit und sticht einsam und auffällig hervor mit seinem glänzend schwarzen Lack und dem brandneuen Nummernschild. Ich habe solche Sehnsucht nach der Anonymität Londons. Ich lasse mich auf den Fahrersitz fallen, knalle die Tür zu und schließe die Stadt aus. Sofort fühle ich mich getröstet von dem mir vertrauten Raum, als könne mir nichts etwas anhaben, solange ich nur im schützenden Kokon meines Range Rovers sitze.

Ich überlege, Daniel anzurufen und ihm von meinem

Gespräch mit Leon zu erzählen. So wie er Leon hasst, wäre er sicher voller Verständnis, aber ich verwerfe die Idee sogleich. Ich will nicht für noch mehr Ärger zwischen ihm und Mia sorgen. Ich glaube, ich habe genug angerichtet.

Obwohl auf den Straßen kein Verkehr herrscht, fahre ich langsam durch die Stadt. Der Himmel wird dunkler, und all die Lichter der Hotels, Gasthäuser und Pubs gehen an und fluten die nassen Straßen mit einem warmen orangen Schein, der sich in den Pfützen auf den Straßen und Gehwegen spiegelt. Der Grand Pier ist ebenfalls hell erleuchtet wie ein Feuerwerk, und grüne und gelbe verschwommene Streifen ziehen sich über das dunkle Wasser darunter. Ich erinnere mich, dass ich die Stadt am liebsten nachts mochte – sie sah dann immer so festlich erleuchtet aus vor dem schwarzen Himmel, als würde sie uns höchstpersönlich die Erlaubnis geben, auszugehen und uns zu amüsieren.

Zwei Männer und eine Frau spazieren lachend und scherzend die Promenade entlang. Sie gehen auf den Zebrastreifen zu, und ich halte an, um sie über die Straße zu lassen. Einer der Männer ist sehr groß und hat braunes Haar; er hebt die Hand, um mir zu danken, obwohl er kaum aufblickt. Er ist zu beschäftigt damit, mit dem anderen Typen zu reden, der beinahe genauso groß ist. Sie haben sich beide bei dem Mädchen untergehakt, das in ihrer Mitte läuft. Mein Herz klopft mir bis zum Hals, als mir klar wird, wer es ist: Daniel und … jemand, der wie Leon aussieht.

Die junge Frau, schlank und jugendlich – auf jeden Fall viel jünger als ich –, ist hübsch und hat langes dunkles Haar.

Sie reißt sich von den beiden los und rennt ein Stück voran, bevor sie sich wieder umdreht und lustige Grimassen in ihre Richtung schneidet. Ich kann nicht erkennen, was sie sagen, denn ich fühle mich wie in einem Traum. Nein, wie in einem Albtraum. Ist das Leon? Und wenn ja, was macht er mit Daniel? Sie hassen einander. Haben sich immer schon gehasst. Und wer ist das Mädchen bei ihnen? Ist das Mia?

Ich sehe den dreien zu, während sie aufs *Seagull* zuschlendern, als wären sie die besten Freunde. Ich bin vor Schock wie gelähmt. Ich halte noch immer am Zebrastreifen, die Hände um das Lenkrad geklammert, und starre zum Pub, obwohl sie schon längst durch die Tür verschwunden sind. Schließlich taucht ein Auto hinter mir auf und hupt. Ich fahre widerstrebend weiter und befinde mich wieder am Rand der Tränen, als mir die Erkenntnis dämmert, dass ich niemandem trauen kann.

Nicht einmal Daniel.

Ich halte vor Beaufort Villas an und versuche, mich aufzuraffen und aus dem Wagen zu steigen, um ins Haus zu gehen. Das Licht in der Erdgeschosswohnung brennt, und die Vorhänge sind geöffnet. Ich kann die gelb gestrichenen Wände sehen, das Flackern eines Fernsehers. Ich bereite mich besser auf eine weitere schlaflose Nacht vor, mit dem Baby, das bis in die frühen Morgenstunden schreit.

Meine Knochen sind bleischwer vor Müdigkeit. Ich möchte einfach nur umdrehen, hier verschwinden, auf der M4 nach London zurück, aber ich weiß, dass ich nicht gehen werde. Ich kann nicht. Noch nicht. Es gibt hier noch zu viele ungelöste Angelegenheiten.

Ich steige aus, glücklicherweise hat es aufgehört zu regnen. Ich sehne mich verzweifelt nach einer Dusche und danach, früh ins Bett zu kommen. Ich werde mir meine Spaghetti Bolognese in die Mikrowelle schieben, ein, zwei Gläser Wein dazu trinken und mich dann schlafen legen. Am Morgen wird alles klarer sein. Ich vermute, dass ich mich irgendwann mit Daniel treffen werde, obwohl morgen Montag ist und ich nicht weiß, wie viel er arbeiten muss.

Ich schließe die Haustür auf, trete hinein und schalte das Licht im Flur an. Gerade als ich die Tür schließen will, höre ich jemanden meinen Namen rufen. Ich blicke auf und erstarre. Jemand steht am anderen Ende der Einfahrt. Jemand in einem dunklen Mantel und Wanderschuhen. Mein Herz klopft mir bis zum Hals. Es ist die Person, die mir gestern gefolgt ist. Sie tritt vor und schiebt die Kapuze vom Kopf. Das Licht aus dem Flur erhellt ein herzförmiges Gesicht, langes blondes Haar und … ich keuche auf.

Denn das Mädchen bist du, Soph.

Das bist wirklich du.

»Frankie«, sagst du noch einmal, so leise, dass ich mich frage, ob du überhaupt etwas gesagt hast. Du bist etwa neun, zehn Meter von mir entfernt, aber du hast dich kein bisschen verändert. Du bist immer noch einundzwanzig, jünger sogar, als ich dich in Erinnerung habe, und ich weiß, dass es dein Geist sein muss, den ich da sehe. Unwillkürlich schreie ich gellend auf und bin gleichzeitig verblüfft, dass dieser Laut von mir kommt. Ich schlage die Tür zu und werfe mich dagegen, mein gesamter Körper zittert unkontrolliert, und meine Beine geben nach, ich sinke zu Boden. Wie kannst du da draußen sein? Was willst du? Versuchst du, mich zu warnen? Oder mir Angst zu machen?

Die Tür des Erdgeschossapartments wird aufgerissen, und die grauhaarige Frau eilt heraus. »Was ist los? Geht es Ihnen gut?«, fragt sie beunruhigt. Sie hat einen leichten Yorkshire-Akzent und freundliche Augen. Es ist alles zu viel. Ich breche in Tränen aus. Sie kommt rasch zu mir. »Oh, meine Liebe, Sie zittern ja. Was ist passiert? Sie Ärmste.« Sie geht neben mir in die Hocke, sodass sie auf gleicher Höhe mit mir ist, aber ich kann eine Weile nicht sprechen.

Ich schnappe nach Luft und weine und zeige hinter mich. »Ein Geist, ein Geist …«, stammle ich unzusammenhängend. Ich habe mich nicht mehr so geängstigt, seit du verschwunden bist.

Sie redet beschwichtigend auf mich ein, reibt meinen Arm, bis ich mich beruhige und mein Schluchzen verebbt, dann hilft sie mir auf die Füße. Meine Beine fühlen sich immer noch schwach und zittrig an, und ich halte mich an ihr fest, um mich abzustützen.

»E… es tut mir leid«, stottere ich beschämt. Sie zieht ein Taschentuch aus ihrem Ärmel und reicht es mir. Ich schnäuze mich und tupfe mir die Augen trocken und weiß, dass ich furchtbar aussehe. »Da war je… jemand … draußen. Hat mich erschreckt, das ist alles.«

Sie reißt die Augen auf und schiebt die Brille auf der

Nase hoch. »Jemand ist draußen?« Sie klingt panisch. Ich nicke, und sie öffnet ungeachtet meiner Proteste die Eingangstür einen Spaltbreit. Sie späht hinaus. »Da ist niemand.« Sie schließt die Tür und dreht sich zu mir um. »Ich heiße übrigens Jean.«

Ich stelle mich vor und fühle mich furchtbar albern.

»Sie haben sich nur erschreckt. Wollen Sie nicht hereinkommen?« Sie geht auf ihr Apartment zu, und ich möchte ihr am liebsten folgen, um etwas Gesellschaft zu haben. Sie ist ungefähr im Alter meiner Mum, vielleicht ein bisschen älter.

Aber ihre Familie ist da, und ich habe mich vor ihr schon genug zum Narren gemacht. »Es war ein anstrengender Tag«, sage ich und hebe die Hand an die Schläfe, um es zu unterstreichen. »Außerdem haben Sie Besuch von Ihrer Familie, ich möchte nicht stören.«

Jean runzelt die Brauen und zieht den Cardigan fester um ihre üppige Taille. Ich bemerke, dass sie flauschige Häschenpantoffeln trägt. »Ich habe keine Familie hier, meine Liebe. Ich bin alleine hier, um meinen Bruder zu besuchen. Er ist im hiesigen Krankenhaus, wissen Sie, Bypassoperation.«

Ich starre sie an, und die Furcht bahnt sich ihren Weg in meine Eingeweide. Das Blut rauscht mir in den Ohren. »Aber … das Baby! Ich habe die letzten zwei Nächte ein Baby weinen hören.«

»Baby? Ich bin ein bisschen zu alt, um ein Baby zu haben.« Sie lacht. »Meine Kinder sind alle erwachsen. Ich wurde zwar noch nicht mit Enkelkindern gesegnet, aber mein Sohn hat erst geheiratet, also drücke ich alle vorhandenen Daumen und Zehen.«

»Aber … aber … ich habe ein Baby gehört«, entgegne ich schwach.

»Vielleicht kommt es von nebenan?« Sie klingt nicht besonders überzeugt, was nicht weiter verwunderlich ist, da die Wände dick sind und es sich um ein frei stehendes Gebäude handelt.

Ich kann keine Überraschungen mehr verkraften, ich habe allmählich das Gefühl, dass ich dabei bin, eine Art Nervenzusammenbruch zu erleiden. Vielleicht war das alles zu viel für mich, hierher zurückzukommen, vor allem so bald nach der Sache mit Dad. Ich will dich nicht wiedersehen, Soph, egal wie sehr ich dich liebe.

Nachdem ich geduscht, gegessen und eine Flasche Wein getrunken habe, mache ich es mir in meinem Bademantel auf dem Sofa gemütlich und lasse mich vom dämlichen Geschwätz der Moderatoren einer TV-Spielshow trösten. Irgendwann muss ich weggedämmert sein, denn ich werde von einem Geräusch aus dem Schlaf geschreckt, dass sich anhört wie Fäuste, die gegen die Haustür unten hämmern. Ich eile zum Fenster und frage mich, ob die Kids, die mein Auto mit Eiern beworfen haben, zurückgekehrt sind, aber da steht ein Mann in der Einfahrt und blickt zum Gebäude auf. Es ist zu dunkel, um seine Gesichtszüge auszumachen, aber er sieht aus wie Leon. Was will er? Ich blinzle, um ihn besser zu sehen. Er tritt zurück und wird sofort von der Sicherheitsleuchte angestrahlt.

Es ist nicht Leon. Es ist Mike.

Was will er hier? Ich klopfe gegen das Fenster und bedeute ihm, zur Tür zu gehen. Dann drücke ich auf den Türöffner, warte und frage mich, warum er den ganzen Weg hierhergefahren ist.

Als er oben auf der Treppe ankommt, strahlt er breit grinsend. Er trägt immer noch seine Arbeitsklamotten; sein Teint ist grau, seine Augen müde, und eine dünne Staubschicht hängt in seinem widerspenstigen Haar.

»Mike?« Er sollte nicht hier sein. Er ist Teil meines anderen Lebens.

Er eilt auf mich zu und drückt mich in einer bärenhaften Umarmung an sich. Er riecht nach Baustelle und kühler Luft.

»Was tust du hier?«, nuschle ich in seine Schulter.

Er lässt mich los. »Kann ich reinkommen? Es war eine lange Fahrt. Ich lechze nach einem Kaffee.«

Widerstrebend mache ich einen Schritt zur Seite, um ihn eintreten zu lassen. Er geht direkt in die Küche und schaltet den Wasserkocher ein.

»Was ist los, Mike?« Ich will ihm sagen, dass er in meine Privatsphäre eindringt, aber ich beiße mir auf die Zunge, denn der selbstsüchtigere Teil von mir ist froh, dass er hier ist. Nach dem Schrecken von vorhin kann ich nicht leugnen, dass mir seine Gesellschaft willkommen ist. Ein kleines Stück Normalität.

»Wo sind die Tassen?«

Ich bitte ihn beiseitezutreten und mache Kaffee für uns beide. Dann führe ich ihn ins Wohnzimmer, wo wir uns aufs Sofa setzen. Ich ziehe den Saum meines Bademantels über meine Füße. Das Feuer im Kamin brennt, aber es wird kleiner.

»Also?«, frage ich und richte die Fernbedienung auf den Fernseher, um ihn auszuschalten. »Ist alles in Ordnung?«

Er blickt mich zerknirscht an. »Ich weiß, dass wir uns getrennt haben, aber ich mache mir Sorgen um dich, Fran. Du hast einen Schock erlitten, als du erfahren hast, dass deine Freundin tot ist. Dann rufst du mich an und machst am Telefon mit mir Schluss. Das kam sehr plötzlich.«

Ich hebe die Hand. »Es tut mir leid, aber ich habe meine Meinung nicht geändert.«

Sollte ich ihn mit meinen Worten verletzt haben, so zeigt er es nicht. Stattdessen fügt er hinzu: »Nach der ganzen Sache mit deinem Dad und mit deiner Freundin wollte ich nur sichergehen, dass es dir gut geht. Du bist nicht so stark, wie du vorgibst. Aber du lässt nie jemanden an dich ran. Du akzeptierst keine Hilfe.« Er nimmt einen Schluck von seinem Kaffee.

Ich starre seine Arbeitsstiefel an. Ich weiß, dass das, was er sagt, wahr ist. Seit ich zurück in Oldcliffe bin, kann ich förmlich spüren, wie ich zerfalle, als würde all das Selbstvertrauen, das ich mir über die Jahre aufgebaut habe, sich in Staub verwandeln. Vielleicht kann man seiner Vergangenheit niemals entkommen.

»Du sieht nicht gut aus. Du wirkst übermüdet.«

»Es war nur ein heftiger Tag, das ist alles …«

Er rückt näher, und seine Stimme ist sanft, als er mich fragt: »Warum bist du hier? Das wird dir nicht guttun.

Dein Dad hat einiges durchgemacht. Er braucht dich an seiner Seite. Komm nach Hause, Fran. Komm mit mir heim.«

Ich fühle mich den Tränen nahe. »Ich kann nicht. Noch nicht.«

Er seufzt. »Warum nicht?«

»Daniel braucht mich. Er will, dass ich Mittwoch mit ihm komme, um sie … zu identifizieren.« Eine Träne rinnt über meine Wange.

»Kann er das nicht alleine tun?«

Ich sehe ihn bestürzt an. »Das ist ziemlich kaltherzig, meinst du nicht?«

Er murmelt eine Entschuldigung in seinen Becher. »Hat er nicht jemand anders, der ihn begleiten könnte?«

Ich denke an Mia. Sie würde sicher sofort mit ihm gehen. Aber ich will diejenige sein, die ihn begleitet. Ich weiß nicht, warum. Vielleicht muss ich wissen, dass es wirklich du bist, Soph. Das es deine Überreste sind, die gefunden wurden. Vielleicht möchte ich das Gefühl haben, von Daniel gebraucht zu werden. Ich kann es nicht erklären, weder Mike noch dir. Ich weiß einfach nur, dass ich Oldcliffe nicht verlassen kann. Noch nicht. Nicht, bis ich dich endlich zur ewigen Ruhe gebettet habe.

»Er hat sonst niemanden.« Ich nehme einen großen Schluck von meinem Kaffee, um die Lüge hinunterzuspülen.

Er streckt die Hand aus und berührt meinen Arm. »Ich liebe dich immer noch, Fran. Ich bin noch nicht bereit, uns aufzugeben.«

Ich weiche vor seiner Berührung zurück. »Ich kann das

gerade nicht tun, Mike. Nicht mit all dem, was im Moment passiert.«

Er steht auf und geht zum Fenster. Die Vorhänge sind immer noch aufgezogen. »Es kommt mir ein bisschen einsam vor hier«, sagt er mit seltsamer Stimme. »Irgendwie gruselig.« Er dreht sich mit hoffnungsvollem Blick zu mir um. »Ich kann mir nicht vorstellen, dass du lange hierbleiben willst. Warum fährst du morgen früh nicht mit mir zurück?«

Es ist beinahe so, als wolle er mich überreden, nach Hause zu kommen, indem er mir Angst macht, und plötzlich durchfährt mich ein Gedanke: Könnte es Mike gewesen sein, der mir diese Briefe geschickt hat, um mich dazu zu bringen, Oldcliffe zu verlassen? Aber das ist doch lächerlich. Ich habe ihm nicht erzählt, wo ich übernachten würde. Ich beobachte ihn, während ich mich ermahne, ruhig zu bleiben. Meine Rückkehr hierher hat mich paranoid gemacht. Mike würde so etwas niemals tun. Außerdem weiß er nichts über Jason und unsere Vergangenheit.

# 23

## Sophie

*Sonntag, 3. August 1997*

Es war dumm von mir zu glauben, dass es zwischen mir und Alistair so sein könnte wie zuvor. Der Kuss hat alles verändert.

Es gibt so viel über Alistair zu sagen, zu erklären. Meine Gefühle ihm gegenüber sind so komplex. Ich habe versucht, meinen Vater aus meinem Gedächtnis zu verbannen, aber manchmal taucht er unvermittelt wieder auf, meistens in meinen Träumen, vielmehr in meinen Albträumen: seine dunklen, verschleierten Augen, die immer von Zorn oder Enttäuschung überschattet wurden, sein nordostenglischer Akzent, seine schwarze Donkeyjacke mit dem glänzenden Schulterbesatz. Daran erinnere ich mich von den vielen Malen, da er mir den Rücken zugekehrt hatte, normalerweise wenn er aus einem Zimmer stürmte oder die Haustür hinter sich zuschlug.

Alistair hingegen war der Vater, den ich mir immer gewünscht hatte: blond und lächelnd, mit einem fröhlichen Auftreten und stets aufmunternden Worten. Er liebte seine Tochter über alles; man konnte es daran sehen, wie er immer Zeit für sie fand, immer geduldig ihre Fragen beantwortete. Es gab aber auch Situationen, als wir noch Teenager waren, da ich ihn etwas unfair fand, zum Beispiel, wenn er versuchte, Frankie ein schlechtes Gewissen zu machen, weil sie ausgehen wollte. Dann stand er in der Tür ihres Zimmers, während wir unsere Schuhe anzogen oder unser Haar bürsteten, und sagte in beinahe beleidigtem Tonfall: »Wohin geht ihr? Lasst ihr mich wieder allein?« Wenn wir Ja sagten, wirkte er enttäuscht. Er versuchte zwar, es leichthin abzutun, einen Scherz daraus zu machen, aber selbst mit sechzehn konnte ich erkennen, dass er es nicht besonders witzig fand. Dann musste Frankie zu ihm gehen, den Arm um seine Hüfte schlingen und ihm versprechen, dass wir nicht lange fortbleiben würden, dass sie, sobald sie zurück wäre, vielleicht zusammen ein Brettspiel spielen könnten. Angesichts ihrer Bereitwilligkeit, ihn zu besänftigen, wollte ich am liebsten die Augen verdrehen, aber gleichzeitig machte es mich ganz krank vor Eifersucht.

Alistair und ich unterhielten uns immer locker und ungezwungen. Er hatte stets einen leicht flirtenden Unterton, wenn er mit mir sprach, den er bei Frankie nicht an den Tag legte. Ich schwärmte damals für ihn, war aber zu jung, um mir dessen wirklich bewusst zu sein. Ich wusste nur, dass ich ihn mochte, dass ich ihn attraktiv fand, dass ich mit Freude bei ihm geblieben wäre, um Brettspiele zu spielen, anstatt mit Frankie um die Häuser zu ziehen. Doch das hätte ich Frankie niemals sagen können. Sie hätte es abartig gefunden, wenn ich ihr jemals anvertraut hätte, dass ich auf ihren Dad stand.

Aber nachdem ich ihn geküsst hatte, veränderten sich meine Gefühle ihm gegenüber. Es hatte sich falsch angefühlt, schäbig. Alistair war siebenundzwanzig Jahre älter als ich. Ein richtiger Erwachsener.

Doch heute nahm die Sache eine andere Wendung.

Die ganze Woche hatten wir es geschafft, einander aus dem Weg zu gehen. Ich wusste, dass die Dinge sich geändert hatten – wir hatten eine Grenze überschritten, und es gab kein Zurück. Er würde nie wieder einfach nur Frankies Dad sein. Aber als Maria anrief und fragte, ob ich heute eine zusätzliche Schicht einlegen könnte, dachte ich, es könne nicht schaden. Immerhin war Alistair die ganze Woche bei seinem Dad, und selbst wenn er im Hotel wäre, würde ich mich ihm früher oder später stellen müssen.

Ich zog in Zimmer elf gerade die Bettdecke glatt und steckte ordentlich die Ecken unter die Matratze, so wie Maria es mir gezeigt hatte. Im Raum war es stickig, es lag direkt unter dem Dach. Der Schweiß sammelte sich in meinen Achselhöhlen, und mein pinkes T-Shirt klebte an meinem Rücken. Ich war froh über die Jeansshorts, die ich trug. Ich beugte mich gerade über das Bett, als ich spürte, wie eine Hand heftig auf meinen Hintern klatschte. Ich sprang erschrocken auf, meine Pobacke brannte. Erst dachte ich, es sei Frankie, die sich einen Scherz erlaubte, doch es war Alistair. Er stand neben dem Kleiderschrank und grinste mich an, als sei es das Normalste von der Welt, mir auf den Arsch zu hauen.

»Süßer Hintern«, sagte er zu meinem Entsetzen. Nur weil wir uns irrtümlicherweise geküsst hatten, gab ihm das nicht das Recht, mich anzufassen. Ich versuchte, es mit einem Lachen abzutun, obwohl mir das Herz bis zum Hals schlug. Ich drehte mich wieder weg und begann, die Kissen aufzuklopfen, in der Hoffnung, er würde den Hinweis kapieren und gehen. Stattdessen packte er mich um die Taille und begann, meinen Hals zu küssen.

»Oh, Sophie«, raunte er, seine Stimme ganz heiser und voller Verlangen. »Ich kann nicht aufhören, an dich zu denken.«

Ich versuchte, mich von ihm loszureißen. »Alistair … hör auf …«

Er wirbelte mich zu sich herum, seine Hände auf meinen Hüften. »Sag mir nicht, dass du das hier nicht willst. Ich weiß, was du für mich empfindest.« Er versuchte, seine Lippen auf meine zu pressen. Es passierte alles so schnell.

»Lass mich los.« Mit aller Kraft stieß ich gegen seine Brust, und er stolperte rückwärts. Seine grünen Augen blickten erschüttert.

»Was?« Er wirkte panisch, als ihm dämmerte, dass er da etwas missverstanden hatte. »Sophie, ich dachte, du würdest meine Gefühle erwidern.«

Ich schob mir verlegen das Haar aus dem Gesicht und war völlig durcheinander. »Alistair, ich habe einen Freund. Du bist der Vater meiner besten Freundin. Du bist verheiratet …«

Er kam wieder auf mich zu, seine Züge wurden weicher. »Ich weiß, ich weiß, es gibt viele Dinge, die gegen uns sprechen. Aber ich kann nicht aufhören, an dich zu denken. Und wenn ich dich hier so im Hotel sehen muss, in diesen knappen Shorts …«

Ich schluckte den üblen Geschmack in meinem Mund

hinunter. Was hatte ich mit diesem gottverfluchten Kuss nur angerichtet?

»Ich möchte dich berühren, ich möchte dich halten und dich küssen. Mit dir schlafen.«

Wenn ich mich nicht so abgestoßen gefühlt hätte, hätte ich wohl laut gelacht. Meine Güte, das hier war Frankies Dad, der so redete. Frankies Dad! Das Ganze erschien mir so irreal. »Alistair, der Kuss war ein Fehler …«

Verwirrt trat er zurück. »Wie meinst du das?«

Warum ging es nur nicht in seinen Dickschädel? »Ich empfinde nicht dasselbe, es tut mir leid …«

»Aber du stehst doch seit Jahren auf mich. Maria hat mich ständig damit aufgezogen, als du noch ein Teenager warst. Und dann kommst du nach drei Jahren zurück – ein hässliches Entlein, das sich in einen Schwan verwandelt hat …«

Hat er ernsthaft erwartet, dass etwas passieren würde? Dass ich eine Affäre mit ihm anfangen würde? Dass ich hier oben in Zimmer elf mit ihm rummachen würde, während seine Frau und Tochter irgendwo im Hotel herumliefen? Ich starrte ihn an, als habe er den Verstand verloren.

»Ich war als Teenager ein bisschen in dich verknallt«, erwiderte ich schließlich, »eine alberne kleine Schulmädchen-Schwärmerei. Aber das ist lange her.«

»Letzte Woche hast du mich geküsst, Sophie.«

»Wie oft soll ich es noch sagen, Alistair? Es war ein Fehler. Ich war durcheinander. Es hätte nicht passieren dürfen, und es tut mir leid, falls ich dir das Gefühl gegeben habe, dass ich mehr wollte.« Es war mir peinlich, dass er so mit mir redete. Er war Frankies Vater, Herrgott noch mal – er musste doch der Erwachsene hier sein und begreifen, dass es lediglich ein Moment der Verwirrung gewesen war.

Aber es war, als hätte ich ihm eine Ohrfeige verpasst.

»Ich weiß, dass du mich willst, Sophie«, stieß er hervor. »Ich weiß, dass du dasselbe fühlst. Du hast nur ein schlechtes Gewissen. Und das ist verständlich. Das ist der Grund, warum du so ein fantastischer Mensch bist. Das ist der Grund, warum ich dich liebe.«

Mich lieben? Das meinte er doch sicher nicht ernst? Wie konnte ich ihm nur begreiflich machen, dass es nicht Liebe war, die er verspürte? Es war Lust, es war Verblendung. Wahrscheinlich hatte er mit Maria nicht mehr so viel Sex, wie er gerne hätte, und da kommt ein junges Mädchen vorbei, küsst ihn, und er glaubt sofort, er wäre verliebt.

Ich konnte nur dastehen und den Kopf schütteln. »Ich liebe Leon«, entgegnete ich.

»Leon? Den kleinen Waschlappen, mit dem ich dich unten am Strand gesehen habe? Das ist doch nur ein Kind.«

Ich seufzte. »Genauso wie ich, Alistair.«

»Du bist eine Frau, Sophie. Du brauchst einen richtigen Mann.«

Von diesem Gespräch wurde mir zusehends übel. Ich entfernte mich vom Bett und ging zu dem kleinen Dachfenster, um etwas Luft zu bekommen. Das Zimmer hatte Meerblick, und von meinem Platz aus konnte ich den Grand Pier und den Sandstrand sehen, auf dem sich die braun gebrannten Körper tummelten. Ich wollte das Fenster aufreißen und hinausschreien, damit mir jemand zu Hilfe kam. Nicht dass ich mich in Gefahr gefühlt hätte; es war mir einfach nur schrecklich unangenehm. Ich wollte unten mit Frankie am Strand sein, wie ein ganz normales junges Mädchen – nicht hier oben mit einem alten notgeilen Kerl, der mein Vater sein könnte.

»Alistair … es tut mir leid, falls ich dir einen falschen Eindruck vermittelt habe«, sagte ich, wobei ich weiterhin aus dem Fenster blickte. Ich fühlte mich den Tränen nahe.

Die Zimmertür fiel krachend zu und ließ mich zusammenzucken. Als ich mich umdrehte, war Alistair fort.

# MONTAG

# 24

# Frankie

Am nächsten Morgen wache ich neben Mike auf, der zusammengerollt mit mir in dem Doppelbett liegt. Zwischen uns ist nichts passiert, Soph. Ich hätte es nicht fair gefunden, mit ihm zu schlafen. Ich wollte nur ein wenig Trost und Geborgenheit, das ist alles. Ist das denn so falsch?

Als ich geduscht und angezogen aus dem Bad komme, steht Mike im Wohnzimmer und macht das Feuer im Ofen an. Er trägt meinen violetten Morgenmantel, der ihm viel zu kurz ist; die Ärmelaufschläge reichen ihm gerade bis über die Ellbogen, und der Saum hängt knapp über seinen Knien.

»Wow, hier ist es aber kalt«, sagt er überflüssigerweise, als er das Streichholz ausbläst. »Was willst du heute unternehmen? Also, ich hätte Lust, die Gegend zu erkunden. Ich war noch nie in …«

»Mike.«

Bei dem mahnenden Tonfall in meiner Stimme blickt er auf, und ich kann zusehen, wie sich die Enttäuschung in seine Züge gräbt. »Du wirst mir sagen, dass ich gehen soll, nicht wahr?«

»Es tut mir leid.«

»Und du willst wirklich nicht mit mir kommen?«

»Ich brauche einfach noch ein paar Tage, das ist alles.«

Seine Schultern sacken nach unten. »Warum habe ich bloß das Gefühl, benutzt worden zu sein, hm, Fran? Ich bin hergekommen, weil ich gehofft hatte, die Sache zwischen uns in Ordnung bringen zu können. Als du mich hier hast schlafen lassen, dachte ich, du hättest vielleicht deine Meinung zu uns geändert.«

Ich mache einen Schritt auf ihn zu. »Ich habe dich nicht benutzt …« Aber meine Worte klingen hohl. Natürlich habe ich ihn benutzt. Seit meiner Rückkehr nach Oldcliffe habe ich nicht mehr so gut geschlafen. Selbst das Weinen des Babys in den frühen Morgenstunden konnte mir nichts anhaben. Ich fühlte mich sicher in seinen Armen, trotz des Verdachts und der Zweifel, die ich gestern Abend noch gegen ihn hegte.

Ich habe ihn gefragt, wie er herausgefunden hat, wo ich in Oldcliffe untergekommen bin, und er meinte, er hätte meine Notiz mit der Adresse auf dem Küchentisch gefunden. Ich erinnere mich, dass ich sie auf einen Notizblock gekritzelt hatte, aber ich war mir sicher, sie zusammengeknüllt und weggeworfen zu haben, nachdem ich sie in mein Handy eingespeichert hatte. Hat Mike den Küchenabfall durchwühlt? Das Bild von Jean, die durch die Abfalltonnen draußen wühlte, blitzt in meinem Kopf auf. Wonach hat sie wohl gesucht?

Ich trete von einem Fuß auf den anderen, fühle mich unwohl. Schwaches Licht sickert durch die cremefarbenen Vorhänge. Eine Weinpfütze hat sich um den Boden einer Flasche Pinot Noir gebildet. Sie sieht aus wie Blut.

»Ich gehe duschen«, sagt er schroff. »Dann verschwinde ich und störe dich nicht weiter.«

Ich gehe zum Erkerfenster und ziehe die Vorhänge zurück. Der Himmel ist von einem dichten, trüben Weiß, aber wenigstens regnet es nicht. Stattdessen hat sich eine Eisschicht über die Scheiben und das Dach meines Autos gelegt. Ich vermeide es, zum alten Pier zu blicken, da ich den Gedanken nicht ertrage, dass du dort stehen könntest und mich beobachtest.

Ich bin keinesfalls depressiv – das hier ist nicht zu vergleichen mit dem, was meine Mutter durchgemacht hat –, aber vielleicht haben sich die Trauer und die Schuldgefühle, die ich wegen deines Todes habe, in Wahnvorstellungen manifestiert. Seit Daniels Anruf vor vier Tagen kann ich nicht aufhören, mit dir zu reden. Vielleicht liegt es daran, dass ich wieder in Oldcliffe bin. Diese Stadt ist so wesentlich mit dir verbunden – mit unserer Kindheit, unseren Jugendjahren, dem Unfall von Jason und deinem Verschwinden –, dass es nur natürlich ist, wenn ich ständig über dich nachdenken muss, nicht wahr? Ich kann mich kaum an Zeiten erinnern, in denen ich ohne dich in Oldcliffe war. Ja, eine kurze Zeitspanne, bevor du herzogst, und eine noch kürzere Zeit, nachdem du verschwandst und wir nach London gingen. In diesen ersten paar Monaten nach deinem Verschwinden gab es noch Hoffnung: dass du reumütig zurückkehren und zugeben würdest, dass du Zoff mit deiner Mutter gehabt hattest oder dass du durch den Wind warst, weil die Sache mit Leon zu Ende gegangen war, und einfach nur ein paar Tage abtauchen musstest.

Aber du bist nicht wieder aufgetaucht, nicht wahr? Bis jetzt.

Mike findet mich in der Küche vor, wo ich Müsli zum Frühstück esse. Er hat einen sauberen Pulli und Jeans angezogen.

»Du willst also wirklich, dass ich gehe?«, sagt er.

Ich schlucke das Müsli. »Es tut mir leid.«

»Du klingst nicht so, als würde es dir besonders leidtun.«

Ich hole tief Luft. »Ich habe dich nicht gebeten herzukommen.«

Er starrt mich gekränkt an. »Ich kann nicht glauben, wie kalt du sein kannst, Fran. Ich bin ganz deiner Meinung – diese Beziehung hat keine Zukunft. Wenn du irgendwann beschließen solltest, nach Hause zu kommen, werde ich nicht da sein.«

Ich senke den Blick. Als ich wieder aufsehe, ist er fort, die Tür knallt hinter ihm zu.

Du hast immer gesagt, dass ich meine Freunde schlecht behandeln würde, und du hattest recht. Ich wollte sie nicht mit Absicht verletzen. Meine Beziehungen fingen immer ganz gut an, bis die Typen sich in mich verliebten und in meinen Augen bedürftig und unattraktiv wurden. Mit Ausnahme von Christopher. Mein Exmann war absolut unabhängig und hatte es nie nötig – so wenig, dass er schließlich mit einer anderen Sex hatte.

Vielleicht wäre es mir mit Leon genauso ergangen, wenn er sich in mich verliebt hätte. Doch wie es aussieht, verachtet er mich, so viel ist seit gestern klar. Aber was ist mit deinem Bruder? Würde ich ihn letzten Endes ebenfalls schlecht behandeln, falls er meine Gefühle erwidern sollte? Du würdest wahrscheinlich Ja sagen und mich daran erinnern, wie ich ihn behandelt habe, als wir jünger waren. Ich bin nicht stolz darauf, Soph. Ich möchte gerne glauben, dass ich mich verändert habe; es ist nur so, dass ich noch nicht den richtigen Menschen gefunden habe, um mich infrage zu stellen. Vielleicht ist ja Daniel dieser Mensch.

Zumindest dachte ich, es könnte Daniel sein, bis mir gestern Abend einfällt. Ich bin sicher, dass er mit Leon unterwegs war. Könnte ich mich geirrt haben?

Ich muss raus aus dieser Wohnung, die immer noch nach Mike riecht. Ich werfe mir den Mantel über und wickle mir den Schal um den Hals. Als ich nach dem Türknauf greife, wappne ich mich, als würde ich mich mental auf einen Kampf vorbereiten. Wird dort unten wieder ein anonymer Brief oder eine unheimliche Gabe auf der Fußmatte liegen? Oder wirst du wieder am Ende der Einfahrt stehen und auf mich warten? Wer weiß, wem oder was ich mich heute stellen muss. Vorsichtig drehe ich den Knauf und schleiche mich auf Zehenspitzen zum Treppenabsatz. In dem Apartment unten wohnt nur Jean, aber nachdem ich mich gestern derart lächerlich gemacht habe, kann ich es unmöglich riskieren, ihr heute über den Weg zu laufen. Ich blinzle und versuche auszumachen, ob da etwas auf dem Fußabtreter liegt oder aus dem Briefkasten ragt. Als ich nichts entdecke, wird mir vor Erleichterung beinahe schwindlig. Ich vergewissere mich, dass ich die Tür ordentlich abgeschlossen habe, bevor ich leise die Treppe hinuntergehe und wie angewurzelt stehen bleibe, als ich Jean aus ihrer Tür treten sehe. Sie hat mir den Rücken zugewandt und beugt sich über den Fußabtreter.

Ich räuspere mich. Sie richtet sich auf und dreht sich in ihren Häschenpantoffeln zu mir um, eine zusammengerollte Zeitung in der Hand. An einem Ende prangt ein dunkler Fleck. »Guten Morgen, Francesca, meine Liebe. Ich habe mir nur kurz die Lokalzeitung geholt.« Sie wedelte übertrieben damit herum. Ist es nur meine Einbildung, oder blickt sie etwas verschlagen? »Jemand muss ein Abo haben, denn letzte Woche ist sie auch schon gekommen.« Sie schüttelt den Kopf. »Wer würde denn bitte sein Geld so zum Fenster hinausschmeißen? Trotzdem, das heißt, ich kann sie lesen. Ich weiß gern Bescheid, was hier passiert, auch wenn ich eigentlich dreißig Meilen entfernt lebe.« Sie kichert. Und dann bemerke ich etwas aus rosa Plastik in ihrer anderen Hand.

Ich laufe die restlichen Stufen hinab und bleibe vor ihr stehen. »Ist das … ein Schnuller?« Ich zeige auf ihre linke Hand.

Sie blickt mit gerunzelter Stirn auf ihre Handfläche, als frage sie sich, wie um alles in der Welt der dahin gelangt ist. »Ja.«

»Aber … Sie haben doch gesagt, dass bei Ihnen kein Baby wohnt.«

Sie blickt mich verwirrt an. »Tut es auch nicht … Ich habe ihn gefunden. Er lag auf dem Fußabtreter neben der Zeitung.«

Ich starre sie ungläubig an. Warum sollte jemand einen Schnuller durch den Briefschlitz werfen? Die Botschaften und die Hundemarken, das kann ich verstehen – sie hatten eine persönliche Bedeutung für mich ... für uns, Soph. Aber das? Das ergibt keinen Sinn. Außer Jean lügt, und sie hat wirklich ein Baby bei sich in der Wohnung. Aber warum sollte sie lügen?

»Wie auch immer, ich sollte los. Muss später noch den guten Graham im Krankenhaus besuchen.« Sie schließt die Finger um den Schnuller und schiebt ihn in die Tasche ihres Cardigans; dann, die Zeitung unter die Achsel geklemmt, kehrt sie in ihre Wohnung zurück und schließt entschlossen die Tür hinter sich.

Ich bin zu schockiert, um irgendetwas zu tun, und so bleibe ich einige Sekunden nur stehen und starre die Tür an, die sie mir eben vor der Nase zugeknallt hat. Ich muss hier raus.

Die Luft ist eisig, der kalte Wind peitscht mir ins Gesicht. Als ich gerade in meinen Wagen steigen will, bemerke ich, dass mein rechter Seitenspiegel zersplittert ist. Es sieht aus, als hätte jemand mit der Faust dagegengeschlagen – die Risse, die sich durch das Glas ziehen, erinnern an ein Spinnennetz. Mike? Nein, so etwas hätte er ganz sicher nicht getan. Aber er war so wütend, als er heute Morgen gegangen ist.

Vielleicht hat Mike recht, und ich sollte einfach nach Hause fahren. Aber was, wenn Daniel in meiner Abwesenheit herausfindet, was mit dir geschehen ist? Ich setze mich hinter das Lenkrad, drehe die Heizung auf und sehe zu, wie die Eisschicht auf der Windschutzscheibe sich langsam auflöst. Als sie vollständig geschmolzen ist, setze ich aus der Einfahrt zurück und erwarte schon, dich in meinem Rückspiegel zu erblicken. Doch plötzlich werde ich nach vorne geschleudert, als der Wagen mit einem grässlichen dumpfen Knall gegen etwas prallt.

O mein Gott. Bist du das?

Zitternd ziehe ich die Handbremse an und springe aus dem Wagen. Doch Gott sei Dank ist es nur eine Mülltonne. Hat jemand sie mir absichtlich in den Weg gestellt, oder habe ich sie nur übersehen? Mühsam zerre ich sie zur Seite, rolle sie über die Abfälle, die auf der Straße verstreut wurden. *BEAUFORT* steht auf einer Seite. Ich habe noch keinen Müll nach unten gebracht, was heißt, dass es der von Jean sein muss. War sie heute früh hier draußen und hat die Mülltonne verschoben? Ich klopfe meinen Mantel ab und steige vorsichtig über die leeren Eierkartons und Dosen hinweg, um in mein Auto zu gelangen.

Ich muss raus aus Oldcliffe, auch wenn es nur ein paar Stunden sind. Ich biege nach links, den holprigen Hügel hinunter, und dann auf die Küstenstraße. Der alte Pier liegt zu meiner Rechten, als ich die Stadt durchquere.

Sobald ich die letzten vereinzelten Häuser hinter mir lasse, habe ich endlich wieder das Gefühl, atmen zu können; die Spannung fällt von mir ab. Ich weiß nicht, wohin ich will, ich fahre einfach weiter, bis die Straße sich in eine zweispurige Landstraße verwandelt und schließlich in einem Kreisverkehr mit verschiedenen Abzweigungen mündet. Ich nehme die Ausfahrt auf die M5 nach Bristol.

Ich muss ein paar Stunden in einer richtigen Stadt verbringen, und Bristol ist die nächste.

Bei meinem letzten Besuch dort war ich mit dir zusammen, Soph. Wir nahmen immer den Zug, um dort shoppen zu gehen. In Oldcliffe gab es nie einen anständigen Klamottenladen, außer man war über fünfzig. Wir verbrachten Stunden damit, in Broadmead, dem Einkaufsviertel von Bristol, herumzuschlendern, und landeten zwangsläufig in der Park Street, damit wir dort zu Rival Records gehen konnten.

Ich schalte das Radio ein, und für einen Moment bin ich geschockt, als ich »Begging You« von den Stone Roses höre. Du hast diesen Song geliebt. Mein Blick huscht zum Radio, und ich runzle die Stirn. Warum ist es auf Radio 2 eingestellt, wenn ich doch immer Classic FM höre? Du würdest das nicht verstehen, du hast klassische Musik immer gehasst. Genauso wie ich damals. Heutzutage finde ich sie beruhigend. Aber dieser Song, Soph … er reißt mich geradewegs in die Vergangenheit zurück, sodass ich wieder mit dir im *Basement* stehe, auf der überfüllten Tanzfläche, und der Geruch nach Rauch, Schweiß und erhitzten Körpern in meine Nase dringt. Ich erinnere mich, wie ich mich damals fühlte: der Adrenalinstoß, der durch mich hindurchflutete, der Beat, der durch meinen Körper vibrierte, während wir selbstvergessen tanzten; der Alkohol, der uns alle Hemmungen vergessen ließ, die Arme in die Luft gestreckt; die Lichter, die durch den Nebel blitzten. Es ist alles so greifbar, dass ich wieder einundzwanzig bin. Ich kann nicht atmen. Mein Herz fängt an zu hämmern, und ich muss den Schal um meinen Hals lockern, bevor ich mich vorbeuge und das Radio ausschalte.

Das Zentrum von Bristol ist kaum wiederzuerkennen, seit wir das letzte Mal da waren. Ich biege mehrfach falsch ab, während ich versuche, den Wagen durch die neuen Straßen zu manövrieren. Die Straßen am Hippodrome sind jetzt Fußgängerzonen, am Flussufer sind Bars und Cafés aus dem Boden geschossen, und es gibt ein riesiges Einkaufszentrum namens Cabot Circus, das – du wirst es nicht glauben – einen Harvey Nics beherbergt. Oh, Soph, wir hätten es geliebt, da shoppen zu gehen. Obwohl ich bezweifle, dass wir damals in der Lage gewesen wären, uns viel zu leisten. Ich war nicht mehr hier seit dem Sommer, als du starbst. Du hattest gerade erst erfahren, dass du den Job als Lektoratsassistentin bekommen hast; du warst so aufgeregt und wolltest dir ein paar schicke neue Klamotten kaufen. Ich erinnere mich noch, wie eifersüchtig ich war, als du davon sprachst, nach London zu ziehen. Du wolltest mich zurücklassen, und ich schmollte, während wir durch Broadmead spazierten. Ich war dir zu Oasis und French Connection gefolgt und fühlte mich mit jedem Laden, den wir betraten, immer niedergeschlagener und verlassener. Es war im Kookaï, zwischen den Cargohosen und Spaghettiträgertops, als du dich schließlich umgedreht und gefragt hast, was los sei. Als ich endlich zugab, wie ich mich fühlte, hast du mich umarmt und mir gesagt, dass ich mehr als willkommen sei, mit dir nach London zu ziehen, dass wir uns eine Wohnung teilen könnten, dass es spaßig sein würde. Wir könnten zusammen aus Oldcliffe wegkommen. Wir hatten so große Pläne.

Aber zwei Wochen später warst du tot.

Das Café in der Park Street ist groß, modern, anonym. Und warm. Dem Radio zufolge haben wir gerade eine Kältewelle.

Ich setze mich an einen kleinen Fenstertisch mit Blick auf die geschäftige Einkaufsstraße. Die Leute eilen mit ihren übergroßen Einkaufstaschen vorbei, das Kinn hinter Schals versteckt und die Mützen tief in die Stirn gezogen.

Ich gehe meine E-Mails und Anrufe durch, als eine SMS von Daniel eintrifft: *Wo bist du? Ich war bei deiner Wohnung. Keine Antwort. D xx.*

Es ist witzig, wie wir im Laufe weniger Tage so vertraut miteinander geworden sind, dass wir unsere SMS mit Küsschen beenden. Vor Freitag hatte ich nicht einmal seine Nummer, geschweige denn eine Ahnung, wo er wohnte. Er hat mir erzählt, dass er sich meine Nummer von unserer Hotel-Website besorgt hat. Obwohl, wenn ich jetzt darüber nachdenke, hat er mich auf meinem persönlichen Handy angerufen. Aber natürlich ist Daniel Journalist – er hat seine Mittel und Wege, mit Leuten in Kontakt zu treten und Informationen zu beschaffen, die mir nicht zugänglich sind. Dein Bruder ist viel abgebrühter, als ich ihn in Erinnerung habe, und nur weil er mich Lady Frankie nennt und liebevoll von unserer Vergangenheit redet, sollte ich das nicht aus dem Blick verlieren.

Ich ignoriere seine SMS und wende mich wieder meinen

E-Mails zu. Doch ich werde von einem Anruf meiner Mutter unterbrochen.

»Hi«, sage ich leise, damit die anderen Gäste nicht zuhören können.

»Frankie. Ich versuche seit Tagen, dich zu erreichen …« Sie legt sofort los, ohne auch nur zu fragen, wie es mir geht. »Bist du immer noch in Oldcliffe?«

»Im Moment bin ich in Bristol, aber ja, ich bleibe noch ein paar Tage in Oldcliffe. Der Empfang ist nicht immer so gut und …«

»Wie auch immer«, fährt sie eilig fort, »ich dachte, es würde dich vielleicht interessieren, dass der Zustand deines Dads sich gebessert hat. Ist das nicht eine großartige Neuigkeit? Ich habe dir doch gesagt, dass er ein Überlebenskünstler ist, nicht wahr? Er wird das überstehen.«

»Ich freue mich so, das zu hören, Mum, wirklich. Aber es ändert nichts, nicht wahr? Er wird sich trotzdem der Gerichtsverhandlung stellen müssen, wenn es ihm besser geht.«

»Warum musst du das jetzt erwähnen? Er ist unschuldig. Das wissen wir alle. Ich gebe mein Bestes, alles zusammenzuhalten, Frankie, aber du musst dich ja unbedingt jetzt dreieinhalb Autostunden entfernt herumtreiben. Tja, das ist einfach nur selbstsüchtig, das ist es wirklich …«

Ich schließe die Augen und lausche ihrer Tirade, lasse die Worte über mich hinwegrauschen. Mittlerweile weiß ich, dass ich ihre Kritik nicht persönlich nehmen muss. Dass ihre Ängste und Depressionen sie reizbar und unbeherrscht machen. Natürlich macht sie sich Sorgen um Dad – ohne ihn wäre sie verloren. Sie stand stets an seiner Seite und hielt zu ihm, das muss ich ihr lassen. Sie fragt nicht nach dir, nicht einmal nach den Hotels – seit Dads Schlaganfall hat sie keinerlei Interesse mehr an ihnen gezeigt. Nachdem sie sich vor zwei Jahren teilweise in den Ruhestand zurückgezogen hatten, haben sie Kreuzfahrten und Urlaube an exotischen Orten genossen, die sie sich von den Profiten leisten konnten.

Du wärst überrascht, wie ehrgeizig ich heutzutage bin, Soph. Wie sich herausgestellt hat, macht es mir tatsächlich Spaß, ein Geschäft zu führen. Ich habe es nie als Familienersatz, als Sinn gebend für mein Leben betrachtet – bis jetzt. Als meine Ehe scheiterte, habe ich mich einfach treiben lassen, nicht konkret an die Zukunft gedacht, nur von einem Tag in den anderen gelebt, mich in meine Arbeit gestürzt und ab und an in eine unverbindliche Affäre. Jetzt weiß ich, dass ich nur ein halbes Leben gelebt habe, wartend, als hätte ich schon immer gewusst, dass ich irgendwann genau dort stehen würde, wo ich jetzt bin. Irgendwie war es unausweichlich.

»Egal, ich muss jetzt zu deinem Vater zurück. Ich dachte nur, du würdest es gerne wissen.«

»Ich hoffe, dass ich in ein paar Tagen zurück sein kann. Sag Dad, dass ich ihn liebe und …«

Sie legt auf, ohne sich zu verabschieden.

Ich bestelle noch einen Cappuccino und will gerade meinen Hotelmanager Stuart anrufen, damit er mich auf den neuesten Stand bringt, als mein Handy summt und Daniels Name auf dem Display aufleuchtet. Ich überlege, ihn zu ignorieren und ein bisschen länger schmoren zu lassen. Hoffentlich denkt er, dass ich nach London zurückgekehrt bin – und wenn, würde es ihn wirklich kümmern? Er will mich nur hier haben, um herauszufinden, was mit dir passiert ist. Aber bisher wissen wir nicht mehr als am Freitag. Nach dem sechsten Klingeln gebe ich nach und gehe ran.

»Frankie?« Er klingt angespannt.

»Ich dachte, du bist bei der Arbeit.«

»Bin ich auch«, sagt er, und wie aufs Stichwort klingelt ein Telefon im Hintergrund. Ich stelle mir den geschäftigen Redaktionsraum vor, obwohl ich ihn nur einmal gesehen habe, als wir noch an der Schule waren. Er muss sich seitdem verändert haben. »Wo bist du?«

»In einem Café. In Bristol.«

»Bristol? Warum?«

Ich seufze. »Ich musste aus Oldcliffe raus. Es ist so bedrückend.«

»Was ist so schlimm an Oldcliffe?«, entgegnet er, und in seiner Stimme schwingt Trotz mit.

Ich schweige; es hat keinen Sinn, mit ihm zu streiten. Was habe ich mir bloß dabei gedacht? Ich wäre nie glücklich damit, wieder in Oldcliffe-on-Sea zu leben, doch Daniel liebt diesen Ort. Und abgesehen davon hat er auch noch Mia. Das mit uns hätte nie geklappt.

»Alles okay mit dir, Franks?«

Ich verspüre einen Anflug von Ärger. Es ist alles seine Schuld. Ich habe ihm vertraut. »Nein, nichts ist okay«, zische ich in mein Handy. »Ich habe dich gestern Abend gesehen. Mit Leon.«

»Leon?« Er klingt verdutzt. »Ich war gestern Abend nicht mit Leon zusammen.«

Ich hole tief Luft und rühre energisch in meinem Cappuccino. »Ich habe dich gesehen, Daniel. Du hast direkt vor mir die Straße überquert. Und Mia war auch bei dir, auf dem Weg ins *Seagull*. Ich dachte, du hasst Leon. Was geht hier vor sich?«

»Ich hasse Leon. Ich würde ganz sicher nicht mit ihm trinken gehen. Ich war mit einem Typen von der Arbeit unterwegs, einem Redaktionsassistenten. Er ist neu in der Gegend. Ich hatte mich mit ihm auf ein Bier verabredet.«

Lügt Daniel mich an? »Wie heißt er?«

»Rob«, erwidert er, ohne auch nur zu zögern.

Könnte ich mich geirrt haben? Er sah wirklich wie Leon aus. Bilde ich ihn mir jetzt genauso ein, wie ich mir einbilde, dich zu sehen?

»Wie sieht Rob aus?«

Trotz des Lärms der Kaffeemaschine kann ich den Anflug von Gereiztheit in Daniels Stimme hören. »Ich weiß nicht … er ist groß. Dunkle Augen, dunkles lockiges Haar.«

Wie Leon?, will ich fragen, tue es jedoch nicht.

»Ich war auch nicht mit Mia unterwegs«, fügt er niedergeschlagen hinzu. »Wir haben uns gestritten. Das gestern war Trish, unsere Empfangsdame.« Ich kann die Worte hören, die er sich weigert zu sagen. Ich weiß, dass es in dem Streit um mich ging.

»Ich hasse Leon auch«, platzt es aus mir heraus. Die Demütigung ist noch ganz frisch, als mir wieder einfällt, wie abscheulich und gemein er gestern im Auto zu mir war. Ich erzähle Daniel von unserem Gespräch.

»Du hättest nicht alleine zu ihm fahren sollen«, sagt er, als ich geendet habe. »Wir wissen nicht, ob er für Sophies Tod verantwortlich ist. Er könnte ein Mörder sein, Frankie. Egal wie attraktiv du ihn offensichtlich findest.«

Ich verspüre einen kleinen triumphierenden Freudenschauer, als ich die eifersüchtige Note in seiner Stimme heraushöre. »Ich finde ihn nicht attraktiv. Nicht mehr«, sage ich. »Und du hast recht, ich glaube, dass er ihr etwas angetan hat. Leon muss etwas mit Sophies Verschwinden zu tun gehabt haben.«

Wie habe ich nur an Daniel zweifeln können? Er ist einer von den Guten – von Grund auf anständig, mit einem festen moralischen Kodex. Er mag an der Schule Ärger gemacht haben und trank ganz gerne, aber er war nie bösartig oder gemein. Ich erinnere mich, wie er sich weigerte, Spinnen zu töten, ungeachtet dessen, wie viel Angst wir alle vor ihnen hatten, und wie überfürsorglich er dir gegenüber war. Der Mann im Haus, immer für dich da. Ich war oft neidisch und wünschte mir, ich hätte ebenfalls einen Bruder, der auf mich aufpasst. Er hätte alles für einen getan. Er hätte auch für mich alles getan. Ich wünschte nur, ich hätte es vor achtzehn Jahren mehr schätzen können.

Am anderen Ende der Leitung ist es kurz still. Wenn da nicht die Hintergrundgeräusche der Redaktion wären – das Klingeln der Telefone, das leise Summen der Gespräche –, würde ich glauben, er hätte aufgelegt. Endlich sagt er: »Hör zu, jemand hat in der Redaktion angerufen und mit einem meiner Reporter gesprochen. Er hat keinen Namen hinterlassen, aber er hat uns den Tipp gegeben, uns mal mit Jez zu unterhalten.«

»Jez? Er wohnt immer noch in Oldcliffe?«

Ich habe seit Jahren nicht mehr an Jez gedacht. Alle Mädchen mochten ihn, hauptsächlich weil er DJ war, dabei war er eine Koksnase mit dem Hirn eines Schaukelpferds.

»Ja. Obwohl ich ihn nicht gesehen habe, seit ich zurück bin. Ich bin gar nicht auf den Gedanken gekommen, mit ihm über Sophie zu sprechen, aber er war in jener Nacht immerhin der DJ. Er hätte alles Mögliche bemerken können.«

Ich bekomme einen Hustenanfall und muss einen Schluck Kaffee trinken, der mittlerweile nur noch lauwarm ist. Mein Hals ist rau. Ich hoffe, ich habe mir nichts eingefangen. Die Tage in dem eiskalten Apartment sind meiner Gesundheit nicht gerade zuträglich.

Daniel klingt ernst, als er fortfährt. »Der Anrufer hat eine Nachricht hinterlassen und gemeint, wir sollten uns um vierzehn Uhr mit Jez am Schlachthof treffen.« Bei seinen nächsten Worten bricht mir der kalte Schweiß aus. »Er sagt, er habe wichtige Informationen zu jener Nacht. Und wenn wir uns nicht mit ihm treffen, will er damit direkt zur Polizei gehen.«

# 25

## Sophie

*Montag, 4. August 1997*

Den Rest des gestrigen Tages habe ich versucht, Alistair aus dem Weg zu gehen. Ich hing eine Viertelstunde länger in Zimmer elf herum, bis meine Schicht zu Ende war. Als ich runterging, waren glücklicherweise nur Frankie und ihre Mutter im Speiseraum und räumten die Frühstückssachen ab. Frankie hielt einen Stapel fettiger Teller in den Armen, und ein Streifen Speckschwarte hing labbrig von einem Tellerrand. Von dem Anblick wurde mir übel.

»Wo warst du so lange, Sophie?«, fragte Maria.

Ich starrte sie sprachlos an. Ihr attraktives Gesicht war gerötet, ein paar dunkle Locken stahlen sich aus ihrem Haarband. Obwohl sie in England lebt, seit sie Anfang zwanzig ist, hat sie immer noch einen leichten italienischen Akzent. Ich konnte spüren, wie mein Gesicht ganz heiß wurde, und schämte mich, sie überhaupt nur anzusehen. Ich hatte ihren Ehemann geküsst, und er hatte versucht, mich wieder zu küssen, hatte mir seine Liebe gestanden. Das war alles so schrecklich falsch.

»Ich fühle mich nicht besonders, Mrs. Howe …« Sie blieb immer Mrs. Howe für mich – ich spürte, dass es ihr so lieber war. Alistair hatte immer darauf bestanden, dass ich ihn mit seinem Vornamen ansprach. Er war der Meinung,

»Mr. Howe« würde ihn so alt klingen lassen. Wie sein eigener Vater. Jetzt wird mir klar, dass er wollte, dass ich ihn als jugendlichen, modernen Mann betrachtete. Nicht als Vater. Und ganz besonders nicht als den Vater meiner besten Freundin.

»Was ist los mit dir?«, bellte sie. Mrs. Howe ist keine besonders mütterliche Frau. Sie liebt Frankie innig, auch wenn Frankie das nicht immer sehen kann. Sie ist der Meinung, ihre Mutter würde sie immer nur heruntermachen, aber ich glaube, sie will nur das Beste für ihre Tochter. Doch sie ist keine Kuschel-Mum – sie ist sachlich und streng. Nicht so wie meine Mum. Die arbeitet von morgens bis abends, aber wenn sie zu Hause ist, macht sie nichts lieber, als sich mit Daniel und mir aufs Sofa zu kuscheln und fernzusehen.

»Mir ist schlecht«, antwortete ich wahrheitsgemäß. »Und meine Schicht ist sowieso fast zu Ende.«

»Dann solltest du jetzt besser gehen«, sagte sie mit einem abschätzigen Naserümpfen, wandte sich von mir ab und scheuchte Frankie in die Küche. »Bis morgen.«

Frankie warf mir über die Schulter ihrer Mutter hinweg einen besorgten Blick zu, aber ich konnte ihr nicht in die Augen sehen. Ich hatte sie betrogen. Ich hatte sie beide betrogen.

Ich huschte, so schnell ich konnte, durch den Speiseraum in den Flur – den Kopf gesenkt, das Kinn beinahe auf der Brust, als versuchte ich, zu verschwinden – und hoffte inständig, Alistair nicht über den Weg zu laufen. Aber er stand schon am Ausgang und blockierte die Tür. Ich wollte ihn anschreien. Aber Maria war womöglich in Hörweite.

»Was hast du ihnen gesagt?« Seine grünen Augen betrachteten mich abschätzend. Sie waren kalt, anklagend.

»Ich habe Maria erzählt …«, ich blickte auf, um ihm in die Augen zu sehen, »ich habe *Mrs. Howe* gesagt, dass es mir nicht gut geht. Meine Schicht ist sowieso beinahe vorbei.«

»Du wirst doch niemandem was erzählen, oder?« Er ließ den Kopf hängen.

»Natürlich nicht«, erwiderte ich und senkte meine Stimme. »Aber du musst verstehen, dass das ein Fehler war.«

»Ich weiß, es tut mir leid.«

Ich spürte eine Woge der Erleichterung. Es war ein Moment der Verwirrung gewesen, für uns beide. Ein dummer Kuss, das ist alles. Nichts passiert.

Er machte einen Schritt auf mich zu. Ich konnte den Moschusduft seines Aftershaves riechen, den schwachen Hauch von Kaffee in seinem Atem. Er muss gespürt haben, dass ich ihm gegenüber weich wurde, denn er streckte die Hand aus und berührte mein Haar. »Oh, Soph«, sagte er, und seine Stimme war voller … was? Verlangen? Reue?

»Alistair«, flehte ich. »Ich muss nach Hause gehen.«

»Lass mich dich begleiten.« Er zog seine Hand zurück.

»Das geht nicht.« Ich wollte von ihm weg.

»Du fühlst dich nicht gut … Ich will nur, dass du wohlbehalten heimkommst. Was ist daran falsch? Ich kann dich fahren. Das ist vollkommen harmlos.«

»Es sind nur zehn Minuten zu Fuß.« Ich fühlte mich den Tränen nahe. »Ich kann laufen.« Die beflockten Tapeten im Flur schienen näher zu rücken. Es roch muffig, die Überreste von Spiegelei und Bacon hingen immer noch deutlich in der Luft.

»Ich lasse dich nicht nach Hause laufen«, sagte er, das Kinn entschlossen vorgeschoben. Ich hatte diesen Ausdruck schon zuvor gesehen, eine Härte um seine Mundwinkel, in seiner Kinnpartie. Ich erinnere mich, sie in der Nacht von Jasons Tod gesehen zu haben, als er uns davon überzeugte, dass wir nicht zur Polizei gehen konnten. »Ich lasse dich hier nicht raus, bis du sagst, dass ich dich nach Hause fahren darf. Ich werde auch nichts tun, Sophie.«

Ich fragte mich, ob ich schreien sollte. Maria und Frankie würden sicher herbeirennen. Ich konnte mir ihre Gesichter vorstellen – die Augen geweitet, den Mund aufgerissen, starr vor Entsetzen. Aber was dann? Was sollte ich ihnen sagen? Dass Alistair oben im Zimmer versucht hatte, mich zu küssen? Dass er glaubte, in mich verliebt zu sein? Dass er mich schon einmal geküsst hatte und ich es zugelassen habe? Würden sie mich beschuldigen, ihm den Kopf verdreht zu haben? Ich stellte mir die Kränkung in Frankies Augen vor, in denen ihrer Mutter. Ihre Eltern würden sich womöglich scheiden lassen – und das alles wegen mir.

»Alistair«, versuchte ich eine andere Taktik, »es würde doch komisch aussehen, wenn du mich fährst. Was würde Mrs. Howe sagen?«

Er wischte den Einwand verächtlich beiseite. »Blödsinn. Maria würde wollen, dass ich dich nach Hause bringe. Es würde seltsam aussehen, wenn ich es nicht täte. Du bist krank. Du siehst wirklich bleich aus.«

Ich hatte das Gefühl, keine andere Wahl zu haben. Ich

wollte verzweifelt weg. Also ließ ich mich von ihm zu seinem Auto führen, das gegenüber vom Hotel Richtung Strand parkte. Er hatte seinen Arm bei mir untergehakt und zwang mich, ganz dicht an seinem Körper zu gehen, sodass sich unsere Hüften berührten. Leute liefen an uns vorbei, lachend und gut gelaunt. Familien im Urlaub. Pärchen, die das schöne Wetter genossen. Wenn irgendjemand Unbekanntes uns gesehen hätte, hätte er uns für Vater und Tochter halten können. Er blieb vor seinem schwarzen BMW stehen.

»Steig ein«, sagte er, als wir die Beifahrerseite erreichten. Er lächelte mich freundlich an, aber das Lächeln reichte nicht bis zu seinen Augen. Ich überlegte einen Moment wegzurennen. Jede Faser meines Körpers sträubte sich dagegen, in seinen Wagen zu steigen.

Er setzte zurück und lenkte das Auto Richtung Birds Estate, dem Viertel, in dem ich wohne. Der Verkehr war träge, die Fahrzeuge stauten sich, um in die Stadt und aus ihr heraus zu gelangen; ständig liefen Leute vor die Autos, um die Straße zum Strand zu überqueren, und schleiften ihre riesigen Taschen mit sich, die prall gefüllt waren mit Handtüchern und Sonnencreme, Eimerchen und Schaufeln. Der Himmel war babyblau und von zarten Wolkenschleiern überzogen. Alle sahen glücklich aus, gelöst, nur mein Körper war starr vor Anspannung.

Am Anfang redete Alistair nicht mit mir. Seine Augen waren auf die Straße gerichtet, sein Fuß wechselte zwischen Bremse und Gaspedal hin und her. Er fluchte jedes Mal leise, wenn sich wieder jemand vor seinem Auto hindurchschlängelte. »Gottverfluchte Touristen«, stieß er immer wieder hervor. »Verstopfen die ganze Stadt.«

»Zu Fuß wäre ich genauso schnell gewesen«, bemerkte ich. Die Klimaanlage lief; ich spürte, wie die kühle Luft über meine nackten Zehen in den Flipflops strich und eine Gänsehaut meine Arme überzog. Ein süßlich riechender Lufterfrischer in Form einer Ampel hing vom Rückspiegel, und der Geruch verschlimmerte meine Übelkeit.

»Ich mache mir Sorgen um dich«, sagte er. Und dann streckte er den Arm aus und legte seine Hand auf mein Knie.

Ich schlug sie weg. »Hör auf!«

Sein Mund war zu einem dünnen Strich gepresst. »Es tut mir leid, das wollte ich nicht. Aber komm schon, Soph. Du belügst dich doch selbst, wenn du behauptest, dass du nichts für mich empfindest. Du sitzt doch jetzt hier, oder nicht?«

»Weil ich keine andere Wahl hatte.« Warum kapierte er es nicht? Mein Magen verkrampfte sich vor Wut, meine nackten Beine klebten an dem Ledersitz.

»Oh, aber wir haben doch immer eine Wahl«, entgegnete er mit einem Lachen. Es hatte einen boshaften Unterton und hallte im Wageninneren nach, sodass die Atmosphäre zwischen uns sich schlagartig veränderte und düster und bedrohlich wurde. »Ich weiß, was du für mich empfindest«, sagte er, »und ich werde keine Ruhe geben, bis du es zugibst.«

Ich funkelte ihn an, und heißer Zorn loderte in meiner Brust auf. Wie konnte er es wagen! »Was dann? Dann gehen wir und erzählen es Maria? Und Frankie? Und du verlässt sie für mich? Wir gehen weg und ziehen zusammen? Was zum Teufel glaubst du denn, das passieren wird?«

Er riss schockiert die Augen auf. Ich war von meinem Ausbruch ja selbst schockiert. Normalerweise gebe ich mir Mühe, den Rat meiner Mutter zu befolgen und zu denken, bevor ich spreche. Doch die Wut hatte mich überwältigt, und die Worte waren ganz von selbst herausgekommen.

»Ich will meine Familie nicht verlassen«, sagte er. »Ich liebe sie.«

Ich atmete erleichtert aus. »Gut. Dann kannst du ja jetzt verstehen, worauf ich hinauswill.«

Doch seine nächsten Worte jagten einen eisigen Schauer über meinen Rücken. »Nein. Dich liebe ich auch.«

Ich konnte nicht glauben, was ich da hörte. »Und was nun? Willst du mich als deine Geliebte halten, ist es das?«

Er schüttelte den Kopf. »Bei dir klingt es so schmutzig. Ich kann nichts gegen meine Gefühle tun.«

»Aber …«, entgegnete ich verzweifelt. »Alistair, wir haben uns geküsst. Ein Mal. Es war ein Fehler. Du bist der Vater meiner besten Freundin. Ich kenne dich seit einer Ewigkeit. Aber jetzt benimmst du dich, als wärst du …«

»Als wäre ich was?«

»Als wärst du verrückt.«

»Zwischen uns war schon immer was … wir haben es nur nicht gemerkt. Bis jetzt.«

Ich wollte heulen vor Verzweiflung und Wut. Was konnte ich denn noch sagen, um ihm klarzumachen, dass er sich wie ein verblendeter Narr aufführte? Ein Mann lief vors

Auto und zwang Alistair, abrupt auf die Bremse zu treten. Der Verkehr vor uns war immer noch zäh. Ich fand den Türgriff, und meine Finger tasteten rasch nach dem Riegel. Erleichterung durchströmte mich, als ich merkte, dass er sie nicht verriegelt hatte. Bevor Alistair begreifen konnte, was ich da tat, stieß ich die Tür auf.

»Ich habe kein Interesse, kapier das endlich«, zischte ich und sprang hinaus. Der Wagen vor uns rollte weiter. Wenn er sein Auto nicht mitten auf der Straße stehen lassen wollte, musste er sitzen bleiben. »Lass mich in Zukunft in Frieden!« Dann knallte ich die Autotür vor seinem verdutzten Gesicht zu und rannte über die Promenade runter zum Strand, in dem sicheren Wissen, dass er mir nicht folgen konnte.

Heute habe ich mich am Telefon krankgemeldet und behauptet, ich hätte eine Magen-Darm-Grippe. Ich kann weder ihm gegenübertreten noch Frankie oder Maria. Ich muss Alistair aus dem Weg gehen, bis er wieder zu Verstand kommt.

# 26

# Frankie

Ich ziehe den Schal bis über meinen Mund, um mich vor der schneidenden Kälte zu schützen, die mir bis in die Knochen dringt. Wenn ich ausatme, blüht die Luft in einer Wolke vor meinem Gesicht auf, als würde ich rauchen. Erinnerst du dich noch, als wir im Winter in der Schule waren? Wir atmeten aus, die Finger an unsere Lippen gepresst, und taten so, als rauchten wir eine Zigarette. Wir versuchten immer so verzweifelt, erwachsen zu erscheinen, dabei konnten wir niemanden zum Narren halten.

Der Frost knirscht unter meinen Sohlen, und ich fühle mich unsicher auf dem eisbedeckten, unebenen Boden. Jedes Geräusch, das ich mache, ist auf dem verlassenen Parkplatz überdeutlich zu hören. Wo ist Daniel? Er hat gesagt, er wolle sich um vierzehn Uhr hier mit mir treffen. Ich schaue auf meine Uhr. Es ist fast Viertel nach. Er müsste eigentlich schon da sein.

Dieser Ort macht mir Angst, noch mehr als der alte Pier – es ist das mit Büschen und Gestrüpp überzogene Geländer, das als Parkplatz dient, die abbröckelnde Eisenbahnbrücke, über die früher die Dampfbahn in die nächste Stadt fuhr, der hässliche 50er-Jahre-Bau, der das örtliche Schlachthaus beherbergt. Touristen würden diesen Ort, der geschickt am Stadtrand, am Ende einer Sackgasse verborgen ist, nie finden. Sogar ich hatte ihn ganz vergessen, bis Daniel mich daran erinnerte. Jez und ich sind früher ein paarmal hergekommen, um in seinem aufgemotzten Ford Fiesta mit den dunkel getönten Fensterscheiben herumzumachen. Schaudernd saßen wir da und stellten uns vor, wie es wäre, im Schlachthaus zu arbeiten – all diese schreienden Schweine. Er wollte mal ein berühmter DJ werden, der das begeisterte Publikum auf einem sonnenverwöhnten Strand von Ibiza zu Begeisterungsstürmen hinriss. Ich wette, er hat nie geglaubt, dass er mal hier landen würde. Das Schlachthaus ragt vor mir auf, solide und wuchtig, die cremefarbenen Mauern mit schwarzen Schmutzstreifen überzogen. Es wirkt düster und bedrohlich, als wären all das Blut, all die Gedärme und das Grauen über die Jahre in seine Mauern gesickert, als wäre es für immer vom Tod gezeichnet.

Ich zögere, da ich nicht weiß, was ich tun soll. Soll ich mich in die Sicherheit meines Range Rovers zurückziehen oder hier warten, in der beißenden Kälte, für alle sichtbar? Gerade als ich zu meinem Wagen zurückkehren will, höre ich ein Rasseln, als die schweren Metalltüren zurückgezogen werden und eine Gestalt auftaucht. Ich bin zu weit weg, um zu erkennen, ob es Jez ist. Der Mann ist dünn, nicht besonders groß, eine graue Mütze bedeckt seinen Kopf und versteckt jegliches Haar. Er steht mit dem Rücken zu mir und braucht eine Weile, um die Metalltüren wieder zuzuziehen und das Schloss zu befestigen. Als er fertig ist, schultert er seinen Rucksack und kommt auf mich zu. Während er näher kommt, erkenne ich sein einst so hübsches Gesicht, seine kühnen haselnussbraunen Augen. Er ist dramatisch gealtert, seine Wangen sind eingefallen, sein Gesicht ist von tiefen Falten durchzogen, sodass er um einiges älter aussieht als seine einundvierzig Jahre. Ich erinnere mich an die Gerüchte über harte Drogen, die in der Stadt die Runde gemacht hatten, und an Jez' Alkoholsucht. Er runzelt die Stirn, als er auf mich zukommt, und instinktiv weiche ich zurück, plötzlich voller Angst vor diesem Mann, diesem älteren Jez. Er wirkt heute viel irdischer, gewöhnlicher, und ich weiß, dass es zu erwarten war, aber es ist trotzdem ein Schock. Er hat etwas Hartes an sich, das vor achtzehn Jahren nicht da war. Er bleibt vor mir stehen und nimmt einen scharfen Atemzug.

»Du bist es«, sagt er mit starrem Blick. Ich sehe mich mit seinen Augen: mit meinem teuren roten Wollmantel, der schwarzen Jeans, den hochhackigen Stiefeln. »Du hast dein Haar abgeschnitten«, fügt er hinzu, und ich berühre es unsicher. Es reicht mir nur noch bis knapp über die Schultern, nicht mehr bis über meinen Rücken. »Ich habe gehört, dass du mit Daniel Collier durch die Stadt rennst und alle mit deinen Fragen über die Vergangenheit nervst.« Er schnieft und wischt sich die Nase mit dem Handrücken ab. Ich konzentriere mich darauf, eine gelassene Miene zu bewahren. »Was kümmert es dich? Sie ist doch tot, oder nicht?«

Es schockiert mich immer noch, wenn Leute dich als tot bezeichnen. Ich will nicht hier sein, ohne Daniel, allein auf diesem gottverlassenen Parkplatz mitten im Nirgendwo, mit einem Mann, den ich kaum noch wiedererkenne.

»Er sucht nach Antworten …«, sage ich schließlich.

»Pah! Ich weiß nicht, warum, aber er hält mich für dumm,

das ist das Problem. Aber das bin ich nicht.« Er starrt mich an, als wolle er mich herausfordern, es zu bestreiten.

»Das weiß ich, Jez. Hast du heute in seiner Redaktion angerufen?«

»Es ist nicht *seine* Redaktion«, spuckt er aus. »Er kommt einfach hierher zurück und macht einen auf piekfeiner Herr, jetzt wo er ein bisschen Kohle und einen guten Job hat. Ich kenne ihn seit Ewigkeiten, wir sind zusammen zur Schule gegangen. Früher war er einer von uns.«

»Er ist immer noch einer von euch«, entgegne ich. »Siehst du das denn nicht? Er liebt diese Stadt.« Gott weiß warum, denn ich tue es bestimmt nicht, möchte ich hinzufügen.

Er schnaubt höhnisch, und sein Speichel spritzt bis auf meine Wange. »Hör schon auf. Tut er nicht. Er ist doch eben erst zurückgekehrt und wühlt schon im Dreck. Aber niemand fragt, was *er* in jener Nacht getan hat.«

Meine Kopfhaut beginnt zu prickeln. »Wovon redest du?«

Er blickt sich um, als erwarte er, Daniel auftauchen zu sehen, obwohl der Platz menschenleer ist.

Er senkt die Stimme. »Ich habe ihn in der Nacht damals gesehen.«

Ich zucke die Achseln. »Ja und? Er hat gesagt, dass er in der Nacht da war. Ich habe ihn auch gesehen. So wie dich und Helen und Leon. Wir waren alle im *Basement*.«

Er stößt einen Laut aus seiner Kehle, eine Mischung aus Knurren und Lachen. »Viel später, als ich auf dem Nachhauseweg war. Ich habe ihn gesehen. Mit Sophie. Sie standen am Eingang zum alten Pier. Sie haben sich gestritten.

Sie hat ihn angeschrien. Dann habe ich gesehen, wie er sie geschubst hat. Ich habe ihnen etwas zugerufen, gefragt, ob alles okay sei, aber sie haben mich ignoriert. Haben mich wahrscheinlich nicht gehört. Auf jeden Fall war ich besoffen, war eine lange Nacht. Also bin ich weitergelaufen. Habe mir nicht viel dabei gedacht, sind ja Geschwister. Wer streitet sich denn nicht ab und zu mit seiner Schwester?«

Kälte überfällt mich. »Hast du das irgendwem erzählt? Du weißt schon, damals? Der Polizei …?«

Er zuckt mit den Schultern. »Natürlich nicht. Ich wollte ja nicht einen alten Kumpel in Schwierigkeiten bringen. Außerdem dachte ich nicht, dass er es getan hat. Ich ging davon aus, dass sie danach einen Unfall hatte. Ich hatte es ganz vergessen, bis er hier wieder aufgetaucht ist und angefangen hat herumzuschnüffeln.«

Ich runzle die Stirn. »Ich glaube nicht, dass Daniel Sophie etwas getan hätte. Nie im Leben. Und wenn, warum sollte er dann herkommen und Fragen stellen und versuchen herauszufinden, was mit ihr passiert ist? Das macht doch keinen Sinn.«

Er zuckt die Achseln. »Ist doch klar, oder? Um alle auf die falsche Fährte zu locken. Um sicherzugehen, dass die Wahrheit nie ans Tageslicht kommt.«

Ich lache. Es klingt gezwungen und schrill und verpufft sofort in der kalten Luft des Nachmittags. »Das ist doch lächerlich.« Dann kommt mir ein anderer Gedanke. »Glaubst du nicht, dass du damals vielleicht Leon gesehen hast? Nicht Daniel? Aus der Entfernung ist es schwer, sie auseinanderzuhalten. Sie sind beide groß und haben dunkles Haar. Nachts wäre es doch bestimmt schwierig gewesen, zu erkennen, wer es war, oder?«

Er zuckt abermals die Achseln, als würde ihn das Gespräch plötzlich langweilen. »Ich weiß nicht. Aber ich habe es der Polizei jetzt sowieso schon gesagt. Daniel ist kein Kumpel mehr.«

Ich zerre den Schal von meinem Hals, ich habe das Gefühl zu ersticken. Ich bekomme keine Luft. »Ich vertraue Daniel bedingungslos«, sage ich entschieden, obwohl das nicht mehr so ganz stimmt. »Er hätte Sophie nie etwas angetan«, wiederhole ich. Ich starre Jez voller Abscheu an und frage mich, wie ich je auch nur hatte daran denken können, ihn zu küssen, diesen jämmerlichen Kerl mit seinen grotesken Anschuldigungen. Und nun, da er es der Polizei erzählt hat, werden sie Daniel verhören. Er hat schon genug durchmachen müssen; ich weiß nicht, was es mit ihm anrichten würde, wenn er erfahren müsste, dass er ein Verdächtiger ist.

*Ein Verdächtiger.* Es ist nicht wahr. Wir beide wissen das, nicht wahr, Sophie? Dein Bruder hätte dir nie etwas angetan. Er konnte keiner Fliege etwas zuleide tun.

»Warst du das? Hast du in der Redaktion angerufen und dich als anonymer Zeuge ausgegeben und Daniel dazu genötigt herzukommen, um mit dir zu sprechen? Was wolltest du ihm antun, Jez? Ihn herlocken, nur damit du ihn mit deinen Anschuldigungen verhöhnen kannst? Wärst du dann weniger eifersüchtig auf ihn? Würdest du dich dann mehr wie ein Mann fühlen?«

Er funkelt mich wütend an, der Abscheu steht ihm ins

Gesicht geschrieben. »Es ist wahr, was man über dich sagt, Frankie. Du bist eiskalt. Du und Daniel, ihr verdient euch gegenseitig. Ihr seid doch genau gleich.«

»Warum, weil wir Ansprüche und Ziele haben? Weil wir im Leben vorankommen wollen? Was soll daran falsch sein?« Ich bin so wütend, dass ich vergesse, Angst zu haben.

Er zieht die Mütze tiefer in die Stirn, sodass seine Augenbrauen nach unten gedrückt werden und ihm einen finsteren, bedrohlichen Ausdruck verleihen. Er seufzt, und ich kann sehen, dass er eigentlich nicht wütend auf mich ist. Er ist nur sauer, wie sein eigenes Leben verlaufen ist. »Es ist nichts falsch daran«, gesteht er ein, und seine Schultern sacken herab.

Er sieht klein und verletzlich aus, sodass ich ihn umarmen möchte. Ach, könntest du ihn nur sehen, Soph. Wenn du nur sehen könntest, wie anders er aussieht – schwer gezeichnet von Jahren des Trinkens, der Drogen und der Enttäuschungen.

»Es tut mir leid, Frankie«, sagt er und überrascht mich damit. Seine Stimme ist nun sanfter, als wären alle Bitterkeit, all der Groll aus ihm gewichen. Ich strecke den Arm aus und berühre seine schwielige Hand. »Ich wollte das alles nicht sagen. Du hattest schon immer recht, weißt du das? Ich habe dich gemocht.«

Ich lächle und fühle mich auf einmal schüchtern, erinnere mich an unser betrunkenes Gefummel auf dem Rücksitz seines Autos. »Ich habe dich auch gemocht.«

Er reibt sich über seinen Bartschatten. Ich bemerke seine violett unterlaufenen Augen, die eingefallenen Wangen.

»Ich habe mein Leben versaut. Aber ich komme langsam wieder auf die Beine. Weißt du, ich wünschte echt, ich könnte die Zeit zurückdrehen.«

Er könnte es nicht verstehen, so wie er mich jetzt vor sich sieht – er muss denken, ich hätte es geschafft, mit meinem teuren Wagen und den schicken Klamotten –, aber im Grunde sind wir nicht so verschieden. Ich verstehe *ganz genau*, wie er sich fühlt.

Als ich in die Einfahrt biege, wird der Himmel schon dunkler, obwohl es gerade erst kurz nach drei ist. Seit ich Jez verlassen habe, habe ich mein Handy unzählige Male gecheckt, doch immer noch keine Nachricht von Daniel. Ich erwarte beinahe, ihn vor dem Ferienhaus warten zu sehen, aber dort ist niemand. Ich schließe auf und trete in den Hausflur. Jez hat ganz sicher nicht Daniel gesehen in der Nacht, als du verschwunden bist – er muss sich geirrt haben. Daniel hat mir selbst gesagt, dass er dich an jenem Abend nach halb zwölf nicht mehr gesehen hat, dass du dich »einfach in Luft aufgelöst« hättest. Hat Jez sich das nur ausgedacht, um Ärger zu machen, und bereut es nun?

Diese Stadt zehrt all meine Energie auf. Plötzlich kommt mir ein paranoider Gedanke: Ist Daniel vorhin vielleicht deshalb nicht gekommen ist, weil er bereits verhaftet wurde? Ich lehne mich gegen die Tür, meine Augen gewöhnen sich langsam an den dunklen Flur. Nur noch vier Tage, bis ich nach Hause fahren, bis ich dich wieder in einen entfernten Winkel meines Kopfes verdrängen kann, von wo aus du nur ab und an wieder nach vorne trittst – wenn ich ein

Lied im Radio höre, das du geliebt hast, oder ein blondes, schlaksiges Mädchen sehe, das vor mir herläuft. Ich denke an dich, versteh mich nicht falsch, aber nicht jeden Tag. Nicht auf diese obsessive Art und Weise, wie ich an dich denke, seit ich nach Oldcliffe zurückgekehrt bin.

Ich steige langsam die Treppe hoch. Ich habe Visionen von Daniel in einem Vernehmungsraum, wo er von zwei Polizisten verhört wird – sie halten Styroporbecher mit bitterem Kaffee in der Hand; einer gibt sich nett, um Informationen aus ihm herauszukitzeln, der andere ist unerbittlich und holt zum letzten Schlag aus, bereit, ihn zu brechen. Ich habe definitiv zu viele Krimis gesehen.

Als ich mein Stockwerk erreiche, höre ich ein lautes Geräusch aus dem Apartment gegenüber … das Apartment, das angeblich leer sein soll. Ich lausche angespannt vor der Tür. Vielleicht hat es jemand für ein paar Tage gemietet. Es ist zwar keine Saison, aber manchmal passiert es – wie bei Jean. Oder mir. Ich horche noch eine Weile, spitze meine Ohren, wobei ich mir nicht ganz sicher bin, was ich erwarte zu hören. Gerade als ich den Flur zu meiner Wohnung überqueren will, durchbricht ein weiteres lautes Geräusch die Stille und lässt mich zusammenzucken. Was wenn jemand eingebrochen ist? Ich wühle in meiner Tasche und hole das Handy heraus, mein Finger schwebt schon über der Neun, bereit, den Notruf zu wählen. Aber ich kann die Polizei nicht alarmieren – was soll ich ihnen denn sagen?

Mit dem Telefon in der Hand klopfe ich an die Tür und wappne mich innerlich. »Hallo?«, rufe ich und neige den Kopf näher zur Tür. »Ist da jemand?«

Es herrscht vollkommene Stille. Ich klopfe wieder, diesmal lauter, und durch die Kraft meiner Knöchel öffnet sich die quietschende Tür einen Spaltbreit. Mir wird klar, dass sie nur zugezogen war. Vielleicht treffen heute Gäste ein. Vielleicht wurde das Apartment von Montag bis Freitag vermietet. Ich stoße gegen die Tür, und sie schwingt weiter auf, eröffnet den Blick auf eine Diele, die ganz genauso aussieht wie meine: poliertes Eichenholz, verspielte Zierleisten, hohe Decken. Wieder rufe ich »Hallo«, aber es kommt immer noch keine Antwort, und ich trete vorsichtig über die Schwelle. »Ist da jemand?«, frage ich noch einmal und fühle mich albern.

Sie kommt aus dem Nichts. Ein hohes Kreischen, und ein orange-rotes Ding schießt auf mich zu, mit verwahrlostem Fell und spitzen Zähnen. Ich stolpere schockiert zurück, als die Katze an mir vorbei und in den Flur rennt. Ich zittere am ganzen Körper, mein Herz schlägt so schnell, dass ich den Puls in meinen Ohren hören kann. Sie muss hier drin eingesperrt gewesen sein, obwohl ich mir ziemlich sicher bin, dass Haustiere in diesen Apartments nicht erlaubt sind.

Ich fasse mich wieder und schleiche weiter ins Wohnzimmer. Ein Windstoß streift meine Wange. Das Schiebefenster steht offen und lässt Böen kalter Februarluft herein. Ich nehme den Raum kaum wahr, da mein Blick auf eine Glasvase neben einem Beistelltisch gerichtet ist – die eine Hälfte noch intakt, die andere in tausend Stücke zersprungen, die Scherben glitzern auf dem dunklen Holzfußboden. Das muss der Knall gewesen sein, den ich gehört habe. Die Katze muss irgendwie durch das Fenster gelangt sein, obwohl ich keine Ahnung habe, wie, zumal wir uns im ersten Stock befinden.

Ein kurzer Blick durchs Zimmer verrät mir, dass keinerlei persönliche Habseligkeiten herumliegen – ich bezweifle, dass jemand hier wohnt. Ich gehe weiter zum Schlafzimmer; das Bett ist ordentlich gemacht, und ein kurzer Blick in den Schrank bestätigt meine Vermutung. Es hängt keine Kleidung an der Stange. Vielleicht war die Reinigungskraft hier und hat vergessen, das Fenster zu schließen und die Wohnung abzusperren, nachdem sie fertig war.

Ich kehre in das Wohnzimmer zurück und überlege, was ich mit der zerbrochenen Vase tun soll. Ich bücke mich, um eine Scherbe hochzuheben, lasse sie jedoch gleich wieder erschrocken fallen, als sie sich in meine Fingerspitze bohrt. Ein roter Tropfen quillt hervor, und ich stecke den Finger in den Mund, um die Blutung zu stoppen. Als ich vorsichtig über die Glasscherben hinwegtrete, um das Fenster zu schließen, bemerke ich den Computer. Der Bildschirm ist schwarz. Ein Drucker ist daran angeschlossen, sein grünes Licht blinkt im dämmrigen Licht. Ich runzle die Stirn, als ich einen vertrauten braunen A4-Umschlag sehe, der daneben liegt. Ich hebe ihn auf, wobei ich einen Blutfleck in einer Ecke hinterlasse, und keuche entsetzt auf: Der Umschlag ist an mich adressiert.

# 27

## Sophie

*Montag, 11. August 1997*

Die Sache mit Alistair gerät außer Kontrolle. Ich weiß nicht, was ich tun soll.

Es ist eine Woche her, seit ich wie eine erschrockene Katze aus seinem Wagen gesprungen bin, und ich habe mein Bestes getan, ihm aus dem Weg zu gehen, indem ich mich im Hotel krankgemeldet habe. Ich hatte keine Wahl – ich musste etwas Abstand zwischen uns bringen, obwohl ich dadurch mein Gehalt verliere, was ich mir eigentlich nicht leisten kann.

Mum hatte Nachtschicht, daher verbrachte sie glücklicherweise die meisten Vormittage im Bett, sodass ich morgens durchs Haus schleichen konnte. Ich wollte nicht, dass sie erfuhr, dass ich blaumachte, sie hätte doch nur Fragen gestellt. Mum hatte immer schon eine ausgeprägte Arbeitsmoral. Sie hasst Faulenzer und Drückeberger. Daniel war ebenfalls im Bett, aber das lag eher an einem ausgewachsenen Kater als an einer ausgeprägten Arbeitsmoral.

Als Leon letzten Montag anrief und fragte, ob ich Lust hätte, am Abend ins Pub zu gehen, verschwieg ich ihm, dass ich krankmachte. Wir trafen uns am Eck beim Co-op und spazierten Hand in Hand runter zum *Seagull*. Es war immer noch warm, der Himmel von pinken und orangefarbenen

Streifen durchzogen und das Meer ruhig, aber mein Magen krampfte sich vor Sorge zusammen. Der Gedanke an Alistairs Mund auf meinem, an seine Liebeserklärung, gab mir das Gefühl, eine Affäre zu haben, obwohl das Ganze nur von einer Seite ausging.

Im Pub war nicht viel los, also setzten wir uns an ein Fenster mit Blick aufs Meer. Es war nach zwanzig Uhr, dennoch versammelten sich Grüppchen von Menschen am Strand, und das eine oder andere Pärchen schlenderte die Promenade entlang. Während ich an meinem Cider nippte, entspannte ich mich allmählich, sodass ich meine Aufmerksamkeit einzig und allein auf Leon richten konnte. Ich hörte interessiert zu, als er mir von seinem Arbeitstag erzählte und von dem hitzigen Streit zwischen Steph und seinem Bruder, sobald er heimgekommen war. Er hielt über den Tisch hinweg meine Hand und sandte Wellen der Lust durch meinen Körper.

»Willst du heute bei mir übernachten?«, fragte ich aus eine Impuls heraus und ignorierte damit Mums »Keine Übernachtungsgäste«-Regel. »Meine Mutter arbeitet, und Daniel wird die Klappe halten. So wie ich ihn kenne, wird er sowieso nicht vor dem Morgengrauen nach Hause kommen.«

»Ich kann nicht glauben, dass du mich überhaupt fragen musst«, erwiderte er mit einem Grinsen. »Können wir gleich gehen?« Er stand so hastig auf, dass er beinahe sein Bierglas umwarf. Ich lachte und erhob mich ebenfalls. Er griff über den Tisch hinweg nach mir, vergrub seine Hand in meinem Haar und küsste mich so innig, dass sich mir der

Kopf drehte. Als er losließ, musste ich mich am Tisch festhalten, um mich abzustützen. Plötzlich überfiel mich eine verzweifelte Sehnsucht nach ihm. Wir hatten nur ein paarmal Sex gehabt, ergriffen die Gelegenheit, wenn sie sich bot – jedes Mal ungestümer und schneller als das letzte, da wir wussten, dass unsere Leidenschaft einer zeitlichen Beschränkung unterlag. Der Gedanke, die ganze Nacht mit Leon zu verbringen, uns alle Zeit der Welt zu nehmen, um unsere Körper zu erforschen, reichte allein schon, um mich ganz wahnsinnig zu machen.

Als ich mich umdrehte, um meine Jeansjacke vom Stuhl zu ziehen, erstarrte ich. Mittlerweile war es dunkel, der Himmel hatte diesen Farbton von verwaschenem Jeansstoff, den man nur im Sommer sah, dennoch konnte ich die tintenschwarze Gestalt ausmachen, die draußen stand und mich über die Straße hinweg anstarrte. Sein Gesicht lag im Schatten, aber ich erkannte ihn daran, wie er sich hielt, wie sein Haar fiel, an der Kontur seiner geraden Nase. Und ich wusste, dass auch er mich sehen konnte – im Gegenlicht der grellen Innenbeleuchtung, wie eine Schauspielerin auf einer Bühne. Die Hauptrolle.

Ich hatte keine Ahnung, wie lange er schon dort gestanden oder wie viel er gesehen hatte. Hatte er den ausgedehnten Kuss zwischen mir und Leon beobachtet? Aber ich wusste, warum er hier war. Seine Gegenwart sprach Bände – es gab kein Entkommen. Ich war ihm womöglich für eine Weile aus dem Weg gegangen, indem ich die Arbeit geschwänzt hatte, aber er erinnerte mich daran, dass er auf mich wartete.

Ich wandte mich bewusst langsam von ihm ab.

»Alles okay mit dir, Soph?«, fragte Leon, als er zu meiner Seite des Tischs herüberkam. »Du bist ganz blass.«

Ich nickte und zwang mich zu einem Lächeln. »Mir war nur ein bisschen schwindelig, das ist alles.« Den Arm um meine Taille geschlungen, führte er mich aus dem Pub. Alistair war nirgends zu sehen. Aber den gesamten Heimweg über bildete ich mir ein, dass er uns folgte. Jedes Mal, wenn ein Auto an uns vorbeikam, verrenkte ich meinen Hals und hielt nach seinem BMW Ausschau und atmete erleichtert aus, wenn sich herausstellte, dass er es nicht war.

Als ich Leon in mein Haus schmuggelte, verdrängte ich Alistair aus meinen Gedanken. Wie ich vermutet hatte, war Daniel immer noch unterwegs. Zur Abwechslung konnten Leon und ich uns gehen lassen. Wir schliefen zweimal miteinander: Das erste Mal war kurz, aber das zweite … wow! Danach, an seine Brust gekuschelt, war ich versucht, ihm alles über Alistair zu erzählen. In jenem Moment fühlte ich mich ihm so nahe, ich wollte keine Geheimnisse mehr vor ihm haben. Aber ich wusste, dass das nur mein Wunschdenken war.

Irgendwann schliefen wir ein und wachten erst wieder kurz vor Sonnenaufgang auf, als wir Schritte auf der Treppe hörten. Ich schüttelte Leon wach und bedeutete ihm, sich in meinem Kleiderschrank zu verstecken, nur für den Fall, dass Mum hereinschaute. Aber sie muss erschöpft gewesen sein, denn ich hörte nur das Rauschen der Klospülung, dann, wie ihre Schlafzimmertür sich schloss und schließlich das Quietschen der Matratzenfedern, als ihr müder Körper ins Bett fiel. Ich unterdrückte ein Kichern und holte Leon wieder aus dem Kleiderschrank hervor, wo er nackt zwischen meinen Klamotten kauerte und der Saum eines geblümten Kleids, das ich vor drei Jahren zu einer Hochzeit getragen hatte, seinen Kopf streifte.

»Sophie Collier«, flüsterte er, als wir kichernd ins Bett zurückkrochen und einen einzigen Knoten aus Armen und Beinen bildeten. »Ich liebe dich so sehr.«

Es war eine wirklich besondere Nacht. Leon schlich sich kurz nach sieben schließlich hinaus, damit er sich zu Hause umziehen und zur Arbeit gehen konnte.

Später am Vormittag, als ich gerade aus dem Kiosk am Eck der Wohnsiedlung kam, eine Plastiktüte voll Zeitschriften und Milchpackungen im Arm, hörte ich jemanden meinen Namen rufen. Ich drehte mich um und erblickte Alistairs Wagen, der mit heruntergelassenem Fenster am Gehweg entlangrollte. Er grinste mich an, seine Augen funkelten. Der Toast, den ich zum Frühstück gegessen hatte, kratzte in meiner Kehle.

»Ich dachte, du wärst krank!«, rief er ungeachtet der Blicke einiger Kids, die um die Mülltonnen herumskateten. »Also ich finde, du siehst gut aus. Eigentlich perfekt.« Er starrte betont auf meine Beine, und ich zog den Saum meines Rocks tiefer.

Tränen brannten unter meinen Augenlidern. Aber es waren Tränen der Wut, der Frustration. »Ich habe frei, warum verpisst du dich also nicht und lässt mich in Ruhe?« Meine Stimme wurde schrill vor Verzweiflung, woraufhin die Skateboarder sich umdrehten und zu mir schauten. Einer von ihnen, ein Junge um die sechzehn mit Kapuzenpulli und einer Jeans, die ihm viel zu groß war, johlte beifällig.

Alistairs Miene verfinsterte sich. »Wenn du morgen nicht kommst, bist du gefeuert«, sagte er und verzog höhnisch die Lippen.

»Hast sie doch gehört, du Sack. Verpiss dich!«, rief ein anderer Junge mit Aknenarben und gepiercter Augenbraue. »Sie will nicht mit dir reden, du Wichser!«

Ohne den Blick von mir zu nehmen, kurbelte Alistair das Fenster hoch. Seine Kiefermuskeln verkrampften sich, als er sich nach vorne drehte und mit quietschenden Reifen davonraste.

»Hey, alles klar?«, fragte der mit der gepiercten Augenbraue. Ich nickte, dankbar für ihre Hilfe.

Am nächsten Morgen – am Mittwoch – spielte ich mit dem Gedanken, mich wieder krankzumelden, aber mir war klar, dass Alistair mich feuern würde, wenn ich das tat. Ich hatte keine Wahl; ich brauchte das Geld. Vor allem wenn ich den Job im Verlag bekomme und nach London ziehen muss. Mum kann es sich unmöglich leisten, mir einen Monat Kaution zu zahlen, um eine Wohnung anzumieten. Ich muss mich selbst darum kümmern.

Und außerdem, so überlegte ich, konnte Alistair mir im Hotel nicht viel anhaben, nicht wenn seine Ehefrau und Tochter in Hörweite waren. Vielleicht war die Botschaft endlich bei ihm angekommen, nachdem ich gestern so grob zu ihm gewesen war.

Ich irrte mich.

Anfangs gelang es mir, ihm aus dem Weg zu gehen. Ich

half Mrs. Howe dabei, in der Küche das Frühstückszeug wegzuräumen, und machte ein bisschen Small Talk mit einigen der Gäste, die immer noch über ihren gummiartig aussehenden Frühstückseiern hingen. Die ganze Zeit über hielt ich Ausschau nach Alistair. Mittwochs hatte Frankie frei, daher wusste ich, dass sie nicht zur Arbeit kommen würde. Maria sagte mir, dass sie immer noch im Bett lag, und ich fragte mich, was sie wohl getrieben hatte, seit wir uns das letzte Mal gesehen hatten. Sie hat eigentlich keine anderen Freunde in Oldcliffe.

»Kannst du die Betten in Zimmer sieben wechseln«, sagte Maria mit dem Rücken zu mir. Es war keine Frage. Ich musterte ihre gebeugte Gestalt, die runden Schultern, das dichte dunkle Haar, das mich so sehr an Frankies erinnerte.

Wortlos verließ ich den Raum, um zu dem großen Wäscheschrank im ersten Stock zu gehen, wo das frische Bettzeug aufbewahrt wurde. Er befand sich am Ende des Flurs ums Eck. Ich stellte mich auf die Zehenspitzen und versuchte, das Fach zu erreichen, in dem die Laken für die Doppelbetten lagen, als ich spürte, wie sich Hände um meine Taille schlossen. Ich konnte ihn riechen, bevor ich ihn sah. Dieser moschusartige Duft, gemischt mit Zigarettenrauch. Am liebsten hätte ich mich übergeben. Ich versuchte, mich herauszuwinden, aber es gab keinen Ausweg, und das wusste er. Alistair musste auf der Lauer gelegen haben, in dem Wissen, dass niemand es sehen würde, wenn er mich hier belästigte.

Ich schlug seine Hände weg und wirbelte herum. »Warum kapierst du es nicht endlich?«

Er hatte diesen Ausdruck im Gesicht, den ich noch aus meiner Kindheit kannte, eine Art frühreifes Schmollen – wie ein kleiner Junge, dem man gesagt hatte, dass er keine Süßigkeiten mehr haben dürfe. Früher setzte er dieses Gesicht auf, wenn Frankie sich zum Ausgehen fertig machte und er wollte, dass sie zu Hause blieb, um Brettspiele zu spielen.

»Du warst gestern nicht besonders nett zu mir«, sagte er mit weinerlicher Stimme.

Ich wusste nicht, wie ich am besten antworten sollte. Ich betete, Maria möge die Treppe hochkommen, aber selbst dann hätte sie uns dort hinten ums Eck nicht gesehen. »Ich muss so schrecklich zu dir sein, Alistair, weil meine Botschaft nicht bei dir ankommt: Ich habe kein Interesse.«

»Ich glaube, du wirst deine Meinung ändern.«

»Na klar doch«, sagte ich und drängte mich an ihm vorbei, doch er packte meinen Arm.

»Ich bekomme immer, was ich will, Sophie. So oder so.«

Drohte er mir etwa? »Aber nicht dieses Mal«, zischte ich und schüttelte ihn ab. »Ich bin hier raus, Alistair, ich kündige. Ich kann das nicht mehr tun.«

Ich stürmte davon, aber er folgte mir mit bettelnder Stimme. »Soph, warte! Es tut mir leid, geh nicht.«

»Bleib bloß weg von mir«, fauchte ich. »Ich habe genug davon. Ich habe dich neulich Abend gesehen, wie du mich und Leon beobachtet hast. Warum lässt du mich nicht in Ruhe? Du bist doch verrückt.«

Panik zuckte über sein Gesicht. »Na gut, na gut, aber psssst!« Er legte den Finger auf die Lippen. »Bitte, sei still.«

»Ich sollte es Maria sagen!« Ich war jetzt voll in Fahrt; all der Frust und die Verzweiflung brachen aus mir heraus. »Sie verdient es, zu wissen, was für ein Mistkerl du bist.« Nun hatte ich den Treppenabsatz erreicht. Alistairs Blick huschte zu den Stufen, die zu Frankies Stockwerk hochführten. Er machte sich Sorgen, dass unser Streit sie wecken könnte. Was hatte er eigentlich vorgehabt? Mich im Wäscheschrank zu befummeln?

»Bitte, Sophie. Ich werde dich in Ruhe lassen. Es tut mir leid. Ich habe da was missverstanden.«

»Das hoffe ich sehr, Alistair. Herrgott noch mal, du bist achtundvierzig Jahre alt. Mir tut es leid, dass ich dich geküsst habe, das hätte nie passieren dürfen. Und jetzt komm endlich drüber hinweg.« Ich drehte mich um und hastete die Treppe hinunter. Ich ging nicht in die Küche zurück, zu Maria, die nur verlangt hätte zu erfahren, warum ich nicht dabei war, die Betten im Zimmer sieben zu beziehen. Stattdessen schlich ich mich so leise wie möglich zur Eingangstür, dann rannte ich los. Und ich hörte nicht auf zu rennen, bis ich ausreichend Abstand zwischen uns gebracht hatte.

Ich wusste bereits, dass ich nie wieder einen Fuß in dieses Hotel setzen würde.

Mum ruft nach mir, ich muss das hier später fertigschreiben.

# 28

## Frankie

Ich halte vor den Büros der Lokalzeitung, die sich im Gewerbegebiet am Stadtrand befinden, und bin erleichtert, Daniels Astra auf dem Parkplatz stehen zu sehen. THE OLDCLIFFE ADVERTISER prangt in großen Lettern an der Fassade des Sechziger-Jahre-Baus. Das hat sich nicht geändert, seit wir mit fünfzehn unser Schulpraktikum hier machten – erinnerst du dich noch, Soph? Dein Ziel damals war es, Journalistin zu werden, obwohl du deine Meinung ständig ändertest. Du wusstest nur, dass du etwas Kreatives machen wolltest. Ich hingegen hatte keinen Plan, ging aber trotzdem mit, weil ich dachte, es würde witzig werden. Stattdessen wurden wir getrennt, und ich verbrachte den Großteil der Zeit damit, Telefonanrufe entgegenzunehmen, während du Reporter in den Gerichtssaal begleiten durftest.

Ich habe mehrmals versucht, deinen Bruder anzurufen, seit ich den Umschlag gefunden habe, aber er geht nicht ran. Aus lauter Verzweiflung bin ich ins Auto gesprungen und hierher gerast, in der Hoffnung, dass er bei der Arbeit ist. Ich musste einfach etwas unternehmen, denn es ist völlig ausgeschlossen, dass ich jetzt noch allein in dem Apartment bleibe.

Meine Beine fühlen sich immer noch ganz zittrig an, als

ich das Gebäude betrete. Am Empfang ist niemand, also gehe ich weiter in das Großraumbüro der Redaktion. Die Neonröhren sind eingeschaltet, aber es ist nur ein über die Tastatur gebeugter Kopf zu sehen: eine Frau, deren Haare im Nacken zusammengebunden sind. Sie schaut auf, als ich näher komme, und lächelt mich fragend an. Sie ist jung, wahrscheinlich Mitte zwanzig, und kommt mir vage bekannt vor. Wo sind alle anderen?

Ich stelle mich vor.

»Hi, ich bin Trish«, erwidert sie. Und da dämmert mir, dass es das Mädchen ist, mit dem Daniel gestern Abend aus war. »Heute ist eine Riesenstory reingekommen, also haben sie mich hier zurückgelassen, um das Telefon zu hüten.«

Das könnte erklären, warum Daniel sich heute Mittag nicht mit mir und Jez getroffen hat. »Ist Daniel auch schon weg? Sein Wagen steht draußen.«

Sie runzelt die Stirn. »Nein, er müsste irgendwo hier sein …« Sie wird vom Klingeln des Telefons unterbrochen und formt mit den Lippen eine stumme Entschuldigung, als sie den Anruf annimmt und sich abwendet, um etwas zu notieren. Ich ergreife die Gelegenheit, um zu der einzigen gläsernen Bürozelle im Raum zu schlendern. An der geschlossenen Tür hängt ein Schild mit der Aufschrift REDAKTEUR, daher nehme ich an, dass es Daniels Büro sein muss. Ich gehe hinein, aber es ist leer, obwohl sein Computerbildschirm an ist.

Fasziniert gehe ich zu seinem Schreibtisch, um zu sehen, woran er gerade arbeitet, und schlage mir die Hand vor den Mund. Auf dem Bildschirm erblicke ich einen Artikel über abgetrennte menschliche Füße, die an der pazifischen Nordwestküste an den Strand gespült wurden. *Der Grund, weshalb die Füße der Opfer überdauert haben,* lese ich, *ist, dass sie Sportschuhe oder Stiefel trugen, die von den Aasfressern nicht durchgenagt werden konnten. Das bedeutet, sie könnten auch von Leichen stammen, die seit Jahren im Wasser trieben, vielleicht sogar Jahrzehnten …*

»Frankie?«

Beim Klang von Daniels Stimme schrecke ich auf.

»Was tust du hier?« Er schiebt sich an mir vorbei, um auf die Maus zu klicken und die Seite zu schließen, dann richtet er sich auf und sieht mich an, die Augen zu Schlitzen verengt. »Warum schnüffelst du auf meinem Computer herum?«

Mein Kopf beginnt zu schwirren. »Ich schnüffle nicht. Der Artikel war offen. Und überhaupt, warum liest du Sachen über abgetrennte Füße?«

»Ich will mich nur informieren vor … Mittwoch, das ist alles.« Aber er weicht meinem Blick aus und schiebt stattdessen ein paar Papiere auf seinem Schreibtisch herum.

Er hat »abgetrennter Fuß« gegoogelt, um sich mehr Einblicke in das zu verschaffen, was dir zugestoßen ist, Soph. Es ist so grauenhaft. Plötzlich bin ich wütend auf ihn. Was zur Hölle treibt er hier für ein Spiel? »Wo warst du?«, schreie ich. »Du wolltest dich mit mir treffen, um mit Jez zu reden. Stattdessen hast du mich allein mit ihm gelassen …«

Seine Miene ist düster. »Da ist eine Riesenstory reingekommen … ich wurde unterwegs aufgehalten.« Er reibt sich die Augen. Er wirkt fix und fertig, und zum ersten Mal wird mir bewusst, wie viel Verantwortung dieser Job mit sich bringen muss.

»Du hättest anrufen können …«

»Es tut mir wirklich leid.«

»Da ist noch etwas anderes.« Ich erzähle ihm von Jean, dem Schnuller und dem Umschlag. »Mein Name stand darauf, ich bin vor Angst fast ausgeflippt. Kannst du mich nach Hause begleiten? Ich habe zu große Angst, um alleine zu gehen.«

»Du, Angst? Wow, Lady Frankie, das gibst du nicht oft zu. Gib mir zehn Minuten, damit ich hier Schluss machen kann, und dann gehen wir. Der stellvertretende Redakteur müsste gleich wieder hier sein, um zu übernehmen.«

In Beaufort Villas angekommen, stehen wir oben auf der Treppe, und ich zeige mit dem Finger furchtsam auf Apartment drei, während ich berichte, was vorhin passiert ist. Als ich ende, sind seine Brauen gerunzelt, doch er sagt nichts. Stattdessen geht er zu der geschlossenen Tür und dreht den Knauf. Auch jetzt ist sie nur zugezogen und schwingt mühelos und mit einem leisen Quietschen auf. Daniel ruft ein Hallo hinein, dann verschwindet er im Inneren der Wohnung. Ich habe zu viel Angst, um alleine auf dem Flur stehen zu bleiben, also folge ich ihm. Alles ist, wie es war, als ich vor weniger als einer Stunde hineingegangen bin.

»Da sind keine persönlichen Habseligkeiten«, sage ich. »Sieht nicht so aus, als ob hier jemand wohnen würde. Es scheint eher so, als hätte jemand das Apartment einzig und allein dazu genutzt, mir diese abscheulichen Briefe zu schreiben. Wer sollte so etwas tun? Weißt du, wem dieses Apartment gehört?«

Er hat mir den Rücken zugewandt und ist über den Schreibtisch gebeugt, der in der Fensternische steht. Er hebt den Umschlag auf und dreht sich zu mir um. »Das ist der gleiche wie die anderen, die du bekommen hast?«, fragt er.

Ich schnaube ungeduldig und sage, dass es in der Tat der gleiche ist.

Er dreht ihn mit verdutzter Miene in der Hand. »Du hast gesagt, dass dein Name und deine Adresse draufstehen, aber hier ist nichts.«

Ich reiße ihn aus seiner Hand. Doch der braune A4-Umschlag ist tatsächlich unbeschriftet.

Daniel wirkt genervt. »Du hast dir das alles auf Grundlage eines leeren braunen Umschlags zusammengereimt? Wie ihn ungefähr jeder benutzt?«

»Aber …« Ich starre verwirrt den Umschlag an, als würde ich erwarten, dass mein Name und meine Adresse plötzlich wieder dort auftauchen. »Ich verstehe das nicht. Da stand ganz sicher mein Name …« Ich werfe ihn zu Daniel zurück, aber er macht sich nicht die Mühe, ihn aufzufangen, und er segelt zu Boden. Ich lasse mich auf alle viere sinken und beginne hektisch, unter dem Schreibtisch zu suchen. »Vielleicht hat der Wind ihn runtergeweht«, sage ich verzweifelt, während ich vergeblich den Parkettboden absuche. Ich stehe wieder auf und klopfe mir den Staub von der Hose. Daniel starrt mich entgeistert an. Bei dem ungläubigen Ausdruck in seinem Gesicht schießen mir die Tränen in die Augen. »Er war hier«, sage ich mit leiser Stimme.

»Oh, Franks.« Daniels Miene wird sanfter, und er macht einen Schritt auf mich zu. »Du siehst erschöpft aus ... Ich mache mir allmählich Sorgen um dich.«

»Mir geht's gut«, schniefe ich und versuche, die Tränen zurückzublinzeln. Ich kann jetzt nicht zusammenbrechen, nicht nach all dieser Zeit, obwohl ein Teil von mir sich liebend gerne in Daniels Arme schmiegen würde, um sich in den Falten seines langen schwarzen Mantels zu verstecken. Ich bin so lange stark geblieben. Nur noch ein bisschen länger, Soph.

Ich wende mich ab und wische mir vorsichtig – um die Wimperntusche nicht zu verschmieren – mit dem Ärmel über die Augen, als ich verdutzt innehalte. »Die Vase ...«, sage ich und starre den Beistelltisch an. »Die Vase ... sie ist weg.«

»Welche Vase?«

Ich weiß nicht, was hier vor sich geht, aber ich verspüre ein überwältigendes Gefühl von Furcht. »Da war eine Vase ... die Katze hat sie umgestoßen. Sie lag auf dem Boden ... zerbrochen. Aber jetzt ist sie weg. Jemand hat die Scherben aufgefegt. Jemand war hier, hat aufgeräumt, hat den Umschlag genommen.« Ich kann meine Stimme hören; sie ist schrill, die Art von Stimme, die ich verachte, und ich hasse es, dass sie von mir kommt.

»Frankie, was du da redest, ergibt keinen Sinn.«

Ich wirble herum, um ihn anzusehen. »Kapierst du es

denn nicht? Jemand spielt mit mir, Daniel. Jemand versucht, mir Angst einzujagen. Warum?«

Er fasst mich an den Ellbogen und lenkt mich sanft zur Tür. »Wir sollten nicht hier drin sein«, sagt er leise. »Komm mit.«

Mir ist schlecht, aber ich lasse mich von ihm aus dem Apartment führen. Er zieht die Tür hinter sich zu, dann folge ich ihm in meine eigene Wohnung. Plötzlich überkommt mich die irrationale Angst, dass, während ich unterwegs war, jemand hier drin war. Ich haste wie eine Irre von Tür zu Tür, schaue unter dem Bett und im Kleiderschrank nach.

»Franks, du wirst langsam paranoid.«

Daniels Stimme lässt mich zusammenzucken, und ich wirble herum, um ihn zur Rede zu stellen. »Du hast behauptet, die anderen Apartments wären leer. Aber ganz offensichtlich sind sie das nicht. Weißt du, dass ich nachts ein Baby weinen höre? Das hier ist ein frei stehendes Haus, Daniel. Das Weinen muss von irgendwo drinnen kommen. Die Frau unten behauptet, dass es nicht aus ihrer Wohnung kommt, und dennoch habe ich sie heute früh mit einem Schnuller gesehen. Es ist, als würde jemand …« Ich schlucke ein Schluchzen hinunter. »Es ist, als würde derjenige ganz genau wissen, welche Knöpfe er bei mir drücken muss.« Ich kann nichts dagegen tun, ich breche in wütende, verzweifelte Tränen aus.

»Franks …« Daniel blickt bekümmert drein, aber ich kann mich nicht mehr zurückhalten. All die aufgestauten Ängste, die ich versucht habe zu verbergen, platzen aus mir heraus. Ich habe keine Kontrolle mehr darüber, was ich sage.

»Ich sehe sie! Ich sehe Sophie! Sie beobachtet mich, sie steht auf dem Pier, sie folgt mir nach Hause, sie steht unten in der Einfahrt, ruft nach mir. Sie will mit mir reden. Versucht sie, mich zu warnen? Und jetzt hat das Apartment gegenüber einen neuen Gast. Jemanden, der mir abscheuliche Botschaften schickt … Ich kann nicht … ich weiß nicht, was ich tun soll …« Ich vergrabe mein Gesicht in den Händen und schäme mich wegen meines Ausbruchs. Ich bin so gut darin, mich zu beherrschen, selbst in den stressigsten Situationen, warum also fühle ich mich, seit ich nach Oldcliffe zurückgekommen bin, als würde ich vollkommen aus den Fugen geraten?

Daniel sagt nichts, aber ich spüre, wie er mich in seine Arme zieht. Ich weine eine Weile an seiner Brust, bevor ich mich wieder beruhige und zusammennehme. »Es tut mir leid«, sage ich schließlich schniefend, unfähig, ihn anzusehen. »Es tut mir leid, dass ich all das über Sophie gesagt habe. Rational betrachtet weiß ich, dass sie nicht da ist, dass es nur meine Einbildung ist.«

»Franks«, murmelt er in mein Haar, »ich denke, das Apartment gegenüber ist leer. Ich kann das mit der Vase und dem Umschlag nicht erklären, aber es sah nicht so aus, als würde da jemand wohnen.« Er löst sich von mir und wischt sanft eine Träne von meinem Gesicht. »Mir tut es leid. Es tut mir leid, dass ich dich das hier durchmachen lasse. Ich hätte dich nie bitten dürfen, nach Oldcliffe zurückzukommen. Mir war nie klar, dass es dir so nahegehen würde. Was du über Sophie gesagt hast … ich verstehe das. Ich habe jahrelang geglaubt, sie zu sehen. Das passiert, wenn ein geliebter Mensch stirbt. Das weißt du.«

Ich kann ihm unmöglich sagen, dass es mehr ist als das. Dass du, wenn ich dich sehe, so real für mich bist wie er jetzt. Dass es nicht nur ein Aufblitzen langer blonder Haare ist oder ein Paar schlanker, schlaksiger Beine, die mich flüchtig an dich erinnern. Du *bist* es. Du bist hier. Ich bin mir so sicher, wie ich meinen eigenen Namen kenne. Doch ich bin mir nicht sicher, *warum* du hier bist. Ist es die Rache dafür, dass ich in jener Nacht nicht für dich da war? Oder versuchst du, mich zu warnen? Mir zu helfen? Ich habe nie an Geister geglaubt, das war immer mehr dein Ding. Aber jetzt … jetzt …

Daniel küsst mich auf den Scheitel und tritt dann zurück. »Ich setze Teewasser auf. Alles wird gut … Ich habe das Gefühl, dass wir unserem Ziel näher kommen, zu erfahren, was meiner Schwester zugestoßen ist.«

Als er den Raum verlassen hat, gehe ich ins Bad und klatsche mir Wasser ins Gesicht, dann frische ich hastig meine Wimperntusche auf und bürste mein Haar, bis ich mich ruhiger fühle. Meine Augen sehen riesig aus in meinem Gesicht, die glänzenden Tränen lassen die grüne Iris heller scheinen.

Als ich wieder ins Wohnzimmer komme, sitzt Daniel auf dem Sofa. Ich ziehe die Vorhänge zu und vermeide es bewusst, irgendwo anders hinzuschauen als auf den Stoff. Auf einmal durchfährt mich eine plötzliche, scharfe Erinnerung an dich – dein Gesicht, deine lachenden grauen

Augen –, und sie ist so klar und so heftig, dass ich unwillkürlich aufschreie, als hätte jemand auf mich eingestochen.

Es ist die Schuld, die an mir nagt. Dass ich dich nicht habe retten können.

»Franks?« Daniels Stimme bringt mich in die Gegenwart zurück.

»Ist schon okay.« Ich lächle ihn beruhigend an. Er denkt bereits, dass ich dabei bin, den Verstand zu verlieren, ich kann ihm nicht noch mehr offenbaren. Ich reibe meine Brust, da wo mein Herz ist. »Nur eine kleine Magenverstimmung.«

»Um Gottes willen, setz dich hin. Das Letzte, was wir jetzt brauchen können, ist, dass du uns wegen eines Herzinfarkts umkippst.« Er scherzt, aber ich kann den besorgten Unterton in seiner Stimme heraushören. Ich setze mich zu ihm aufs Sofa und nippe an meinem Tee. Er hat Zucker hineingetan, aber ich beschwere mich nicht. Ich brauche die Energie für meine zerrütteten Nerven.

»Willst du, dass ich heute Nacht hier bleibe?«, fragt er. »Ich könnte auf dem Sofa schlafen.«

Ich sehne mich danach, Ja zu sagen – ja, er soll mein Bett mit mir teilen, damit ich mich in ihm verlieren kann –, aber ich weiß, ich kann nicht. Mein Kopf ist momentan ganz durcheinander, und er hat eine Freundin. Der liebe, nette Daniel. Ich könnte es nicht ertragen, ihn zu verletzen, so wie ich es damals getan habe. »Was ist mit Mia?«, entgegne ich stattdessen.

»Sie wird es verstehen«, sagt er, aber ich kann ihm an der Nasenspitze ansehen, dass er lügt. Ich weiß, dass sie es nicht verstehen würde. Ich weiß, dass, wenn er mein Freund wäre, ich es nicht tun würde.

Ich drücke seine Hand. »Danke, Dan. Aber ich glaube, wir wissen beide, dass ihr das nicht gefallen würde. Ich will dir keine Probleme bereiten.«

Er bleibt noch eine Stunde, und wir beschließen, uns etwas zu essen zu bestellen. Er muss nach unten in die Einfahrt, um den Anruf zu tätigen, der Empfang im Apartment ist zu schlecht. Ich lasse die Tür für ihn offen, aber ich warte angespannt in der Küche und habe ein Auge auf den Flur, nur für den Fall, dass die Person von der Wohnung gegenüber auftaucht. Daniel glaubt mir nicht, aber ich weiß, was ich gesehen habe. Ich bin sicher, dass dort jemand übernachtet. Vielleicht nicht die ganze Zeit – womöglich nutzt derjenige sie nur, um seine boshaften Briefe zu verfassen, und schleicht sich im Morgengrauen raus, um seine braunen Umschläge und seine schmutzigen kleinen Botschaften zurückzulassen. Ich verstehe nicht, was derjenige zu erreichen beabsichtigt. Will er mich erschrecken, damit ich verschwinde? Ich würde nichts lieber tun, als auf und davon zu gehen, mich in die Sicherheit Londons flüchten. Aber noch gehe ich nicht. Ich sehe es nicht ein, mich von ein paar wirren Botschaften aus der Stadt jagen zu lassen.

Als Daniel zurückkommt, ist seine Nase rot vor Kälte, ein paar Schneeflocken zieren sein Haar und seine Schultern wie Schuppen. Wir reden über alles, außer über dich. Nachdem wir unser Curry verschlungen haben, bricht er auf, bleibt jedoch kurz an der Tür stehen. »Du musst mich nicht nach draußen begleiten, ich finde allein hinaus«, sagt er, als ich schon meine Füße in die Stiefel zwängen will. Er gibt mir einen Kuss auf die Wange, und ich muss dem Drang widerstehen, sein Gesicht zu berühren, ihn zu küssen.

Widerstrebend schließe ich die Tür hinter ihm, das Apartment fühlt sich leer an, nun da er fort ist. Ich werfe noch ein paar Scheite ins Feuer und trinke ein weiteres Glas Wein. Morgen werde ich meine Vorräte auffüllen müssen; ich trinke viel zu viel, seit ich zurück bin. Mein Kopf ist voll von dir, Soph. Er ist nicht mehr voller Arbeit, wie er es zuvor war. Du hast es geschafft, dir deinen Weg zurück in meine Gedanken zu bahnen, genauso wie damals in den ersten Wochen und Monaten, als du verschwunden warst.

So wie auch all die Abende zuvor seit meiner Ankunft hole ich die Daunendecke aus dem Schlafzimmer und rolle mich damit auf dem Sofa ein. Sie trägt immer noch Mikes Geruch in sich, und ein Teil von mir bereut es, ihn heute Morgen fortgejagt zu haben. Ich könnte seine Gesellschaft momentan wirklich gut gebrauchen.

Der Fernsehempfang heute Abend ist nicht so schlecht, und das Geplapper der Figuren eines Historiendramas beruhigt mich. Nachdem ich die Flasche Wein restlos geleert habe, falle ich, immer noch angekleidet, in einen tiefen Schlaf. Ich werde vom Heulen eines Babys geweckt. Präzise wie ein Uhrwerk fährt es mir durch den Kopf, als ich die grüne Anzeige am DVD-Player anblinzle – zwei Uhr. Es ist immer zwei Uhr nachts, wenn das Baby anfängt zu weinen. Ich lausche aufmerksam und versuche, die Gänsehaut zu ignorieren, die sich auf meinen Armen ausbreitet, die

Härchen, die sich in meinem Nacken aufstellen, als würde mir jemand über mein nacktes Fleisch hauchen. Es ist rhythmisch, das Weinen. Es stoppt für etwa fünf Minuten, dann fängt es wieder an. Stoppt. Startet. Stoppt. Es ist beinahe, als ob …

Ich springe vom Sofa und renne zur Wohnungstür. Wo kommt es her? Ich stelle mich auf die Zehenspitzen und starre durch den Spion. Im Flur brennt gedimmtes Licht, sodass der Treppenabsatz von einem sanften Schein erleuchtet wird. Schatten zucken über die Wände, aber ich sage mir, dass da niemand ist. Bin ich mutig genug, mitten in der Nacht zur Treppe zu gehen? Bevor ich zu lange darüber nachdenken kann, renne ich ins Wohnzimmer zurück und schnappe mir den silbernen Kerzenhalter, der auf dem Kaminofen steht. Ich habe keine Ahnung, was ich damit vorhabe, aber ich fühle mich sicherer mit einer Art Waffe bei mir. Nur für den Fall, dass da draußen jemand ist, der mir was Böses will. Jemand, der – wie Daniel denkt – Rache will.

Ich greife nach den Wohnungsschlüsseln auf der Granitarbeitsplatte und schließe die Tür hinter mir, sodass ich strumpfsockig, den Kerzenleuchter in der Hand, im Flur stehe. Mein Spiegelbild im Bogenfenster lässt mich zusammenschrecken, und ich muss über mich selbst lachen. Was für ein idiotisches Bild ich doch abgeben muss, Soph. Mit wild zerzaustem Haar und wildem Blick.

Ich halte inne und lausche. Eins, zwei, drei … die Schreie des Babys setzen wieder ein. Genauso wie gestern Nacht und die Nacht davor. Ich schleiche auf Zehenspitzen über den Flur zur Tür von Apartment drei. Es klingt definitiv, als würden die Schreie von dort kommen – nicht von unten, wie ich anfangs dachte. Ich schiebe mich vorwärts, drücke mit der Hand behutsam gegen die Tür. Und genauso wie zuvor schwingt sie auf. Das Weinen wird lauter. Ich muss da reingehen. Ich packe den Kerzenleuchter in meiner Faust fester, trete in die kleine Diele und knipse den Lichtschalter an. Alles ist ganz genauso, wie Daniel und ich es vorhin zurückgelassen haben. Abgesehen von dem schrillen Kreischen eines Babys. Wenn da kein Säugling in der Wohnung ist, woher kommt dann das Geräusch?

Ich nähere mich voller Furcht dem Wohnzimmer. Die Schreie werden intensiver, sodass ich mir die Hände über die Ohren legen muss. Ich lasse den Blick durch den Raum schweifen, aber da ist kein Baby. Doch da fällt mir der Computer am Erkerfenster auf, dessen Bildschirm einen schaurig-grünen Schein ausstrahlt. Gelähmt vor Entsetzen starre ich ihn an, gebannt von dem grünen Wellenmuster, das über den schwarzen Bildschirm flackert. Die Schreie kommen aus dem Computer. Es ist eine Aufnahme. Eine Aufnahme von einem Baby, das sich die Seele aus dem Leib schreit. Was für ein krankes Arschloch würde denn so etwas tun?

Ich strecke die Hand aus und klicke auf die Maus, um die Aufnahme zu stoppen. Ich habe ein bisschen Ahnung von Computern, aber das hier scheint ein ziemlich komplexes Gerät zu sein, denn ich kann die Aufnahme nicht anhalten, egal wie viele Tasten ich drücke. Wut steigt in mir auf, und ich trete gegen das Schreibtischbein. Was zur Hölle geht hier vor sich? Endlich finde ich den Lautstärkeregler, drehe ihn runter, und im Raum wird es still.

Ich stehe neben dem Schreibtisch. Die Dunkelheit legt sich um mich wie eine Decke. Das einzige Licht im Zimmer kommt vom Bildschirm.

Ein lautes Geräusch lässt mich aufschrecken, und mein Kopf zuckt herum. Ich dachte, ich wäre allein hier, aber was, wenn ich mich irre? Was, wenn derjenige, der das hier arrangiert hat, ebenfalls hier ist? Ein Schauder durchfährt mich – ich stürze aus der Wohnung und schlage die Tür hinter mir zu, obwohl sie sich nicht richtig verriegeln lässt. Mit zitternden Händen hantiere ich mit meinen Schlüsseln, schlüpfe in die Wohnung und schließe die Tür hinter mir ab. Dann lasse ich mich auf den Boden sinken.

Was hat das alles zu bedeuten, Sophie? Was geht hier vor sich?

Ich muss mich konzentrieren. Ich sollte herausfinden, wem Nummer drei gehört, und ich verfluche die Tatsache, dass dieses Apartment kein Wi-Fi hat. Ich werde morgen früh in ein Café gehen, das nehme ich mir fest vor, während ich mich vom Boden erhebe und mich, immer noch zitternd, in die Bettdecke auf dem Sofa wickle. Ich hebe meine Hand und packe mein Haar … ich kann nicht anders, Soph. Es fühlt sich so gut an, die Anspannung, die allmählich nachlässt, als ich heftig daran reiße. Ich starre die dicken dunklen Haare an, die zwischen meinen Fingern hängen. Das habe ich seit Jahren nicht mehr gemacht, nicht einmal nach der Trennung von Christopher.

Wenigstens ist es mir gelungen, das »Baby« zum Schweigen zu bringen, denke ich mit einem hysterischen Lachen.

Mit zitternden Händen suche ich nach meinem Telefon und wähle Daniels Nummer. Ich weiß, dass Mia sauer sein wird, weil ich ihren Freund zu dieser Uhrzeit anrufe, aber ich kann die Nacht hier nicht alleine verbringen. Ich bete, dass ich genug Empfang habe, und bin erleichtert, als ich am anderen Ende seine verschlafene Stimme höre. Ich schaffe es, ihm zu sagen, er solle rüberkommen, dann ist die Leitung tot.

# 29

## Sophie

*Montag, 11. August 1997*

Ich bin so ein Feigling. Seit ich aus dem Hotel weggerannt bin, habe ich es nicht geschafft, Alistair gegenüberzutreten. Frankie rief mich am nächsten Morgen an und wollte wissen, was los war. Einen entsetzlichen Moment lang dachte ich, sie hätte gehört, wie ich ihren Vater im Treppenhaus angeschrien habe. Aber glücklicherweise wollte sie nur wissen, warum ich nach Hause abgehauen war. Ich musste ihr erzählen, dass ich eine Magen-Darm-Grippe habe und dass der Arzt mir viel Ruhe verschrieben hat. Ich habe mich zu Hause verkrochen und zum wiederholten Mal meine Bücher gelesen. Ich weiß, dass ich nicht ewig vorgeben kann, krank zu sein, dass ich irgendwann das Haus verlassen muss. Nachts wache ich in kaltem Schweiß gebadet auf, voller Sorge, dass Alistair vor dem Haus steht oder auf der Straße in seinem Wagen lauert. Ich werde das Gefühl nicht los, dass er immer noch da ist. Dass er mich beobachtet. Mir ist klar, dass es albern ist angesichts der Tatsache, dass er lediglich versucht hat, mich zu küssen, doch es ist seine Wahnvorstellung, die mir Angst macht, seine Überzeugung, dass ich Gefühle für ihn habe. Dabei verspüre ich nur noch Abscheu ihm gegenüber. Allein beim Gedanken an ihn schaudert mich.

Daniel kam Samstagmorgen mit einem riesigen Blumenstrauß im Arm ins Wohnzimmer. Ich lag in eine Decke gewickelt auf dem Sofa und gab immer noch vor, krank zu sein. »Schau, was gerade gekommen ist. Leon muss echt total verknallt sein.« Er grinste, als er mir den Strauß reichte. Mir wurde bang ums Herz. Ohne die Karte auch nur zu öffnen, wusste ich, dass er nicht von Leon war. Er hat nicht das Geld, um es für Blumen zu verprassen, vor allem nicht für so opulente wie diese. Er hat mich in den letzten Tagen mehrmals angerufen, aber jedes Mal habe ich ihm gesagt, dass er nicht vorbeikommen soll, da er sich anstecken könnte. Seit der Nacht, als er bei mir geschlafen hat, habe ich ihn nicht mehr gesehen, und obwohl ich ihn vermisse, habe ich ein viel zu schlechtes Gewissen, um ihm gegenüberzutreten.

Ich nahm Daniel die Blumen ab. Sie waren wunderschön, das ließ sich nicht abstreiten. Riesige, samtige rote Rosen, wie ich sie noch nie zuvor gesehen hatte. Mir stiegen die Tränen in die Augen – nicht vor Glück, wie mein Bruder zweifelsohne glaubte, sondern vor Enttäuschung. Wie sehr ich mir doch wünschte, sie wären von Leon gewesen.

*Ich weiß, dass du dasselbe empfindest,* lautete der Text auf der Karte. *Ich werde dich niemals aufgeben.* Es stand kein Name darunter. Das war auch nicht nötig.

Daniel musste meine bedrückte Miene bemerkt haben, denn er hockte sich zu mir aufs Sofa. »Alles okay? Mum und ich machen uns Sorgen um dich.«

Das hörte ich zum ersten Mal. Abgesehen von dem einen

oder anderen seltsamen Blick, hatte Mum mir gegenüber keine Sorgen geäußert. Als sie von ihrer Nachtschicht heimkam, hatte ich sie in mein Zimmer schleichen hören, offensichtlich, um nach mir zu sehen, aber ich hatte so getan, als würde ich schlafen. Und als sie am frühen Nachmittag aufgestanden war, hatte sie mir eine Suppe gemacht und mir gesagt, ich müsse etwas zu mir nehmen, auch wenn ich allein beim Gedanken an Essen beinahe kotzen musste. Langsam habe ich wirklich das Gefühl, eine Magen-Darm-Grippe zu haben!

»Ich habe mir nur diesen dämlichen Virus eingefangen«, sagte ich zur Erklärung. Ich klang nicht besonders überzeugend. Daniel kennt mich besser als irgendwer sonst, wahrscheinlich sogar besser als Frankie. »Ich muss die nur mal ins Wasser stellen.« Ich eilte mit den Blumen in der Hand vor ihm und seinen Fragen davon. Wasser tropfte von den Stängeln und rann an meinen Armen hinab. In der Küche verharrte ich kurz über der Mülltonne und überlegte, sie wegzuwerfen. Wie zur Begrüßung stieg ein widerwärtiger Gestank zu mir empor: vergammelter Kohl, der Eintopf von gestern Abend. Er schlug mir mit solcher Wucht entgegen, dass ich würgen musste, und ich wandte mich schnell ab.

Mum kam in ihrem fadenscheinigen Morgenmantel in die Küche; das Haar stand ihr wirr vom Kopf ab, und sie jammerte, dass sie nicht schlafen könne. Natürlich schrie sie angesichts der Blumen begeistert auf. Wer würde das nicht? Und natürlich musste ich so tun, als wären sie von Leon. Lüge über Lüge über Lüge. Sie nahm sie mir ab und sagte, dass ich weiß wie ein Laken sei und mich ins Bett legen solle, sie würde die Blumen für mich in eine Vase stellen.

Als Leon gestern Nachmittag vor der Tür stand, fing Daniel sofort an, ihn wegen der Blumen aufzuziehen. »Ich weiß nicht, wovon du redest«, murrte Leon und wurde rot. Ich zog ihn mit mir in den Flur und schnauzte Daniel an, er solle abhauen.

»Was für Blumen?«, fragte er, als ich ihn die Treppe nach oben in mein Zimmer führte, wo er beinahe über den Bücherstapel neben meinem Bett stolperte.

»Ach, ich glaube, die sind von Frankies Familie. Daniel dachte, sie wären von dir«, erwiderte ich und versuchte, das Thema damit abzutun. Leon schien nicht überzeugt und warf immer wieder verstohlen skeptische Blicke in meine Richtung, als versuchte er, schlau aus mir zu werden. Ich war schon immer eine miese Lügnerin.

»Du siehst immer noch blass aus«, bemerkte er.

Mein Haar war zu einem straffen Pferdeschwanz gebunden, und ich trug kein Make-up. Ich wusste, dass ich nicht besonders gut aussah. Ich hatte dunkle Ringe unter den Augen, und mein Gesicht war ausgezehrt. Und da ich eine Woche lang kaum in der Lage gewesen war, mehr als Suppe zu essen, saß der Bund meiner Jeans locker. Ich konnte es mir nicht leisten, Gewicht zu verlieren, nicht wenn ich meine »Salzletten-Beine« im Zaum halten wollte.

»Ich fühle mich schon besser, jetzt wo du da bist«, sagte ich wahrheitsgemäß. »Ich habe dich vermisst.«

Er saß auf meiner Bettkante und sah zu mir auf. Seine

Augen blickten traurig, und plötzlich erfasste mich eine Woge der Zuneigung zu ihm.

»Ich wollte vorbeikommen«, erwiderte er vorsichtig, »aber du hast mich auf Abstand gehalten. Ich hatte schon Angst, ich hätte was falsch gemacht, als ich letzte Woche bei dir war.«

Ich stellte mich vor ihn und fühlte mich plötzlich den Tränen nahe. »Du hast nichts falsch gemacht. Ich hatte nur Angst, dass du dich ansteckst, wenn ich dir zu nahe komme.«

Er schlang seinen Daumen durch eine Schlaufe an meinem Hosenbund und zog mich zu sich heran. »Ich habe dich ebenfalls vermisst.« Dann ließ er sich nach hinten fallen, sodass ich auf ihm landete, ein einziges Gewirr aus Armen und Beinen. Um auf meinem Pierrot-Bettbezug all die verlorene Zeit wiedergutzumachen!

In diesem Augenblick hatte ich das Gefühl, dass doch noch alles gut werden würde. Solange ich Leon an meiner Seite hatte.

# DIENSTAG

# 30

## Frankie

Gesichter drängen in meine Träume. Gesichter aus der Vergangenheit: du, Leon, Daniel, Jason, selbst seine Schwester. Ich kann mich nicht an ihren Namen erinnern, nur an ihr trauriges, verkniffenes kleines Gesicht auf der Beerdigung und ihr bauschiges blondes Haar. Ich habe seit Jahren nicht mehr an sie gedacht, aber meine Rückkehr hierher und diese anonymen Briefe haben so viel Kummer in mir aufgewühlt, so viele Emotionen – so viel *Schuld*.

Mein Schlaf ist unbeständig; ich träume, dann schrecke ich auf. Ich bin erleichtert, als der erste Lichtstreif durch den Spalt zwischen den Vorhängen fällt, und überrascht, mich im Schlafzimmer wiederzufinden, bis mir mein panischer Anruf bei Daniel nachts um halb drei einfällt – seine schläfrige Stimme, die Erleichterung, als er eine Viertelstunde später mit wirrem Haar und einem benommenen Lächeln vor meiner Eingangstür stand und mir mit erschütternder Klarheit bewusst wurde, dass ich ihn liebte. Ich bin verliebt in ihn, Soph. Ich bin in deinen großen Bruder verliebt. Er war in den vergangenen Tagen mein Fels in der Brandung. Er ist all das, was mir die letzten Jahre gefehlt hat. Wenn ich ehrlich bin, glaube ich, dass ich ihn immer schon geliebt habe, dass ich es nur nicht gemerkt habe, da ich glaubte, jemanden zu brauchen, der ambitioniert ist, geheimnisvoll, unabhängig. Ich ließ mir den Kopf verdrehen von überspannten, anstrengenden Indie-Jungs wie Jez und Leon. Jungs wie Jason. Wo ich doch die ganze Zeit jemand Solides brauchte, jemand Verlässliches, jemand Bodenständiges. Ich war so sehr damit beschäftigt, der Frankie aus meiner Vergangenheit zu entfliehen, wegzurennen, wo doch alles, was ich brauchte, die ganze Zeit schon hier war.

Aber es darf nicht sein. Du weißt das, nicht wahr, Soph?

Ich schlage die Bettdecke zurück, greife nach meinem Morgenmantel, der an der Tür hängt, und schleiche mich ins Wohnzimmer. Daniel liegt zusammengerollt und vollständig bekleidet auf dem Sofa; die Decke bedeckt kaum seinen Körper, und seine Beine sind zu lang, um sie auf dem Polster auszustrecken. Sein schlafendes, ruhendes Gesicht ist friedlich, sein Mund geschlossen, sein Atem flach. Ich verspüre den Drang, ihm das schwarze Haar aus der Stirn zu streichen. Einen Moment stehe ich nur da, starre ihn an und denke, wie glücklich Mia sich schätzen kann, ihn zu haben, als er plötzlich flatternd die Lider aufschlägt. Seine Augen weiten sich überrascht, als er mich neben sich stehen sieht, in meinem Morgenmantel, der gerade so weit offen steht, um den Ansatz meines Dekolletés zu entblößen. Ich weiß, ich weiß, ein billiger Trick. Aber du kennst mich doch, Soph. Ich habe mich nicht so sehr verändert.

Stöhnend setzt er sich auf und fährt sich mit der Hand über die Bartstoppeln. »Wie spät ist es?«

»Kurz nach acht. Ich setze Wasser auf.« Ich tapse in die Küche, doch ich kann bereits seinen Protest hören, als er die Decke von sich schleudert, und das dumpfe Geräusch seiner Füße auf dem Dielenboden, als er die Beine vom Sofa schwingt. Er wird gleich zu ihr zurückrennen. Nicht zum ersten Mal frage ich mich, wie sie wohl aussieht, diese Mia. Er redet kaum über sie, dennoch spricht sein Schweigen Bände.

Ich drücke den Schalter am Wasserkocher und warte. Innerhalb weniger Sekunden erscheint seine hohe Gestalt im Türrahmen, sein Haar steht in alle Richtungen ab, sein Hemd hängt aus der Hose, der Saum ist zerknittert. »Tut mir leid, Franks, ich muss los. Ich muss nach Hause und duschen, bevor ich zur Arbeit gehe.« Mit dem Versprechen, mich später anzurufen, wirft er mir einen theatralischen Luftkuss zu und ahnt nichts von meinem enttäuschten Herzen. Dann ist er fort, und auf einmal fühlt sich die Wohnung viel zu riesig und leer an ohne ihn.

Ich dusche und ziehe mich an, dann zwinge ich mich dazu, etwas Haferbrei hinunterzuwürgen, während mein Blick immer wieder zur Küchenuhr an der Wand zuckt, deren Zeiger sich mit quälender Langsamkeit vorwärtsbewegen. Es ist erst kurz nach halb neun. Ich muss unbedingt ein Café mit Wi-Fi finden, damit ich recherchieren kann, wem das Apartment gegenüber gehört, aber ich bezweifle, dass irgendeines vor neun Uhr geöffnet hat. Etwas Seltsames geht hier vor sich. Warum würde mir das jemand antun wollen? Und dann ein weinendes Baby … als würden sie es wissen, Soph. Aber woher sollten sie? Woher sollte irgendjemand es wissen?

Als Daniel letzte Nacht auftauchte, weinte ich und bebte am ganzen Körper. Er hatte sich im Apartment gegenüber umgeschaut und versuchte, mich zu beschwichtigen, während ich zitternd auf dem Sofa saß. Er hielt meine Hände, während er mir ruhig seine Theorie darlegte: dass der Computer über einen Zeitschalter lief; dass jemand vergessen hatte, ihn auszuschalten; dass das Ganze gar nicht auf mich abzielte, sondern nur ein Zufall war. »Vielleicht hat ihn jemand für ein Forschungsprojekt aufgestellt oder für einen Film. Es gibt einen Haufen Gründe, warum jemand die Aufnahme eines Babys auf seinem Computer haben könnte.«

Er hatte eine rationale Erklärung für alles. Aber tief in mir drin weiß ich, dass es an mich gerichtet ist. Ich habe den Umschlag gesehen mit meinem Namen darauf, auch wenn er später auf wundersame Weise verschwunden war.

Ich denke daran, was Jez gestern gesagt hat, die Anschuldigungen, die er gegen deinen Bruder vorbrachte. Als ich Daniel darauf ansprach, tat er es mit einem Schulterzucken ab, sagte, dass Jez Blödsinn rede, dass er nicht derjenige gewesen war, der sich in der Nacht deines Verschwindens auf dem Pier mit dir gestritten hatte. Dein Bruder war immer schon so offen, seine Gedanken und Gefühle standen ihm ins Gesicht geschrieben. Er konnte es normalerweise kaum erwarten, mit etwas herauszuplatzen. Verbaler Durchfall, hast du es immer genannt.

Aber gestern … ich konnte ihm ansehen, dass er etwas vor mir verheimlichte.

Das weinende Baby. Es erschien mir wie ein grausamer

Scherz, den jemand vorsätzlich ausgeheckt hatte, um mich zu verletzen. Ich hatte Daniel damals von meinem Wunsch erzählt, Kinder zu bekommen – er ist der Einzige aus Oldcliffe, dem ich es je gesagt habe. Ein Gedanke nimmt in meinem Kopf Gestalt an … ein Gedanke, der so ungeheuerlich ist, dass ich ihn rasch beiseiteschiebe, da ich mich weigere, ihn selbst mir gegenüber auszusprechen.

Ich muss Daniel vertrauen. Ich rufe mir in Erinnerung, wie sehr er mich damals geliebt hat, und ich weiß, dass ich ihm immer noch etwas bedeute. Ich muss an diesem Gedanken festhalten, Sophie, denn es gibt sonst niemanden.

Ich schließe die Augen und reibe mir die Stirn. Mein Gehirn fühlt sich an wie Watte, und ein Kopfschmerz zerrt an meinen Schläfen. Ich weiß, dass es der Schlafmangel ist – zu viele Nächte zusammengerollt auf diesem durchgelegenen Sofa, nach einer Flasche Wein. Die Woche erstreckt sich vor mir wie ein endloser Stau auf einer Autobahn. Ich kann nicht einmal nach Hause zurück, außer ich will das Haus mit einem feindlich gesinnten Exfreund teilen – falls Mike überhaupt dorthin zurückgekehrt ist. Ich habe nichts von ihm gehört, seit er gestern davongestürmt ist.

Ich trinke den Rest meines Kaffees und packe Laptop und Handy in meine große Umhängetasche. An der Tür halte ich inne, meine Gedanken rasen, plötzlich habe ich Angst, was ich draußen auf dem Flur vorfinden könnte. Wird derjenige, der mich letzte Nacht mit diesen gruseligen Aufnahmen terrorisiert hat, da sein und mich durch den Spion beobachten?

Ich ziehe vorsichtig die Tür auf und spähe auf den Flur. Die schwache Wintersonne kämpft sich durch das bogenförmige Buntglasfenster und erhellt den sonst so dunklen Treppenabsatz. Die Tür gegenüber ist geschlossen, und ich frage mich, ob sie immer noch nur zugezogen ist oder ob jemand hochgekommen ist und sie abgesperrt hat, während Daniel und ich schliefen. Erleichtert, dass der Korridor leer ist, trete ich hinaus und schließe die Tür hinter mir.

Etwas raschelt unter meinen Füßen. Ich blicke nach unten, und meine Brust wird eng, als ich den großen braunen Briefumschlag bemerke, der unter dem Absatz meines Stiefels steckt. Ich bücke mich, hebe ihn auf und bemerke sofort den Blutfleck, der im oberen linken Eck prangt wie eine makabre Briefmarke. Sofort weiß ich, dass es der Umschlag ist, der gestern auf dem Schreibtisch lag. Derjenige, der mysteriöserweise verschwunden ist.

Ich reiße ihn auf und ziehe ein einzelnes schlichtes Blatt Papier heraus.

**ICH BEOBACHTE DICH.**

Die Härchen auf meinen Armen stellen sich auf, und ich reiße den Kopf herum. Beinahe erwarte ich, jemanden in der Tür des Apartments gegenüber lauern zu sehen. Aber da ist nichts, bis auf die weiß lackierte Tür und die silberne Nummer drei, die im schwachen Sonnenlicht schimmert.

»Fick dich!«, sage ich zu der Tür und recke als Zugabe meinen Mittelfinger. Ich widerstehe dem Drang, die Treppe hinunterzurennen, so schnell meine Beine mich tragen können. Obwohl alle meine Instinkte mir zurufen, genau das zu tun. Ich steige die Stufen hinab und versuche, ruhig zu bleiben und nicht darüber nachzudenken, dass ich verfolgt werde. Oder an die Hand an meinem Rücken, die mich in den sicheren Tod stößt. Ich umklammere das Treppengeländer und schlucke meine Angst hinunter.

Erst als ich mühsam die schwere Eingangstür aufgeschoben habe, erst als ich knirschend über den Kies zu meinem Auto gelaufen bin und mich auf den Fahrersitz habe gleiten lassen, erlaube ich es mir, meinen Tränen freien Lauf zu lassen.

Ich kann es nicht mehr abstreiten, Sophie. Ich habe Angst. Ich habe wirklich schreckliche Angst.

Wunderbarerweise schaffe ich es, ein offenes Café in der Nähe der Hauptstraße zu finden, in einer kopfsteingepflasterten Seitengasse fast hinter dem Hotel, in dem ich aufgewachsen bin. Es ist klein und praktisch leer. Obwohl es ein Stück vom Meer entfernt ist, kann ich, als ich mich ins Eck an ein Fenster setze, das Kreischen der Seemöwen hören und das Salz in der Luft riechen, das mich daran erinnert, dass ich immer noch in Oldcliffe bin.

Die Kellnerin versucht, mich in ein Gespräch zu verwickeln, als sie mir einen Kaffee und ein Croissant bringt. »Ich habe Sie hier noch nie gesehen«, sagt sie mit einem satten West-Country-Akzent und stellt meinen Kaffee, der zu viel Milch enthält, vor mir ab. Ich hatte nach einem Americano gefragt, aber sie hat mich nur mit einem ratlosen Blick angeschaut, also habe ich mich für einen normalen Kaffee entschieden. Es überrascht mich, dass sie nicht weiß, wer ich bin. Alle anderen Leute in dieser Stadt scheinen mich zu kennen.

Sie steht neben meinem Tisch, glättet ihre Schürze und mustert mich durch ihre zusammengekniffenen Augen. Mir ist klar, dass sie versucht, mich einzuordnen. Ich blicke zu ihr auf. Sie ist etwa in meinem Alter, mit rotem Haar und Sommersprossen. Ihr Namensschild zerrt an einem Zipfel meiner Erinnerung. Bin ich mit ihr zur Schule gegangen?

»Frankie? Du bist doch Frankie, oder? Ich dachte mir, dass du es bist.«

Ich lächle und versuche, ihren Namen heraufzubeschwören.

»Jenny. Jenny Powell. Ich war an der Schule mit dir in einer Klasse, weißt du noch?« Sie hantiert mit ihrem Block und Stift herum, und ihr fröhliches Gesicht wird von einer Wolke überschattet. Sie erinnert sich. Und das erinnert mich daran, wie die Leute mich angesehen haben, nachdem du verschwunden warst. »Schreckliche Angelegenheit.« Sie schüttelt den Kopf. »Weißt du, die Stadt ist nie darüber hinweggekommen, dass Sophie Collier einfach so verschwunden ist. Und jetzt habe ich gehört, dass sie tot ist.«

Sie schüttelt immer noch den Kopf, während sie mich anschaut, und ich sehe noch etwas anderes in ihren Augen – den kleinen Funken Hoffnung auf ein bisschen Tratsch.

»Bist du deswegen zurück? Um herauszufinden, was mit ihr passiert ist?« Ich öffne den Mund, um etwas zu erwidern, aber sie redet hektisch weiter. »Es ist so lange her … Wie viele Jahre sind es jetzt? Achtzehn?«

Ich nicke.

»Schreckliche Angelegenheit.« Sie kaut nachdenklich an ihrem Stift, wobei ihre Augen nicht von meinen lassen. Und plötzlich fällt mir ein, wer sie ist: An der Schule hatte sie Zöpfe, so straff, dass ich mir immer vorstellte, dass ihre Mutter sie in einem Wutanfall geflochten haben musste, die Strähnen fest gepackt und so gekonnt umeinandergeschlungen, dass kein Härchen es wagte, aus der Reihe zu tanzen. Es verlieh ihr eine strenge Aura. Sie war damals mit Helen befreundet, und ich glaube, sie wäre auch gerne deine Freundin geworden – wenn ich nicht gewesen wäre.

»Ich habe sie wirklich gemocht«, sagt sie beinahe zu sich selbst. »Sie war nett zu mir an der Schule. Und zu Helen. Wir waren die Außenseiterinnen, die Streberinnen.« Sie lacht, aber ich kann den Nachhall der Kränkung hinter ihren Worten hören.

Du hattest immer was für einsame Streuner übrig. Du warst ja selbst einer, bis ich dich unter meine Fittiche nahm.

»Ja, sie war nett«, erwidere ich. »Alle haben sie gemocht.« Ich habe dich immer für einen netteren Menschen gehalten als mich, Soph. Du hast das, was dir passiert ist, nicht verdient.

Als sie meinen Kummer bemerkt, berührt Jenny mitfühlend meine Schulter. »Es tut mir leid«, sagt sie sanft. »Es muss schwer sein, wieder hier zu sein, mit all diesen Erinnerungen.«

Ich pflichte ihr bei. Nicht zuletzt, weil du hier bei mir bist. Aber das behalte ich für mich.

»Sie sollten diesen alten Pier abreißen, er ist ein Schandfleck«, fährt sie aufgebracht fort. »Und gefährlich dazu. Ich verstehe nicht, warum sie ihn all die Jahre haben stehen lassen.«

Ich weiß, dass du diese Meinung nicht teilen würdest. Du mochtest alles, was alt war und vergangen.

»Ja, das wünschte ich auch.«

Sie bedenkt mich mit einem weiteren Blick und lässt mich dann dankbarerweise allein, um einen anderen Gast zu bedienen.

Ich nehme einen Schluck von dem dünnen Kaffee und zwinge mich, ihn hinunterzuwürgen. Dann klicke ich den Safari-Browser an und bin erleichtert, als die Verbindung hergestellt wird. Ich rufe die Homepage des Grundbuchamts auf und finde die Rubrik mit den Besitzerinformationen. Es ist überraschend einfach. Ich gebe die Adresse des Ferienapartments gegenüber von meinem ein und warte mit wild klopfendem Herzen. Eine kleine Gebühr ist fällig. Ich beuge mich nach unten und hole mein Portemonnaie aus der Tasche. Ich blicke über meine Schulter, um sicherzugehen, dass ich nicht beobachtet werde, aber außer mir sitzt nur ein anderer Gast im Café, ein älterer Herr, der in einer Zeitung liest. Ich gebe schnell meine Kreditkarteninformationen ein und warte, dass der Name des Besitzers auf dem Bildschirm auftaucht. Meine Handflächen sind feucht, der Kaffee gluckert in meinem Magen. Ich schnappe laut nach Luft, woraufhin der ältere Herr von seiner Zeitung aufblickt. Die Worte verschwimmen vor meinen Augen.

| | |
|---|---|
| Adresse: | Apartment 3, Beaufort Villas, Hill Street, Oldcliffe-on-Sea, Somerset |
| Erwerbsdatum: | September, 2004 |
| Eigentümer: | Mr. Leon James McNamara |

# 31

## Sophie

*Dienstag, 12. August 1997*

Meine Lügen schieben sich wie ein Graben zwischen mich und Leon, ihr Gift saugt alles Gute aus unserer Beziehung. Und ich fühle mich so schuldig, weil all das mit meiner dummen kleinen Teenie-Schwärmerei angefangen hat. Mit meinem Ego. Was hatte ich mir davon erhofft, Alistair zu küssen? Ich habe mich geschmeichelt gefühlt, als er mich zuerst küsste, als hätten sich all die pubertären Fantasien endlich ausgezahlt. Ich habe es für das dürre, pickelige Mädchen getan, das ich einst war. Um mich besser zu fühlen, begehrt. Was für eine Idiotin ich doch war. Ich hasse mich dafür. All meine Unsicherheiten – wegen meines Aussehens, wegen Frankie, weil ich immer nur die zweite Geige spielte – offenbarten sich in jenem wahnwitzigen Moment. Und nun zahle ich den Preis.

Mit meiner Magen-Darm-Ausrede war es mir gelungen, Alistair eine Weile aus dem Weg zu gehen, doch dann erfuhr ich gestern Mittag, dass ich den Job in dem Verlag in Ealing bekommen hatte. Ich war so erleichtert, als ich den Umschlag aufriss und den Brief las, dass ich in laute Tränen ausbrach. Mum eilte in den Flur, tiefe Sorge zeichnete sich auf ihrem liebevollen Gesicht ab, bis sie begriff, dass es Freudentränen waren. Ich nahm ihr und

Daniel das Versprechen ab, es noch niemandem zu erzählen.

Der Brief gab mir den nötigen Antrieb, um es aus dem Haus zu schaffen. Ich brauchte meinen alten Job in der Fischbude wieder. Selbst mit Stan zusammenzuarbeiten, war besser, als ins Hotel zurückzukehren. Als ich zum Strand runterlief, versuchte ich, das Unbehagen zu unterdrücken, das mich zu überwältigen drohte. Alistair folgte mir nicht, es gab kein Anzeichen von ihm oder seinem Wagen, dennoch fühlte ich mich schrecklich ungeschützt und ängstlich.

Glücklicherweise sagte Stan, ich könne meinen alten Job wiederhaben, und ich bedankte mich, erleichtert darüber, wieder Geld verdienen zu können. Ich brauchte so viel wie möglich, wenn ich nach London ziehen wollte.

Ich war mit Leon am alten Pier verabredet. Wie betäubt bewegte ich mich durch die Stadt, malte mir aus, wie ich von hier fortgehen würde, sorgte mich darum, wie ich es Leon beibringen sollte, hatte Angst, Alistair könnte es herausfinden. Es bedeutete natürlich auch, dass ich es vor Frankie geheim halten musste.

Noch eine Lüge – aber ich kann es nicht riskieren, dass sie es ihrem Vater erzählt.

Während ich die Promenade entlangging, hörte ich, wie ein Auto neben mir hielt. Ohne hinzuschauen, wusste ich, dass er es war. Es war helllichter Nachmittag. Überall waren Menschen, saßen auf der Ufermauer und aßen Pasteten und Eis und sonnten sich am Strand, deshalb wusste ich, dass ich nicht in Gefahr war. Es war eine Parkverbotszone, trotzdem hielt ihn das nicht davon ab, aus seinem Wagen zu steigen. Warum glaubte er eigentlich, dass er über dem Gesetz stand? Entschlossen lief ich weiter, wobei mir bereits klar war, dass er mich mühelos in ein paar Schritten eingeholt haben würde.

»Hallo, Sophie«, sagte er und verfiel neben mir in Gleichschritt. »Fühlst du dich besser?«

»Viel besser«, erwiderte ich, während ich stur geradeaus starrte und mir überlegte, dass ich, falls er etwas versuchen sollte, einfach nur losbrüllen würde – hier, mitten auf der geschäftigen Promenade, vor all den netten alten Damen und freundlichen alten Herren, vor den jungen Familien und den lauten Teenagern.

»Ich nehme an, dass du nicht mehr ins Hotel zurückkommst. Ich habe dich vermisst.«

Nicht mit ihm reden, beschloss ich. Es war das Beste, ihn zu ignorieren.

»Ich schätze, das heißt nein«, sagte er mit Bedauern in der Stimme. »Das ist sehr schade.«

Ich ging weiter. Nicht beachten, nicht beachten, nicht beachten, ermahnte ich mich in einem fort.

»Ich weiß, dass du mich liebst«, fuhr er fort. »Ich weiß, dass du mit mir zusammen sein willst. Ich warte auf dich, Sophie. Ich werde nicht aufgeben. Hast du meine Blumen bekommen?«

Ignorieren, ignorieren, ignorieren.

Wollte er mir den ganzen Weg zum alten Pier folgen? Was würde Leon sagen, wenn ich mit Alistair im Schlepptau auftauchte?

»Weißt du«, sagte er, als plaudere er über etwas Nichtssagendes wie das Wetter, »ich glaube, ich habe dir meine Liebe bewiesen, indem ich dein Geheimnis für mich behalten habe. Damals, zweiundneunzig.«

Ich weigerte mich, den Köder zu schlucken, aber seine Absicht war mehr als klar. Erpressung.

Ich schritt entschlossen weiter, und ein paar Sekunden später spürte ich, dass Alistair nicht mehr neben mir ging. Ich warf einen Blick über meine Schulter und sah ihn winkend ein kleines Stück hinter mir stehen, mitten auf dem Gehweg.

»Bis bald!«, rief er fröhlich. Fünf Minuten später fuhr ein Auto vorbei und hupte. Ich musste nicht hinsehen, um zu wissen, dass er es war.

Als ich dem gebogenen Pfad folgte, der aus der Stadt hinausführte, wurde die Menschenmenge kleiner, die Straßen ruhiger, das einzige Geräusch war das Rauschen der schäumenden See, die sich an den Felsen brach. Ich machte mir Sorgen, Alistair könnte noch da sein, vielleicht in der Nähe parken und mich beobachten. Ich war erleichtert, als ich Leon in einiger Entfernung an den Laternenpfosten gelehnt sah. In diesem Moment hätte ich ihm am liebsten alles erzählt. Aber ich hatte Angst. Was würde er tun? Er könnte es Frankie erzählen, und dann würde sie nie wieder ein Wort mit mir reden. Sie würde es mir nie verzeihen, dass ich ihren Dad geküsst hatte. Vielleicht würde mir auch Leon nicht glauben. Womöglich würde er denken, dass ich das gewollt hatte, dass ich Alistair dazu verführt hatte. Und dann hätte ich ihm noch nicht einmal das von Jason erzählt. So viele Lügen.

Leon stürmte mir entgegen, sobald er mich sah, und sein Gesicht strahlte auf, als hätte er mich seit Wochen nicht gesehen. »Wie geht es dir?«

»Immer noch ein bisschen schwach auf den Beinen«, sagte ich wahrheitsgetreu, als ich ihn umarmte.

»Bist du okay? Du zitterst.«

»Mir geht's gut«, murmelte ich an seiner Schulter und presste meine Nase in das kühle Leder seiner Jacke. Sie roch schwach nach Zigaretten und Trockeneisnebel aus dem *Basement*.

Er drückte mir einen Kuss aufs Haar und wich dann zurück. »Komm, lass uns zu mir gehen, ausnahmsweise ist mal niemand da.« Er griff nach meiner Hand, als wir losgingen, und plauderte den ganzen Weg über. Ich wollte ihm von dem Job in Ealing erzählen, aber aus irgendeinem Grund schaffte ich es nicht. Er wirkte so glücklich, und nach meiner Begegnung mit Alistair wollte ich die Harmonie nicht stören. Ich verzehrte mich nach Normalität. Also schwieg ich den ganzen Weg bis zu seinem Haus.

Als wir bei Leon ankamen, gingen wir direkt hoch in sein Zimmer. Er legte die Lightning Seeds auf, als Platte natürlich – Leon kaufte nur Vinyl. Ich lauschte der Musik und dem tröstlichen leisen Kratzen der Nadel, den Kopf an seine Brust gelegt. Er hatte seine Jacke ausgezogen, und der Baumwollstoff seines T-Shirts schmiegte sich weich an meine Wange. Die spätnachmittägliche Sonne strömte durch seine rot und grau gestreiften Vorhänge. In diesem Augenblick fühlte ich mich so sicher wie seit langer Zeit nicht mehr.

Ich verlagerte mein Gewicht und stützte mich auf einen Ellbogen, sodass ich auf Leon hinunterblicken konnte, der friedlich auf dem Kissen lag. Ich strich ihm das Haar aus der gebräunten Stirn. So wunderschönes dichtes, dunkles Haar, dachte ich und musste einen Schluchzer unterdrücken. Leon streckte die Hand aus und berührte sanft mein Gesicht.

»Ich habe den Job bekommen«, sagte ich plötzlich. »Sie wollen, dass ich schon bald anfange.« Ich verzog das Gesicht, um ihm zu zeigen, wie nervös ich war.

Leon riss erstaunt die Augen auf. Dann, und das rechnete ich ihm hoch an, stieß er einen Freudenruf aus und setzte sich auf, um mich zu umarmen. »Das sind tolle Neuigkeiten! Ich wusste ja, dass du es schaffst!« Dann wurde sein Ausdruck ernst. »Wie bald wirst du anfangen?«

»Am fünfzehnten September.« Das Herz rutschte mir in die Hose, als wäre ich über eine Bodenwelle gefahren.

Er legte die Stirn in Falten, und seine Augen umwölkten sich. »Ich hoffe, ich klinge jetzt nicht zu bedürftig oder nervig … ich freue mich für dich, wirklich, aber … was heißt das für uns beide?«

Ich ließ den Kopf sinken. Das Vernünftigste wäre es, die Sache zu beenden. Ich liebte ihn, aber unsere Beziehung fußte auf einer Lüge.

»Willst du, dass wir Schluss machen?«, fragte er beunruhigt. »Warst du deswegen so distanziert in letzter Zeit?«

»Nein. Ich weiß nicht. Wir … Leon, wir sind keine zwei Monate zusammen …«

Er riss seinen Blick von meinem los. »Aber ich liebe dich«, sagte er leise zu seinem Schoß.

Und ja, mir ist klar, dass es lächerlich ist, weil wir uns erst seit so kurzer Zeit kennen, aber ich liebe ihn ebenfalls. Dennoch durfte ich nicht zulassen, dass mir meine Gefühle in die Quere kamen. Ich brauchte einen klaren Schnitt. »Leon … wir kennen uns doch kaum.«

»Liebst du mich nicht?«

»Das ist es nicht – ich liebe dich. Aber wir sind ganz am Anfang, und da gibt es so viele … da ist zu viel …« Ich wollte ihm sagen, dass es zu viel gab, was er nicht über mich wusste.

»Ich habe dir alles von mir erzählt«, sagte er. »Ich habe dich nie angelogen. Ich weiß, dass du Männern nicht vertraust, wegen deines Dads, aber mir kannst du vertrauen, Soph.« Er nahm meine Hände in seine, und seine blauen Augen blickten mich flehentlich an. »Ich würde dich nie im Stich lassen. Das verspreche ich.«

Er klang so aufrichtig, so offen und ehrlich, dass meine Augen sich mit Tränen füllten, und ich biss mir auf die Lippe, um sie zurückzuhalten. »Ich weiß«, antwortete ich leise. »Aber ich habe dich im Stich gelassen, Leon. Ich war nicht aufrichtig zu dir, und ich kann nicht mehr den Anschein wahren. Es macht mich krank.«

Ich öffnete den Mund, um ihm alles zu erzählen: von der Nacht, in der Jason starb, von dem Nachmittag im Hotel, als ich Alistair geküsst hatte, davon, wie er mir ständig nachstieg. Ich stellte mir den Schmerz, die Kränkung und die Wut in Leons Gesicht vor, seinen Abscheu, die Eifersucht. Ich stellte mir vor, wie er losging, um die Sache mit Alistair zu klären, ihn vielleicht zu verprügeln. Ich stellte mir vor, wie die Polizei auftauchte und ihn wegen Körperverletzung festnahm – und dann mich, weil ich Informationen zu Jasons Unfallnacht vorenthalten hatte, und so schloss ich den Mund wieder und schluckte die Worte hinunter. Wie könnte ich es ihm je sagen? Ich steckte zu tief drin.

»Was meinst du damit, du hast mich im Stich gelassen?« Ein gefährliches Flackern blitzte in seinen Augen auf. »Hast du mich betrogen, Sophie?«

»Nein … natürlich nicht …«

Er wirkte nicht überzeugt. Wie ich schon sagte, ich war schon immer eine miese Lügnerin.

»Es ist nur … ich kann mich gerade nicht fest binden. Nicht mit all dem, was vor uns liegt. Ich werde nach London ziehen. Und du musst hierbleiben und deine Ausbildung beenden. Es ist besser, einen klaren Schnitt zu machen.«

Ein Ausdruck von Schmerz huschte über sein Gesicht, und allein das Wissen, dass ich ihm das antat, brach mir das Herz. Er drückte meine Hand. »Lass uns keine überstürzten Entscheidungen treffen. Du ziehst erst in drei Wochen weg. Lass uns sehen, wie die Dinge sich entwickeln. Wir könnten es eine Weile mit einer Fernbeziehung versuchen … und wenn ich mit meiner Ausbildung fertig bin, kann ich auch nach London kommen. Ich …« Seine Stimme brach, und er wandte beschämt den Blick ab. »Ich will dich nicht verlieren.«

Ich öffnete den Mund. Dann schloss ich ihn wieder. In jenem Augenblick sehnte ich mich nur noch danach, mit ihm zu verschmelzen, damit ich vollständig und für immer verschwinden könnte.

Wir sprachen nicht mehr darüber, während wir auf dem Bett lagen und uns den Rest des Albums anhörten. Wir klammerten uns aneinander, mein Kopf auf seiner Brust, und wussten tief in unserem Inneren, dass das zwischen uns nicht von Dauer sein konnte. Unsere Tage sind gezählt.

# 32

## Frankie

Das Café verschwimmt vor meinen Augen, und ich muss mich an der Tischkante festhalten. Der Kaffee droht mir wieder hochzukommen. Das Apartment gehört *Leon*. Bedeutet das, er ist für das falsche Babygeschrei verantwortlich? Für die Briefe? Er wohnt ganz offensichtlich nicht dort. Was also tut er? Geht er dorthin, wenn er mir Angst einjagen will? Wenn er seine feigen Botschaften an mich abliefern will? Und schleicht sich dann zu seinem Bruder, sodass ich ihn nicht auf frischer Tat ertappen kann? Wie unreif von ihm. Wie erbärmlich. Ich habe es dir doch gesagt, Soph. Ich habe dir gesagt, dass er Ärger bedeutet, dass von ihm nichts Gutes kommt.

Neulich im Auto war er mir gegenüber so feindselig, so kühl. Er hasst mich, das weiß ich. Aber was ich nicht verstehe, ist das Warum. Was habe ich ihm je getan, dass er mich so verachtet? Wir haben einmal miteinander geschlafen, aber es war nur dieses eine Mal. Hast du ihm von Jason erzählt? Gibt er uns die Schuld dafür? Es ist offensichtlich, dass sich seine Wut nun, da du tot bist, gegen mich richtet. Jason *muss* einfach der Grund sein.

Meine Finger sind ganz schwach, als ich Leons Namen in Google eingebe. Ich erwarte eigentlich nicht, etwas zu finden, daher bin ich überrascht, als ein kleiner Artikel einer

Bristoler Tageszeitung auf dem Bildschirm auftaucht. Er ist nur einige Absätze lang, ohne Fotos, aber es geht darum, dass Leon im Jahr 2004 Aktien eines IT-Unternehmens für »eine beträchtliche sechsstellige Summe« verkauft hat. Eine kurze Suche auf der Zoopla-Immobilien-Website bestätigt, dass er das Apartment in eben diesem Jahr gekauft hat. Er muss es die letzten zwölf Jahre an Touristen vermietet haben. Er hat mir erzählt, dass er im Ausland gearbeitet hat, also kann er nicht darin gewohnt haben.

Benommen starre ich den Bildschirm an, unsicher, was mein nächster Schritt sein soll. Leon zur Rede stellen? Dann fällt mir ein, wie er am Sonntag im Auto auf mich reagiert hat, sein Zorn und sein Abscheu. Ich will nicht allein mit ihm sein, er ist ganz offensichtlich ein Psychopath. Ich habe versucht, dich vor ihm zu warnen, aber du hast mir nicht geglaubt. Oh, Soph. Nicht dass ich es dir vorwerfen kann. Wer würde schon glauben wollen, dass hinter diesem sexy, mysteriösen Äußeren ein Monster lauerte? Außerdem bin ich doch ganz genauso auf ihn hereingefallen wie du – zumindest für eine Weile.

Doch nicht heute. Heute sehe ich ihn in all seiner abstoßenden Herrlichkeit.

Ich greife nach meinem Handy. Die Zeitangabe leuchtet auf – 09.37 Uhr. Daniel müsste mittlerweile bei der Arbeit sein; für einen Moment überlege ich mir, ihn nicht damit zu behelligen, ich habe ihn schon genug gestört. Aber wie soll ich es ihm denn *nicht* sagen? Das hier ist eine große Sache. Es ist vorbei … ich kann nach Hause gehen.

»Ist alles in Ordnung?« Jenny ist wieder neben mir aufgetaucht, steht viel zu dicht bei mir und trägt ein geduldiges Lächeln zur Schau, während sie sich den Hals verrenkt, um einen Blick auf den Bildschirm meines Laptops zu werfen. Ich klappe ihn betont entschlossen zu.

»Alles super«, antworte ich.

Sie runzelt die Stirn, als sie die halb leere Kaffeetasse neben meinem Ellbogen erblickt, auf deren Oberfläche kleine fettige Milchflocken treiben wie Schaum in einem Tümpel. »Hat dir der Kaffee nicht geschmeckt? Es gibt einen Costa die Straße weiter runter«, sagt sie, sammelt meine Tasse auf und wischt übereifrig den braunen Kaffeering von der weißen Resopalplatte, wobei sie einen leichten Duft von Bleiche verbreitet. »War nett, dich wiederzusehen, Frankie.« Dann eilt sie zurück hinter die Theke.

Ich nehme das als Hinweis zu gehen, obwohl der Laden immer noch leer ist bis auf den alten Mann, der in seine Zeitung vertieft ist.

Der Wind ist beißend kalt, als ich die Hauptstraße entlanglaufe. Ich zerre mir den Schal über das Kinn, wobei ich stolpere und mir auf den Pflastersteinen beinahe den Knöchel verrenke. Meine hohen Absätze werden unter diesen Umständen nicht lange durchhalten. Ich drücke mich in den Eingang einer Boutique, in der billige Klamotten verkauft werden, während die dröhnende Dance-Musik am frühen Morgen meine Ohren attackiert. Ich krame in meiner Tasche nach meinem Handy, meine Finger sind trotz der Lederhandschuhe schon ganz taub vor Kälte. Eine junge Frau schiebt eilig einen Buggy an mir vorbei, darin sitzt ein pausbäckiges, in eine Fleecedecke gekuscheltes Kind mit rosa Mütze. Es lacht mich glucksend an, und mein Herz zieht sich schmerzhaft zusammen. Ich denke an all die Fehlgeburten, all diese verlorenen Babys, und meine Augen brennen. Wütend wische ich die Tränen weg. Ich habe keine Zeit für Trauer und Reue. Ich wende widerstrebend den Blick von dem kleinen Mädchen ab und zerre mir mit den Zähnen die Handschuhe von den Fingern. Das Display verschwimmt vor meinen Augen. Ich blinzle die Tränen weg und sammle mich, bevor ich Daniels Nummer wähle.

»Ja«, meldet er sich zerstreut. Ich kann den Lärmpegel im Hintergrund hören, das Klingeln von Telefonen und das Stimmengewirr. Er ist bei der Arbeit. Gott, wie ich mich nach Arbeit sehne.

»Daniel«, krächze ich.

»Franks? Bist du okay?« Er klingt besorgt.

»Entschuldige, ich weiß, dass du bei der Arbeit bist. Es tut mir leid, dass ich dich wieder störe, aber ich muss mit dir reden. Es ist dringend.«

»Wo bist du?«

Ich trete aus dem Ladeneingang und drehe mich um, um nachzuschauen, wie er heißt. »Fiz Fashions«, lese ich vom Neonschild über meinem Kopf ab. »Ich stehe davor. Der Laden ist in der Hauptstraße. Sollen wir uns an der Promenade treffen?«

»Ich bin in zehn Minuten da«, sagt er.

»Ich warte in meinem Wagen. Auf dem Parkplatz gegenüber vom Grand Pier.«

»Wir könnten uns doch auch im *Seagull* treffen?«

Ich denke kurz darüber nach, aber der Gedanke, Helen

zu sehen oder Leon oder Lorcan über den Weg zu laufen, ist zu viel für mich. »Nein … ich warte lieber in meinem Auto. Aber beeil dich. Ich … Es ist dringend. Ich glaube, ich weiß, wer Sophie umgebracht hat.«

Eine hörbare Stille macht sich am anderen Ende der Leitung breit. Selbst die Redaktionsabteilung scheint zu verstummen, als würden alle kollektiv Luft holen. Schließlich: »Wirklich? Das ist … Ich meine, woher?«

»Ich werde dir alles erklären. Komm einfach so schnell wie möglich her.« Dann lasse ich das Handy sinken und denke an Leon. An dich. Und daran, Oldcliffe für immer zu verlassen.

# 33

## Sophie

*Dienstag, 12. August 1997*

Es ist schon spät, als ich das hier schreibe. Heute Abend bin ich mit Leon ins *Basement* gegangen, da Studentenabend war – zwei Bier zum Preis von einem. Jetzt, da ich weiß, dass ich den Job in London habe, war ich nervös bei dem Gedanken, Frankie zu treffen.

Am Sonntag habe ich sie zum letzten Mal gesehen. Sie war vor Leon bei mir vorbeigekommen, um sich zu erkundigen, wie es mir ging, und wollte wissen, wann ich wieder im Hotel anfangen würde. Ich sagte ihr, dass ich nicht mehr zurückkommen würde, und redete mich mit den frühen Arbeitszeiten heraus, doch ich konnte sehen, dass sie eingeschnappt war.

»Aber es hat doch Spaß gemacht, zusammen zu arbeiten«, hatte sie schmollend erwidert. »Ich sehe dich überhaupt nicht mehr.«

Ich schlug ihr vor, zusammen zur Studentennacht ins *Basement* zu gehen, und das schien sie zu besänftigen.

Der Klub platzte aufgrund des Zwei-für-eins-Angebots aus allen Nähten. Eine Gruppe langhaariger Metaller stand in der Ecke und moshte zu einem Song von Nine Inch Nails. Heute Abend war ein anderer DJ da, ein Typ namens Tony (oder Tone, wie er lieber genannt wurde, was kein besonders cooler Name für einen DJ ist!), der einen Hang zu härteren Riffs hatte. Eine Wolke aus Trockeneisnebel waberte um ihre fettigen Köpfe. Er kitzelte in meiner Nase und ließ meine Augen brennen.

»Alles okay mit dir?«, brüllte Leon über die Musik hinweg. Wir standen an der Bar, die von einer mindestens vierreihigen Mauer aus Menschen belagert wurde. So würden wir nie etwas zu trinken bekommen.

Ich lächelte ihn an, aber er bedachte mich mit einem sorgenvollen Blick. Wir weigerten uns beide beharrlich, über meinen neuen Job zu sprechen, obwohl er groß und schwer zwischen uns stand. So viele Dinge haben sich wie ein Keil zwischen uns geschoben – wir driften immer weiter auseinander.

Als Nächstes legte Tone einen Song von Rage Against the Machine auf, und als ich mich umdrehte, sah ich Frankie aus der Nebelwolke auftauchen wie ein Popsternchen in einem Musikvideo. Sie trug ein kurzes blaues Etuikleid und hohe Stiefel.

»Soph!«, rief sie und bahnte sich mithilfe ihrer Ellbogen den Weg zu mir. Beinahe bekam sie den fettigen Pferdeschwanz eines Typen ins Auge, als der beim Moshen den Kopf nach hinten schleuderte. »Pass doch auf!«, schnauzte sie ihn an, obwohl ihre Worte in der lauten Musik untergingen. »Scheiß Metaller.« Sie schlang ihre Arme um mich und rückte dann von mir ab, um mich zu mustern. »Wie fühlst du dich? Ich habe gehofft, du würdest es dir mit der Arbeit noch mal überlegen. Ich vermisse dich.«

»Ich habe meinen alten Job wieder.«

»Ich kapiere nicht, warum du wieder in dieser stinkenden Fischbude arbeiten willst«, entgegnete sie.

»Das habe ich dir doch gesagt … ich kann so früh morgens nicht arbeiten.«

»Ich kann dich nicht hören!«, brüllte sie über die Musik hinweg. Sie packte meinen Arm, um mich mit sich fortzuziehen, und ich warf einen panischen Blick über die Schulter zu Leon, doch er war zu beschäftigt damit, sich zur Bar durchzukämpfen.

Ich hatte keine Wahl, als mich von Frankie durch die Menge und die große doppelflügelige Haupttür in den Eingangsbereich führen zu lassen, wo sich die Garderobe, der Ausgang und die Damentoiletten befinden. Dort war es ruhiger, das Hämmern der Musik wurde von der massiven Brandschutztür gedämpft. Wir standen in der Nähe des Ausgangs, und die warme sommerliche Abendluft wehte herein. Frankie wühlte in ihrer Tasche nach Zigaretten. Sie bezeichnete sich selbst als Partyraucherin, da sie sich immer nur eine anzündete, wenn wir ausgingen. Ich habe noch nie kapiert, was daran toll sein soll. In der sechsten Klasse habe ich einmal an einer Zigarette gezogen, hinter den Fahrradunterständen, um Ian Harris zu beeindrucken. Aber der Rauch blieb mir im Hals stecken, und ich musste so sehr husten und keuchen, dass es kein Wunder war, dass er mich nie wieder fragte, ob ich mit ihm hinter die Fahrradständer gehen wollte!

»Okay, Soph«, sagte sie durch einen Rauchschwall hindurch. »Was ist los?«

Ich wand mich unter dem eindringlichen Blick dieser grünen Augen. »Was meinst du?«

»Na mit dir.« Sie zog die Brauen zusammen. »Du gehst mir aus dem Weg.«

»Wir haben uns doch Sonntag getroffen.« Ich starrte auf meine blauen Adidas-Gazelle-Turnschuhe.

»Ja, eine halbe Stunde, und dann konntest du mich nicht schnell genug wieder loswerden. Etwas ist im Busch. Ich bin doch nicht blöd.« Sie zog noch einmal tief an ihrer Kippe. »Und außerdem, wenn du mir nicht aus dem Weg gehen willst, warum solltest du dann wieder bei diesem stinkigen Fischimbiss anfangen? Mein Dad gibt dir das Doppelte von dem, was Stan zahlt.«

»Wohl kaum«, murmelte ich und vermied immer noch den Augenkontakt. Ich versuchte, ein Schaudern zu unterdrücken, als ich an Alistair dachte.

Ich sah auf und begegnete ihrem feindseligen Blick. Sie nahm einen weiteren Zug. Dann schnipste sie die Kippe auf den Boden, wo sie in einer Pfütze landete, die nach klebrigem Bier aussah, aber genauso gut Urin hätte sein können. Ihr Ausdruck wurde sanfter. »Früher hast du mir alles erzählt, Soph«, sagte sie traurig. »Die Dinge haben sich geändert. Du hast dich geändert.«

Ich stieß genervt die Luft aus. Was hatte sie denn geglaubt, was geschehen würde? Dass ich diese drei Jahre stillstehen würde, in der Zeit erstarrt, während ich nur darauf wartete, ihr wieder über den Weg zu laufen? »Frankie, wir sind keine kleinen Kinder mehr.«

»Du warst immer wie die Schwester, die ich nie hatte.«

»Ich weiß … aber …«

Zu meiner Überraschung stiegen ihr Tränen in die Augen. Ich glaube nicht, dass ich sie seit 1986 je wieder habe weinen sehen, als sie vom Karussell fiel und sich das Schlüsselbein brach.

»Oh, Frankie …« Ich eilte auf sie zu und schlang die Arme um sie. »Du wirst immer meine beste Freundin sein.«

»Ich benehme mich einfach nur dämlich. Ich bin ein bisschen sauer.« Sie schniefte an meiner Schulter und wich dann zurück, wobei sie sich die Augen betupfte. Ihr Eyeliner war verschmiert, und eine ihrer falschen Wimpern löste sich an einem Ende. Sie sah aus wie eine pelzige Raupe, die an ihrem Augenlid hing, und bei dem komischen Anblick wollte ich am liebsten kichern.

In diesem Moment kam Leon durch die Tür und brachte einen Schwall Green Day mit sich. Er hatte eine Flasche K Cider in jeder Hand. Ich bevorzuge Diamond White, hatte jedoch nicht das Herz, es ihm zu sagen, nachdem er so lange angestanden hatte. Sein Gesicht leuchtete auf, als er mich sah. »Da bist du ja«, sagte er und reichte mir eine Flasche. »Mann, die Musik ist echt scheiße.« Dann bemerkte er Frankie, und ich sah, wie er leicht zusammenzuckte. »Frankie. Ich wusste nicht, dass du heute auch kommst.«

»Ich und Sophie wollten ja eigentlich zusammen kommen, aber natürlich ist sie am Ende doch mit dir gegangen. Nicht dass ich es ihr verdenken könnte.« Sie schenkte ihm ein breites, blendendes Lächeln.

Seitdem Leon gestanden hat, dass es Frankie gewesen war – nicht er –, die ihm nachgestellt hatte, habe ich sie nicht mehr wirklich zusammen gesehen. Er hatte sie eine Stalkerin genannt. (Wie der Vater, so die Tochter!) Sollte ich davor irgendwelche Zweifel gehegt haben, dass Leon mich anlog, so verpufften diese, als ich beide zusammen sah. Sobald Leon durch die Tür kam, wurde Frankie scheu, senkte den Blick (was etwas schräg aussah mit der herabhängenden falschen Wimper) und fing an, eine Strähne ihres dicken dunklen Haars um ihren Finger zu wickeln. Leon schien sich in sich selbst zurückzuziehen, als würde er sich gegen einen drohenden Angriff wappnen: die Schultern hochgezogen, die Arme verschränkt, trotzend und abwehrend. Es war dumm von mir gewesen, zu glauben, dass er insgeheim auf Frankie stand. Und es traf mich wie ein Schlag, als ich sah, wie sie ihn ansah: Sie war in ihn verliebt. Sie benahm sich in seiner Gegenwart genau so, wie sie sich in Jasons Gegenwart benommen hatte. Ich hatte zuvor nicht allzu viel darüber nachdenken wollen; vielleicht hatte ich Angst nachzubohren, in der Sorge, dass es Leon war, der log. Einerseits verspürte ich – verspüre ich immer noch – Wut angesichts der Lügen, die Frankie mir an dem Abend erzählte, als ich Leon zum ersten Mal traf. Aber andererseits verstehe ich, warum sie es getan hat: Sie war selbst in ihn verliebt, und sie wollte nicht, dass er mit jemand anderem ausging als mit ihr. Ich fühlte mich schrecklich, weil ich nicht gemerkt hatte, wie es ihr ging.

In dem Moment wollte ich ihr sagen, dass es mir leidtat. Dass ich nie mit ihm ausgegangen wäre, wenn ich es gewusst hätte. Aber ich konnte vor Leon nichts sagen. Außerdem konnte ich nicht zulassen, dass sie erfuhr, dass er mir die Wahrheit über sie erzählt hatte. Frankie ist schon immer so stolz gewesen. Es wäre ihr peinlich gewesen, wenn sie erfahren hätte, dass ich wusste, dass sie Leon hinterhergelaufen war und er sie hatte abblitzen lassen.

»Und?«, begann Leon, und ich merkte, dass er sich unbehaglich fühlte. »Hat Sophie dir schon alles über den großen Umzug erzählt?«

Frankie wandte sich mit weit aufgerissenen Augen zu mir. »Welcher große Umzug?«

Ich wollte ihm am liebsten die Flasche über den Schädel ziehen. Ich wusste, dass ich es ihr irgendwann hätte sagen müssen, aber noch nicht jetzt. Was, wenn sie es Alistair erzählte?

»Ach ja.« Ich versuchte, lässig zu wirken. »Ich habe die Zusage für den Job in London bekommen.« Ich winkte ab, als sei das keine große Sache.

»O mein Gott!« Sie hüpfte aufgeregt auf und ab. »Das sind ja super Neuigkeiten, Soph! Gut gemacht!« Aber etwas an ihrer Begeisterung war gekünstelt, und ich merkte, dass sie unter all dem Jubel und dem Gefuchtel enttäuscht war, dass ich fortging. Wenn es andersherum gewesen wäre, hätte ich mich vielleicht genauso gefühlt. »Ist es der Verlag, von dem du mir erzählt hast? Der in Ealing?«

Mein Herz raste, weil sie sich noch daran erinnerte. Je weniger sie darüber wusste, desto weniger wusste auch Alistair.

»Ja, aber ich werde in ihrer Zentrale in London arbeiten.« Die Lüge kam mir wie von selbst über die Lippen. Immerhin hatte ich mittlerweile einige Übung darin.

Leon sah mich verwirrt an. »Ich dachte, du hättest …«, begann er. Doch ich schnitt ihm das Wort ab, indem ich auf Frankie zustürzte und sie noch einmal umarmte.

»Ich werde dich vermissen«, sagte ich. »Aber wenn ich mich eingerichtet habe, kannst du gern vorbeikommen und mich besuchen.«

Als Leon mich später in der Nacht nach Hause begleitete, fragte er mich, warum ich gelogen hatte.

»Weil ich nicht will, dass sie zu viel darüber weiß«, sagte ich. Wir hatten mein Haus erreicht und standen neben der Garage herum.

Ein Ausdruck von Enttäuschung huschte über sein Gesicht. »Aber warum? Ich dachte, sie ist deine beste Freundin.«

»Das ist sie auch, aber … du weißt doch, wie sie ist. Sosehr ich sie liebe, aber ich denke, wir brauchen ein bisschen Abstand. Ansonsten wird sie jedes Wochenende bei mir rumhängen! Außerdem habe ich ihr versprochen, dass ich nächste Woche mit ihr shoppen gehe.«

Er blickte auf seine Füße und tippte mit der Spitze seines Schnürstiefels auf den Gehweg. Wir hatten beide nicht viel getrunken, aber Leon schien aufgekratzt.

»Was ist mir dir?«, drängte ich.

Er sah auf, seine Augen blickten traurig. »Willst du von mir ebenfalls Abstand?«

»Natürlich nicht. Du kannst immer vorbeikommen und mich besuchen. Und vielleicht, wenn du mit deiner Ausbildung fertig bist, könntest du doch auch nach London ziehen?« Ich wünschte es mir so schrecklich – trotz der Lügen zwischen uns. In einer perfekten Welt würden wir zusammen nach London aufbrechen und uns ein Leben weit weg von diesem Ort aufbauen, weit weg von Alistair und dem Geist Jasons. Weit weg von allem, um ganz von vorne anzufangen. Aber würde die Vergangenheit uns nicht einfach folgen? Könnten wir ihr jemals wirklich entfliehen?

Angesichts der Hoffnung in seinen Augen schmerzte mein Herz vor Scham.

Sanft zog er mich in seine Arme, und als wir uns küssten, drängten sich unsere Körper so eng aneinander, wie es unsere Klamotten erlaubten. Seine Hände lagen auf meinem Po, und ich hatte ein Bein um seines geschlungen, als ich das Schnurren eines Motors ein Stück die Straße runter hörte. Ich dachte mir zunächst nichts dabei, da ich so in dem Augenblick versunken war, aber als der Wagen vorbeifuhr, schien er langsamer zu werden, woraufhin ich die Augen öffnete. Ich erstarrte, als ich den unverkennbaren Umriss von Alistairs schwarzem BMW sah. Doch bevor ich reagieren konnte, beschleunigte er, raste um die Ecke und verschwand aus meiner Sicht.

# 34

## Frankie

Ich sitze in meinem Range Rover mit Blick über den Grand Pier. Der Himmel ist dunkler geworden, und der Wind hat aufgefrischt. Die grauen Wolken ballen sich bedrohlich zusammen, als wollten sie sich gegen mich zusammenrotten.

Es sind keine zehn Minuten vergangen, als Daniels Wagen stotternd neben meinem zum Stehen kommt. Ich sehe ihm zu, als er aussteigt und in seinem langen Mantel mit dem Wind ringt. Er klopft gegen mein Fenster, und ich entriegle die Tür, um ihn hereinzulassen. Er lässt sich auf den Beifahrersitz nieder, bläst in seine Hände und bringt den Duft der Seeluft mit sich. »Scheiße, ist das kalt«, sagt er, und ich drehe die Heizung auf. »Also, Franks, was ist los? Was soll die Geheimniskrämerei?«

Und so erzähle ich ihm alles, was ich bisher herausgefunden habe, und beobachte ihn, als seine Augen mit jedem Wort, das ich sage, immer größer und runder werden.

»Das Apartment gehört Leon?«, fragt er mit einem Stirnrunzeln. »Das wusste ich nicht.«

»Und ich wusste nicht, dass meines dir gehört«, entgegne ich und funkle ihn an.

Er rutscht auf dem Sitz herum und blickt betreten drein. »Also hast du das auch nachgeschlagen?«

»Natürlich. Warum hast du es mir nicht gesagt?«

»Ich weiß nicht. Ich dachte, du würdest vielleicht nicht darin wohnen wollen, wenn du wüsstest, dass es mir gehört.«

Ich bin perplex. »Warum sollte ich nicht dort wohnen wollen?«

»Zu verbindlich vielleicht. Und dann die Sache mit dem Geld. Ich konnte es mir nicht leisten, dich mietfrei darin wohnen zu lassen, obwohl ich sie dir natürlich billiger gegeben habe. Aber Journalisten verdienen nicht viel, weißt du, und ich muss die Miete für die Wohnung zahlen, in der ich lebe, und …«

Ich hebe meine Hand. »Das Geld ist mir scheißegal«, fahre ich ihn an. »Ich wünschte nur, du wärst ehrlich zu mir gewesen.«

Er lässt den Kopf hängen, die dunklen Strähnen fallen ihm ins Gesicht. »Tut mir leid«, murmelt er.

Ich schüttle den Kopf. Irgendwas an der Sache ergibt keinen Sinn. »Warum solltest du eine Wohnung kaufen wollen mit Blick auf den Ort, an dem deine Schwester verschwunden ist. Ist das nicht etwas … makaber?«

Sein Kopf schießt hoch. »Ich habe nie darin gewohnt. Ich habe sie nur vor ein paar Jahren gekauft. Sie war ziemlich billig, da sie renovierungsbedürftig war. Ich habe damals nicht in Oldcliffe gelebt, aber ich dachte, es könnte ein netter Nebenverdienst sein. Also vermiete ich sie während der Saison.«

Wer hätte das gedacht, Soph? Dein Bruder ist so verantwortungsbewusst geworden, dass er an Geschäftsmöglichkeiten denkt.

»Wusstest du, dass Leon ein Apartment im selben Gebäude besitzt?«

Sein Blick ist ernst. »Ich hatte ehrlich keine Ahnung. Aber es scheint mir logisch … um einen Fuß hier in der Tür zu haben, während er im Ausland lebt.«

»Ein ziemlicher Zufall«, murmle ich und kann es mir nicht verkneifen. Er bedenkt mich mit einem Blick, den ich nicht ganz deuten kann. Warum habe ich allmählich das Gefühl, dass es da etwas gibt, das er mir nicht sagt? Dein Bruder war immer so offen und ehrlich, es gab nur Schwarz oder Weiß. Mit seinen Gefühlen, mit allem. »Ich glaube, dass Leon diese Nachrichten geschrieben hat«, platzt es aus mir heraus. Der Hass und Abscheu gegenüber Leon drängen in mein Herz und verzehren jegliches Gefühl von Liebe, das ich womöglich für ihn hatte. »Er hat es ganz offensichtlich auf mich abgesehen, Daniel. Weißt du, was ich denke?«

»Sag es.«

»Ich denke, er hat Sophie in jener Nacht wehgetan. Vielleicht war es ein Unfall, vielleicht hat er es mit Absicht getan. Sie haben in der Nacht Schluss gemacht, warum auch immer. Dann habe ich sie auf dem Klo getroffen, sie hat geweint und …«

Er legt die Stirn in Falten. »Um wie viel Uhr war das?«

»Ich kann mich nicht genau erinnern. Es steht alles in der Aussage, die ich damals bei der Polizei gemacht habe. Aber ich glaube nicht, dass ich sie nach Mitternacht noch einmal gesehen habe.«

»Und Leon?«

»Ihn habe ich ebenfalls nicht gesehen.«

Daniel seufzt. »Er hat immer behauptet, er sei um elf gegangen, und Sophie wurde danach noch im Klub gesehen …«

»Aber vielleicht hat er auf sie gewartet? Vielleicht haben sie sich gestritten, und er hat sie ins Meer gestoßen?«

»Er hat ein Alibi.«

»Von wem? Von seinem Bruder, diesem Säufer?«

»Von seiner Schwägerin, Steph. Ihrer Aussage nach war er um dreiundzwanzig Uhr dreißig zu Hause. Weißt du nicht mehr? Offenbar ist er wach geblieben und hat die halbe Nacht mir ihr geredet, ihr sein Herz ausgeschüttet und …«

Ich unterbreche Daniel mit einem unschönen Schnauben. Das Schweigen im Wagen dauert einen Tick zu lange, um angenehm zu sein, und ich frage mich, was er gerade denkt.

Schließlich seufzt er und fährt sich mit den Händen durchs Haar. »Hör zu, ich mag diesen Kerl auch nicht besonders. Aber glaubst du wirklich, dass er ihr was hätte antun können? Ich konnte sehen, wie sehr er sie liebte. Und ich habe erlebt, wie fertig er war, als sie sich getrennt haben. Es gibt keinen Grund, warum er ihr hätte wehtun sollen. Und keine Zeugen. Nichts. Und denk dran, diese Kids vom Strand haben gesagt, dass sie ein Mädchen gesehen haben, das auf Sophies Beschreibung passt und das die Promenade entlangspaziert ist – *alleine*.«

»Aber du glaubst doch selbst, dass jemand ihr was angetan hat, sonst hättest du mich nicht hierher zurückbeordert«, entgegne ich erbost.

Daniel starrt mich an, und der Ausdruck auf seinem Gesicht zeigt keine Liebe, nicht einmal Zuneigung. Es ist reine Enttäuschung.

»Frankie …«, beginnt er und nimmt meine Hand. »Ach, Frankie …« Er dreht meine Hand in seiner, als überlege er, etwas zu sagen.

Ich runzle die Stirn. »Was ist los?« Ich hebe die Hand und berühre sein Gesicht. »Was ist los, Dan?«, frage ich noch einmal sanfter.

»Es ist so lange her«, erwidert er, und seine Augen blicken in meine. »So viele Jahre. So viele Lügen.«

Worauf will er hinaus? »Was meinst du damit?«

Er sieht mich noch eine Weile länger an. Die Atmosphäre im Wagen ist schwer und drückend. Langsam macht er mir Angst.

»Ich will einfach, dass es vorbei ist«, sagt er und hält weiterhin meinen Blick fest. »Du etwa nicht?«

Und er hat recht. Ich will, dass es vorbei ist, Soph. Ich will Oldcliffe verlassen. Ich will mit meinem Leben weitermachen. Ich wünschte, ich könnte ein Leben mit deinem Bruder haben, aber irgendwie glaube ich nicht, dass das je passieren wird.

»Dan«, sage ich leise, und meine Finger liebkosen seine Wange, »es könnte vorbei sein. Jetzt, da wir wissen, dass es Leon ist, dem das Apartment gehört, kann nur er es sein, der mir diese Briefe schickt. Er muss das mit Jason erfahren haben und …«

Er weicht vor mir zurück, und ich lasse meine Hand in den Schoß fallen, als hätte ich mich verbrannt. »Warum denkst du, dass es Leon ist?« Er blickt hinaus auf das aufgewühlte Meer.

»Ich denke, dass Sophie ihm gestanden hat, was mit Jason passiert ist. Ich denke, dass er sie umgebracht hat. Und ich denke, dass er nun mit mir spielt, auf den rechten Augenblick wartet, um auch mich umzubringen.«

»Du glaubst, Leon will dir was antun?«

»Warum sonst sollte er all das tun?«, schreie ich, und meine Stimme überschlägt sich. »Die Aufnahmen von dem Baby, die er in seinem Apartment hat laufen lassen … Ich hatte sieben Fehlgeburten, Daniel. *Sieben!* Ich kann keine Kinder bekommen. Es ist, als wüsste er es … es ist, als würde er es wissen und mich verhöhnen.« Ich kann nichts dagegen tun. Eine Träne stiehlt sich über meine Wange.

Daniel schiebt sich näher zu mir und legt unbeholfen den Arm um meine Schultern. Ich bemerke, dass seine Hüfte gegen den Schaltknüppel drückt. »Oh, Franks, das tut mir leid.« Wir verharren einige Minuten so, bevor er wieder von mir abrückt, mit dem Ausruf, dass sein Arm eingeschlafen sei. »Und dieser gottverdammte Schaltknüppel drückt mir auch in den Schenkel.«

Ich kann mir ein Kichern nicht verkneifen, als er sich auf seinen Sitz zurückschiebt, und das bricht die Anspannung.

Dann, mit mehr Ernst, sagt er: »Wir sollten zur Polizei gehen.«

Der Gedanke, die Polizei einzuschalten, macht mir Angst, Soph. Ich habe Leon einst geliebt. So wie du auch. Könnte ich ihn wirklich der Polizei ausliefern?

»Wir haben keine Beweise«, wende ich ein.

»Was ist mit dem Computer? Den Nachrichten?«

Ich runzle die Brauen. Meine Augen schmerzen. »Na ja. Ja. Aber … aber wird das reichen? Er hat nicht gedroht, mir etwas anzutun. Noch nicht. Wird die Polizei denn irgendwas unternehmen? Wird man mir überhaupt glauben?«

»Ich weiß nicht«, erwidert Daniel mit einem Kopfschütteln. »Franks, wenn dir etwas zustoßen sollte, könnte ich mir das niemals verzeihen.«

Ich rutsche auf meinem Sitz herum, besorgt, wie er auf meine nächsten Worte reagieren wird. »Ich werde heute Abend nach Hause fahren, Dan. Zurück nach London. Ich kann keine weitere Nacht in der Wohnung bleiben. Ich weiß, dass sie dir gehört und all das, aber nimm es mir nicht übel, ich drehe darin durch. Vor allem nach gestern Nacht.«

»Ich könnte doch mit dir dort übernachten …«

Ich war bereit, nach Hause zu fahren, doch beim Gedanken, Daniel zurückzulassen, ihn nicht jeden Tag zu sehen, möchte ich am liebsten weinen. Ich weiß, dass er eine Freundin hat, aber das hält mich nicht davon ab, zu hoffen, dass er es sich anders überlegen könnte. Dass er begreifen könnte, dass ich die Richtige für ich bin – nicht diese Mia. Und wenn ich in Oldcliffe bleibe und er bei mir übernachtet, könnte das doch zu mehr führen.

Ich schlucke und versuche, meinen Atem in den Griff zu bekommen. »Was ist mit Mia?«

Ein Schatten verdunkelt sein Gesicht. »Sie wird es verstehen«, erwidert er angespannt. »Um ehrlich zu sein, die Sache mit Mia …« Er schüttelt den Kopf, als wolle er einen unschönen, treulosen Gedanken vertreiben. »Es spielt keine

Rolle. Aber ich werde dich heute Nacht nicht alleine lassen. Und morgen werden wir zusammen zum Polizeirevier gehen und Sophies Überreste identifizieren. Nur noch eine Nacht, das ist alles, worum ich dich bitte.«

»Danke«, sage ich. Ich strecke den Arm aus und berühre seine Hand, wobei mir ein Schauer über die Haut jagt.

Eine tiefe Röte kriecht seinen Hals hinauf und breitet sich über sein Gesicht wie ein Ausschlag. »Gut.« Er räuspert sich und zieht seine Hand weg. »Aber was sollen wir wegen Leon unternehmen?«

# 35

## Sophie

*Dienstag, 19. August 1997*

Alistair beobachtet mich immer noch. Ich kann ihn spüren. Manchmal, bei der Arbeit, blicke ich auf und kann ihn durch das Gedränge der Touristen auf der Promenade in der Ferne sehen. Zu anderen Gelegenheiten steht er sogar in der Schlange an, um Herzmuscheln, Kabeljau oder Pommes zu kaufen, und grinst mich anzüglich über die Köpfe der anderen Kunden hinweg an. Neulich, als ich mit Helen auf dem Grand Pier ein Eis essen war, war er ebenfalls da, saß auf einer der Bänke und tat so, als würde er Zeitung lesen.

»Oh, schau, da ist ja Frankies Dad«, sagte Helen, blieb wie angewurzelt stehen und legte ihre Hand auf meinen Arm, damit ich ebenfalls anhielt. Er hatte zu uns aufgeblickt, ganz so, als wisse er, dass wir über ihn redeten, und uns ein strahlendes Lächeln zugeworfen. »Ich muss schon sagen«, sagte Helen mit einem hörbaren Flüstern, »er ist ganz okay, oder? Ich meine, für einen Dad.«

»Los, lass uns gehen«, drängelte ich, zog sie Richtung Ausgang und weigerte mich beharrlich, zu Alistair zu schauen. Wie sehr ich mich danach sehnte, ihr sagen zu können, was für ein gestörter Irrer er in Wirklichkeit ist, dass er kein Nein als Antwort akzeptiert, dass er versucht hat, mich zu küssen, mir zu drohen, mich zu verunsichern, mich zu stalken. Sie würde es ja doch nicht glauben. Niemand würde es glauben. Der äußere Schein kann so trügerisch sein.

Alistair macht mir Angst. Als ich heute Nachmittag mit Frankie zum Shoppen durch den River Island schlenderte, konnte ich nicht aufhören, an ihn zu denken. Sie bestand darauf, den Zug nach Bristol zu nehmen, nicht den Bus, und jammerte die ganze Fahrt zum Temple-Meads-Bahnhof, wie ungerecht es doch sei, dass sie immer noch kein eigenes Auto hatte. »Dad hat mir versprochen, dass er mir zum einundzwanzigsten Geburtstag eins kauft, aber bisher habe ich noch nichts davon gesehen«, beschwerte sie sich, während ich aus dem Fenster blickte und versuchte, das Thema meines bevorstehenden Umzugs nach London zu vermeiden.

Ich hoffte, sie würde mich nicht danach fragen. Je weniger sie wusste, desto geringer die Chance, dass Alistair es herausfand. Aber so viel Glück hatte ich nicht. Zwischen den Cargohosen und mit »Don't Look Back in Anger«, das über unseren Köpfen aus den Lautsprechern dröhnte, schnitt sie das Thema an.

»Also«, begann sie, während sie den Stoff einer besonders hässlichen Hose mit Camouflagemuster befühlte. »Was ist jetzt mit deinem Job? Wann fängst du an?«

Ich versuchte, beiläufig zu klingen, so als würde ich nicht die Tage bis dahin zählen. »Am fünfzehnten September.«

»Das ist ja nicht mal mehr ein Monat. Du bist doch bestimmt schon dabei, Pläne zu schmieden, oder? Du wirst auf jeden Fall einen Tag nach London fahren müssen, um dir Wohnungen anzuschauen.« Sie quetschte die Army-Hose zurück an die Kleiderstange und steuerte eine Reihe Cord-Miniröcke an. »Wir könnten Montag hinfahren, wenn du magst? Also, ich habe darüber nachgedacht, und wäre es nicht toll, wenn ich mit dir hinziehe?« Sie ging die Röcke durch, aber ich konnte sehen, dass sie nicht an ihnen interessiert war. »Dad will, dass ich für ihn und Mum arbeite, aber ich glaube, es wäre besser, wenn ich einen Job in einem der großen Hotels in London finden würde und …«

Ich musste sie aufhalten, bevor es mit ihr durchging. »Frankie …«

Sie ignorierte mich und nahm einen bordeauxroten Rock von der Stange. »Was soll ich denn bitte in einem kleinen piefigen Laden am Arsch der Welt lernen?«, sagte sie und presste die Nase in den Stoff des Rocks. »Ich habe schon eine Weile darüber nachgedacht wegzuziehen … aber alleine macht das keinen Spaß, oder? Ist doch viel besser, das mit einer Freundin zu tun. Mit dir.«

»Frankie … hör zu …«

Sie hängte den Rock zurück und wirbelte herum, um mich mit wütenden Augen anzufunkeln. »Du willst Nein sagen, stimmt's? Ich merke es doch an deiner Stimme.«

»Es geht um Leon. Er will mit mir zusammenziehen.«

»Leon?« Sie machte ein finsteres Gesicht. »Ihr wollt zusammenwohnen?«

Eine neuerliche Welle der Übelkeit drohte mich zu verschlingen. Es war, als würde ich von einer schweren Rüstung in die Tiefe gezogen. Der Gedanke, wie ich das mit

Leon lösen, Frankie beschwichtigen und gleichzeitig Alistair aus dem Weg gehen sollte, wurde mir zu viel. Ich wollte mich nur noch verkriechen, nie wieder das Haus verlassen. »Ich weiß noch nicht, wir sind ganz frisch zusammen, aber wir lieben uns.«

»Liebe?« Die Wucht, mit der sie das Wort hervorstieß, ließ mich aufschauen. Ihr Gesicht war ungewöhnlich blass, ihre dunklen Brauen zusammengezogen. »Ich habe dir doch gesagt, dass der Typ nur Ärger bedeutet.«

Zorn flammte in meinem Magen auf. »Das tut er nicht!«

»Er ist besessen und kontrollsüchtig.«

Ich war versucht, ihr entgegenzuschleudern, dass sie Leon wohl mit ihrem eigenen Vater verwechselte, aber ich konzentrierte mich darauf, meine Stimme ruhig zu halten. »Das ist er nicht, Frankie.«

»Was ist mit dem Abend, als er seinen Bruder verprügelt hat? Nur weil der ein bisschen scharf auf dich war. Wer tut schon so was? Er ist eifersüchtig und besitzergreifend. Ganz zu schweigen davon, dass er Jasons Cousin ist. Was glaubst du, wird er tun, wenn er herausfindet, dass du dabei warst, als Jason gestorben ist? Dass es deine Schuld war?«

»Es war nicht meine Schuld!«, rief ich und schreckte eine Frau auf, die ein paar Schritte weiter eine Jacke befühlte. Ich warf ihr ein entschuldigendes Lächeln zu, packte Frankies Arm und bugsierte sie in eine leerere Ecke des Ladens.

»Und ob es deine Schuld war«, zischte sie. »Wir beide waren schuld. Eure Beziehung basiert auf Lügen, Soph, und das weißt du.«

»Deswegen müssen wir wegziehen«, sagte ich so geduldig wie möglich. Ich hasste Auseinandersetzungen. »Wir müssen ganz von vorne anfangen.«

Sie riss die Augen auf. »Und was ist mit mir? Bist du froh, mich hier zurückzulassen?«

Ich erinnerte sie daran, dass wir bereits drei Jahre getrennt gewesen waren. Dass sie mich nicht brauchte, um von Oldcliffe wegzuziehen. Sie hatte den Mumm gehabt, alleine an ein Internat zu gehen, wo sie niemanden kannte, und danach an die Uni.

»Aber ohne dich war es nicht dasselbe«, murmelte sie.

Danach fuhren wir lustlos mit unserem Shoppingausflug fort, während wir mit leeren Händen durch Kookaï und Oasis schlenderten. Am Ende beschlossen wir, einen früheren Zug nach Hause zu nehmen, und Frankie schmollte die ganze Fahrt über.

»Weißt du, Soph«, sagte sie, als sich unsere Wege am Grand Pier trennten, »ich habe mich so gefreut, als ich dich hier wiedergetroffen habe. Ich dachte, es würde so sein wie in den alten Zeiten. Aber etwas hat sich verändert. Du hast dich verändert. Erst verlässt du das Hotel, sodass wir nicht mehr miteinander arbeiten können, und dann bekommst du einen neuen Job in London und erzählst es mir nicht einmal gleich. Und jetzt willst du mit Leon zusammenziehen, obwohl du ihn erst seit zwei Monaten kennst, und ignorierst alles, was ich dir über ihn gesagt habe.« Ihre Stimme war wehmütig, als sie hinzufügte: »Ich habe das Gefühl, dass ich überhaupt nicht mehr weiß, wer du bist.«

Ich wollte schon den Mund öffnen, um zu protestieren. Aber was konnte ich sagen, wenn es doch die Wahrheit war? Niemals könnte ich ihr den Grund verraten, warum ich sie von mir stieß.

Sie blickte mich traurig an, wartete darauf, dass ich widersprach. Als ich weiterhin schwieg, drehte sie sich um und ging davon.

# 36

## Frankie

Daniel hat den Kiefer entschlossen vorgeschoben, als er an Lorcans Hintertür klopft. In diesem Moment würde ich überall lieber sein als hier. Ich drücke mich so dicht wie möglich an die Zypressenhecke, in der Hoffnung, sie möge mich verschlingen, damit ich nicht in die vorwurfsvollen blauen Augen deines Exfreunds blicken muss.

Als keine Antwort kommt, hämmert er gegen die Glasscheibe, sodass sie in dem fragilen Holzrahmen erzittert.

»Vielleicht ist Leon noch im Bett ... es ist erst kurz nach zehn«, wispere ich voller Hoffnung. »Außerdem arbeitet er zurzeit nicht.« Eine Aura von Verlassenheit liegt über dem Haus; sämtliche Vorhänge sind zugezogen, doch es fühlt sich nicht an, als ob jemand da ist. Keine erhobenen Stimmen, keine Geräusche, kein Anzeichen, dass sich irgendetwas hinter diesen dünnen Mauern rührt.

Der Wind hat aufgefrischt, und die Luft ist kühl, während die schwache Wintersonne versucht, sich durch die dicht gedrängten grauen Wolken zu kämpfen. Ich ziehe meinen Mantel enger um den Körper und erschauere.

»Sieht nicht so aus, als ob jemand hier wäre«, sagt Daniel überflüssigerweise. »Wir werden ein andermal wiederkommen müssen. Obwohl mir der Gedanke an einen Faustschlag von Lorcan ganz und gar nicht behagt.«

Ich starre ihn entsetzt an. »Du glaubst, er würde dich schlagen?«

»Na ja, er hat uns schließlich gewarnt, uns nicht mehr blicken zu lassen. Und doch stehen wir hier.« Er grinst und wirkt kein bisschen besorgt. »Ach, Franks, die Leute wollen mich ständig verprügeln. Das nennt man Berufsrisiko.« Er lacht, und ich folge ihm über den Gartenpfad, wobei sein Mantel sich im Wind bläht.

Er zieht das Gartentor auf, und ich stoße beinahe gegen ihn, als er wie angewurzelt stehen bleibt. Leon steht in der Einfahrt. Sein Haar ist vom Wind zerzaust. Er trägt einen schwarzen Rollkragenpulli und eine Lederjacke und hat einen Ansatz von Bartschatten in seinem gebräunten Gesicht. Bei seinem Anblick macht mein Magen einen Satz.

»Schon wieder zurück?«, fragt er. »Was wollt ihr jetzt?«

Ich verstecke mich dicht hinter Daniel, obwohl ich sicher bin, dass Leon mich trotzdem sehen kann.

Der Wind braust auf, ich spüre ihn in meinem Rücken wie unsichtbare Hände, die mich vorwärtsschieben wollen. Daniel muss laut rufen, damit Leon ihn hören kann, als er ihm erklärt, was wir über ihn herausgefunden haben. Leon antwortet nicht, er drängt sich nur an Daniel vorbei. Ich weiche einen Schritt zurück, in das wild wuchernde Gras, dessen Feuchtigkeit den Saum meiner Jeans durchweicht, und meine spitzen Absätze versinken in der nassen Erde.

Leon bleibt auf dem Pfad stehen und mustert uns kühl. An seinem Handgelenk baumelt eine neonblaue Plastiktüte, eine Zeitung klemmt unter seinem Arm. »Es geht euch nichts an, was ich mit meinem Apartment mache«, sagt er. »Aber wenn ihr es unbedingt wissen wollt, ich habe es an einen Freund vermietet. Er dreht einen Kurzfilm.«

»Also sind die Aufnahmen von dem Baby …«, setzt Daniel an.

»Ich weiß nicht, wovon ihr redet. Wie ich schon sagte, ein Kumpel von mir nutzt es zurzeit.«

Ich blicke ihn finster an. Irgendwas passt hier nicht zusammen. »Aber da sind gar keine Klamotten in der Wohnung, keine persönlichen Habseligkeiten …«

»Hast ordentlich rumgeschnüffelt, was? Im Übrigen hast du dort nichts verloren. Das nennt sich unbefugtes Betreten.«

»Dann lass eben die Tür nicht offen stehen.«

Er funkelt mich wütend an, aber ich weiche seinem Blick nicht aus. Ich werde nicht zulassen, dass er mich einschüchtert. Wie ich ihn hasse, Soph. Und er hasst mich, so viel ist sicher. Was mich zu dem Gedanken bringt, dass er das von Jason wissen muss. Warum sonst sollte er so eine Abneigung gegen mich empfinden? Wir kamen eigentlich gut miteinander klar, bevor er dich kennenlernte. Wir waren sogar so was wie Freunde. Bis er alles ruinierte. Und wenn er über die Sache mit Jason Bescheid weiß, könnte er genauso gut lügen, was diesen sogenannten Kumpel in seiner Wohnung angeht. Er könnte sie genauso gut selbst nutzen, um die Nachrichten zu schreiben, um mich einzuschüchtern. Was wird wohl sein nächster Schritt sein?

»Warum wohnst du überhaupt hier?« Daniel neigt den

Kopf in Richtung des Hauses. »Bei deinem Bruder. Wo du doch deine eigene Wohnung hast.«

»Ich vermiete sie eben. Wie ich bereits sagte, gerade nutzt sie ein Kumpel von mir.« Sie tauschen einen Blick, den ich nicht ganz entschlüsseln kann.

Daniel macht einen Schritt auf den Rasen und nimmt sanft meinen Arm. »Komm schon, Franks. Das hier hat doch keinen Sinn.«

Leon blickt von mir zu Daniel und grinst abfällig.

»Was?«, fährt ihn Daniel an.

»Wie niedlich. Mir fiel gerade wieder ein, dass du immer schon scharf auf sie warst, Danny-Boy.«

»Verpiss dich.«

Leon stößt ein scharfes, grausames Lachen aus. »Ich hoffe, das ist das letzte Mal, dass ich dich sehen muss, Frankie«, ruft er, bevor er den Pfad zum Haus entlanggeht.

Das hoffe ich auch.

Daniels Wagen steht einsam in der Parkbucht gegenüber vom Grand Pier. Ich halte daneben an. Daniel ist schweigsam, in Gedanken versunken. Er hat auf der kurzen Fahrt von Leons Haus hierher kein Wort mit mir gesprochen.

»Alles in Ordnung, Dan?« Ich strecke die Hand aus und berühre seinen Arm. Ich erwische mich dabei, wie ich das immer wieder tue, Soph. Ihn berühren. Seine Wange, seine Hand, seinen Arm. Überall, wo ich es mir ungestraft herausnehmen kann.

Er schüttelt den Kopf. »Um ehrlich zu sein, ich fühle mich überfordert. Ich weiß nicht, was ich mir von alldem erhofft habe. Herrgott noch mal, ich bin doch kein Investigativreporter. Ich bin Redakteur bei einem kleinen Wochenblatt.«

»Dan …«

»Ich weiß.« Meine Hand liegt immer noch auf seinem Arm, und er bedeckt sie mit seiner. »Du musst morgen wieder fahren. Ich will doch nur wissen, was in der Nacht wirklich passiert ist. Sie ist nicht einfach ins Meer gestürzt. Sie wurde umgebracht. Ich habe Leon im Verdacht, aber er wird es nie zugeben. Außerdem gibt es keine Beweise.«

»Was ist mit dem Computer?«

Er lacht, aber es klingt hohl. »Das beweist höchstens, dass er versucht hat, dir einen Schreck einzujagen. Aber es beweist noch lange nicht, dass er sie ermordet hat.«

Wir sitzen schweigend da und starren hinaus auf das Meer und die dunkle Erhebung von Flat Holm Island in der Ferne. Der Wind peitscht den Sand am Strand auf und schleudert ihn gegen die Ufermauer. Eine Coca-Cola-Dose schleift scheppernd über die Promenade.

Daniel nimmt seine Hand von meiner und schlägt mit plötzlicher Entschlossenheit den Mantelkragen hoch. »Ich muss zurück zur Arbeit, sonst werde ich noch gefeuert. Ich komme später bei dir vorbei.«

Ein Schauder der Erregung durchfährt mich bei dieser Aussicht. Er beugt sich zu mir vor, seine Lippen streifen meine Wange, und ich schließe die Augen und nehme seinen Geruch in mich auf – seinen Moschusduft gepaart mit der kalten Februarluft. Und ich denke daran, wie sehr ich ihn will, so sehr, wie ich noch nie jemanden zuvor wollte.

Ich sehe ihm nach, als er zur Fahrerseite seines Astras eilt, wobei sein Haar in alle Richtungen flattert, und ich verspüre das Verlangen, alles besser zu machen, Soph. Ich wünschte, ich könnte ihm helfen.

Aber ich weiß, dass ich es nicht kann.

# 37

## Sophie

*Dienstag, 26. August 1997*

Manchmal frage ich mich, was ich hätte anders machen können, um den Lauf der Dinge zu ändern, die zu dem hier geführt haben. Die letzten zwei Tage, seit es passiert ist, war ich in meinem Zimmer und bin es in Gedanken immer und immer wieder durchgegangen. Fing es mit dem Kuss an? Wenn ich seinen Kuss nie erwidert hätte, wäre er dann je so besessen, so seltsam geworden? Oder fing es schon zuvor an? Hatte er lediglich auf den richtigen Zeitpunkt gewartet, ausgeharrt, bis ich erwachsen war? Oder hatten wir alles in jener Nacht im Jahr 1992 in Gang gesetzt, als Jason wegen mir und Frankie im Meer ertrank?

Ich kann mich kaum dazu überwinden, das hier zu schreiben. Da sind so viele verschiedene Gefühle in mir. Ich fühle mich zerbrochen, als sei ein Teil von mir gestorben; ich fühle Zorn, weil ich zugelassen habe, dass dies passiert, und Scham. Ich schäme mich so sehr, und ich fühle mich wie eine Idiotin. Ich wusste, dass es nicht normal war, was er da tat – mich zu verfolgen, mich zu belästigen –, aber es war dumm von mir, nicht zu merken, zu was Alistair fähig ist.

Ich weiß nicht, was ich tun soll.

Ich habe mich unter der Dusche so lange geschrubbt, bis meine Haut wund war, aber ich fühle mich immer noch unrein, als sei ein Teil von ihm immer noch in mir, obwohl ich mich mit Wasser überschüttet habe. Jedes Mal, wenn ich die Augen schließe, sehe ich sein geiferndes Gesicht über meinem, seine feuchten, widerwärtigen Lippen auf meinem Mund, das Gefühl seiner rauen Hände auf meinem Körper, und es ist, als befände ich mich auf einem Boot – alles um mich herum gerät ins Schwanken, und ich muss ins Badezimmer rennen und mich so lange übergeben, bis mein Magen völlig leer ist.

Am Sonntagabend gingen Leon und ich ins Pub. Es war nicht sonderlich spät, als er mich nach Hause brachte – kurz nach elf. Es war die Art Sommernacht, die ich immer schon geliebt habe, der Himmel indigoblau, der Duft von frisch gemähtem Gras und Blütenstaub, der über den Gehwegen und in der warmen Luft schwebte. Wir hielten uns an den Händen, redeten, und in diesem Moment gelang es mir zu glauben, dass alles gut werden würde. Dass wir es in London schaffen könnten, weit weg von diesem Ort. Wir küssten uns zum Abschied vor meiner Garage. Ich wollte nicht zu lange verweilen, nur für den Fall, dass Alistair uns beobachtete, daher ging ich mit dem Versprechen, ihn morgen anzurufen, durch das Tor in den Garten hinter unserem Haus. Ich erinnere mich, dass das Licht im oberen Fenster, dem Schlafzimmer meiner Mutter, brannte, auch wenn die Vorhänge zugezogen waren – sie hatte diese Nacht frei. Daniel war wahrscheinlich immer noch mit seinen Freunden unterwegs. Ich war tief in Gedanken, mein Kopf voll von London, Leon und unserem gemeinsamen Neuanfang, als ich eine Gestalt auf der Stufe vor der Hintertür kauern sah. Ich kniff die Augen zusammen, um zu erkennen, wer es war, doch da hob der Mann den Kopf, und ich erstarrte. Es war Alistair. Er stand auf, als er mich näher kommen sah. Ich konnte nicht glauben, wie dreist er war.

»Was zum Teufel tust du hier?«, zischte ich. Er stand vor mir, die Schultern gebeugt, und selbst im Halbdunkel konnte ich den Schmerz in seinen Augen sehen. Ich verspürte einen Anflug von Panik. »Was ist hier los?«

Er fuhr sich mit der Hand durch das blonde Haar. »Es tut mir leid, dass ich hier so auftauche«, sagte er mit belegter Stimme, und für einen Augenblick fragte ich mich, ob er geweint hatte.

»Was ist passiert?« Ging es um Maria oder Frankie? War ihnen etwas zugestoßen? Wussten sie Bescheid?

Er schüttelte den Kopf. »Ich war so ein Trottel, Sophie. Die Art, wie ich mich benommen habe. Dir gegenüber. Ich …« Er schluckte schwer. »Ich wollte nur sagen, dass es mir leidtut. Ich bin ein dummer alter Mann in einer Midlife-Crisis. Dieser Kuss … Ich habe mich dazu hinreißen lassen, zu glauben, es sei mehr.«

Ich blickte zum Schlafzimmerfenster meiner Mutter. Es stand offen. Konnte sie uns hören?

Ich senkte die Stimme. »Alistair, lass uns das alles einfach vergessen.« Ich wollte an ihm vorbeigehen, als er meinen Arm packte.

»Können wir reden? Bitte, Soph?«

Ich schüttelte ihn ab. »Alistair, ich bin müde. Ich muss rein.«

Er seufzte, und trotz allem, was passiert war, verspürte ich in jenem Augenblick einen Anflug von Mitgefühl für ihn. Ich wollte ihm so sehr glauben. Ich wollte glauben, dass die Dinge wieder zur Normalität zurückkehren könnten, dass er wieder mein Ersatzvater sein könnte, der Mann, zu dem ich immer aufgeschaut hatte, nicht der Mann, zu dem er geworden war: schwach, erbärmlich, traurig. Also ließ ich mich von ihm überreden.

»Komm und setz dich zu mir in den Wagen«, flüsterte er. »Dort können wir uns ungestört unterhalten.« Er deutete zum Fenster meiner Mutter. »Wir können nicht riskieren, dass uns jemand hört.«

Ich zuckte mit den Schultern und folgte ihm. Was für eine naive, einfältige Idiotin ich doch bin.

Sein Wagen parkte ein Stück entfernt an der Straße. Ich ließ mich auf den Beifahrersitz sinken, das Leder war kühl unter meinen bloßen Schenkeln. Er setzte sich hinter das Lenkrad und legte den Kopf darauf ab.

»Alistair«, begann ich, »können wir das nicht hinter uns lassen und einfach weitermachen?«

»Weitermachen?«, murmelte er, seine Stirn immer noch auf dem Lenkrad. »Du meinst, mit Leon?«

»Ich meine nicht Leon. Ich meine, können wir nicht einfach mit unserem Leben weitermachen?«

Er hob den Kopf und betrachtete mich aus seinen rot geränderten Augen, und zum ersten Mal an diesem Abend bemerkte ich den Alkoholgeruch in seinem Atem.

»Hast du getrunken?«

»Ein bisschen. Aber ich bin nicht betrunken, Soph. Ich bin nur aufgewühlt. Ich weiß, dass du mich nicht willst, aber ich denke die ganze Zeit an dich. Und ich weiß, dass es falsch ist. Du bist die Freundin meiner Tochter. Ich bin verheiratet, aber …«

»Es tut mir leid, Alistair. Es tut mir leid, dass ich dich geküsst habe, dass ich dir erlaubt habe zu glauben, dass da irgendwas zwischen uns sein könnte. Aber bitte … du musst mich gehen lassen.«

Er starrte mich an, und für einen schrecklichen Moment dachte ich, er würde in Tränen ausbrechen. Stattdessen drehte er den Zündschlüssel. Bevor ich auch nur die Zeit hatte zu reagieren, trat er aufs Gaspedal und schoss aus der Straße. Ich wurde gegen die Rückenlehne geworfen und zog schnell den Sicherheitsgurt um mich. »Alistair, sei nicht dumm! Was tust du da?«

Sein Kiefer war angespannt. Ich verspürte einen Anfall von Furcht. Er fuhr wahrscheinlich weit über dem Limit – was hatte er vor? Uns gegen eine Mauer fahren und uns beide töten?

Er raste durch die Stadt, seinen Fuß auf das Gaspedal gedrückt. Mein Herz klopfte wie wild, und ich hatte meine Nase gegen die Scheibe gepresst, in der Hoffnung jemanden zu sehen, den ich kannte, in der Hoffnung, jemandes Aufmerksamkeit auf mich ziehen zu können. Doch selbst wenn ich jemanden erkannt hätte, fuhr der Wagen viel zu schnell, als dass ich etwas hätte tun können. Die Stadt war ohnehin wie leer gefegt, da war lediglich eine kleine Menschentraube, die mit Biergläsern in der Hand vor dem *Seagull* abhing, und ein paar Leute, die vor der Frittenbude anstanden.

Ich versuchte, vernünftig mit ihm zu reden, ihn davon zu überzeugen, anzuhalten, aber er schien wie in Trance. Er fuhr immer weiter aus der Stadt, die Küstenstraße entlang und dann in ein Waldgebiet hinein, dessen Bäume schwarz und unheimlich emporragten, die Äste dicht und ausladend, sodass sie einen Tunnel über der Straße bildeten. Es gab keine Straßenlaternen, nur die leuchtenden Schlitze von Katzenaugen, die in der Ferne blinzelten. Mir war übel.

»Alistair.« Ich gab mir Mühe, die Angst aus meinen Worten zu verbannen. »Wohin fahren wir?«

Er antwortete nicht, sein Kiefer war verkrampft, die Augen starr auf die Straße gerichtet. Und dann, ohne Vorwarnung, scherte er zur Seite aus auf einen Parkplatz, wobei sein BMW über die Schlaglöcher holperte. Wir befanden uns auf dem unebenen Gelände vor dem Schlachthof, wohin sich die Pärchen zurückzogen, um in ihren Autos herumzumachen. Es stand nur ein anderer Wagen da: ein weißer Van ganz hinten im Eck, teilweise von Zweigen verdeckt, die Scheiben von innen beschlagen. Alistair parkte so weit davon entfernt wie möglich und fuhr rückwärts in ein Gebüsch. Dann schaltete er den Motor aus. Die Lichter erstarben, sodass alles in Dunkelheit versank.

Das einzige Geräusch, das zu hören war, war Alistairs Atem. Erregt. Abgehackt.

»Alistair.« Meine Stimme klang brüchig in der Dunkelheit. »Wir müssen nach Hause fahren.«

Er drehte sich zu mir. »Ich will dich so sehr, dass ich kaum noch richtig denken kann«, sagte er. »Bitte, Soph. Wenn du nur ein einziges Mal mit mir schläfst, verspreche ich dir wegzugehen. Ich werde dich in Ruhe lassen. Du kannst mit deinem Leben weitermachen, mit Leon. Sobald ich mit dir Sex hatte, kann ich dich aus meinem Kopf bekommen, und wir können beide weitermachen.«

Ich starrte ihn schockiert an. »Ich kann nicht mit dir schlafen. Wofür hältst du mich? Für eine Prostituierte oder so was?«

Er streckte den Arm aus und berührte mein Haar. Ich wich zurück. »Oh, Soph, natürlich nicht. Das sage ich doch gar nicht. Ich weiß, dass du auch auf mich stehst, doch du bist ein nettes, braves Mädchen. Du willst Leon nicht untreu sein. Aber ich werde es niemandem erzählen. Ich habe viel zu viel zu verlieren.« Er stieß ein harsches Lachen aus. »Herrgott noch mal, ich bin verheiratet. Nur eine Nacht. Das ist alles, worum ich dich bitte.« Seine Stimme war flehend, heiser. »Oh, Soph«, sagte er noch einmal, und bevor ich reagieren konnte, war er über mir und drückte mich in den Sitz, wobei das Gewicht seines Körpers alle Luft aus meinen Lungen presste, sodass ich kaum noch atmen konnte. Ich hörte, wie er seinen Reißverschluss öffnete, während er mit der anderen Hand meinen Rock hob.

»Alistair, nein!«, schrie ich, aber er schob mit der freien Hand den Sitz nach hinten, sodass ich flach auf dem Rücken lag, er auf mich gepresst.

»Sophie!«, raunte er mit seiner Hand in meiner Unterhose, während seine Finger mich betasteten. Ich versuchte zu schreien, aber er umklammerte meinen Mund. Ich konnte mich nicht rühren. Sein Körper lag schwer auf meinem, und ich hörte das Reißen von Stoff, als er an meinem Höschen zerrte und dann seine Hose herunterschob. Mit einem Grunzen schob er sich in mich. Ein brennender Schmerz durchfuhr mich, riss mich entzwei. Eine Träne rollte an meinem Gesicht hinab und in mein Ohr. Ich schloss die Augen, damit ich ihn nicht ansehen musste, und sagte mir, dass es bald vorbei wäre. Er stieß noch einige Male in mich, und seine Hand presste meinen Mund und Kiefer zusammen, als er mit einem Stöhnen kam. Dann sackte er über mir zusammen. Als ich die Augen öffnete, starrte er mich an.

»Soph …«, begann er. Die Hand, die mein Gesicht gepackt hatte, strich nun über mein Haar. »Oh, Soph.«

»Runter. Von. Mir«, presste ich hervor.

Ich zog meinen Rock nach unten und wandte den Kopf ab, während er an seiner Hose herumfummelte. Als er wieder sicher hinter dem Lenkrad saß, zog ich am Hebel meines Sitzes, damit sich die Lehne aufrichtete.

Die Fensterscheiben waren beschlagen; für einen Außenstehenden hätten wir ausgesehen wie ein ganz normales Pärchen, das ein bisschen rummacht.

»Es tut mir leid«, sagte er, obwohl er nicht so klang. Er ließ den Motor an.

»Ich möchte nach Hause.« Ich weigerte mich, vor seinen Augen zu weinen.

Auf dem Rückweg schwieg er und fuhr nicht so unberechenbar schnell. War es das wert?, wollte ich ihn fragen. War ich es wert, zum Vergewaltiger zu werden? Aber ich fragte nicht. Ich traute mir nicht zu, auch nur ein Wort zu sagen, da ich wusste, dass ich dann weinen würde. Aus dem Augenwinkel erblickte ich meine Unterhose, die entzweigerissen zu meinen Füßen lag. Ich beugte mich vor, hob sie auf und knüllte sie in meiner Faust zusammen. Ich legte meine Hände auf die Knie, damit sie aufhörten zu zittern.

»Du weißt doch«, sagte er, als er in meine Straße bog, »wenn du das je jemandem erzählen solltest, werde ich behaupten, dass es einvernehmlich passiert ist. Das ist dir doch klar, oder? Mein Wort gegen deins.«

»Fühlst du dich denn kein bisschen schuldig?«, fragte ich, als er vor meinem Haus hielt, während der Motor weiterlief.

Er starrte mich durchdringend an. »Ich glaube nicht, dass du es verstehst, oder? Ich bekomme immer, was ich will. Und du wirst es nie zugeben, weil du glauben möchtest, dass du ein nettes, braves Mädchen bist, dass du deinen jämmerlichen kleinen Freund nie betrügen würdest. Aber du hast es genauso sehr gewollt wie ich. Und du wirst wiederkommen. Um mehr davon zu bekommen.«

»Du machst mich krank«, zischte ich, packte den Türgriff und fiel beinahe auf den Gehweg.

Aber er grinste nur, und sein Gesicht wirkte bedrohlich unter der Innenbeleuchtung des Wagens. »Red dir das ruhig ein, Soph, wenn du dich damit besser fühlst.«

Ich knallte die Tür zu und war kaum einen Schritt vom

Auto weggetreten, als er mit durchdrehenden Rädern über den warmen Asphalt davonjagte.

Ich schaffte es gerade noch bis zum Garten, bevor ich mich in die Mülltonne erbrach.

# 38

## Frankie

Ich kann mich noch nicht dazu überwinden, in das Apartment zurückzukehren, also steige ich aus dem Wagen und laufe die Promenade entlang. Der Wind zerrt an meinem Haar, sammelt sich unter meinem Mantelsaum und versucht, die Enden anzuheben. Es ist kaum jemand sonst unterwegs, was an einem kalten Dienstagnachmittag nicht weiter verwunderlich ist. Ich setze mich an die Ufermauer und schaue den Wellen zu, die gegen die Metallpfeiler des Grand Piers krachen. Erinnerst du dich, wie wir früher im Sommer auf dieser Mauer saßen, Soph? Wir hockten als Teenager stundenlang da, aßen Pasteten und quatschten über Jungs. Doch sobald du Leon kennengelernt hattest, war nichts mehr, wie es war. Wenn ich ehrlich bin, war es das schon nicht mehr, nachdem ich weggezogen war, um auf dieses schreckliche Internat zu gehen.

Ich bleibe noch ein paar Minuten länger sitzen, aber der Wind ist so heftig, es fühlt sich an, als würde mir jemand ins Gesicht schlagen, und meine Finger und Zehen sind taub vor Kälte. Ich stehe auf und gehe Richtung Wagen. Als ich sicher hinter dem Lenkrad sitze, rufe ich Stuart an und erkundige mich, wie die Dinge in meiner Abwesenheit laufen. Er erzählt mir, dass einer von den Angestellten, Paul, eine weitere Bestellung vermasselt hat.

»Beim letzten Mal war auch er verantwortlich«, sagt er frustriert. »Diese Fehler kosten uns Zeit und Geld.«

Ich seufze. »Du hast meine Erlaubnis, ihn zu entlassen«, sage ich. »Wir können uns keinen weiteren Fehler von ihm erlauben.«

Stuart klingt erfreut. »Super. Ich kümmere mich darum, noch bevor du zurück bist.«

»Ich komme morgen wieder«, sage ich und verscheuche die Gefühle, die mich überfallen, sobald ich daran denke, Daniel zu verlassen. Ich muss fort von diesem Ort. Diese Stadt ist mein Verderben. Dann rufe ich Mum an, um mich zu erkundigen, wie es Dad geht, aber sein Zustand ist unverändert seit der leichten Besserung, von der sie mir gestern erzählt hat. Ich stelle mir Mum an seiner Seite sitzend vor, wie sie seine Hand hält und seine Beine massiert – das Bild einer perfekten, liebenden Ehefrau. Manchmal frage ich mich, ob sie ihn so lieber hat: verletzlich, nachgiebig, unfähig, Widerworte zu geben. Unfähig sie zu betrügen oder ihr wehzutun. Ich sage ihr, was ich auch Stuart gesagt habe, dass ich morgen zurückkomme, aber ich erkenne an ihrer vagen Antwort, dass ich sie bereits verloren habe. Dass sie im Geiste zu ihren Pflichten als Ehefrau zurückgekehrt ist.

Du konntest meine Beziehung zu meiner Mutter nie verstehen, nicht wahr? Du standest deiner immer so nahe. Einmal, als ich bei dir übernachtet habe, gestand ich dir meine Gefühle ihr gegenüber. Wir teilten uns ein Bett in deinem Zimmer; ich mochte dein Haus lieber als unseres. Es war immer so viel gemütlicher und nicht mit wildfremden Menschen und deren Sachen gefüllt. Das Hotel fühlte sich für mich nie wie ein Zuhause an, und wenn ich ehrlich sein soll, war ich ziemlich einsam – dort oben in meinem Dachgeschosszimmer verstaut –, während die Zeit meiner Eltern dafür draufging, sicherzustellen, dass die Gäste es angenehm hatten, dass frische Bettwäsche, saubere Zimmer und ein fertig gerichtetes Frühstück und Abendessen auf sie warteten. Nachts lag ich wach und lauschte dem undeutlichen Geplauder meiner Eltern, wenn sie die Gäste unterhielten, dem schrillen Gelächter und dem Klirren von Weingläsern. Hotels waren für mich immer nur reines Geschäft, kein Heim, weswegen ich auch heute nie in einem übernachte. Ich finde es nicht entspannend. Entweder fühlt es sich an wie Arbeit, oder es erinnert mich daran, wie ich als Kind wie auf Eiern um die Gäste herumschleichen musste.

Dein Haus hatte den Anstrich einer liebenden Mutter. Meine Mum behandelte mich dagegen sehr geschäftsmäßig. Sie kümmerte sich um mein Wohlergehen, sie stellte sicher, dass ich saubere Kleidung und eine Mahlzeit auf dem Tisch hatte. Aber sie war mir gegenüber nie liebevoll. Sie hatte kein Interesse an mir, sie nahm sich nie die Zeit, mich kennenzulernen. Heute verstehe ich, dass sie an postnatalen Depressionen litt, dass sie es schwierig fand, eine Beziehung zu mir aufzubauen. Doch es spielte keine Rolle, denn ich hatte ja Dad. Er machte Mums kühle Art wieder wett. Aber in jener Nacht, als wir uns unter deiner Daunendecke aneinanderkuschelten, gestand ich dir, dass ich das Gefühl hatte, dass meine Mum meinen Dad viel mehr liebte als mich und dass sie eifersüchtig war auf die Aufmerksamkeit, die er mir zuteilwerden ließ.

Du klangst schockiert, als du in die Dunkelheit flüstertest: »Wie kann deine Mum denn eifersüchtig sein, dass dein Dad dich liebt?«

»Ich weiß nicht«, murmelte ich verlegen. Wie hättest du es auch verstehen können, wo du doch eine Mutter hattest, der die Liebe für ihre Kinder jedes Mal, wenn sie euch anblickte, ins Gesicht geschrieben stand? Dann erzähltest du mir von deinem Dad und dass du dich kaum an ihn erinnern konntest, bis auf die Nacht, in der er deiner lieben, netten Mum die Nase gebrochen hatte und ihr drei »in den Süden« geflüchtet wart. Dies war das einzige Mal, dass wir es einander gestanden. Wir sprachen nie wieder davon, aber ich habe es nicht vergessen.

Als ich in das Apartment zurückkehre, ist es beinahe halb vier Uhr nachmittags. Nicht mehr lange, dann kommt Daniel. Ich dusche und ziehe meine letzte frische Jeans und einen eng anliegenden Pullover an. Ich will nicht aussehen, als hätte ich allzu viel Aufwand betrieben.

Ich gieße mir ein Glas Wein ein. Ich fühle mich angespannt, aufgekratzt. Etwas nagt an meinem Unterbewusstsein, etwas, das Daniel und Leon betrifft. Ich hocke mich auf den altmodischen Heizkörper, genieße die Wärme, die durch meine Jeans dringt, und schaue einem weißen Van zu, der draußen vorbeirollt, während ich versuche, meine Gedanken zu ordnen.

Daniel hat mich angelogen, als er sagte, das Apartment

gehöre einem Freund von ihm. Warum hat er mir nicht erzählt, dass die Wohnung seine ist? Ich verstehe, dass es ihm womöglich peinlich war, mich um Geld zu bitten, aber ich hätte es lieber ihm gegeben als irgendeinem gesichtslosen Freund von ihm. Ich kann mir den Gedanken nicht verkneifen, dass es eine Ausflucht war, dass er mich absichtlich irreführen wollte. Aber warum? Und dann die Art, wie er sich heute Nachmittag in Leons Gegenwart verhielt – ich kann es nicht ganz fassen, aber es war merkwürdig.

Ich denke an neulich zurück, als wir das erste Mal zu Leon fuhren. Die Art, wie sie sich miteinander angelegt haben, wie Leon ihn »Danny-Boy« genannt hat. Damals, 1997, hatte er Daniel nie so genannt. Es schien alles etwas gezwungen, als wären sie Schauspieler in einem Theaterstück. Und warum hat Daniel sich eine Wohnung gegenüber von seinem Erzfeind gekauft, jemandem, den er über alles hasst?

Ich verspüre einen Schmerz hinter meinen Augen. Der Wein ist mir bereits zu Kopf gestiegen. Ich habe noch nie viel vertragen. Ein Fliegengewicht, hast du mich immer genannt, ein billiges Date.

Ich reibe den Punkt zwischen meinen Augen, um den stechenden Kopfschmerz wegzumassieren. Nichts von alldem hier passt zusammen. Das weinende Kind, die Briefe. Was bedeutet das alles, Soph?

Der Briefschlitz klappert, und ich schrecke auf. Ich stelle das Glas ab, eile durch die Diele, beuge mich rasch nach unten, um eine Zeitung aufzuheben, und reiße die Tür gerade rechtzeitig auf, um Jean auf der Treppe zu erwischen.

»Jean?«

Sie zögert und schaut mich erschrocken an, ihre Hand liegt immer noch auf dem Geländer. »Hallo, Francesca, meine Liebe.«

»Haben Sie das durch meine Tür geschoben?«, frage ich und wedle unnötig mit der Zeitung. Ich werfe einen hastigen Blick zu der Apartmenttür gegenüber, aber sie ist fest verschlossen.

Sie nickt. »Da lagen zwei unten im Flur, und ich dachte mir, die seien für uns. Es ist nur das örtliche Gratisblatt, aber vielleicht lohnt sich ein Blick hinein.«

Ich runzle die Stirn. Warum sollte sie sich die Umstände machen? Sie bedenkt mich mit einem mütterlichen Lächeln und geht die Treppe wieder hinunter, während ich zurückbleibe und ihr hinterherstarre. Mit der Zeitung in der Hand kehre ich verwirrt ins Wohnzimmer zurück. Ich werfe sie auf den Sofatisch, wo sie aufklappt, und ich schnappe nach Luft.

Auf der Seite, die mir entgegenblickt, ist ein Bericht über meinen Vater.

Ich greife nach der Zeitung und bemerke, dass die anderen Seiten zurückgeschlagen wurden, sodass mir der Artikel als Erstes ins Auge springt. Ich blättere schnell zum Titelblatt. Es handelt sich tatsächlich um eine Gratiszeitung, aber sie ist nicht aus dieser Stadt, sondern aus einem Ort in der Nähe von Bristol. Und sie trägt das Datum von vor drei Wochen.

Ich stürme aus der Wohnung und renne barfuß die Treppe hinunter. »Jean!«, rufe ich und hämmere gegen ihre Tür.

Sie öffnet, ihr Gesicht ist angespannt, als sei sie bereit für einen Kampf.

»Wo haben Sie die her?«

Sie zieht ihren Cardigan fester um sich. »Habe ich Ihnen doch gesagt. Sie kam durch die Haustür.«

»Warum sollte eine Gratiszeitung aus Bristol eingeworfen werden? Es ist nicht einmal eine aktuelle Ausgabe.«

Sie zuckt, ihre Augen blicken kühl. »Woher soll ich das wissen?«

Ist sie es? Ist sie verantwortlich für all die merkwürdigen Dinge, die mir seit meiner Ankunft widerfahren sind? »Wer sind Sie?«

Ihre sonst so freundlichen Züge verzerren sich, sodass es aussieht, als stünde ein vollkommen fremder Mensch vor mir. »Es spielt keine Rolle, wer ich bin. Aber ich weiß, wer Sie sind. Die Tochter eines Vergewaltigers.«

»Wie … woher wissen Sie das?«

»Alle wissen das.«

»Er ist unschuldig.«

»Das sagen sie alle«, faucht sie verächtlich. »Aber ich habe Männer wie deinen Vater gekannt. Die denken immer, dass sie davonkommen können. Und jetzt täuscht er einen Schlaganfall vor, um sich vor dem Verfahren zu drücken. Was für ein Abschaum.«

Es ist, als hätte sie mich geschlagen. »Sie wissen rein gar nichts darüber.«

»Oh, doch, das tue ich. Ich wusste, dass etwas an Ihnen faul ist – so wie Sie sich ständig umschauen und behaupten, man würde Sie verfolgen. Man konnte Ihnen sofort ansehen, dass Sie in etwas Unlauteres verwickelt sind. Drogen wahrscheinlich.« Ihre Lippen verziehen sich zu einem höhnischen Grinsen. »Dann diese Männer, die Tag und Nacht ein und aus gehen. Dieses Mädchen auf der Treppe, das hier ständig herumschleicht. Da stimmt doch etwas ganz und gar nicht.«

Wovon redet sie? Welches Mädchen? Spricht sie von dir? »Haben Sie deswegen in meinem Müll gewühlt? Um etwas Schmutziges zu finden? Oder ein Drogenversteck?«

»Ich musste gar nicht nach Schmutz wühlen. Ich habe alles gestern schon am Zeitungskiosk erfahren. Ein netter Herr konnte es kaum erwarten, mir zu erzählen, dass ich das Haus mit der Tochter eines Vergewaltigers teile. Er hat mir die Zeitung gegeben, wenn Sie es unbedingt wissen wollen. Er konnte mir ansehen, wie angewidert ich von der ganzen Geschichte war.«

Mir gefriert das Blut in den Adern. »Wer?«

»Er hat mir seinen Namen nicht gesagt. Groß, dunkles Haar. Ungefähr Ihr Alter. Und jetzt lassen Sie mich in Frieden.« Sie funkelt mich erbost an, dann schlägt sie mir die Tür vor der Nase zu.

Ihre Beschreibung könnte auf Leon passen.

Oder Daniel.

Ich steige die Stufen zu meiner Wohnung hoch, niedergeschlagen, die Zeitung immer noch in meiner Hand. Ich gieße mir ein weiteres Glas Wein ein und lasse mich auf das Sofa fallen.

Wer könnte so bösartig sein, Jean diese Zeitung zu geben, um sie an mich weiterzureichen?

Der Artikel ist kurz, keine fünfhundert Wörter, dennoch enthält er sämtliche Details: mein Vater, »einstiger Besitzer eines West-Country-Hotels«, der Vergewaltigung in mehreren länger zurückliegenden Fällen beschuldigt, und sein schwerer Schlaganfall, bevor der Prozess überhaupt begann. Daniel muss das die ganze Zeit über gewusst haben. Als er sagte, das mit meinem Vater tue ihm leid, dachte ich, er meinte den Schlaganfall. Wie naiv von mir. Herrgott noch mal, er ist Journalist, natürlich musste er von den Anklagen erfahren haben, die gegen meinen Vater erhoben wurden.

Eine junge Frau kontaktierte letztes Jahr die Polizei. Sie blieb anonym. Sie sagte aus, dass mein Dad von ihr besessen war, sie stalkte und im Alter von zwanzig Jahren vergewaltigte. Das war nicht einmal ein Jahr nach deinem Verschwinden. Ihre Aussage hatte zur Folge, dass sich natürlich auch andere Zeuginnen meldeten. Er gab zu, Sex mit diesen Frauen gehabt zu haben, sagte jedoch, dass dieser einvernehmlich gewesen sei. Meine Mutter glaubte ihm. Und auch ich will ihm so sehr glauben, Soph. Aber es wird immer schwieriger. Warum sollten diese Frauen lügen?

Es wird allmählich dunkel. Im Wohnzimmer ist es eisig. Meine Nasenspitze ist kalt. Ich lege ein paar Scheite Holz nach, ihr Knistern ist das einzige Geräusch im Raum. Es ist gespenstisch still. Kein Verkehrslärm, kein Rauschen von Flugzeugen. Ich schalte eine Lampe an und stelle mich an das Erkerfenster. Daniel hat gesagt, er wolle versuchen, um drei Uhr Feierabend zu machen, aber bisher ist nichts von ihm zu sehen. Die Straßen sind leer, die Wolken grau und zusammengezogen, als würde der Himmel die Stirn tief in Falten legen.

Der Gedanke treibt schon den ganzen Tag in meinem Kopf, seit Daniel mir gesagt hat, dass ihm die Wohnung gehört – vielleicht sogar bereits seit dem Zeitpunkt, als ich den Artikel über die abgetrennten Füße auf seinem Computer gesehen habe.

Ich vertraue deinem Bruder nicht länger.

Eine schattenhafte Bewegung in der Einfahrt zieht meine Aufmerksamkeit auf sich. Ich stehe auf und presse meine Nase gegen die Scheibe in der Erwartung, Daniel zu sehen. Aber es ist nicht Daniel. Du bist es. Du stehst neben der Mauer und blickst zu mir hoch. Ich weiß, dass du es bist. Ich kann es an der Spitze deines Kinns erkennen, an der Neigung deines Kopfs, an dem herzförmigen blonden Haaransatz auf deiner Stirn. Du trägst einen Anorak, die Kapuze zurückgezogen, und du bist jung – mit glatter Haut und klaren Augen. Mein erster Gedanke ist, dass du nicht tot bist, dass jene Überreste, die in Brean Sands gefunden wurden, nicht deine sind … nur dass das nicht stimmen kann, denn du siehst nicht aus wie beinahe vierzig. Du siehst jünger aus als an dem Tag deines Verschwindens.

Seit ich nach Oldcliffe zurückgekommen bin, habe ich deine Gegenwart gespürt, Soph. Ich habe dich hier in der Wohnung gespürt, auf meinen Spaziergängen, wie du mir folgst, mir zuwinkst, und jetzt weiß ich, warum.

»Warte!«, rufe ich, obwohl ich sicher bin, dass du mich nicht hören kannst. Ich schnappe mir meinen Mantel, schlüpfe in meine Stiefel und renne, so schnell ich kann, wobei ich in meiner Hast beinahe die Treppe hinunterstürze. Ich muss dich sehen, bevor du wieder verschwindest.

Denn endlich verstehe ich, warum du hier bist. Du wirst mich nicht in Frieden lassen, nicht wahr? Bis ich die Wahrheit über jene Nacht gesagt habe.

# 39

# Frankie

Ich kann dich in der Ferne sehen, das Aufblitzen deines grünen Parkas mit der orangen Kapuze, so wie der, den du in der Schule hattest. Du bleibst gerade außer Reichweite. Warum wartest du nicht auf mich? Ich rufe dich, aber du ignorierst mich. Sophie! Mein Knöchel knickt unter mir weg, und ich strauchle. Verdammt, der Absatz ist abgebrochen. Ich beuge mich hinunter, um den spitzen Stiletto aufzuheben und in meine Manteltasche zu stopfen. Dann renne ich weiter, leicht hinkend, da meine Stiefel nun ungleich hoch sind.

Der Wind hat aufgefrischt, und ich bin sicher, dass ich Daniel meinen Namen rufen höre, aber ich renne weiter hinter dir her. Ich kann dich nicht noch einmal gehen lassen.

Ich bin außer Atem, als ich die Laternenpfosten am Eingang des alten Piers erreiche. Wo bist du? Ich blicke mich verwirrt um. Du bist verschwunden.

Und da sehe ich dich. Du hast es geschafft, auf die andere Seite des Verbotsschilds zu gelangen, sodass du nun mitten auf dem Landungssteg stehst. Ein Teil von mir will dich ermahnen, vorsichtig zu sein, weil die Bretter morsch und gefährlich sind – bis mir einfällt, dass du bereits tot bist. Du wartest auf mich, und ich weiß, dass du willst, dass ich dir folge. Also klettere ich durch die Absperrung, zerreiße meinen Mantel an den Metallstreben und schürfe meinen Arm auf, aber es ist mir egal. Ich muss mit dir reden. Ich habe keine Angst mehr. Und dann stehe ich vor dir … der Pier erstreckt sich hinter dir, der Pavillon ein dunkler Umriss in der Ferne.

»Sophie …?«

»Hallo, Frankie«, sagst du leise, und deine Worte werden vom Wind fortgerissen. Ich fühle mich wie in einem Traum, als geschehe das hier nicht wirklich. Bin ich betrunkener, als ich dachte? Denn mir ist klar, dass ich logisch betrachtet nicht mit einem Geist sprechen kann.

»Was willst du von mir?«

»Ich glaube, das weißt du.« Du klingst nicht, wie ich dich in Erinnerung habe. Für einen Moment bringt mich das aus der Fassung, wirft mich aus der Bahn, und ich muss meine Gedanken neu ordnen. Ich blinzle einige Male, aber du stehst immer noch da. Greifbar. Real.

»Frankie?« Eine Stimme lässt mich aufschrecken, und mein Kopf zuckt herum. Daniel steht hinter mir. Er hat es ebenfalls geschafft, hinter die Absperrung zu gelangen. »Du solltest nicht hier draußen sein. Das ist gefährlich.«

»Du!«, brülle ich und wische mir das Haar aus den Augen. »Du hast mich angelogen. Mit allem. Hast du mir die Briefe geschickt? Was geht hier vor sich, Daniel?«

Er schiebt sich langsam auf mich zu, seine Hand ausgestreckt, als nähere er sich einem scheuen Pferd. »Ich kann alles erklären. Bitte, komm einfach mit mir, es ist gefährlich …«

»Ich werde mit dir nirgendwohin gehen. Ich traue dir nicht mehr. Etwas hier ist faul. Hast du Jean die Zeitung am Kiosk gegeben …?«

In diesem Moment trittst du vor, und erst da bemerke ich, dass du etwas in der Hand hältst. Ein rosa gestreiftes Notizbuch, das vom Alter ganz verschlissen ist. Dein Tagebuch. Ich erinnere mich an dieses Tagebuch – du nahmst es immer und überall mit, sogar wenn du bei mir übernachtet hast. Es lag unter deinem Kopfkissen.

Daniel wendet den Kopf in deine Richtung, und da wird es mir schlagartig klar. Er kann dich ebenfalls sehen. Ich bilde mir dich nicht ein.

»Wir wissen, was du getan hast«, sagst du. »Wir haben Beweise, einschließlich dieses Tagebuchs.« Deine Stimme ist anders. Und als du näher kommst, bemerke ich, dass deine Augen nicht grau sind, sondern blau. Ein lebhaftes, durchdringendes Blau. Ich kenne diese Augen.

»Kannst du sie sehen?«, brülle ich Daniel an. »Kannst du Sophie sehen?«

Daniel ignoriert mich. »Frankie … hör mir zu. Du musst niemandem mehr etwas vorspielen.«

»Was meinst du damit?« Ich fühle mich wie in einem surrealen Traum.

»Ich weiß, dass du Sophie umgebracht hast. Du hast meine Schwester getötet.«

»Sei nicht albern!«, schreie ich. »Wie kann ich es sein? Was ist mit den Briefen? Sie kommen von Leon. Und die Erkennungsmarken? Er wusste das von Jason! Er wollte mir was antun, wahrscheinlich hat er Sophie was angetan. Ich habe versucht, es dir zu sagen, seit ich hergekommen bin … Ich habe versucht, dir zu sagen …«

Daniel sieht mich ungläubig an, und es ist, als würde alle Kraft aus mir weichen …

Er hat recht, ich muss niemandem mehr etwas vorspielen.

Es gibt gute und schlechte Menschen in dieser Welt, Soph, und manchmal gibt es Menschen wie mich. Ich glaube nicht, dass ich schlecht bin. Ich habe nur ein paar schlechte Dinge getan. Du weißt nicht, wie hart es war, deinen Tod auf meinen Schultern zu tragen – achtzehn lange Jahre. Du weißt nicht, wie sehr ich mir wünschte, ich könnte alles ungeschehen machen. Es wurde einfacher, damit zu leben, als die Zeit verging, aber ich habe nie aufgehört, mich schuldig zu fühlen für das, was in jener Nacht passiert ist, Soph. Ich war immer gut darin, die Dinge zu trennen, sie abzuspalten. Also habe ich das, was ich dir angetan habe, in eine Schachtel gepackt und ganz hinten in meinem Kopf verstaut, bis dieser Anruf alles wieder zutage förderte.

Das war der Grund, warum ich zögerte, nach Oldcliffe zurückzukehren. Jeder weiß, dass man niemals an den Ort des Verbrechens zurückkehren sollte. Doch wie hätte ich es zulassen können, Daniel ohne mich herumschnüffeln zu lassen? Ich musste ihn davon abhalten, die Wahrheit herauszufinden, indem ich ihn von der Fährte abbrachte. Nicht dass es jemals eine wahre Fährte gab. Ohne Leichnam gab es keinen Beweis. Und ich glaubte nicht, dass sie viel mehr finden würden als einen Fuß. Ich dachte, wenn Daniel erst deine sterblichen Überreste gesehen hätte, würde er dich gehen lassen. Natürlich habe ich gehofft, er würde Leon verdächtigen, aber ohne Beweise hätte er nie etwas unternehmen können. Diese Briefe zu erhalten, war ein Geschenk des Himmels, weil es mir erlaubte, mit dem Finger auf Leon zu zeigen. Ich musste deinem Bruder nur erzählen, was mit Jason passiert war, und peng! – ein Motiv. Ich erhärtete diesen Verdacht, indem ich mir die Erkennungsmarken selbst zusandte, nur für den Fall, dass Daniel irgendwelche Zweifel hegte, dass es in diesen Briefen nicht um Jason ging.

Ich hatte mich gefragt, ob die Briefe in Wirklichkeit auf dich abzielten, aber ich sagte mir, dass unmöglich jemand wissen konnte, was ich getan hatte.

Außer Daniel.

»Hast du es die ganze Zeit gewusst?«, frage ich ihn und bin unfähig, die Verblüffung in meiner Stimme zu verbergen.

Er nickt langsam.

»Warum hast du mir die Briefe geschickt?«

»Das habe ich nicht.«

»Aber wer dann?« Meine Schläfen pochen, und ich schließe die Augen. Ich bin verwirrt. Passiert das hier wirklich? Ich packe mein Haar und reiße heftig an seinen Wurzeln.

Man hat mich in die Ecke gedrängt. Es gibt nichts, was ich tun kann. Als ich die Augen öffne, steht Daniel neben mir, löst meine Hand von meinem Haar. »Sophie kam zu dir, nicht wahr, Frankie?«, fragt er sanft. »In jener letzten

Nacht. Sie war aufgewühlt und durcheinander, also verließ sie den Klub, aber du bist ihr gefolgt, stimmt's? Und sie erzählte dir, was dein Vater ihr angetan hatte, dass sie schwanger war. Du beschuldigtest sie der Lüge, du warfst ihr vor, eine Affäre mit deinem Vater zu haben. Warum hast du sie umgebracht, Frankie? Um sie davon abzuhalten, es jemandem zu erzählen?«

Woher kann er das alles wissen, Soph?

Der Wind pfeift um uns herum. Du stehst vor mir, aber du sprichst nicht, du starrst mich nur voller Abscheu an. Voller Hass.

»Frankie!« Daniels Stimme ist eindringlich, drängend. Er packt meine Oberarme und dreht mich herum, sodass ich ihn ansehen muss. Verzweiflung liegt in seinem Blick. »Bitte. Wenn du auch nur ein bisschen für mich empfindest, dann erlöse mich von meiner Qual. Wir haben Beweise, wir wissen, dass du es warst. Aber ich will es aus deinem Mund hören, Franks. Ich will hören, warum du es getan hast. Warum du deine beste Freundin umbringen wolltest.«

Ich schluchze und lasse mich gegen ihn sinken. Es ist beinahe eine Erleichterung, es jemandem erzählen zu können. »Es tut mir leid, Daniel. Ich wollte dich nie verletzen, aber sie hat mir alles genommen. Sie hat mir Leon genommen und dann meinen Vater. *Meinen Vater.* Er hat mich am meisten geliebt von allen Menschen. Meine Mutter hat sich einen Dreck geschert, ich hatte immer nur ihn. Aber selbst er hat sie am Ende mir vorgezogen. Warum musste sie ihn mir wegnehmen, Dan?«

Ich spüre, wie er sich neben mir versteift. »Frankie. Sie hat ihn dir nicht weggenommen. Er hat sie vergewaltigt.«

»Sie hat mir alles erzählt«, weine ich. »Über den Kuss im Hotelzimmer, wie sie ihn verführt hat. Sie stand auf ihn, und sie wollte ihn.«

»Er hat sie vergewaltigt«, wiederholt Daniel durch zusammengebissene Zähne. »Er hat sie terrorisiert, er hat sie gestalkt, und er hat sie vergewaltigt. Und er hätte damit weitergemacht. Als sie weg war, hat er es stattdessen diesen anderen Mädchen angetan. Er ist ein Monster.«

»Aber er ist mein Dad«, heule ich. Ich wollte dir damals nicht glauben, Soph. Du hast mir alles erzählt, doch ich konnte mich nicht der Wahrheit stellen. Als mein Dad vor sechs Monaten verhaftet wurde, wurde mir bewusst, dass du nicht gelogen hattest, nicht wahr? Mein Vater hat dich vergewaltigt. Es tut mir leid, dass ich dir nicht geglaubt habe …

»Und was ist mit mir?«, sagt Daniel mit trauriger Stimme. »Ich habe dich geliebt. War ich dir nicht gut genug?«

»Du hast mich nicht geliebt. Du fandest mich doch nur scharf …«

»Nein!«, schreit er über den Wind hinweg. »Ich habe dich geliebt. Ich habe es geliebt, dass du witzig warst, intelligent, unabhängig, immer zu einem Scherz aufgelegt. Ich liebte es auch, dass du eine verletzliche Seite hattest. Mir war nur nicht klar, *wie* unsicher du in Wirklichkeit warst.«

Was für eine Närrin ich doch war.

Du trittst auf mich zu, dein Gesicht wutverzerrt. »Das ist aber nicht alles, nicht wahr? Was ist mit Jason?«

»Jason?«

»Ihn wolltest du auch, stimmt's? Aber du konntest ihn nicht haben. Also hast du ihn ins Meer gestoßen.«

Ich vergaß, dass ich dir alles darüber erzählt habe in der Nacht deines Todes.

»Franks, du hast gesagt, das mit Jason sei ein Unfall gewesen«, drängt Daniel. »Du hast gesagt, Sophie hätte ihn versehentlich gestoßen. Während eines Streits. Aber das ist nicht die Wahrheit, oder?«

»Woher weißt du das alles?«, schreie ich weinend.

»Ich will hören, wie du es sagst, Frankie. Die Polizei ist unterwegs. Sie wissen alles – aber ich will es von dir hören.« Seine Augen flehen mich an.

»Es war ein Unfall!«, brülle ich gegen den Wind an. »Sophie war betrunken eingeschlafen. Ich habe es bei ihm versucht, aber er hat mich abblitzen lassen. Wir haben uns gestritten. Ich wollte ihn nicht stoßen. Wir waren betrunken. Er verlor das Gleichgewicht und fiel ...«

»Genauso wie Sophie?«

»Es war ein Unfall«, wiederhole ich und breche zusammen. »Ich war nur ein Kind, Daniel ... Ich wollte ihm nicht wehtun.« Das ist die Wahrheit, Soph. Ich weiß, dass du dich immer gefragt hast, was wirklich in jener Nacht vorgefallen war. Du warst so betrunken, du wusstest nicht mehr, was passiert war. Ich war wütend, weil er mich abgewiesen hatte – ich wusste nicht, dass er schwul war. Aber ich wollte ihn nicht töten. Ich sah, wie er im Wasser um sich schlug. Ich hätte ihn retten können, aber ich entschied mich dagegen. Dann rüttelte ich dich wach und sagte dir, er wäre hineingefallen.

Ich wende mich an Daniel. »Hast du mir die ganze Zeit nur was vorgemacht? Um mich dazu zu bringen, zu gestehen? Ich dachte, du hättest Gefühle für mich.«

Er blickt betreten drein. »Ich war gewillt, dir einen Vertrauensvorschuss zu geben, wegen dem, was mal zwischen uns war. Ich weiß, dass Unfälle passieren können. Ich hatte gehofft, du würdest dich erklären. Reue zeigen. Ich wollte, dass du es gestehst.«

»Warum?« Ich lache bitter auf. »Wo du doch schon so viel weißt.«

Seine Stimme stockt. »Weil ich verstehen wollte, warum du so etwas tun konntest. Oder bist du einfach nur so wie dein Vater?«

Ich starre ihn entgeistert an. Ist es das, was er denkt? Dass ich genauso bin wie mein Vater? In jener Nacht im *Basement*, als ich dich auf dem Klo kotzen hörte, wusste ich, dass du nicht betrunken warst. Deine Blässe, deine Übelkeit. Man musste kein Genie sein, um dahinterzukommen. Du warst schwanger. Aber bevor ich dich deswegen zur Rede stellen konnte, warst du weggerannt, raus aus dem Klub. Auf dem Pier bist du zusammengebrochen und hast mir alles erzählt – von dem Kuss, den Nachstellungen, der Vergewaltigung. Natürlich wollte ich dir nicht glauben ... das war mein Vater, der Mann, den ich vergötterte, den ich mehr liebte als irgendwen auf dieser Welt.

In der Ferne meine ich das Heulen von Polizeisirenen zu hören.

Beweise. Sie haben Beweise für deinen Tod. Ich denke an deinen Adidas-Gazelle-Turnschuh, der auf dem Pier liegen geblieben war. Ich wusste, ich hätte ihn dir ins Meer hinterherwerfen sollen, aber ich ließ ihn dort liegen. Ich habe ihn jedoch nie berührt, darauf habe ich geachtet. Ich wusste über DNA Bescheid, schon damals.

»Wenn ihr Beweise habt«, sage ich zu Daniel, »warum solltest du dann wollen, dass ich gestehe? Denn das werde ich niemals tun. Nicht den Behörden gegenüber. Ich kann nicht ins Gefängnis gehen. Ich kann einfach nicht …«

Du trittst vor und wirkst so selbstgefällig. Du entblößt deine Zähne. Sie sind klein und spitz. Gar nicht wie deine. »Das hast du bereits«, sagst du, greifst in deine Jackentasche und holst ein Aufnahmegerät hervor. »Das ist ein Diktiergerät. Alles, was du gesagt hast, befindet sich auf Band.«

»Mia …« Daniels Tonfall ist eine Warnung.

*Mia?* Ich starre dich an. Aber du bist es nicht, nicht wahr? Natürlich nicht. Wie hättest du es je sein sollen? Was habe ich mir nur dabei gedacht?

Diese Augen, diese Zähne. Diese Stimme. Das bist nicht *du*.

»Wer bist du?«, knurre ich.

»Mein Name ist Mia«, erwidert sie. Sie hat einen irischen Akzent.

»Daniels Freundin?« Ich runzle die Stirn. Aber sie ist so jung. Zu jung.

Sie schüttelt den Kopf und lacht, ihre nächsten Worte werden vom Wind verweht. Der Himmel grollt. Heftiger, wütender Regen platzt aus den Wolken. Wie kann sie es wagen, mich auszulachen, diese junge Frau? Wie kann sie es wagen, hier zu stehen und mir Anklagen entgegenzuschleudern? Daniel gegen mich aufzuwiegeln? Wir hätten glücklich zusammen sein können, aber dann ist sie vorbeigekommen und hat verdammt noch mal alles kaputt gemacht.

Eine heftige Wut schwillt ihn mir an, türmt sich auf, droht, sich aus meiner Brust zu befreien. Ich will ihr wehtun. Ich will dieses selbstgefällige Grinsen aus ihrem Gesicht wischen. Es ist an mir, in meine Tasche zu greifen. Ich ziehe den abgebrochenen Absatz heraus und bin mir vage der Entsetzensschreie von Daniel bewusst, als hätte er schon längst begriffen, was ich vorhabe, noch bevor es mir selbst in den Sinn gekommen ist.

»Mia! Pass auf!« Da ist Angst in seiner Stimme. Und Liebe. Die Eifersucht spornt mich an. Ich stürme auf sie los und spüre Daniels Gegenwart hinter mir. Ich will, dass sie aufhört zu existieren. Das Gefühl ist überwältigend, mächtig. Ich will sie auslöschen.

Sie wirft sich an mir vorbei in Daniels Arme, während ich in meinen ungleichen Absätzen stolpere und mit einem dumpfen Geräusch auf meine Knie falle. Was habe ich mir nur dabei gedacht? Ich will sie nicht verletzen, und ich hatte auch nicht vor, dich zu töten. Du musst mir glauben, Soph. Ich habe dich geliebt. Es tut mir leid …

Das Knarren und Ächzen von Holz dringt kaum wahrnehmbar durch Wind und Regen. Es dauert einige Augenblicke, bis die morschen Planken unter mir nachgeben. Ich höre das Heulen der Polizeisirenen, die näher kommen. Ich versuche nicht, mich zu retten.

Das Letzte, was ich sehe, sind ihre entsetzten, bleichen Gesichter, bevor ich durch den Boden breche, in die wütende graue See unter mir.

# 40

## Sophie

*Dienstag, 9. September 1997*

Ich »starb« in einer Samstagnacht.

Es begann alles mit einem Riesenstreit mit Leon. Ich konnte es nicht mehr ertragen, ihn anzulügen, also machte ich Schluss. Sein Gesicht wird mich für immer verfolgen, sein zitterndes Kinn, als er versuchte, nicht zu weinen.

Frankie rannte mir auf die Toilette hinterher und verlangte zu wissen, was los war. Ich schloss mich in eine Kabine ein und übergab mich. Ich konnte mich weder ihr noch Leon stellen. Als sie dann losging, um mir ein Wasser zu holen, flüchtete ich, so schnell ich nur konnte, aus dem *Basement* und hielt erst an, als ich den Zugang zum alten Pier erreicht hatte – und auch da nur, weil ich heftiges Seitenstechen hatte.

Ich lehnte mich gegen einen der Laternenpfosten und versuchte, zu Atem zu kommen. Ich zitterte am ganzen Körper. Eine Blase an meiner Ferse brannte so sehr, dass ich meinen Turnschuh ausziehen musste. Ich schob ihn in die Tasche meiner Trainingsjacke und hopste auf den Pier.

»Sophie?«

Erleichterung durchflutete mich, als ich Frankie hinter mir stehen sah, nicht Alistair. Es hätte ohne Weiteres er sein können. Es machte mir bewusst, wie dumm es von mir gewesen war, den Klub zu verlassen, dass ich mich selbst in Gefahr gebracht hatte.

»Was tust du hier?«

Ich wollte nicht mit ihr reden. Wie sollte ich überhaupt nur ansatzweise die Worte finden, um zu erklären, was alles passiert war?

»Warum willst du denn schon heim? Es ist erst halb zwölf. Meine Güte, es ist Samstagabend! Wir verlassen den Klub nie so früh.« Sie klang außer Atem. Sie musste gerannt sein, um mich einzuholen. Ich bemerkte, dass sie ihre hohen schwarzen Plateaustiefel trug, in denen sie nicht schnell laufen konnte. Es waren dieselben Stiefel, die sie an jenem Abend getragen hatte, als wir uns wiederbegegnet waren, als der Sommer sich noch voller Verheißungen und Möglichkeiten vor uns erstreckte. Wie hatte alles nur so schrecklich schiefgehen können?

Mein Gesicht war tränennass. »Es ist eine lange Geschichte.«

»Du bist schwanger, habe ich recht? Ich habe gehört, wie du auf dem Mädchenklo gekotzt hast. Irgendwas ist im Busch, Soph, und ich werde nicht gehen, bevor du mir nicht gesagt hast, was hier los ist. Ich habe gesehen, dass du dich mit Leon gestritten hast. Was ist passiert? Hast du ihm von dem Baby erzählt?« Sie kam auf mich zu. »Sophie!« Sie zog an meinem Arm, damit ich sie anschaute. »Hörst du mir zu?«

»Natürlich habe ich ihm nicht von dem Baby erzählt!«, rief ich weinend. »Was ist schon eine Lüge mehr oder weniger? Und überhaupt, was kümmert dich das?«

Sie runzelte die Stirn, und Kränkung blitzte in ihren Augen auf. »Weil ich deine beste Freundin bin. Wir erzählen einander alles. Aber das hier hast du mir nicht erzählt. Warum konntest du mir nicht sagen, dass du schwanger bist?«

»Weil …« Die Tränen quollen mir nun dick und schnell aus den Augen. Ich konnte kaum atmen, sie drohten mich zu ersticken. Ich holte tief Luft. Ich musste ihr die Wahrheit sagen. »Weil ich dachte, dass es Alistairs wäre. Aber das kann nicht sein. Das weiß ich jetzt.«

Ihr Ausdruck verdunkelte sich. »Alistairs? Was redest du da?«

»Dein Dad!«, rief ich. »Was glaubst du denn, von wem ich rede?«

Ihre Stimme war gefährlich leise. »Du hast meinen Dad gevögelt?«

Ich starrte sie an, und der Schock ließ meine Tränen versiegen. »Ich habe deinen Dad nicht ›gevögelt‹. *Er* hat mich *vergewaltigt*!«

Jegliche Farbe wich aus ihrem Gesicht, und ich fühlte mich schrecklich. Sie stolperte rückwärts, als hätte ich sie geschlagen. »Wie kannst du nur? Wie kannst du nur so lügen? Du hast eine Affäre mit meinem Vater, und jetzt verdrehst du das Ganze und lügst auch noch. Du bist eine miese kleine Schlampe, Sophie Collier. Du hast dir Leon genommen und jetzt auch noch ihn.«

»Alistair hat mich vergewaltigt, Frankie. Wir hatten keinen Sex. Er hat sich auf mich gestürzt, er …«

»Sei still!« Ihre Stimme war eiskalt, und es lag eine Schärfe darin, die ich nie zuvor gehört hatte. »Ich will mir deine Lügen nicht anhören.« Sie starrte mich an, mit einem wilden Blick, genauso wie der ihres Vaters, ihre Lippen nach unten verzogen und bebend.

»Frankie … bitte.« Ein Schluchzen entrang sich meiner Kehle. Ich hasste es, ihr das antun zu müssen. »Ich würde bei so etwas niemals lügen …«

Sie schloss die Augen, als würde sie innerlich meditieren, und begann, an ihrem Haar zu reißen. Ich beobachtete sie erschrocken und fragte mich, was sie als Nächstes tun, wie sie reagieren würde. Dann öffnete sie die Augen und schritt auf mich zu. »Dieser Pier«, sagte sie und kam näher, »es muss ein Fluch auf ihm liegen, glaubst du nicht auch? Jason ist hier gestorben …«

Ich runzelte die Stirn. »Was hat Jason damit zu tun?«

»Oh, Sophie. Du bist schon ziemlich dämlich, oder? Dabei hältst du dich ja für so klug. Als du besoffen eingeschlafen bist, habe ich ihn ins Meer gestoßen. Es traf ihn so unvorbereitet, dass er keine Chance hatte. Wir haben uns gestritten, er hat mich abblitzen lassen. Niemand lässt mich abblitzen.«

»Du hast Jason umgebracht?« Es war, als hätte mir jemand mit einem Schlag alle Luft aus den Lungen gepresst. Ich erinnerte mich daran, dass ich eingeschlafen war, dass Frankie mich wach rüttelte, während die Tränen ihr Gesicht hinabströmten, und mir erzählte, dass es einen Unfall gegeben hatte und Jason ins Meer gestürzt war. Nie war mir auch nur der Verdacht gekommen, dass sie ihn gestoßen haben könnte.

Sie begann, aufgebracht auf und ab zu laufen, als versuche sie, sich klar darüber zu werden, was sie jetzt tun sollte. Sie schüttelte den Kopf, riss immer noch an ihrem Haar und sprach hastig weiter. »Ich hätte dir das nicht erzählen sollen … ich hätte das nicht sagen dürfen. Ich bin nur wütend, wegen dem, was du über meinen Dad gesagt hast … und ich wollte Jason nicht umbringen. Es war eine Affekthandlung. Er hat mir einen Korb gegeben, ich war sauer. Wir haben uns gestritten, und ich habe ihn geschubst. Es war ein Unfall …«

»Oh, Frankie!«, weinte ich.

Sie wischte sich die Tränen mit ihrem Ärmel ab. »Warum musst du alles kaputt machen?«, heulte sie. »Ich habe Jason geliebt. Ich habe Leon geliebt. Ich habe meinen Dad geliebt. Und du hast sie mir alle genommen.«

Ich starrte sie fassungslos an. »Ist es wirklich das, was du glaubst?«

»Warum du?«, schluchzte sie. »Was ist so besonders an dir? Was ist mit mir? Warum liebt mich niemand?«

Da erst wurde mir klar, wie unsicher sie war – trotz ihrer Schönheit, trotz ihres vorgeschützten Selbstbewusstseins. Sie sah so verletzlich aus, so verloren. Ein Teil von mir wollte ihr sagen, sie solle aufhören, so unreif zu sein, aber der andere Teil in mir wollte sie in die Arme schließen. Ich eilte auf sie zu, und sie blieb abrupt stehen.

»Jason hat mich nicht geliebt«, sagte ich. »Nicht auf diese Art und Weise. Er war schwul. Und Leon … mir war nie klar, wie du ihm gegenüber empfindest.«

Ihr Gesicht war verkniffen, die Wimperntusche um die

Augen verschmiert. Wir hatten uns früher schon gestritten, aber nie so. »Ich wollte es dir nicht sagen«, erwiderte sie. »Auch ich habe meinen Stolz.«

»Und was Alistair angeht … Frankie, du musst wissen, dass er besessen ist, ein Stalker. Er lässt mich einfach nicht in Ruhe …« Und dann erzählte ich ihr alles: von dem Kuss im Hotelzimmer, wie er mir nachgestellt, mich bedroht und mich dann in seinem Wagen vergewaltigt hatte. Ich war so erleichtert, es mir endlich von der Seele reden zu können, dass ich nicht innehielt, um nachzudenken, welche Wirkung das auf Frankie haben könnte. Nachdem ich geendet hatte, sah sie mich an, als hätte ich ihr körperliche Schmerzen zugefügt.

»Mein Dad würde so etwas nie tun«, erwiderte sie weinend. »Warum lügst du?«

»Ich lüge nicht. Ich würde bei so etwas nie lügen. Das weißt du. Es tut mir leid, Frankie.« Ich ging auf sie zu, aber sie stieß mich zurück, sodass ich rückwärts strauchelte.

»Du bist eine dreckige Lügnerin«, schrie sie. »Hau ab, Sophie, geh weg von mir! Ich hasse dich! Ich hasse dich!«

»Frankie, bitte, hör mir zu …«

Aber sie war wie weggetreten – Zorn wütete auf ihrem Gesicht, Tränen rannen über ihre Wangen, und sie weigerte sich zuzuhören. Sie stieß mich abermals, dieses Mal fester, und da bemerkte ich, dass sie ihre Finger um etwas geschlossen hatte – es konnte ein Stein sein, ein Felsbrocken, ein Stück Holz –, ich konnte es nicht genau erkennen, denn bevor ich wusste, wie mir geschah, ließ sie es auf meinen Kopf niederfahren, sodass ich das Gleichgewicht verlor, rückwärts das Geländer durchbrach und ins Meer stürzte.

Noch während ich fiel, spürte ich, wie mein Turnschuh aus der Trainingsjacke glitt und dumpf auf den hölzernen Planken des Piers landete.

Ich weiß nicht, was mich rettete. Es war womöglich schieres Glück, dass Frankie mich nicht bewusstlos geschlagen hatte, dass die Strömung in jener Nacht nicht allzu stark war, dass ich es schaffte, mich an einen der Metallpfeiler des Piers zu klammern. Vielleicht war es auch Frankies Arroganz. Sie hatte es einmal mit Jason getan, also glaubte sie wohl, es wäre genauso einfach, mich loszuwerden. Aber ich war nicht so betrunken wie Jason damals, und ich war eine gute Schwimmerin. Also hielt ich mich ruhig hinter dem Metallpfeiler verborgen und beobachtete Frankie, als sie zuerst das Meer unter ihr überprüfte und dann auf und ab lief, als sei sie unsicher, was sie als Nächstes tun sollte. Ich war versucht, auf sie zuzuschwimmen, um ihr zu sagen, dass es mir gut ging, aber in dem Moment drehte sie sich um und rannte davon. Und da wurde es mir schlagartig klar: Sie rannte nicht, um Hilfe zu holen – sie wollte mich hier zurücklassen, damit ich ertrank, ganz genauso, wie sie es mit Jason getan hatte. Wie hatte ich mich nur so sehr in jemandem irren können? Ich dachte, wir wären beste Freundinnen, sie war immer wie eine Schwester für mich gewesen.

Von meiner Position hinter dem Pfeiler des Piers aus sah ich ihr nach, wie sie die Strandpromenade Richtung

*Basement* eilte, als wäre nichts passiert – Job erledigt. Ich wusste, sie würde sich in den Klub zurückschleichen und so tun, als wäre sie die ganze Zeit über da gewesen. Als was für eine talentierte kleine Schauspielerin sie sich doch entpuppte.

Nahm der Plan da schon Gestalt in meinem Kopf an? Ich bin nicht sicher. Aber was ihn für mich festigte, war Daniel. Als ich ans Ufer zurückgeschwommen war und über die Felsen kletterte, wobei das Wasser schwer an meinen Kleidern zerrte und jeden meiner Schritte erschwerte, sah ich Daniel nach Hause laufen – eine einsame Gestalt in Schwarz. Gott sei Dank blickte er zufällig nach links und bemerkte mich, wie ich nass und triefend meinen Weg über die Felsen suchte, wobei die scharfen Kanten in meinen bestrumpften Fuß schnitten. Er glaubte, ich sei versehentlich ins Meer gefallen, und eilte zu mir, um mir zu helfen. Ich erinnere mich daran, wie ich mir in jenem Moment wünschte, ich wäre ertrunken, damit Alistair mir nie wieder etwas anhaben könnte.

Ich zitterte und weinte, und die ganze traurige Geschichte sprudelte aus mir heraus, während Daniel mich zu einer kleinen Felsenbucht führte, wo man uns nicht sehen konnte. Als ich ihm erzählte, was Alistair getan hatte, wollte er ihn umbringen. Als er erfuhr, dass Frankie mich ins Meer gestoßen und dass sie das schon zuvor mit Jason getan hatte, starrte er mich fassungslos und mit offenem Mund an. Er wiederholte in einem fort, wie schockiert er sei, dass Frankie so etwas tun konnte. Er versuchte, mich zu überzeugen, an Ort und Stelle zur Polizei zu gehen, aber ich hatte Angst. Letztlich stünde doch nur ihre Aussage gegen meine.

»Verdammt, Sophie, du musst Alistair anzeigen. Herrgott noch mal, er hat dich vergewaltigt! Und Frankie hat dich geschlagen und zum Sterben im Meer zurückgelassen …« Er war ganz grau vor Entsetzen. »Ich kann nicht glauben, dass das hier wirklich passiert.«

»Und was ist, wenn sie mir nicht glauben?«, weinte ich. »Frankie und Alistair werden füreinander einstehen. Ihr Wort steht gegen meins.« Ich zitterte so sehr, dass ich Angst hatte, in einen Schock zu verfallen.

»Hier«, sagte Daniel, streifte seine Jacke ab und wickelte sie um meine Schultern. »Zieh sie an. Mach dir keine Sorgen … Wir lassen uns was einfallen. Ich wünschte nur, du hättest es mir früher gesagt.«

»Was hättest du denn tun können?«, schluchzte ich. »Es gab keinen Ausweg, Dan. Ich hatte das Gefühl durchzudrehen.«

Ich berührte meinen Bauch und dachte an das Baby, das bereits in mir heranwuchs. Ich war mindestens in der fünften Woche – jedenfalls so weit, dass es auf dem Schwangerschaftstest angezeigt wurde, also musste das Baby doch ganz sicher Leons sein? Aber bis ich einen Beweis hatte, würde Alistair immer glauben, dass das Kind von ihm sei.

»Lass sie in dem Glauben, dass ich tot bin«, sagte ich verzweifelt zu Daniel. »Lass Frankie in dem Glauben, sie hätte mich umgebracht. So hätte ich wenigstens einen Ausweg.« Ich könnte mein Baby beschützen.

Daniel wollte sich zuerst nicht darauf einlassen, sondern

zur Polizei gehen. Er schaffte es, mich nach Hause zu bringen, ohne dass uns jemand sah – obwohl wir einmal glaubten, Jez zu sehen, als wir am Eingang des Piers vorbeikamen. Er ging auf der anderen Straßenseite, aber der Art nach zu urteilen, wie er im Zickzack den Bürgersteig entlangwankte, war er zu betrunken, um uns zu erkennen.

Als Mum von der Arbeit kam, erzählten wir ihr alles. Sie weinte, sie war außer sich vor Zorn, sie wollte beide Howes umbringen. Sie versuchte, mich zu überreden, die Polizei anzurufen, aber ich weigerte mich, mich dem Verhör zu unterziehen, nur um danach mit ansehen zu müssen, wie Alistair ungeschoren davonkam. Alles würde ans Licht der Öffentlichkeit gezerrt werden – auch das, was mit Jason passiert war –, und ich war mir sicher, dass Frankie und Alistair zusammenhalten würden. Wie der Vater, so die Tochter. Sie würden mir auch noch den Tod von Jason anhängen, behaupten, es wäre meine Schuld gewesen, dass ich diejenige gewesen war, die ihn ins Meer gestoßen hatte. Ich würde ins Gefängnis kommen.

Ich hatte keine andere Wahl. Irgendwann sah auch Mum das ein.

Es war alles so überraschend einfach. Mum nähte die Wunde an meinem Kopf. Daniel fand einen Platz auf einer Fähre, die in den frühen Morgenstunden auslief. Es war die perfekte Lösung, da ich keinen Pass brauchte und somit keine Spuren hinterlassen würde. Das Gehalt, das ich für London gespart hatte, befand sich in einer Büchse in meinem Kleiderschrank, daher hatte ich genug Bargeld bei mir. In Irland angekommen, wollte ich die Küste entlang

Richtung Süden reisen, wo ich bei meiner Tante unterkommen würde, die eine Farm in einem entlegenen Teil vom County Kerry betrieb.

Als Mum und Daniel schließlich die Polizei einschalteten und sagten, ich sei die ganze Nacht nicht nach Hause gekommen, befand ich mich bereits in Irland. In Sicherheit. Weit weg von Alistair.

*Dienstag, 12. Juni 2001*

Ich bin jetzt seit vier Jahren »tot«.

Mein Baby kam im April 1998 zur Welt, ein kleines Mädchen namens Mia, und ich liebe sie mehr als alles in der Welt – mir war nie klar gewesen, dass ich jemanden so vollständig, so bedingungslos lieben könnte. Sie hat mein blondes Haar und Leons auffallend blaue Augen. Sobald sie auf die Welt kam und ich dieses tiefe, strahlende Blau sah, wusste ich, dass sie Leons Tochter war. Sie war sein Ebenbild.

Leon ist das Einzige, was ich bereue. Ich wünschte, er hätte seine Tochter kennenlernen können. Ich wünschte, ich hätte ihm den Schmerz ersparen können zu glauben, dass ich tot sei … dass ich ihn nicht liebe. Denn ich liebe ihn so sehr. Und ich hoffe, dass er eines Tages begreifen wird, wie sehr.

Manche Leute werden mich womöglich für einen Feigling halten, weil ich nicht geblieben bin und gekämpft habe. Aber ich hatte solche Angst, und ich wollte nicht in ständiger Furcht weiterleben. Ich habe einen Ausweg gesehen und die Gelegenheit ergriffen. Wir sind schon einmal weggerannt, damals, als wir vor meinem Dad flüchteten. Ich habe den Großteil meines Lebens damit verbracht wegzurennen.

Wenn ich wirklich ehrlich zu mir bin, gibt es da noch einen anderen Grund, warum ich fortbleibe. Es ist nicht nur wegen Alistair, es ist auch wegen Frankie. Sie war meine beste Freundin, und ich habe sie wie eine Schwester geliebt. Ich kann kaum auf eine Kindheitserinnerung zurückblicken, in der sie nicht vorkommt. Und ich weiß, ich sollte keine Entschuldigungen für sie suchen – sie hat mich dem sicheren Tod überlassen –, aber ich glaube, dass sie mich ebenfalls geliebt hat, auf ihre eigene, verdrehte Art und Weise. Sie ist instabil und unberechenbar, das hat sie deutlich gezeigt, und das macht mir Angst. Aber wenn ich zur Polizei gegangen wäre – wenn sie mir überhaupt geglaubt hätten –, was dann? Für Frankie hätte das Gefängnis bedeutet, und ich weiß nicht, ob ich ihr das hätte antun können. Ich finde es schrecklich, was sie getan, dass sie mich von Leon getrennt hat. Aber wir sind lange Zeit Freundinnen gewesen – nichts ist je nur schwarz oder weiß.

Meine Tante Sarah war und ist einfach nur großartig; ich helfe ihr auf dem Bauernhof und habe mir hier mein Leben eingerichtet. Niemand hat je hinterfragt, wer ich bin … wer ich war. Ich bin einfach nur Sarah O'Donnells Nichte. Nach einer Weile zog auch meine Mutter von Oldcliffe zu uns. Wir drei Frauen leben ein nettes, schönes Leben, und unser wichtigstes Ziel ist es, Mia großzuziehen. Es ist ein ruhiges Dasein auf Tante Sarahs kleiner Farm, und auch wenn es nicht das Leben ist, das ich mir für mich vorgestellt habe, würde ich es nicht ändern wollen. Ich schreibe ein wenig, ich bin nach wie vor eine leidenschaftliche Leserin, und ich umgebe mich immer noch mit haufenweise Büchern. Aber was viel wichtiger ist: Mia ist in Sicherheit – und ich auch.

*Dienstag, 21. Mai 2002*

Heute bekam ich den Schreck meines Lebens. Die sichere Existenz, die ich mir aufgebaut habe, wäre um ein Haar aufgeflogen.

Ich war im Stall, als meine Mum mit einem gehetzten Ausdruck im Gesicht hereinstürzte. »Leon ist hier«, zischte sie. Das Haar stand ihr wirr vom Kopf ab, Strohhalme lugten aus den Maschen ihres Pullis heraus. Er hatte ihr erzählt, dass er auf Reisen gewesen war und sich überlegt hatte, bei ihr vorbeizuschauen, um zu sehen, wie es ihr ging. Daniel lebt zurzeit in London, also hatte Leon keinerlei Verbindung zu mir oder der Vergangenheit, außer meiner Mutter. Es rührte mich, dass es ihn interessierte, wie es Mum ging. Auch wenn er keine Ahnung hatte, in was er sich da hineinbegab.

»Was hast du mit ihm gemacht?«, flüsterte ich.

»Er sitzt im Wohnzimmer und trinkt eine Tasse Tee!«

Ich hätte am liebsten gelacht. Es war zu grotesk. Aber die allgegenwärtige Furcht bahnte sich ihren Weg in meine Eingeweide. Wenn er uns so leicht finden kann, kann Alistair es erst recht.

Ich fegte sie sofort beiseite. Leon ist nicht wegen mir hier, er will nur schauen, wie es Mum geht. Alistair hat keinen Grund herzukommen, er denkt, dass ich tot bin. Ich wusste, dass sowohl Alistair als auch Frankie zu anmaßend waren, um auf die Idee zu kommen, ich hätte den Sturz ins Meer überlebt.

Ich schätze, es war ein Risiko. Er hätte uns auffliegen lassen können. Und Mums Gesicht, als ich sagte, ich wolle ihn sehen, war starr vor Panik. Doch nach all diesen Jahren verdiente Leon zu erfahren, dass er eine Tochter hatte. Wenigstens ein Mal wollte ich ehrlich zu ihm sein. Das war ich ihm schuldig.

Als ich den Raum betrat, saß er auf dem abgewetzten Sofa und kraulte einen von Tante Sarahs zahlreichen Hunden, während die Tasse Tee neben ihm auf dem Beistelltisch kalt wurde. Er mochte seinen Tee schon immer lauwarm. Er blickte auf, in der Erwartung, meine Mutter zu sehen, aber als er begriff, dass ich es war, wich ihm alles Blut aus dem Gesicht. Er sah aus, als hätte er einen Geist gesehen – was wahrlich keine Überraschung war!

Er hatte sich kaum verändert: Sein Haar war etwas länger, sein Gesicht gebräunt vom vielen Reisen, aber da war etwas Gequältes in seinen Augen, eine Traurigkeit, die zuvor nicht da gewesen war. Ihn wiederzusehen, raubte mir den Atem, und all die Gefühle, von denen ich geglaubt hatte, ich hätte sie begraben, brachen wieder an die Oberfläche und überwältigten mich mit ihrer Intensität.

Er starrte mich an, den Mund geöffnet. »Sophie?« Er stand kopfschüttelnd auf, und der Hund sprang von seinem Schoß. Ich konnte beinahe die Fragen in seinem Kopf herumschwirren sehen. Tränen schossen ihm in die Augen. Dann fragte er wütend: »Was zur Hölle geht hier vor sich?«

Ich nahm seine Hand und bedeutete ihm, sich wieder zu setzen. »Es tut mir so leid«, sagte ich und blinzelte die Tränen zurück. Ich durfte nicht weinen. Ich musste gefasst bleiben, um ihm alles von Grund auf zu erklären, um keinen Stein auf dem anderen zu lassen. Er verdiente es, die Wahrheit zu erfahren.

»Wir dachten alle, du seist tot. Warum solltest du uns so etwas antun? Ich bin wegen dir durch die Hölle gegangen.« Sein Blick war hart, anklagend.

Und da erzählte ich ihm alles – von Alistair, von dem Kuss, von seinen Nachstellungen, der Vergewaltigung. »Ich hatte Angst vor ihm, Leon. Er hätte mich nie in Ruhe gelassen.«

»Also hast du deinen Tod vorgetäuscht?« Sein Ausdruck war ungläubig. »Du hättest zu mir kommen sollen, Sophie. Ich hätte ihn verdammt noch mal umgebracht.« Er drückte meine Hand, und seine Augen füllten sich mit Tränen, als ihm dämmerte, dass er nicht in der Lage war, mich zu beschützen. Niemand konnte es. Leons Ausdruck wurde sanfter. »Du hast das alles … alleine durchgemacht … Ich wünschte, ich hätte etwas tun können. Wir hätten zusammen zur Polizei gehen können.«

»Ich habe daran gedacht. Aber Alistair hätte einfach behauptet, es sei einvernehmlich passiert. Was, wenn mir niemand geglaubt hätte? Und nicht nur das … er hatte etwas gegen mich in der Hand.«

»Was?«

Ich senkte den Blick, das Haar fiel mir ins Gesicht. »Ich war da, in der Nacht, als Jason starb.«

»Was ist passiert?« Seine Stimme war schroff, aber er ließ meine Hand nicht los.

Ich nahm einen tiefen Atemzug, bevor ich mir die Ereignisse jener Nacht in Erinnerung rief. »Frankie hat mich im Glauben gelassen, dass ich für seinen Tod verantwortlich wäre, aber in Wirklichkeit war sie es, Leon. Uns war nicht klar gewesen, dass Jason schwul war. Als er ihre Annäherungsversuche abwies, schubste sie ihn, und er fiel ins Meer. Sie ließ ihn ertrinken. Genauso, wie sie es mit mir getan hat. Es tut mir so leid, dass ich es dir nicht früher erzählt habe …« Meine Stimme stockte.

Angesichts dieser neuen Enthüllung riss er entsetzt die Augen auf. »Was meinst du damit … wie sie es mit dir getan hat?«

»Sie hat versucht, mich umzubringen.« Es schmerzte immer noch, es zu sagen. Ihr Verrat würde für immer eine tiefe Wunde bleiben. »Ich habe ihr das von Alistair erzählt, aber sie hat mir nicht geglaubt. Sie fing an, mir Vorwürfe zu machen, dass ich ihr ihren Dad wegnehmen wolle. Mir ist nie klar gewesen, *wie* kaputt sie innerlich war. Wir stritten uns, und sie schlug mir mit etwas gegen den Kopf – mit einem Stein, glaube ich. Ich bin rückwärts vom Pier gefallen, und sie … sie ist einfach weggegangen … Sie hat mich einfach dort im Meer zurückgelassen, in der Hoffnung, dass ich ertrunken sei. So wie Jason.«

Leon wurde vor Entsetzen kreidebleich. »O mein Gott.« Er nahm seine Hand von meiner und fuhr sich durch sein wildes Haar. »Ich kann das einfach nicht fassen. Ich wünschte, du hättest es mir erzählt. Ich hätte dir geholfen, Soph. Ich habe dich geliebt. Ich habe nie aufgehört, dich zu lieben.« Er ließ den Kopf in seine Hände sinken und stöhnte auf, und ich wusste, was er dachte: Wie hatten wir uns so sehr in Frankie irren können? »Wir müssen zur Polizei gehen. Frankie kann nicht einfach so davonkommen. Sie ist schuld daran, dass Jason tot ist …«

Ich legte sacht meine Hand auf seine Schulter. Ich wusste, dass es zu viel auf einmal war, um es zu begreifen. »Das können wir nicht. Hör mir zu, Leon. Es war die Gelegenheit, die ich brauchte, um zu entkommen. Ganz neu anzufangen. Weit weg von Alistair. Aber es gab noch einen anderen Grund.« Ich schluckte schwer. *Keinen Stein auf dem anderen zu lassen* – das war es, was ich mir geschworen hatte, in dem Moment, als ich ihn wiedersah. Er musste alles erfahren, alles wissen. »Ich war damals schwanger.«

Sein Kopf zuckte hoch, und eine Mischung aus Hoffnung und Angst lag in seinem Blick. Hoffnung, dass das Baby von ihm war – Angst, dass es Alistairs sein könnte. »Das Baby war von dir, Leon.« Ich nahm seine Hand behutsam zwischen meine und hoffte inständig, dass er nicht wegrennen würde … dass er bleiben würde. »Wir haben eine Tochter.«

Er weinte, als ich ihm alles über sie erzählte, über unsere wunderhübsche Mia: wie sie nirgendwo ohne ihren Lieblingsteddy hinging, dass sie an ihrem Daumen lutschte, dass *Charlie und Lola* ihre absoluten Lieblingsbücher waren. »Sie müsste jede Minute kommen. Mum holt sie vom Kindergarten ab.«

Für Leon war es Liebe auf den ersten Blick, als er sein kleines Mädchen sah. Sie wirkte so klein und verletzlich, wie sie dort stand und die Hand ihrer Großmutter hielt, mit ihren blonden Zöpfen, die nach einem langen Tag im Kindergarten etwas schief saßen, den Teddy fest unter den Arm geklemmt und mit Verwirrung in den Augen – Augen, die den seinen so ähnlich waren. Und in diesem Moment konnte ich es in seinem Gesicht sehen. Ich wusste, dass alles gut werden, dass Leon unser Geheimnis bewahren würde.

Wir haben noch so viel, über das wir reden müssen, so viel nachzuholen, Vertrauen wiederzugewinnen. Aber ich hoffe, dass er mir im Lauf der Zeit vergeben kann.

# Epilog

## Sophie

*Samstag, 12. März 2016*

Ich schreibe das hier im Zug, auf dem Weg, um mich mit Mia und Daniel zu treffen. Das einlullende Rattern und Ruckeln entspannt mich, die Landschaft rauscht in verschwommenem Grün und Braun an mir vorbei, die Frühlingssonne sickert durch die Bäume. Es sind kaum andere Fahrgäste in meinem Waggon – eine alte, mit ihrem Strickzeug ins Eck gekuschelte Dame und ein Teenager mit Kopfhörern, der zum Rhythmus der Musik, die schwach bis zu mir dringt, mit dem Fuß wippt. Leon sitzt neben mir, in ein Buch vertieft, und seine Gegenwart hat etwas Beruhigendes, denn obwohl ich es nicht will, verspüre ich ein nervöses Flattern in meinem Bauch bei dem Gedanken, in meine alte Heimatstadt zurückzukehren. Daniel hat mir am Telefon gesagt, dass Oldcliffe anders sei und doch unverändert.

Ja, es ist wahr, nach all den Jahren kehre ich nach Oldcliffe zurück. Ich hätte es nie für möglich gehalten, aber alles hat sich geändert, dank meiner Tochter und meinem Bruder. Man hat mir gesagt, dass es mittlerweile in allen Zeitungen steht – Daniel war in letzter Zeit sehr damit beschäftigt, Frankies Vergangenheit zu enthüllen. Ich kann es ihm nicht verübeln.

Leon und ich hatten direkt nach Neujahr beschlossen, nach Paris zu fahren, um meine Freundin Juliette und ihren Mann Olivier zu besuchen. (Leon hatte es geschafft, einen falschen Pass mit meinem Schriftstellerpseudonym ausstellen zu lassen!) Ich habe Juliette vor zehn Jahren bei einem Creative-Writing-Seminar kennengelernt, und wir sind gute Freundinnen geworden. Ich brauchte einige Zeit, um Vertrauen zu ihr zu fassen – nach allem, was mit Frankie passiert war, hätte ich nicht geglaubt, je wieder eine so enge Freundschaft knüpfen zu können. Mia hatte nicht mit uns kommen wollen, sie wollte lieber bei Mum bleiben. Sie steckte mitten im letzten Schuljahr, also erschien mir das nur logisch. Ich hatte ja keine Ahnung, was meine Tochter in meiner Abwesenheit vorhatte!

Ein Besuch von der Polizei scheuchte mich auf und brachte mich dazu, nach Frankreich zu flüchten. Ein paar Tage nach Weihnachten kam ein Beamter vorbei und wollte mit Mum über Alistair Howe sprechen. Leon war an der Tür. Ich stand oben auf der Treppe und erstarrte, als ich seinen Namen hörte, schockiert darüber, dass sich mein Magen nach all den Jahren immer noch bei seinem Klang umdrehte. Ich verbarg mich im Schatten des Treppenhauses und war zu verängstigt herauszukommen. Ich sollte ja schließlich tot sein. Aber ich konnte jedes Wort hören, das der Polizist mit dem vertrauten West-Country-Akzent sagte. So wie es schien, war Alistair der Vergewaltigung dreier Frauen in den Jahren zwischen 1997 und 1999 beschuldigt worden, außerdem hatte sich eine neue Zeugin gemeldet, die er bereits ein Jahr vor mir angefallen hatte. Offenbar war sie damals in die Notaufnahme gekommen, um sich ihre Lippe nähen zu lassen, und meine Mutter hatte sie behandelt. Sie wollten, dass Mum vor Gericht gegen Alistair aussagte.

Als ich dort stand, senkte sich Furcht über mich, drohte, mich zu erdrücken. Ich konnte nur noch an Flucht denken. Wieder einmal.

Als der Polizist weg war, flehte ich Leon an, mit mir nach Frankreich zu fahren. Er schlang zur Antwort die Arme um mich. »Sophie McNamara«, sagte er in mein Haar, »du musst keine Angst mehr vor ihm haben. Du hast doch mich.« Wir waren natürlich nicht vor dem Gesetz verheiratet, es war unmöglich, da ich theoretisch tot war, aber praktisch waren wir Mann und Frau. Und wir ließen alle in dem Glauben.

»Ich mache mir nicht nur wegen ihm Sorgen. Wenn die Polizei herausfindet, dass ich am Leben bin, könntest du ebenfalls Ärger bekommen – genauso wie Mum und Daniel. Ich habe meinen Tod vorgetäuscht, und ihr habt mir dabei geholfen. Ist das nicht ein Verbrechen?«

»Na ja …« Er blickte verwirrt. »Ja, ich denke schon, aber …«

»Bitte. Lass uns einfach eine Weile zu Jules und Ollie fahren, sie laden uns sowieso ständig ein. Wir warten ab, bis sich alles gelegt hat, und dann kommen wir zurück. Mia könnte ebenfalls Urlaub gebrauchen.«

Leon war sich unschlüssig, er sagte, er müsse es mit seiner Arbeit absprechen, aber schließlich willigte er ein.

Ende Januar musste Leon wieder zurück an die Arbeit.

Er versuchte, mich zu überreden, mit ihm heimzufahren, doch Jules meinte, dass ich gerne länger bei ihr bleiben könnte. Die Wahrheit war, dass ich Angst hatte. Angst, dass Alistair vor Gericht landen, dass Mum als Zeugin aussagen und herauskommen würde, was ich getan hatte. Und was war mit Frankie? Ich stellte mir schon die Paparazzi auf dem Bauernhof meiner Tante vor – Alistair oder Frankie würden erfahren, wo wir lebten. Das konnte ich nicht riskieren. Ich hielt es für das Beste, eine Weile abzutauchen. Mia kam ein paarmal mit Leon im Eurostar zu Besuch. Sie schien nachdenklich, missmutig. Ich fragte sie, was los sei, aber sie wollte es mir nicht verraten. Ich begann mir Sorgen zu machen, dass sie Probleme mit einem Jungen hatte – oder Schlimmeres. Ich wollte, dass sie bei mir in Frankreich blieb, aber sie weigerte sich. Dann kontaktierte Daniel mich, um mir zu sagen, dass Alistair Howe einen Schlaganfall erlitten hatte. Er konnte mir nicht sagen, wie ernst es war, aber so wie ich Alistair kannte, fürchtete ich, dass er im Handumdrehen wieder auf den Beinen wäre. Also blieb ich weiterhin in Frankreich. Nur noch eine Woche, sagte ich mir, während daraus schließlich Monate wurden.

Erst vor zwei Wochen erfuhr ich, was wirklich los gewesen war.

Leon, Mia und Daniel kamen mit der Nachricht von Frankies Tod nach Frankreich. Ich sollte mich in Juliettes und Oliviers Shabby-Chic-Küche hinsetzen, und sie erzählten mir alles – von ihrem Plan, von Frankies Geständnis, von ihrem Sturz durch die morschen Planken des alten Piers –, während ich sie anstarrte, abwechselnd schockiert und beeindruckt, dass sie das wirklich durchgezogen hatten.

Es war Mias und Daniels Idee gewesen, Frankie unter Druck zu setzen, erklärten sie mir. Mia hatte mein altes Tagebuch gefunden, kurz nachdem Leon und ich nach Frankreich abgereist waren. »Du hast dich so merkwürdig benommen«, setzte sie mit einem entschlossenen Funkeln in den Augen und angespanntem Kiefer zu ihrer Verteidigung an. »Ich dachte schon, ich wäre adoptiert oder so. Es war ziemlich offensichtlich, dass du und Dad ein riesiges Geheimnis vor mir habt.«

Als sie mir sagte, dass sie über die Vergewaltigung Bescheid wusste, über Alistair, hatte ich das Gefühl, zusammenbrechen zu müssen, und in jenem Moment wünschte ich mir, ich hätte das Tagebuch aus dem Jahr 1997 weggeworfen.

»Plötzlich ergab alles Sinn«, sagte sie. »Warum du und Dad nie wirklich geheiratet habt, warum du unter falschem Namen schreibst. Warum du immer so zurückgezogen gelebt und nie jemandem getraut hast.« Bei diesen Worten wandte sie sich an Juliette, die mit den Händen im Schoß dasaß, ohne Urteil im Gesicht. Die liebe, loyale Juliette. »Du bist Mums einzige Freundin, Jules.« Mia wischte sich verlegen die Tränen mit der Rückseite ihres Ärmels ab. »Ich wollte einfach, dass du dich wieder sicher fühlen kannst.« Ihre Stimme stockte, und ich sprang von meinem Stuhl auf, um sie in meine Arme zu schließen.

Daniel übernahm die weitere Erzählung. Wie ein Redaktionsjob bei der Oldcliffer Zeitung frei wurde; wie man den Leichnam einer jungen Frau im Meer fand, die tragischerweise vor achtzehn Monaten von der Severn Bridge gesprungen war. Dies, so sagte er, sei der Auslöser gewesen für die Idee, Frankie glauben zu machen, dass es sich dabei um mich handelte. Ihm war klar gewesen, dass sie nicht geglaubt hätte, dass mein Körper nach all den Jahren noch intakt wäre, also stellte er einige Nachforschungen an und erfand die Geschichte mit dem angeschwemmten Fuß. Er hatte darauf spekuliert, dass Frankie nicht widerstehen und nach Oldcliffe zurückkommen würde, um sich selbst davon zu überzeugen. Um sicherzugehen, dass ich wirklich tot war. Dass sie davongekommen war.

»Wir wollten nur, dass sie gesteht«, schloss Daniel. Sein Gesicht war bleich, und er hatte violette Schatten unter den Augen. Ich konnte ihm ansehen, dass die letzten Wochen nicht einfach für ihn gewesen waren. Er hatte mir zur Gerechtigkeit verholfen, aber um welchen Preis? »Wir wussten, dass wir nur wenige Tage hatten, um zu handeln. Leon fand heraus, was wir vorhatten, und willigte ein, ebenfalls nach Oldcliffe mitzukommen, aber vor allem, um auf Mia aufzupassen.« Ich war ihm so dankbar dafür. Allein der Gedanke, dass meine Tochter in meiner Heimatstadt herumrannte, in unmittelbarer Nähe zu Frankie, trieb mir den Angstschweiß auf die Stirn. Das tut es immer noch.

»Dad meinte, dass wir seine Wohnung nutzen könnten, um Frankie ein bisschen in den Wahnsinn zu treiben«, erklärte Mia grinsend. »Ich bin ein paarmal in ihr Apartment gegangen und habe Sachen umgestellt. Habe sie verfolgt und ihr anonyme Nachrichten geschickt. Solche Dinge.

Ich habe sogar das Weinen eines Babys aufgenommen … das war genial, Mum. Sie ist völlig ausgerastet. Obwohl sie dachte, dass es dabei um sie ging. Anscheinend konnte sie keine Kinder bekommen. Sieben Fehlgeburten. Zumindest, wenn man ihr glauben will.« Sie schnaubte, aber einem Teil von mir tat es leid, das zu hören. Mia würde das nie verstehen, denn sie kannte Frankie nicht. In ihren Augen wird sie immer nur die böse Frau sein, die ihre beste Freundin verraten hat. Sie ist so jung, keine achtzehn, für sie ist alles ganz klar, es gibt nur Schwarz oder Weiß. Aber nicht für mich. Und ich vermute, für Daniel ebenso wenig. Wir alle wissen, welche Gefühle er für Frankie hatte.

»Sie hat es verdient, Mum«, sagte Mia, als sie meine missbilligende Miene sah. »Du hast in jener Nacht Wunden fürs ganze Leben davongetragen.« Sie meinte die Epilepsie, die Migräneattacken. Sie versuchte, sich mir gegenüber zu rechtfertigen, aber ich kenne meine Tochter – ein Teil von ihr wird sich immer schuldig fühlen für das, was Frankie passiert ist.

Alistair ist an den Folgen des Schlaganfalls gestorben, bevor er für Vergewaltigung in sechs Fällen, Stalking in fünf Fällen, einem Fall von tätlichem Angriff und einem Fall von Entführung zur Rechenschaft gezogen werden konnte. Nach seinem Tod meldeten sich drei weitere Frauen mit ähnlichen Anschuldigungen.

Daniel übergab der Polizei das Tonband mit Frankies Geständnis und erzählte ihnen alles. Da wir meinen Tod nicht zu unserem finanziellen Nutzen vorgetäuscht haben, wird es keine rechtlichen Schritte geben.

Ich bin immer noch verblüfft, dass die drei so weit gegangen sind für mich. Ich kann mich glücklich schätzen. Frankie hat mein Leben nicht zerstört, als sie mich dem Tod überließ, sie zerstörte ihres.

Leon rührt sich auf dem Platz neben mir, die langen Beine von sich gestreckt, das Buch, das er liest, beinahe auf seiner Nase. Er schreckt aus dem Schlaf und brummt etwas, bevor er sich wieder zurücksinken lässt. Ich schaue voller Zuneigung zu ihm, dem Mann, der durch all dies hindurch immer an meiner Seite stand. Die Liebe meines Lebens. Als er mich wiederfand, an jenem Tag im Jahr 2002, und erfuhr, dass ich lebte, dass er eine Tochter hatte, ging er nie wieder fort. Er hat mir vergeben. Es war anfangs nicht einfach; er musste seine Beziehung mit mir vor seiner Familie geheim halten, sie durften nicht erfahren, dass er eine Tochter hatte. Er stand keinem von ihnen je besonders nahe, was es einfacher für uns machte. Und natürlich hatten wir uns beide in diesen fünf Jahren der Trennung verändert – aber wir verliebten uns wieder ineinander, und das Band zwischen uns ist stärker als je zuvor.

Frankie wird immer noch vermisst, aber die Polizei glaubt nicht, dass sie die eiskalte See im Februar überlebt haben könnte. Ich frage mich, wie lange es dauern wird, bis ihr Leichnam angespült wird. Falls er angespült wird. Der Gedanke ist immer da, ganz hinten in meinem Kopf, dass sie überlebt haben könnte. So wie ich. Manchmal träume ich von ihr. In meinen Träumen wird sie von den dunklen Fluten umhergeworfen, fleht mich an, sie zu retten, weint, dass es ihr leidtue. Ich frage mich, ob es ihr am Ende wirklich leidgetan hat, ob sie ihren Entschluss bereut hat, ob sie alles anders gemacht hätte, wenn sie die Möglichkeit dazu gehabt hätte. Ich weiß, dass ich es getan hätte.

Der Zug kommt langsam am Bahnhof zum Halt. Er ist mir so vertraut, dass mir für einen Moment der Atem stockt: Da ist der Kiosk, der früher Brauselimonade und Zeitschriften verkaufte, obwohl er jetzt grün gestrichen ist und ein neues Schild hat; und die hölzerne Bank, auf der Frankie und ich saßen, wenn wir auf den Zug warteten. Ich kann sie beinahe dort hocken sehen, in ihren Retro-60er-Jahre-Kleidchen und den kniehohen Stiefeln, an einer Haarsträhne zupfend.

Und dann erblicke ich meine Tochter, die auf dem Bahnsteig wartet, ihren Arm bei Daniel untergehakt, sie grinst und winkt, ihre hellblauen Augen strahlen vor Aufregung. Ich muss jetzt einen Schlussstrich unter all das ziehen. Ich muss mich auf meine Zukunft konzentrieren, nicht auf die Vergangenheit. Die Rückkehr nach Oldcliffe-on-Sea ist nur vorübergehend. Ein letztes Lebewohl. An die Stadt, an Frankie.

Danach ist die Welt meine Auster.

Ich muss nicht länger im Verborgenen leben. Ich kann aufhören zu rennen.

Ich bin endlich frei.

# DANKSAGUNG

Ich danke aus tiefstem Herzen Juliet Mushens, meiner großartigen Agentin – für ihre unermüdliche Unterstützung, ihre Hilfe und ihren Rat und dafür, meine brillante Lektorin Maxine Hitchcock gefunden zu haben, die ich vom ersten Augenblick an in mein Herz geschlossen habe. Sie und der Rest des Teams bei Penguin waren mir eine unschätzbare Hilfe mit ihren Ermunterungen, den redaktionellen Ratschlägen, dem Lektorat und Korrektorat, der Covergestaltung, dem Marketing, der Werbung und allem anderen, was für die Veröffentlichung eines Buches nötig ist. Ich bewundere euch alle!

Ein großes Dankeschön geht an meine Familie und Freunde, die alle so nett und aufmunternd waren, die mein erstes Buch gekauft und gelesen haben, die es ihren Lesegruppen empfohlen und an ihre Verwandten und Freunde weitergegeben haben. Eure Unterstützung bedeutet mir so unglaublich viel.

Ich danke allen bei Twitter oder Facebook, die vorbeigeschaut haben, um mal Hallo zu sagen oder mir zu schreiben, wie sehr sie mein Buch genossen haben. Es war so schön, von euch zu hören.

Außerdem danke ich meinen wunderhübschen Kindern Claudia und Isaac (die leider schon wieder nicht in der Lage sein werden, dieses Buch für eine ziemlich lange Zeit zu lesen!) und meinem Ehemann Ty, der mir beim Brainstorming für den Plot half, wenn ich nicht mehr weiterwusste, der meinen ersten Entwurf gelesen hat, der so viel Interesse und Anteilnahme an allem gezeigt hat, was ich schreibe, und der mir immerzu Mut macht. Ich danke dir für all die Jahre der Unterstützung und des Glaubens an mich (als es selbst mir schwerfiel, an mich zu glauben!). Dieses Buch ist für dich.